越境捜査

# 相剋

笹本稜平

双葉文庫

# 相剋　越境捜査

# 第一章

## 1

「鷺沼《さぎぬま》さん、ちょっとこれ──」

井上拓海《いのうえたくみ》巡査部長がデスクの傍らに置かれた車載系無線のボリュームを上げた。

鷺沼友哉《ともや》警部補は怪訝《けげん》な思いで耳を傾けた。

警視庁捜査一課といっても鷺沼が在籍する特命捜査対策室特命捜査第二係は継続捜査専門の部署で、出来たての事件は営業外だ。だから警察無線を常時チェックする必要はないのだが、それでも殺人班が商売繁盛で出払っているとき、急遽、現場に出張《でば》ることもあり、まったく無視するわけにはいかないから、耳障りではないBGM程度には流してある。

きょうは土曜日で建前上は休みだが、刑事というのは貧乏暇なしで、大きな事件を抱えていないときでも、捜査資料の整理から殺人班から回ってきたお宮入りファイルの精読まで、仕事は次々湧いて出る。

〈――被害者は髪をブリーチしてピアスをつけた四十歳前後の遊び人風の男性。頭部を殴打されているが軽傷の模様。現場は府中競馬場のトイレで、近くに業務用として市販されている特殊警棒が落ちており、それが凶器とみられる。被害者の証言によれば、犯人は二人組で、黒っぽいブルゾンもしくはウインドブレーカーを着用。各移動は現場に急行し、不審人物の目撃情報を収集せよ。繰り返す――〉

「ひょっとしたら宮野《みやの》さんじゃないですか」

井上の指摘にまさかとは思いながらも、思わず緩《ゆる》んでしまう頬を引き締めた。風体は宮野そのものだし、現場もいかにも宮野にお似合いの場所だ。

きょうは土曜日でレースがあるし、最近、ある事件絡みで知り合った元泥棒の老人から大枚の遺産を手に入れて懐《ふところ》も温かいはずだ。鷺沼は素《そ》っ気《け》なく応じた。

「宮野を嫌いな奴は、世間にはいくらでもいるだろうからな」

「悪い人じゃないんですけどね。誤解されやすい性格ですから」

井上の場合は宮野の舌先三寸に誑《たぶら》かされて、逆の意味での誤解がいつまでも解けない。

宮野裕之《ひろゆき》は、泥棒を捕まえるより月給泥棒が本業とでも言うべき神奈川県警瀬谷《せや》署刑事課の札付き刑事だ。鷺沼たちの捜査に金の匂いを嗅ぎつけては、親兄弟から親類筋まで何人も死んだことにして、葬儀にかこつけて長期休暇をとっては、頼みもしないのに警視庁の捜査に首を突っ込んでくる。

金に対するその異常な嗅覚がたまには当たり、「経済的制裁」と称して少なからぬ金を懐に入れてきたが、鷺沼たちもそのお相伴にはいくらか与《あずか》ってきたから強いことは言えない。

とはいえ、あまりに厚かましいその横車《よこぐるま》に鷺沼は心底辟易《へきえき》しているが、一方で自分に甘いと見定めた相手には恥も外聞もなく取り入る才に長《た》けている。

さらに宮野には天才ともいえる料理の腕があって、事件があるたびに鷺沼のマンションに居座って、ＰＭ２・５並みの口害を撒き散らしながら、朝晩の食事だけは手を抜かない。材料費は鷺沼もちだから懐は痛むが、つくるのはミシュランの三つ星もかくやという絶品で、頭がいくら拒絶しても、舌があえなく軍門に下ってしまう。

ギャンブルにも目がなくて、そちらはべつの意味で天才肌だ。せっかく「経済的制裁」で手にした億単位の金を、わずか数日ですってしまったこともある。

「もし宮野だとしても、死んだわけじゃなさそうだから、べつに心配することはないだろう」

「特殊警棒で頭を殴られたら死ぬことだってありますよ。ひょっとして宮野さん、命を狙われていたのかも」

「そんなもの好きがいるとも思えないんだけどな」

もしいてくれたら感謝状でも出したいところだが、突然妙な情報が飛び込んだせいで、しばらく音沙汰なしだった宮野の動向が気になりだした。

暴行を受けた被害者が宮野なら、それを口実に鷺沼のマンションに転がり込んでくる可能性が大だ。事件が起きたのが警視庁の管内だというのが具合が悪い。自分を保護するのは鷺沼の、ひいては警視庁の義務だと屁理屈をこねて居候を決め込む惧《おそ》れがなくもない。

「なにか事件の匂いを嗅ぎつけたんじゃないですか。僕らもいまはめぼしいヤマを抱えていないし、面白いネタを見つけてきたら、またタスクフォースが活躍する舞台ができるかもしれない」

係長の三好章《みよしあきら》に鷺沼と同僚の井上という特命捜査第二係の面々に、どこを気に入られたのか鷺沼のファンを自任する碑文谷《ひもんや》署刑事組織犯罪対策課の山中彩香《やまなかあやか》巡査、そこに宮野と、横浜の関内《かんない》でイタリアンレストランを経営する元やくざの福富《ふくとみ》がある因縁で加わった。そのタスクフォースでこれまでいくつも大きなヤマを解決してきた。

もちろん警視庁非公認で、当初は警視庁と神奈川県警を跨《また》いで、さらに警察庁に繋《つな》がる大物警察官僚の悪事を暴くために苦肉の策で生まれたチームだが、宮野は鷺沼のやることなすこと横槍を入れて、ひたすら捜査を迷走させる。

ところが結果オーライで毎回成果を挙げてきたものだから、いまではすっかり司令塔気取りだ。鷺沼としては排除したいのは山々だが、三好と井上は宮野の甘言《かんげん》に籠絡《ろうらく》され、たまに思わぬ余禄も手に入るものだから、すでに手玉に取られているきらいがある。

宮野の言動には皮肉な態度で距離を保つ福富と、天敵ともいえる彩香がとりあえず鷺沼にとっては頼れる仲間だ。

柔道で全国大会級の腕前の彩香は、かつて宮野を不審者と間違えて、払い腰でコンクリートの床に叩きつけたことがある。そのうえ口でも宮野に負けていない。口対口で火花を散らせば、あの口八丁の宮野でも、おおむね五分に持ち込まれてしまう。

ただしどちらも専従メンバーではないから、もっぱら矢面《やおもて》に立つ機会が多いのは鷺沼だ。

「そういう舞台には立ちたくないんだがな」

空しいものを覚えながら鷺沼は言った。警察無線からは通信指令本部と機動捜査隊のやりとりが頻繁に聞こえてくるが、犯人が逮捕されたという情報はとくにない。被害者の怪我の状況についてはほとんど話題にもなっていないから、たぶん生死に関わるような状況ではないのだろう。

2

柿《かき》の木坂《きざか》のマンションに帰宅すると、やはり心配したとおりのことが起きていた。

「鷺沼さん、大変なことになっちゃったよ。おれ、危うく殺されるところだったよ」

カウンターキッチンから顔を出し、宮野は悲痛な表情で訴える。頭には大袈裟に包帯を巻き、ネットのようなもので保護しているが、そのわりに顔色はいいし、神経に障《さわ》る金切り声も健在だ。

いつものように勝手につくった合鍵で断りもなく侵入したのだろう。キッチンからなにやら美味そうな匂いが漂ってくるから、専属シェフとしての責務は忘れていないらしい。鷺沼は問いかけた。

「府中競馬場で襲われたのはあんただったのか」

「知ってたの。だったら心配して電話をくれたっていいじゃない」

「たまたま警察無線で事件を知っただけで、そのときは誰だかわからなかった。そういうことなら、そっちから電話を寄越せばいいだろう」

「府中署で事情聴取を受けていて、そんな暇なかったんだよ。おれのほうからじゃ電話代もかかるし。連中、犯人を捕まえることもできないくせに、なんだかおれを疑っているようでね」

「神奈川県警の刑事だと言えば、それで済んだ話だろう」

「きょうは休みで警察手帳は持っていないし、名刺も切らしていたもんだから、瀬谷署の刑事課に問い合わせてくれって言ったら、当直のやつがおれについてあることないこと喋ったらしくて」

宮野は怒り心頭の口振りだが、瀬谷署の刑事課に宮野の味方が皆無なことは本人も認めている。神奈川県警の体質を糞味噌にけなしては、それを警視庁の捜査に首を突っ込む口実にしてきた。そんな宮野の立ち位置を思えば、当直の刑事の気持ちもわかるような気がする。

「だったらおれに問い合わせるように言えばよかったのに」

「だめだよ、鷺沼さんは。そいつに輪をかけておれを貶《おとし》めるに決まってるから。そんなことしたら、被害者のおれが留置場にぶち込まれていたよ」

「なかなかいい読みだな」

「そんなつれないことを言わないで。お互い、きょうまで体を張って巨悪と闘ってきた仲じゃない」

宮野は臆面もなくすり寄ってくる。なにか魂胆があるに違いない。鷺沼は問いかけた。

「頭の具合は大丈夫か」

「やられた直後は脳震盪《のうしんとう》を起こしたけど、でかいこぶができただけで、骨折とか脳挫《のうざ》傷《しょう》はなかったよ」

「それはよかった。元気ならいますぐ帰ってくれ。おれはあんたに用はない」

「鷺沼さんの好物の麻婆豆腐と青椒肉絲《チンジャオロース》、それに肉汁たっぷりの小籠包《ショウロンポウ》をつくっているところなんだけど」

宮野はこちらの弱みを知り尽くしている。舌と胃袋が妥協を迫る。

「だったら今夜だけな」

素っ気なく応じると、宮野はすでに勝負ありという顔だ。

「美味しいものは、じつは麻婆豆腐や青椒肉絲だけじゃないんだよ」

「頭にできたでかいこぶのことか。どういう調理法があるんだ」

「そんなのあるわけないでしょう。おれを襲ったやつの正体だよ」

「知り合いなのか」

「実行犯はだれだか知らないけど、やらせた連中は想像がつくよ」

「誰なんだよ」

特別興味を感じるわけではないが、話の成り行きで訊《き》いてやる。宮野は得意げに小鼻を膨らませる。

「神奈川県警だよ」

あんぐり開いた口が塞がらない。ようやく閉じて問い返す。

「県警の誰なんだ」

「まだそこまではわからないんだけど、かなり上のほうだと思うね」

「その頭、精密検査を受けたほうがいいぞ。どこの病院にかかったのか知らないが、なにか見落としがあるんじゃないのか」

「ちゃんとMRI（磁気共鳴画像法）検査は受けてるよ。もちろん異常なし」

宮野はけろりとしたものだ。しかし宮野のような小者に対して県警の上層部が暴行を教唆《きょうさ》する——。その話の荒唐無稽さには、逆に言葉にし難いインパクトがある。

宮野がキッチンから運んできた料理を突《つつ》きながら、缶ビールを開けて話を聞いてやる。

「そもそも、なんであんたが狙われるんだ。県警内で嫌われてるのは知ってるけど、あんたの場合はどこにいても似たようなもので、その意味じゃ警視庁にいたって同じことだろう」

「ところが思い当たることがあるんだよ。じつは一週間くらい前に——」

宮野はビールを一呷《あお》りして声を落とした。

# 3

その日、宮野は当直で、夜の十時ごろ、管内で緊急通報があったという警察無線の指令を受けて、嫌々ながら現場に向かった。

所轄の刑事課は強盗、空き巣、暴行から痴漢まで面倒をみるいわばなんでも屋で、宮野のようなドサ回り専門の刑事の場合、殺人事件に遭遇するようなことは生涯にそう何度もあるわけではない。

どうせ空き巣か下着狙いの変質者の犯行で、その事件を扱えば、被害者からの調書やら検証調書やら、やっかいな書類仕事が増えるだけ。けっきょく犯人が見つかるケースはごく少ない。そんな通報を受けてもやる気が起きないのは宮野に限った話ではない。

これから向かうという地域課のパトカーに便乗して現場に着くと、近隣の交番から先乗りした警官や機動捜査隊の隊員が家の玄関の前に手持ち無沙汰な様子でたたずんでいる。

機捜の班長が携帯電話で誰かと話している。その口の利き方がえらく遜《へりくだ》っている。階級でいえばかなり上の人間との会話のようだ。警察というのはざっくばらんな職場で、一つか二つ階級が上という程度では、そこまで改まった言葉遣いはしない。上司に平気

で ため口を利く猛者もいる。

そのうえ現場での本部との連絡には車載系無線を使うのが鉄則だ。となると話の内容が、周りの耳には入れたくないようなものなのではと勘ぐりたくなる。

班長の傍らには部屋着らしいガウンをまとった男の姿がある。この家の主のようだ。歳は三十前後か。黒縁の眼鏡をかけ、髪は左右を短く刈り上げて、上のほうは長めのいま流行《はやり》の髪型だ。うっすら髭を生やしているが、無精髭ではなくきちんと手入れされている、これも若い世代で最近よく見かけるスタイルだ。

通話を終えて班長は宮野に言った。

「通報は間違いで、事件はなにも起きていないそうだ。我々は引き上げる。あんたも帰っていいぞ。ご苦労さん」

班長はそう言って傍らの地域課の警官に声をかける。怪訝そうな表情を浮かべながらも、なにやら逆らえない気配を察したのか、彼らもパトカーやバイクに乗ってその場を立ち去った。家の主と見られる男も、班長に礼を言うでもなく、黙って家に戻っていった。

家の窓には明かりが点《とも》り、屋内からはなんの物音も聞こえない。玄関の表札は片岡《かたおか》となっている。どちらかといえばありふれた名字だ。

機捜もそそくさと立ち去った。一人居残った宮野は、割り切れないものを覚えて玄関のチャイムを鳴らしてみた。インターフォン越しに無愛想な男の声が聞こえた。

「誰だね、あんた？」

「瀬谷警察署の宮野と申します。こちらで起きた事件について、少しお聞きしたいんですが」

普通ならこういう余計なことはしない。早く署に帰って週末の競馬の予想でもしたいところだが、金の匂いに関しては犬並みの宮野の嗅覚が働いた。

「なにも話すことはないよ。通報は誤認によるものだったと県警本部に連絡しておいたから。あんた聞いてないの」

「なにがあって通報されたのか、とりあえずそれをお聞きしたいんですが。私もこうやって出動した以上、日報に顚末《てんまつ》を書かないといけないもので」

「そんなの必要ないよ。そもそも事件なんてなかったんだから。本部も承知しているんだから、所轄《おうへい》のあんたが口を挟む理由はないんだよ」

やけに横柄な物言いだが、その話しぶりが一般人とはどこか違う。警察が好きであろうとなかろうと、普通の人間は本部だ所轄だといったわけ知りふうな口は利かないものだ。どうも警察の事情に詳しいか、ひょっとすると警察関係者かもしれないと、宮野はピンときたという。

「機捜の班長に電話したのは、かなり上の人間じゃないの。通信指令本部を通さず、その意思を携帯で伝えて事件そのものを消しちゃったわけだから」

特殊警棒で頭に一撃を受けた恨みはどこへやら、宮野は嬉しそうに言う。鷺沼は首を捻《ひね》って小籠包を頬張った。肉汁いっぱいのスープに舌がとろける。

「あんたの鼻は、そこに金の匂いを嗅いだというわけか。花粉症にでもかかってるんじゃないのか」

「おれのこと、なんでもかんでも金で動く人間だと思っているわけ？　そこは大きな誤解だよ。じつは話にはまだ続きがあってね」

宮野は慈《いつく》しむようにたま吉の頭をなで回す。たま吉は世田谷にある豪徳寺《ごうとくじ》のオリジナル招き猫で、前回タスクフォースが手がけた事案でたまたまその寺を訪れ、一攫千金の大願成就を祈念して、大枚五千円を払って宮野が購入した。

豪徳寺は招き猫の本家本元と言われ、正式には『招福猫児《まねきねこ》』というらしい。願が叶ったら寺にある招福殿というお堂に奉納することになっていて、宮野はその事件のあとで元泥棒の老人から少なからぬ財産を遺贈され、初代たま吉は大願成就の感謝の印に招福殿に奉納された。

宮野はさらなる大願成就のために新しい招き猫を購入し、いまいるたま吉は二代目というわけだ。自宅に持ち帰ればいいものを、宮野は鷺沼のマンションを前進基地と勝手に決めていて、以来たま吉はタスクフォースのご本尊のような顔で、鷺沼宅のリビングに居座っている。

「その家、瀬谷のあたりじゃ珍しいご立派な邸宅でね。どうも半端な金持ちじゃなさそうなんだよ」

宮野はいまにも涎《よだれ》を垂らしそうな表情だ。鼻白む思いで鷺沼は言った。

「けっきょく金の話じゃないか。その事件の裏事情を探って、強請《ゆすり》でも働こうという魂胆か。そんなのタスクフォースが動くようなヤマじゃない。恐喝という立派な犯罪じゃないか」

「まあ、話の続きを聞いてよ。天才刑事のおれの直感では、かなりやばい事実が隠されている。そう考えて、翌日、その家の隣近所で聞き込みをしてみたのよ――」

すると隣の家の住人が、その晩、警察が現場にやってくる二十分ほど前に、大きな物音がして、女性の悲鳴のようなものが聞こえたと証言した。

町内会長の自宅に出向いてその家の主について聞いてみると、三年前にその家を建てて引っ越してきたが、隣近所とは一切付き合いがないとのことだった。

町内会には入っているものの、単に会費を支払っているだけで、行事に参加したことは一度もなく、役員をやって欲しいと頼んでも、けんもほろろに断られるという。

世帯主の名は片岡康雄《やすお》。妻らしい女性はいるが、正式に結婚しているのかどうかも定かではない。二人の仲はあまりいいとは言えず、ときおり男女が激しく罵《ののし》り合う声が聞こえてくるらしい。

子供はいないようだというが、家族構成についても町内会に知らせる義務はないと言い張るので、正確なところは把握できていないという。

地元の交番が巡回連絡に訪れているかもしれないと思って訊いてみると、こちらもプライバシーを理由に家族名等を記入するカードの提出を拒否されたらしい。怪しげな力が働いて正式な捜査対象ではなくなっている以上、身上調査照会書を提示して、区役所で住民票を取得することもできない。

ところが、思いがけないところから身元が割れた。片岡康雄という名前でインターネット検索をしたところ、同一人物のものと思われる記事が何十件もヒットした。さらに画像検索をしてみると、事件の晩に家の前で見かけた男の画像があった。

ウィキペディアの記事をチェックすると、片岡はここ数年で数百億円の資産を築き上げた若手投資家で、その世界では注目されている人物のようだった。ただし正体は謎に包まれていて、年齢も経歴も交友関係も一切公表していないという。その謎めいたところが逆に興味を引いて、インターネットの世界では超有名人らしい。

ギャンブル以外の金の使い道にはさらさら興味のない宮野と違い、株からＦＸ、商品先物など手がける投資分野は幅広く、今後は投資ファンド業務にも乗り出す意向をみせているという。

「というわけで、おれの鋭敏な嗅覚にびんびん来ちゃってね」

宮野はだらしなく頬を緩ませる。鷺沼はしらけた思いで問いかけた。

「金の匂いがか？」

「違うよ。事件の匂いだよ。あの晩、なにかが起きていて、それをだれか強い力を持つ人間が揉《も》み消したということよ」

「しかし、事件が起きた形跡はなかったんだろう」

「ところがどっこい、その晩以来、同居していた女性の姿を見ていないと近所の人が言うんだよ」

「一緒に暮らしていたというだけで、妻かどうかもわからないんだろう」

「そうなんだけど、ゴミ捨てとか近所のスーパーでの買い物とかでよく見かけてはいたらしいのよ。それがここんとこ片岡がゴミ捨てをやってるし、女性が外を出歩いてるところも見かけなくなったそうでね。近所の人も、たまにその人と会っても軽く会釈するくらいで、とくに話をすることもなかったらしいから、それほど心配しているふうでもないんだけど」

「普段から仲が良さそうでもなかったんだろう。片岡に嫌気がさして家を出ただけじゃないのか」

「かもしれないけど、調べてみる価値があると思わない？」

「だったら勝手にやればいい。どのみち警視庁の管轄じゃないから、おれたちが手を出せる話じゃない」

冷たく突き放すと、宮野はたま吉にすがりつく。

「鷺沼さんのように信仰心のない人間にはわからないだろうけど、たま吉のお告げだって、もうしっかり降りてきてるんだから」

「それで、あんたが命を狙われてるっていうのはどういうことなんだよ。なにか根拠でもあるのか」

「これが立派な根拠じゃない」

宮野は包帯を巻いた頭を自慢げに突き出して見せる。鷺沼は笑って言った。

「石頭だという立派な証拠ではあるが、やらせたのが神奈川県警だという根拠にはならないだろう」

「ところが、ここ最近、おれをつけ回していた二人組がいるんだよ――」

宮野は深刻そうな顔で言う。きのうも片岡の家の近辺で、宮野は聞き込みをしていたらしい。もちろん得意のスカンクワークで、上には一切報告していない。

そのうち尾行されていることに気がついた。二人組のうちの一方はどこかで見た顔で、県警の人間なのは間違いない。ドサ回り専門の宮野は本部勤務になったことは一度もないが、たまには大きな事件の帳場に駆り出される。そこで見知った刑事のようだ。

何度かまこうとしたが、バレているのを承知でついてきているようで、なかなか振り切れない。だったら本人に理由を訊くしかないと、踵《きびす》を返して二人に歩み寄った。

「さっきからおれを追い回しているようだけど、こそこそしないで用件を言ったらどうなのよ」

「たまたまこっちのほうに用事があるだけだ。気の回しすぎじゃないのか」

一瞬慌てた様子だが、見た顔の男が空とぼけて答える。宮野はさらに突っ込んだ。

「だったらなんの用事か教えてくれる？　このあたりはおれの地場で、本部やほかの所轄の人間がわざわざ出張ってくるような事件は起きていないんだけど」

「そこは捜査上の機密ということで、同じ県警のあんたにも言えないよ」

「要するに、おれが県警の人間だと知ったうえでつけ回しているわけだ。あんたたしか港北《こうほく》署の刑事課の人だよね」

おぼろげな記憶を頼りに当てずっぽうで言ってやると、当たりだったようで、男は気まずそうに言い訳をする。

「上から言われて、しようがないからやってるんだよ。あんたがなにをしているかチェックして報告するようにって」

「上ってだれだよ」

「課長だよ」

「港北署の刑事課長が、どうしておれに関心があるんだよ。おれがなにかの捜査対象になっているわけか」

「知らないよ。上から言われたからやってるだけで、理由は教えてくれない」

「課長の上にはだれがいるんだよ」

「副署長と署長に決まっているだろう」

「要は本部のほうからわけのわからない指令が飛んできたというわけだ」

「あんたの噂はいろいろ聞いてるけど、あまり評判はよくないようだね」

男は余計なことを言う。宮野は気色ばんだ。

「大きなお世話だよ。そういう話なら監察が動くのが筋で、港北署の刑事課がしゃしゃり出る理由はないんじゃないの」

「だから、おれたちは上からの命令でやってるだけで、それ以上のことはなにも聞かされていないんだよ」

宮野は内心ほくそ笑んだ。あの晩、片岡とインターフォンで話をしたくらいでここまで警戒されるということは、県警上層部まで含めて、なにか隠したい事情があるに違いない。

「だったらその上の人間に言ってくれない？　変なことに首を突っ込むと、そっちにも火の粉が降りかかるよって」

「どういう意味だよ」

男は不安げに問いかける。足下を見るように宮野は言った。

「言えばわかるよ。あんたたちもそのとばっちりで首が飛ばないように気をつけた方がいいよ」

4

「たしかに臭い話ではあるな。しかし死体が出たわけじゃないし、県警は動く気配がないどころか、事件そのものが消えちまったようなもんだろう」

鷺沼は思いあぐねた。しかし宮野は勢い込む。

「間違いないよ。同居人の女性は、たぶんとっくに死体になってるよ。それを隠したい事情が片岡にあるのはもちろん、県警までもが隠したがっている。それを変だと思わないんじゃ、鷺沼さんは警察手帳を返上すべきだね」

「だったらおれになにをしろって言うんだよ。もし事件が起きていたとしても、場所は県警の縄張りで、警視庁が口を出せる話じゃないだろう」

「気にすることはないでしょう。そういうくだらない縄張り意識を乗り越えて、タスクフォースはきょうまで目覚ましい成果を挙げてきたんだから」

「頼みもしないのに縄張りを越えて首を突っ込んで、なにかと騒ぎを起こしてきたのはだれだっけ」

宮野は聞こえないふりをしてたま吉の頭をなで回す。

「三好さんに頼んでくれない？　身上調査照会書を一枚書いて欲しいって」

「なんに使うんだよ、そんなもの？」

「片岡の住民票と戸籍謄本をとるために決まってるじゃない」

「なんの捜査を理由にするんだよ」

「そんなの、捜査上の機密ということにしておけばいいじゃない。うちの課長に頼んでもやってくれるはずがないし」

宮野はいかにも切なげだ。身上調査照会書は市役所や区役所に住民票や戸籍謄本の開示を依頼する書類で、それを書けるのが警部以上の階級の警察官だという内規は警視庁も県警も変わりない。

瀬谷署の刑事課長は、ずる休みの届けの判子ならいい厄介払いだと考えていつでも押してくれるというが、そういう怪しげな理由でフダを切って欲しいとは、さすがの宮野も頼みにくいらしい。

宮野がどういう策略を練っているのかは知らないが、片岡の資産額に目が眩《くら》み、いつものように捜査の可能性をちらつかせ、金をせびり取ろうという算段なのは明白だ。

「悪いが、あんたのやろうとしていることは犯罪だ。それを幇助《ほうじょ》するためにタスクフォースがあるわけじゃない」

「だったら、おれが殺されてもいいわけね。そんな冷たい人だったの、鷺沼さんは」

「殺されるのが嫌なら、そんなことに首を突っ込むな」

「いまさらそんなことを言われてもね。もうすでにきょう、おれは殺されかけてるわけだから」

「それをやらせたのが片岡だという証拠はないだろう。それにあんたの口害をまともに浴びたら、そういう行動に走る人間が出てきたとしても不思議じゃない」

「ひょっとして、やらせたのは鷺沼さんじゃない？」

「あんたを殺して刑務所に入るなんて、割の合わないことはしない」

げんなりした気分で言って、鷺沼はビールを呷った。

## 5

翌日も宮野は帰る素振《そぶ》りを見せず、鷺沼もこの日は休みだった。

たっぷり朝寝をするつもりだったが、宮野は朝七時に起きて朝食をつくり出していたようで、炊きたてのご飯の匂いで空きっ腹を刺激され、やむなく八時過ぎには起床して食卓についた。

絶妙の焼き加減の厚焼き卵にカブのふろふき、マアジの塩焼き、アサリの味噌汁に海苔と納豆――。高級旅館の朝食クラスで、宮野はここでも手抜きはしない。

ゆうべ冷蔵庫を覗くと、一週間はもちそうなくらいの食材がぎっしり詰め込んであって、ちゃっかりそのレシートを渡された。特殊警棒で頭をぶっ叩かれた当日でも、そちらの準備は怠らない。見上げたものだと言いたいところだが、長逗留の準備は万端のようで、すでに外堀は埋められたと覚悟するしかない。

この日も宮野は片岡宅の周辺で聞き込みをするつもりらしく、鷺沼も付き合えと言って聞かない。断ってまた宮野が襲撃でもされて、死ぬようなことがあったら寝覚めが悪い。しようがないから付き合うことにして、愛車のGT－Rで瀬谷へ向かった。

車は駅付近のコインパーキングに駐めて、片岡の自宅のある相沢《あいざわ》一丁目に徒歩で向かう。一帯は閑静な住宅街で、午前十時を過ぎたいまは人通りもほとんどない。

片岡の自宅は、敷地が二百坪といったところで、豪邸というレベルではないものの、現代的なデザインの洒落《しゃれ》た洋風建築で、金回りの良さは十分に想像できる。鷺沼は問いかけた。

「しかし片岡のようなタイプの新興成金は、都内中心部の超高級マンションに居を構えるイメージがあるが、どうして瀬谷区のような辺鄙《へんぴ》なところに、金をかけて自宅を建てたんだか」

「辺鄙なんて言われると、おれもちょっとは傷つくけどね。でもいまどきは、株でもFXでもインターネット取引が当たり前だから、どこにいたって問題はないと思うよ」

宮野はあっさりしたものだ。言われてみればそうかもしれない。世界のどこにいても、インターネットを経由して株や為替の取引はできる。海外では「ミセス・ワタナベ」と称される日本の小口投資家が、世界の為替市場を動かしているとさえ言われているようだ。

カーポートにはBMWのスポーツタイプが収まっている。真っ赤な2シーターのカブリオレで、8シリーズだから二千万円弱はするだろう。

塀の向こうにはそこそこ広い庭があるようで、よく手入れされた植栽も見える。同居していた女性がいなくなったというわりに、全体に荒れているような様子はないし、外観からは最近血なまぐさい事件が起きた気配も感じられない。気乗りのしない思いで鷺沼は言った。

「あんたの思い過ごしのような気もしてきたな」

「そんなことないでしょ。なにもなかったら、県警の馬鹿どもがおれを尾行する理由はないし、競馬場で襲撃されたのだって、無関係だとは思えないよ」

「そもそもそういう状況で、よく府中競馬場に出かけていたな」

「おれだってたまには息抜きしないとね。この世の中のあらゆる悪を撲滅するために、日々粉骨砕身しているわけだから」

「あんたの場合、そのあらゆる悪が商売のネタに見えるわけだろう」

「そうなんだよ。毎朝、電卓片手に新聞の三面記事を読んだりして——。嘘だよ。そんなことないよ」

宮野は大きく首を左右に振った。そのとき片岡邸の二階の窓が開いた。鷺沼たちは向かいの家の横手の路地に身を隠した。

顔を覗かせたのは、宮野が言っていたとおりの、黒縁眼鏡で刈り上げ頭の男だった。凝った筋肉をほぐすように大きく伸びをすると、手にしたタバコをのんびり燻《くゆ》らせる。

宮野が言う。

「きょうは日曜だから、株式市場は休みだし、FX取引もできないはずだよ。ひょっとしたら、これからどこかへ出かけるのかもしれない」

「だったらあの高級車で出かけるんじゃないのか。あんた、ここにいてくれ。急いで車を持ってくるから」

「でもGT－Rを家の前に駐めたら目立ちすぎだよ。このすぐ先に空き地があるから、そこにいったん突っ込んどいてよ」

宮野が指さした先を確認し、鷺沼は路地を抜けて裏の通りを駅前に走った。コインパーキングから出庫して、片岡の自宅近くに向かい、宮野が指定した空き地にいったん車を入れて電話をすると、宮野は慌てたように言う。

「いま片岡がカーポートに出てきて、車に乗り込んだところだよ。すぐこっちに来ておれを拾ってよ。家の前の道路は一方通行だから、そのまま追尾に入れるよ」

「わかった。どっち方面に向かいそうだ？」

「たぶん東名高速じゃないかな。いったん中原街道に出て、保土ヶ谷バイパスを通って東名に入る。その先は都心部に向かうか名古屋方面に向かうかだね」

「目立つ車だから見失う心配はないだろう」

「GT－Rだって相当目立つ車だから、感づかれて振り切られないようにね。あっ、いま走り出したよ」

「わかった。いますぐそっちへ向かう」

そう応じてアクセルを踏み込んだ。片岡の自宅の前で宮野が前方を指さしている。真っ赤なBMWが五〇メートルほど先を走っている。住宅街の道路だから、まだそれほどスピードは出ていない。

家の前で宮野を拾い、適当な距離を開けてついていく。ど派手なカブリオレを見失う心配はない。こちらも車種としては目立つほうだが、ボディカラーは渋めのメタリックシルバーだから、尾行に気づかれる心配はさほどないだろう。

片岡は宮野の読みどおり、住宅街の道を抜けると、瀬谷柏尾《せやかしお》線に出て左に向かい、その先の交差点で中原街道に出た。さらにその先で保土ヶ谷バイパスに入り、向かったのは東名高速の横浜町田IC方面だ。鷺沼は訊いた。

「片岡は都心部にもオフィスを持っているのか」

「どうだかね。とにかく秘密が多くてね。SNSにアカウントはあるようなんだけど、プライベートなことは一切書かずに、株価や為替の予想めいたことを発信して、どうもそれが当たるらしくて、熱狂的な信者がいるみたいだね」

「あんたも競馬や競輪だけじゃなく、そっちのお告げにも従ってみたらどうだ」

「百円上がったの二百円下がったのってけち臭い話に興味はないよ。男はドカッと勝負をかけなくちゃ」

「しかし腑《ふ》に落ちないのは、そんな男が、どうして県警を動かせるかだよ。ああいう連中は基本的に一匹狼で、政治や役人の世界とは縁が薄いと思うんだが」

「甘いね、鷺沼さん。株や為替は政治の匙加減で動くもので、政界や官界は言ってみりゃインサイダー情報の宝庫じゃない。片岡みたいなぽっと出の投資家が巨万の富を築けた裏には、そういう世界との持ちつ持たれつの関係があるからに決まっているよ」

刑事になって以来、やってきたのは殺人の捜査だけで、株や為替の世界となるとまったくの素人だ。もちろん宮野も似たようなもののはずだが、こと金が絡む話となれば鼻の利かせ方も変わってくるらしい。

## 6

宮野の嗅覚はさすがというほかはなかった。東名高速から首都高速渋谷線に入り、片岡が向かったのは、永田町の衆議院議員会館だった。

片岡は駐車場に車を駐めて、慣れた様子で会館のなかに入っていった。だれか面会する相手がいるのだろう。

しかし鷺沼たちはなかには入れない。セキュリティーチェックが厳重で、相手の承諾がなければ許可が下りないし、防犯カメラで顔までチェックされると聞いている。もちろん令状がなければ、警察手帳を提示しても入れてはくれない。

日曜日ということもあってか来館者用の駐車場はがら空きだった。片岡の車からは離れた位置に駐車して、向こうが出てくるのを待つことにした。

それでもいまは国会が会期中で、議員の先生方は多忙のようだ。黒塗りの高級車が議員専用の地下駐車場をしきりに出入りする。そんな車の動きを眺めながら宮野は鼻高々だ。

「おれの睨んだとおりでしょ。これは間違いなく搾《しぼ》りとりがいのあるネタだよ」

「なにを搾りとるんだよ」

「議員先生たちが片岡みたいなやつにインサイダー情報を流して、少なからぬ見返りをもらってるに決まってる。あいつら、おれたち国民の税金で養ってもらってるのを忘れて利権漁りに奔走しているわけよ。そういう連中が掠《かす》めとった金の一部を、国民の代表たるおれたちに返済してもらうということさ」

「おれには国民の代表という自覚はべつにないけどな」

「納税者こそが主権者だというのが民主国家の原則じゃない。まあ、みんながそれを忘れているから、この国のふざけた政治は成り立っているといってもいいわけだけど」

そこまではたしかに正論だが、その先の思惑に、詐欺師の屁理屈にも似た論理矛盾があるのは間違いない。


一時間ほどで片岡は出てきた。自分の車に向かいながら、こちらの車をちらちら見ている。

追尾に気づいていたとしたら、ここまでの道中で、ルートやスピードを変えるとか路肩に停車してやり過ごすとか、それ相応の挙動は見せていただろう。

乗っている車からして向こうはかなりのカーマニアのはずだから、たまたま駐車しているGT－Rが気になっただけかもしれないが、この先は注意して、十分車間距離をとったほうがいい。相手はこれ以上ないくらいの派手な外観だから、見通しのいい直線なら、二〇〇メートル以上間隔をとっても見失う心配はなさそうだ。

片岡が次に向かったのは、こともあろうに桜田門方面だった。まさか警視庁ではと思っていると、その一つ手前のビルのところで左折して、駐車場の入り口で警衛になにか書面を見せてなかに入った。鷺沼はその手前の路肩に車を駐めて、片岡の動きを注視した。

ビルは中央合同庁舎第二号館。警察庁と総務省および国土交通省の一部が入居している。どの役所も一般市民が用事があって訪れる場所ではないので、身分証明書や紹介状のようなものがないと駐車場は使えない。となると、片岡はこちらにもなんらかの縁故があるものと考えてよさそうだ。

片岡は駐車場から本館の表玄関に進み、そこでも警衛になにかを見せてなかに入った。

宮野は興奮する。

「ちょっと鷺沼さん。やばいことになってきたじゃない。出向いたのはたぶん警察庁だよ。それも休日の日曜日に。特別な用事で、特別な誰かと会うためとみて間違いないんじゃないの」

「総務省という役所も所管する範囲が広いから一概には決めつけられないが、あんたが見立てている線が正しければ、その可能性がなくもないな」

「警察庁のお偉いさんにコネがあったら、神奈川県警の本部長を動かすくらいわけないじゃない。そのうえ国会議員にまで知り合いがいるとなれば、おれたち末端の警察官が手出しできる相手じゃないよね」

「だったら今回は諦めるわけだな」

「そうじゃないよ。そうなると警察じゃ手に余るから、いよいよタスクフォースの出番というわけだよ」

「冗談じゃない。タスクフォースはあんたの下請けじゃない。神奈川県警の縄張りに首を突っ込む気はさらさらない」

「でも、ちょっとくらいは手伝ってくれるでしょ」

宮野は未練たらたらだ。ここで鷺沼たちが手を出せば、捜査というより宮野の強請の幇助にしかならない。

「ちょっともなにも、そもそも事件にもなっていないのにどうやって手をつけるというんだよ」

「そのうち尻尾を出してくるよ。そのときになって仲間に入れてくれって言ってきてももう遅いからね」

「言わないよ、そんなこと」

素っ気なく応じはしたが、刑事の勘として、たしかに事件の匂いはぷんぷんする。宮野が謎の人物に襲撃を受けたのは明白な事実で、そこに片岡の背後にいる何者かの影響力が働いている可能性も否定しがたい。

各警察本部による管轄権にしても、必ずしも明確な規定があるわけではなく、もしその事件の端緒が警視庁管内にあって、その結果としての犯行が神奈川県内で起きた場合、警視庁が捜査に乗り出すことが不可能というわけではない。

そもそも法的には、警察官は管轄の有無を問わず被害届を受理する義務があると規定されており、警視庁を含む各警察本部がそれぞれの管轄地域でのみ警察権を行使するという慣行は、むしろ便宜上の問題に過ぎないともいえる。

とはいえ今回の事案に関しては、もしなんらかの犯行が神奈川県内で起きていたとしたら、その事実を明らかにしてまずは所轄が正式に捜査に乗り出し、それが殺人などの凶悪事案であれば、県警本部が動くのが筋なのは言うまでもない。

問題は宮野にそこまでことを動かせる人望があるかどうかで、片岡の背後に事件があると宮野がいくら騒いでも、死体でも出てこない限り、県警本部が動くはずもない。

## 7

三十分ほどして、片岡はエントランスを出て駐車場に向かった。真っ赤なＢＭＷはすぐに出てきた。

霞が関で高速に乗り、都心環状線から渋谷線に入る。その先は東名高速で、だとしたら来たときと同じルートだ。

「このまま帰るみたいだね。もっと面白いところへ寄ってくれるかと思ってたのに」

宮野は落胆したように言う。霞が関なら、銀座、赤坂、六本木にも近い。普通、瀬谷からわざわざガソリン代を使って都心に出てきたら、食事や買い物くらいはすると思うのだが、片岡にはその気もない様子だ。

もっとも車好きの心理というのはそういうもので、鷺沼もわからないでもない。スポーツカーを乗り回すレベルのマニアにとっては、ドライブしているときが最良の時間で、必要があってというより、そういう楽しみのための車なのだ。

「きょうの二ヵ所だけでも十分面白い場所だよ。いまのところ、あんたの勘は冴えてるようだな」

「勘というより、明晰な推理力と言って欲しいね」

「そのわりには府中の競馬場で、予想もしないドジを踏んだようだが」

「それだって、真相に近づく重要なとっかかりになったわけだから」

「そっちの犯人はまだ見つかっていないんだろう」

「府中署はなにをやってんだろうね。特殊警棒で頭を殴るなんて、殺人未遂で立件したっていいくらいじゃない。もっとも、いまそいつらがパクられるとタスクフォースの出番がなくなっちゃうから、おれとしては痛し痒《かゆ》しだけどね」

宮野の発想はすべて自分本位だ。きのうはその後も井上が警察無線をモニターしていたが、帳場が立つような話は流れてこなかったし、軽傷だったせいか、それとも宮野の人徳ゆえか、所轄としては、本庁にお伺いを立てるほどの重要事案とは見做《みな》さなかったらしい。

市販品とはいえ特殊警棒を使うという発想が、警察関係者が絡んだ犯行を想起させる。軽傷で済む程度に特殊警棒を使うというのは、むしろある程度の技術がいるもので、おそらくなにかを警告する意味で、殺さない程度にとどめたと考えたくなる。

「府中署に対しても、だれかが影響力を行使したとも考えられるな」

「うん。さっき片岡が立ち寄った先が警察庁だとしたら、それも十分あり得るよね」

「長生きしたきゃ、あんたも大人しくしたほうがいいんじゃないのか」

「いやいや、命が惜しくてそういう悪を見逃したんじゃ、正義の刑事の名が廃《すた》るでしょう」

「あんたの言う正義というのは、辞書に書いてある意味とはずいぶん違うようだがな」

「正義の守護神たるべき警察がその逆をやってるわけだから、多少のずれは許容範囲じゃないの」

宮野は悪びれるところがない。


予想どおり渋谷線から東名高速に入り、片岡の車は瀬谷方向に向かった。

横浜町田ＩＣで高速を降りて、保土ヶ谷バイパスに入ったところで、宮野の携帯が鳴りだした。取り出してディスプレイを覗き、宮野は舌打ちする。

「署からだよ。この忙しいときに、なにかつまらない事件が起きたようだね」

「非常呼集か」

「たぶんそうだよ」

億劫《おっくう》そうに頷《うなず》いて、宮野は携帯を耳に当てた。

「ああ、おれ。いまちょっと出先なんだよ。つまらない用事ならパスしたいんだけど──」

横柄な調子で応答して、相手の話に耳を傾ける。その表情が妙に真剣になってくる。

一頻《ひとしき》り通話を終えて、宮野が振り向いた。

「当直のやつからだ。死体が出たんだよ。女の死体で、かなり腐乱しているそうだね。場所は程《ほど》ヶ谷《や》カントリー倶楽部の裏手の山林で、首を吊っていたらしい。山菜採りに出かけた地元の爺さんが発見して通報してきたそうなんだ」

「自殺か？」

「さあ、どうだか。ただそこは、片岡の自宅のすぐ裏手なんだよ。死体を自殺に見せかけるために、あとで木に吊るしたのかもしれないじゃない」

宮野はさっそく決めてかかる。鷺沼は問いかけた。

「身元は？」

「まだわからない。署の連中もこれからそっちに集まるそうなんだけど、とりあえず現場を確保して、検視官の到着を待つしかないんじゃないの」

「あんたも呼んでもらえたのか」

「またそういう失礼なことを。瀬谷署の刑事課でいちばん切れ者のおれを呼ばなきゃ始まらないじゃない。片岡はもういいから、急いでそこまで連れてってくれる？」

「おれの車で、そんなところへ行っていいのか」

「きょうはみんな休みで、どうせ出先から集まってくるから、多少時間はかかるよ。でもここからなら五分もかからない。おれが一番乗りのはずだから心配ないよ」

## 8

バイパスを出て、その先の交差点で中原街道に入り、さらに脇道に入る。林道ふうの道を進んだところにパトカーが駐まっていて、制服警官が立ち入り禁止の蛍光テープを張っている。宮野はそこで車を降りて、鷺沼はUターンしてもと来た道を戻った。

用賀で高速を降りて、柿の木坂のマンションに戻ったのが午後二時過ぎ。さすがに宮野も忙しいのか、まだ電話は寄越さない。

テレビを点けてニュースを観ても、程ヶ谷カントリー倶楽部の裏山で死体が出たという話はやっていない。

マスコミは大した事件とは見做していないようだ。たぶん自殺という検視結果が出たのだろう。ある程度の著名人でもない限り、自殺がニュースで報じられることはない。

宮野から報告があったのは、その一時間後だった。

「今度もなんだか変だよ。あれは絶対に他殺なのに、検視官はあっさり自殺で片付けちゃった」

「なにか、おかしなところがあったのか」

「現場にいちばん乗りしたのはおれだったから、死体をじっくり観察する暇があったのよ」

「どういう状態だった」

「ここんとこ陽気がよかったから、かなり腐乱していてね。男か女かわかる程度で、人相からはだれだかわからないと思うんだけど」

「どうして他殺だと思うんだ」

「吉川線《よしかわせん》があったんだよ」

吉川線とは絞殺死体に特有の傷で、首を絞められたとき、それを外そうと指で引っかくため、ロープや紐の痕とほぼ直角につく傷跡のことだ。自殺の場合はそれがないから、自殺か他殺かの見極めの決定的な手掛かりとなるものだ。怪訝な思いで問い返した。

「検視官が、それを見落とすはずがないだろう」

「おれはぶら下がっているところをちゃんと見たんだよ。ロープがかかっているところよりもかなり下のところに、引っかいたような傷があった。腐乱していてたしかに不明瞭だったけど、うちの馬鹿検視官、ロープの位置と違うから吉川線じゃないと言うんだよ。カラスかなんかに突かれたんだろうって」

宮野は憤懣やるかたない口振りだ。鷺沼は訊いた。

「どこかで絞殺したあと、死体をそこへ運び込んで、木から吊るして自殺に見せかけた——。あんたはそう睨んでいるんだな」

「間違いないよ。殺《や》ったのは片岡で、死体は一週間前から姿が見えないという同居していた女だよ」

「司法解剖すれば、そんなトリックいくらでも見破られるだろう」

「検視官が自殺だと決めてかかれば、そんなのやるわけないじゃない」

そこは宮野の言うとおりで、犯罪性の疑われる死体で司法解剖されるケースは、せいぜい数パーセントと極めて少ない。それだけ死体が多くて捌《さば》きされないというのが実情で、解剖されなかった死体のなかに、じつは相当な数の殺人死体があるのではないかという疑問はかねがね指摘されている。

「身元はわかったのか」

「それが皆目わからない。身元を証明するようなものをなに一つ身につけていない。それだっておかしいと思わない？　いまどきキャッシュカードやクレジットカードの一枚や二枚、持っているのが普通でしょう」

「指紋はとれたのか」

「辛うじてとれたけど、過去に犯歴がなければ意味がないからね」

「あとは歯形からの特定か。スーパーインポーズ法というのもあるが」

スーパーインポーズ法というのは頭蓋骨と生前の写真を比較する画像処理技術だ。それについても宮野は否定的だ。

「肉親や知人から行方不明者届が出ていなかったら、どっちも手掛かりにはならないよ」

投げやりな調子で宮野は言う。自殺ということになれば、警察は積極的な身元特定はしない。せいぜいホームページなどで情報を求める程度で、一定期間を過ぎれば地方自治体の手で無縁仏として葬られる。

「年齢は？」

「三十歳から四十歳。片岡の自宅から消えた女性もそのくらいだった」

「現場に不審な物証はなかったのか。もし自宅で殺害した死体を運び込んで細工したとしたら、足跡とかタイヤ痕とかがあってもよさそうだが」

「おとといかなり強い雨が降ったから、物証はほとんど洗い流されちゃったんじゃないのかね」

「目撃者は？」

「これからあちこち聞いて回るけど、日中でもほとんど人気《ひとけ》のない場所だからね。夜だったらまずいないと思うよ」

「その検視官も、なんだか怪しいな」

鷺沼は言った。何年か前に、神奈川県警が扱った変死体の解剖の九八パーセントを、横浜市内の監察医が担当していた事実が発覚した。

法医学の世界の常識では、一人の監察医が解剖できる死体の数は、多くても年間三百体程度だという。ところがその医師は一人で四千体近い解剖を行っていた。検視官の質とは別の話だとしても、神奈川県警の不審死体の扱いが相当雑なのは間違いない。

「検視に立ち会った医師も近所の開業医で、そういう死体は見慣れていないもんだから、ほとんど近寄りもしなかった。検視官が犯罪死体じゃないと判断すれば、現場の捜査員は異議申し立てもできないからね」

「捜査の出発点がそれだとしたら、実際どれだけ殺人事件が見逃されているかわからない。代行検視という制度自体にも問題がありそうだな」

検視は本来は検察官が行うことになっているが、実務上は代行検視という制度があって、検察事務官や司法警察員も行うことができる。

いずれの場合でも医師の立ち会いが必要だが、その医師には監察医の資格は求められない。つまり今回のように、近場の開業医に委嘱することがほとんどだ。

「検視官は一応法医学の研修を受けていることになっているから、立ち会いの医師なんてほとんど言いなりだよね」

宮野は知ったふうな口を利く。

「なんにしても、そっちはしばらく忙しいだろう。うちに居候している場合じゃなさそうだな」

期待を隠さず鷺沼が訊くと、宮野はあっさりそれを打ち砕いた。

「そんなことないって。これからかたち程度に聞き込みをするけど、本部が自殺と結論を出せば、そこで所轄は手仕舞いだよ。そのときは頭部打撲で長期療養が必要だということにしてたっぷり休暇をとるから、鷺沼さんは心配しなくていいよ」

# 第二章

## 1

「確かに犯罪の匂いがするな」

翌日出庁してすぐ、三好と井上を空いている会議室に誘ってきのうの顚末を聞かせると、三好は興味津々の様子だ。

「神奈川県警にやる気がないんなら、うちがやりましょうよ」

井上はやる気満々だ。牽制するように鷺沼は言った。

「どうやるんだよ。事件が起きたのは県警の縄張りで、おれたちが首を突っ込める領域じゃない」

「でも宮野さんはいつも警視庁扱いのヤマに入り込んで、美味しい思いをしてるじゃないですか」

「コソ泥の手口を見習えというわけか」

鷺沼は吐き捨てた。三好が割って入る。

「結果的にはそのおかげで警察の手に負えない悪党を退治できているわけだから、宮野君の貢献は無視できないんじゃないのか。今回は立場が逆だが、悪党を懲らしめるという意味ではタスクフォースの大義から外れるわけじゃない」

なにやら警視庁サイドもおかしな気配になっている。瀬谷の騒動の背後には明らかに犯罪の影が存在すると、鷺沼の刑事としての勘も囁《ささや》いている。だからといって宮野の下請けになる気はさらさらない。

「県警に宮野の味方は一人もいませんよ。そこが我々と立場が違うところでしょう」

鷺沼は不安を滲《にじ》ませた。意に介すふうもなく三好は身を乗り出す。

「身上調査照会書くらいなら、いつでも書いてやるぞ」

「どういう理由にするんですか」

「殺人容疑というわけにはいかんが、個人投資家ということなら、インサイダー取引でも所得隠しでもなんでもいい」

「そんなの、捜査一課が扱う領分じゃないでしょう」

「捜査一課が経済事案を扱っちゃいけないと法律で決まっているわけじゃない。それが結果的に殺人事件の端緒になることだってあるんだから」

「身上調査照会書であれ捜査関係事項照会書であれ、使った場合は上に報告することになってるんじゃないですか」

「そんなのただの決まりだよ。タスクフォースが扱った事案で、これまで何枚もフダは切ったが、上には一度も報告していない。それでなんのお咎《とが》めも受けていない」

三好は気にするふうもない。井上も張り切りだす。

「いま抱えているのは書類仕事くらいで、時間はいくらでもつくれますから、僕が瀬谷区役所に行ってきますよ」

苦々しい思いで鷺沼は応じた。

「宮野に引っ掻き回されてこれまで何度もひどい目に遭ってきた。考えてもみろ。タスクフォースがこれまで挙げてきた成果に、どれだけあいつが貢献したんだよ」

「でもそのあいだ、僕らは美味しい食事を楽しめたわけだし」

井上はふざけたことを言う。自分も鷺沼のマンションに居座ろうという気が満々のようだ。

「だったらおまえが宮野を預かってくれよ。頼みもしないのに押しかけられるおれの身にもなってみろ」

「無理ですよ。僕は官舎暮らしで、人間はもちろんペットを飼うのも禁止ですから」

「あんな可愛くないペット、どうしておれが飼わなきゃいけないんだよ」

「たま吉も一緒なら、だれか里親になってくれるんじゃないですか」

「係長はどうですか」

水を向けると、三好は慌てて首を横に振る。

「そりゃ無理だよ。おれ自身が家じゃ粗大ごみ扱いなんだから」

「でも片岡の身元は調べがついても、死んだ女性の身元がわからないと、事件性を立証するのは難しいですね」

井上もそこは悩ましげだ。近隣の住民が聞いたという大きな物音と女性の悲鳴。そのあとだれも女性の姿を見ていない。宮野の勘はおそらく当たっているだろう。しかしそれが片岡と同居していた女性だと、どう立証するのか。

そういう場合、周辺地域での徹底した聞き込みが捜査の常道だが、まさか神奈川県警の縄張りに警視庁が乗り込んでローラー作戦をかけるわけにもいかない。

宮野が瀬谷署の同僚を動かすのはまず無理だし、すでに身辺を怪しげな連中につきまとわれているうえに、府中の競馬場で襲撃されている。下手に動けば殺されかねない。

鬱陶《うっとう》しい男ではあるが、死んで欲しいとまでは願っていない。三好が言う。

「片岡は県警の上層部はおろか、警察庁や政界にもなんらかのコネがありそうだ。だとしたら、むしろ片岡に繋がる人脈に事件解明のヒントが隠れていそうだな。まずは縁戚関係から調べに入るべきだろう」

「だったらやはり、住民票や戸籍謄本が必要ですよ。宮野さん、いいところに目をつけているじゃないですか」

井上はすでに前のめりだ。

「そんなの刑事なら基本中の基本だよ。それがわかったところで、宮野にできることはたかが知れている。タスクフォースを下請けに使おうという下心が透けて見えるから気に入らないんだ。骨折り損のくたびれ儲けに終わるのが目に見えている」

うんざりした気分で応じると、鷹揚《おうよう》な調子で三好が口を挟む。

「そんなにうしろ向きに考えることもないだろう。このヤマの裏にはどでかい悪事が隠れていそうだ。片岡がその女性を殺害したのならむろん許しがたいが、もしそれが何者かによって隠蔽《いんぺい》されたとしたら、その背後には相当どす黒い力が働いているはずだ。それを暴き出すのはタスクフォースの大義にも適《かな》う」

タスクフォースにそういう大義があるとは知らなかったが、三好もその大義の裏に金の匂いを嗅ぎつけているような気がして、なにやら不安になってきた。

「やってくれるの？　さすが三好さん。鷺沼さんとは人間の出来が違うよ」

連絡を入れると宮野は声を弾ませた。一言嫌味を言うところが気に入らないが、三好と井上に背中を押されて、鷺沼も引くに引けなくなった。

「たぶん大したネタは出ないし、おれたちもそれ以上の手助けはできない。あとはお手並み拝見といったところだな」

「任せておいてよ。とりあえずの相手は県警のクズどもだから、おれにとっては与《くみ》しやすい相手でね。連中の汚い手口はちゃんと頭に入っているから」

「きのう片岡が出かけた先を考えれば、県警レベルで終わる話じゃないだろう。あんたみたいな小者がなにを騒ごうが、けっきょくごまめの歯《は》ぎしりだ。国政レベルの政治家や警察庁の大物官僚を敵に回そうという魂胆のようだが、あんたやおれたちの手に負える相手じゃない」

「鷺沼さんて、そこまで根性なしだったの。政治家や官僚と結託して甘い汁を吸い、そのお零《こぼ》れをそいつらに還流して、おれたちの血税をつまみ食いする。そんなやつらを検挙するのは、刑事である以前に一国民としての責務だと思うけど」

宮野はきのうから大層なご高説を披露する。鼻白む思いで鷺沼は言った。

「だったら刑事なんて辞めて、国会議員にでも立候補したらどうだ。これまで博打《ばくち》ですった金を注ぎ込んでいたら、いまごろ総理大臣になっていたかもしれないぞ」

「それもいい考えだね。今回のヤマで一儲けしたら検討してみるよ」

まんざらでもない調子で宮野は請け合う。宮野が総理大臣になるような国にはできれば住みたくはないが、日本の有権者がそこまでジョークが好きだとは思わない。

## 2

鷺沼は井上とともに瀬谷区役所に向かった。

ただ遊ばせておくのも癪《しゃく》なので、宮野も付き合わせようとしたが、瀬谷区役所と瀬谷警察署は目と鼻の先だ。頭部打撲を理由に傷病《しょうびょう》休暇をとっている宮野としては、同僚に見つかるとさすがに具合が悪いようで、きょうも片岡の自宅周辺を聞き込んで回るという。二日前に府中競馬場で襲撃されたばかりだというのに、その点は大した度胸と言うしかない。

身上調査照会書を提示して、まず住民票を取得した。記載されていたのは世帯主の片岡康雄だけで、ほかに世帯員はいない。つまり失踪した女性は片岡の配偶者ではなかったようだ。

となると、女性の身元は特定できない。内縁の妻とか姉や妹とも考えられるが、世帯が別なら住民票の記載からはわからない。その女性が程ヶ谷カントリー倶楽部の裏山で死体で見つかった女性だと宮野は確信しているが、県警が自殺という結論で捜査を終了した以上、そちらの身元も判明しないだろう。けっきょく、片岡の自宅で起きた騒動とその死体を関連付ける糸口はなくなった。

住民票の記載によると、片岡の本籍地は東京の大田区大森本町二丁目にあり、戸籍筆頭者は片岡《かたおか》純也《じゅんや》となっている。その名前には心当たりがある。与党の大物衆議院議員で、現在は総務会長のポストについている。きのう片岡が出向いたのは衆議院議員会館で、そこに片岡の事務所があるのは間違いない。もちろん同姓同名ということもあるから、戸籍謄本を取得して確認する必要がある。

ちょうど昼飯どきなので、区役所を出て近くのファミレスに入り、ここまでの状況を電話で伝えると、宮野は俄《にわか》に興奮する。

「やったじゃない。やっぱりおれの見立て通りだよ。親父が与党の総務会長じゃ、インサイダー情報なんていくらでも手に入るよ。そこで儲けた金の一部が闇の政治資金として還流されて、それを使って親父のほうは党内で幅を利かせる」

「それによって与党内で隠然たる影響力を持てば、県警本部長クラスの警察官僚を顎で使うくらいのことは十分できるな」

「そうだよ。いくら神奈川県警がクズの集まりでも、そのくらいの大物が動かなきゃ、殺人事件の隠蔽なんて芸当ができるはずがないじゃない」

「まだ殺人事件だと立証する決め手はないけどな」

「間違いないよ。瀬谷なんて辺鄙な土地にそう死体がごろごろ転がってるわけないじゃない。発見現場は片岡の自宅のすぐ近所で、腐乱状態も例の騒動から経過した日数を考えるとちょうどいい仕上がり具合だしね。それからもう一つ新ネタがあるんだよ――」

舌なめずりするような調子で宮野は続ける。

「事件のあった晩のことを、片岡の自宅を管轄する交番で訊いてみたんだよ。通信指令室からの第一報によると、一一〇番通報してきたのは女の声で、ただ一言、『助けて』と言って通話が切れたそうなんだ――」

かけてきたのは固定電話からで、警察や消防の場合、通報を受けると契約者の住所も同時に通知される。通信指令本部からの指示で交番の警官が片岡宅へ出向くと、すでに機捜が到着していて、片岡となにやら話をしていた。

そのうち機捜の班長に電話が入って、なにもなかったようだから引き上げていいという話になった。宮野が現場に到着したのはちょうどそのときだったらしい。

宮野が聞き込みをした近隣住民の証言では、大きな物音と女性の悲鳴のようなものが聞こえたのがその二十分ほど前で、女性の声で一一〇番通報があったのは、地域課の警官が現場に到着した時間から逆算するとその十分後になる。

「だとしたら機捜はなにをやってたんだ。片岡がなにを言おうと、踏み込んで現場を確認するのが連中の仕事だろう」

鷺沼は舌打ちした。宮野はここぞとばかりに捲《まく》し立てる。

「いくら県警の機捜が間抜けでも、普通ならそれくらいやるはずじゃない。そこはいくらなんでもおかしいわけよ。だからこそ答えは明らかだよ。片岡の親父が神奈川県警に圧力をかけて事件の揉み消しに走ったんだよ。警察官僚なんてみんな政治家の飼い犬だからね。そのうち政界に進出しようなんて野心を抱いているのもいるわけだから、恩を売って損することはないんじゃないの」

「まあ、いまのところ、すべてあんたの妄想に過ぎないけどな」

「妄想って言い方はないでしょう。鷺沼さんだってわざわざ瀬谷区役所まで足を運んでくれたということは、じつは興味津々なんじゃないの」

「その妄想がまかり間違って当たっているとしたら、この国の警察も腐りきっているということだな」

「そうだよね。政界が腐りきっているのは日本人なら誰でも知ってるけど、警察はいくらかましだと思っているから、テレビじゃ刑事ドラマが人気なんでしょ。でもそういう事実が表に出たら、刑事ドラマの視聴率もどんどん落ちてくはずだよ」

「それが事実なら、おれも刑事をやってるのが嫌になるよ」

「そういう警察の体質を浄化するのがおれたちタスクフォースの仕事だと思えば、意欲も湧いてくるってものじゃない」

「あんたの場合、べつのモチベーションもあるからな」

「そうなのよ。その手の連中にいちばん効果的なのが経済的制裁だからね」

いつもの演説を聞かされそうなので、適当に煽《おだ》ててその話題を切り上げる、

「まあ、頑張ってやってくれ。おれたちにできるのは住民票や戸籍謄本をとることくらいで、あとは県警きっての名刑事の手腕に期待するだけだから」

さりげなく言った皮肉を宮野は真に受ける。

「さすが鷺沼さん、お目が高いね。心配しないで。いずれタスクフォースにも出番をつくってあげるから」

「けっこうだ。あとは自己責任でやってくれ。ただし今度は特殊警棒で殴られる程度では済まないかもしれないぞ」

「そこは十分注意しているよ。しばらく競馬場に通う暇もないし」

宮野はけろりとしたものだ。電話を終えて宮野の新ネタを聞かせてやると、井上はさっそく勢い込む。

「宮野さんの勘が当たったじゃないですか。そこを突破口に政官財の闇にメスを入れる。まさにタスクフォースの本領発揮ですよ。今回もやり甲斐のある仕事になりそうですね」

「おれは絶対にいやだよ、宮野の下請け仕事なんて」

「でも間違いないですよ。誰だかわからないその女性が殺されたのは——。そういう犯罪が金や権力の力で闇に葬られる。それがわかってて見て見ぬふりをしたんじゃ、僕ら

もそんなろくでなしと同じになっちゃうじゃないですか」

「だからといって、神奈川県警の縄張りで起きた事件の捜査に、どうやっておれたちが着手できるんだよ」

「例えば片岡に殺された疑いのある女性の肉親や関係者から捜索願を出してもらえば、僕らが捜査に乗り出す正当な理由になるんじゃないですか。その結果、県警の管轄内で殺害されたことが明らかになった場合は、こちらのヤマということで文句は出ないと思うんですが」

井上の考えは理に適っている。だからといって現状では絵に描いた餅だ。腐乱死体で発見された女性の身元もわからないし、片岡の自宅から姿を消したのがその女性だということを立証することも困難だ。

「そううまい具合に行くとは思えないな。いまは宮野の山勘だけだ。あいつに県警を動かすだけの影響力があるはずもないし」

「でもなんとかなりますよ。これまでだってどう考えても解明不可能な難事件を、タスクフォースが総力を挙げて解決してきたじゃないですか」

井上はあくまで前向きだ。刑事としての正義感の発露だと、できれば信じたいのだが、いよいよ宮野が元凶の病魔に冒され始めたきらいがなくもない。

## 3

三好に電話を入れてここまでの状況を報告し、片岡純也を筆頭者とする戸籍謄本と附《ふ》票《ひょう》を請求する身上調査照会書をファックスしてもらい、鷺沼と井上はさっそく大田区役所に向かった。

ファックスではだめだと断られるかと思ったが、戸籍住民課の職員は警察手帳で身元を確認しただけで、あっさり開示に応じてくれた。しかし戸籍筆頭者の名前には興味津々の様子で、口にはしないが、それが現与党総務会長の片岡純也だとその顔がすでに物語っている。

区役所を出て近くのコーヒーショップに入り、井上はスマホで衆議院のウェブサイトの議員名簿のページにアクセスする。

片岡純也のリンクを開くと、東京都大田区生まれとなっており、生年月日も戸籍謄本の記載と同一だ。附票で確認すると、現住所も大田区大森本町二丁目で戸籍所在地と同様だった。

片岡康雄は純也の三男で、二人の兄は婚姻により離籍しており、戸籍に含まれているのは筆頭者の純也と妻、康雄の三人だった。康雄の瀬谷の住所は附票に記載されている現住所と一致した。

　想像どおり、康雄は大物衆議院議員の御曹司だった。著名な投資家として名を知られながら、その事実を、父も息子も世間には明らかにしてこなかった。そこにはなんらかの理由があると考えざるを得ない。

　政治家と投資家という関係からいえば、康雄にとって親の七光りはとくに重要なものではなかっただろう。一方で康雄に犯罪や不祥事の履歴はなさそうで、政治家である父親のイメージに傷がつくからということも考えにくい。

　そうだとしたら、別の理由でそれを表沙汰にしたくないのかもしれない。宮野が睨んでいる不正な情報漏洩《ろうえい》に基づくインサイダー取引と、そこから得た利益の政治資金としての還流――。そうした疑惑が生じないようにという画策のようにも思えてくる。

「なんだか大変なヤマになりそうですね。教えてあげたら、宮野さん跳び上がるんじゃないですか」

「だからと言って、いまはまだ雲を摑《つか》むような話だけどな」

「でも宮野さんの嗅覚が当たりなら、政界に激震が走るでしょう。それで悪事を働いている大物議員が辞職を余儀なくされれば、日本の政治もいくらかましになるんじゃないですか。僕らもついでに経済的制裁でしっかり懲らしめてやればいいんですよ」

　井上は言葉に力を込める。鼻白む思いで鷺沼は言った。

「おまえ、最近宮野とそっくりになってきたな。それじゃ早晩、人間失格になりかねんぞ」

「僕はお金目当てで行動するわけじゃありませんから。ただ目的を達するためには結果としてそうならざるを得ないこともあるだけで――」

そんな言い訳までほぼ宮野のコピペになっている。そのとき鷺沼の携帯が鳴った。三好からだった。

「どんな具合だ?」

三好は勢い込んで訊いてくる。戸籍謄本で確認できた事実を伝えると、電話の向こうで大きく唸《うな》った。

「すごいじゃないか。敵がそこまでの大物なら、なんとかおれたちの手で仕留めたいもんだ」

宮野の病気はすでに三好にも感染しているようだ。気のない調子で鷺沼は言った。

「無理ですよ。いまのところ、すべては宮野の脳内で起きている事件に過ぎませんから」

「いや彼の勘は当たっているな。そもそも県警のやっていることが不可解過ぎる。そのうえ、それほどの政界の大物が背後に控えているとなると、普通じゃあり得ないことが起きても不思議じゃない」

「県警上層部が事件の隠蔽に関与しているということですか」

「政治家というのは、警察にとって鬼門中の鬼門だからな」

三好は苦々し気に言う。実際、選挙違反や汚職以外で警察や検察が政治家を摘発するケースはほとんどない。その選挙違反ですら、運動員や後援会員、せいぜい秘書までで、先生本人にお縄がかかることはまずない。

鷺沼は政治家が直接関与した刑事事件を扱ったことはないが、報道される彼らの行状からしたら、そのモラルが一般人より高いとは決して思えない。

しかし殺人はもちろん、交通違反から性犯罪、窃盗の類を含め、一般の刑事事件で政治家が摘発されたというニュースは聞いたことがない。その一方で、警察内部で語られる、上からの指示で事件が隠蔽されたというような話には、単なる都市伝説以上の信憑性がある。

鷺沼自身もかつて捜査一課の殺人班にいたとき、着手しかけた捜査事案が理由もなく手仕舞いされ蒸発してしまったことがある。被疑者の関係者に大物政治家がいることが捜査の過程で浮上した。捜査にブレーキがかかったのはまさにそのタイミングだった。

なぜそんなことが起きるかと言えば、日本の官公庁で政権中枢にいちばん近い役所が警察庁だからだ。検察は法務省の管轄下にあるが、警察庁は内閣府の外局で、かたちの上で国家公安委員会を介しているとはいえ、実質的には総理官邸と直結した役所だ。

そんな性格があるから警察は政界からの風圧にすこぶる弱い。警察官僚の人事は事実上官邸が握っている。キャリアのトップは自分の出世のために政界の顔色を窺《うかが》う。その下の連中は上の連中の意向を忖度《そんたく》する。

警視庁を含め各警察本部のトップは警察庁から出向したキャリアが占めるから、出世に汲々とする課長や管理官クラスのノンキャリアも上に忖度し、その下の現場の警察官もまた彼らの意向に逆らえない。三好が言う政治家が鬼門だというのはそういう意味だ。そう考えれば、宮野の脳内スクリーンに映っているらしい事件の構図もあながち妄想とは言えなくなってくる。

「たしかに、そういう怪しげな力が働いている可能性は高いでしょうね」

鷺沼は言った。しかしそこに切り込む方法がいまは思い浮かばない。

「あとは宮野君の仕事に期待するしかないな。これから思いもよらない作戦を思いつくかもしれんし」

けっきょく三好にも気の利いたアイデアはないようで、とりあえず宮野の下請けはせずに済みそうだ。

「ところで、管理官からさっき話があったんだが」

三好が声を落とす。不安を覚えて問い返した。

「なにか厄介な仕事でも？」

特命捜査対策室の仕事が上から降りてくることは滅多にない。普段はストックされている迷宮入りファイルからいけそうな事案を見繕《みつくろ》って、優先順位をつけて片付けていく。

スピードが求められるわけではないしノルマがあるわけでもないから、日陰者の悲哀を味わうのを厭《いと》わなければ、居心地のいい職場だと言えなくもない。殺人班の助っ人でどこかの帳場に出張《でば》れという話なら御免こうむりたいが、上からの命令とあれば拒否はできない。

場合によっては、殺しの帳場を丸々一つ任せられることもあるが、継続捜査の仕事の進め方に慣れた鷺沼たちにとっては、人海戦術で一気呵成《いっきかせい》に決着をつけようとする特別捜査本部の短兵急《たんぺいきゅう》なスタイルは苦痛でもある。捜査そのものよりも、所轄から参集する百人を超す寄せ集め集団をコントロールする帳場管理の仕事に時間をとられ、現場に触れないと得られない刑事としての捜査勘がなかなか働かない。

そのうえ所轄の捜査員は、本庁から出張る捜査一課の刑事に顎で使われ、手柄はすべて持っていかれると日頃から不満たらたらだ。

鷺沼自身は特命捜査対策室という捜査一課の番外地に追いやられ、殺人班にいたときのエリート意識は打ち砕かれた。殺人班が取りこぼした難事件ばかりを押し付けられ、成果が出なければ遊んでいるのかと嫌味を言われる。そんな立場に置かれてみると、彼らの思いもよくわかる。

その後も何度か帳場を仕切ることはあったが、幸いどれも簡単なヤマだったから、早々に片付けて特命の本業に復帰した。その本業の重点がいまはタスクフォースに移っている。その点からも帳場が立てば事件解決まで署で寝泊まりする特捜本部態勢は、できれば避けたいものになっている。

「あす、帳場が立つかもしれないんだよ」

三好も困惑したような口ぶりだ。どうやら惧れていた成り行きのようだった。鷺沼は訊いた。

「殺しですか」

「もちろんそうだよ。いま殺人班は出払っていて、うちに白羽の矢が立った」

「特命だって一班から四班までいるじゃないですか」

「ほかの班は、どれも最近帳場に駆り出されている。うちの班はおれが適当に言い訳をして、ここ二年ほど出張っていないから、そろそろ年貢の納めどきのようでね」

三好はいかにも無念そうだ。宮野が目をつけたヤマにまだ未練があるようで、帳場が立てばそちらを追えない。鷺沼は問いかけた。

「どんなヤマなんですか」

「四日前に大森西六丁目の空き家で男性と見られる死後四週間ほどの不審死体が見つか

った。ところがその死体の身元がわからない」

「殺しなのは間違いないんですか」

「最初はただの変死で、病死の可能性が高いと見ていたらしいんだが、きょうになって周辺の住民から通報があって、四週間ほど前の夜半に近隣の住人がその家の前を通りかかったとき、なかで人が揉み合うような音と激しくやり合う声を聞いたそうなんだ」

「司法解剖はしたんですか」

「最初は病死だという見立てだったから、区役所がすでに茶毘《だび》に付していた」

「じゃあ、他殺だという立証もできないじゃないですか」

「検視の結果、事件性なしとの結論だったから、現場の鑑識もほとんどやっていなかった。きょう改めてやってみたら、室内に二名の人間の乱れた足跡が見つかった。その家はここ数年ずっと空き家なんだが、足跡は比較的新しいもののようだった」

「それじゃ神奈川県警のことを言えないじゃないですか」

「まあ、そうなんだが、不審死体がゴロゴロ転がっているという点じゃ、警視庁管内は神奈川県警どころじゃないわけでね」

「面倒だから非犯罪死体扱いにしようと?」

「所轄の現場ではそういう心理が働きやすいからな」

三好が言いたいことはよくわかる。殺人となれば、帳場が立つ所轄にとっては、経費はかかるわ人はとられるわで得することはなにもない。

本庁から来る捜査一課の人員と、近隣の所轄から助っ人に来る連中を併《あわ》せ、少ないときでも百人を超す捜査員の飯代から寝泊まりの世話までさせられる。殺しの帳場が立つということは、所轄にとって災難以外のなにものでもない。

「本庁の捜査一課は、まだ動いていないんですか」

「ついさっき、庶務担当管理官と現場資料班が臨場したらしい」

庶務担当管理官というのは捜査一課の筆頭管理官で、現場資料班を率いて殺人の疑いのある現場に先乗りし、殺しの可能性が高いとみれば特捜本部の設置を捜査一課長に具申する。その庶務担当管理官がいまごろ動くということは、本庁サイドにも非犯罪死体で片付けたい思惑があったのではと考えたくもなる。

「まさかそっちにも、政界からの圧力があったということはないでしょうね」

「そりゃ考え過ぎだろう。とりあえず殺人の可能性ありで本庁が動いたわけだから、神奈川県警とは事情が違う」

「そうでしょうね。ただ片岡の父親の住所が大森本町二丁目で、どちらも大森署の管内なもんですから、つい瀬谷の事案と頭のなかで結びついてしまって――」

「まだ決定じゃないから、いまのところお沙汰を待つしかないが、もし殺しということになれば、難事件になりそうな気配だな」

「身元不明の死体というのは、厄介なホトケの最たるものですよ。その点は瀬谷の死体も同様ですけど」

「ああ。おれはどっちかと言えば向こうの死体に興味があるんだが、殺し担当の刑事たる者、死体を選り好みするわけにはいかんからな」

三好も近ごろ本音を隠さなくなった。宮野ウィルスの感染力はいよいよ侮《あなど》りがたくなってきた。

4

「困ったね。それじゃタスクフォースが機能不全に陥っちゃうじゃない」

そんな状況を伝えると、宮野は悲痛な声を上げる。鷺沼は冷ややかに言った。

「そもそも現状でタスクフォースの出番はないよ。当面はあんたの自助努力でやってもらうしかないからな」

「自助努力って言ったって、それが難しいからタスクフォースの力が必要なんじゃないの」

「片岡の住民票と戸籍謄本をとってやったんだから、それで十分だろう」

「乗り掛かった船って言うじゃない。片岡康雄の親父がそれほどの大物政治家だと判明して、おれの見立が当たりだと証明されたわけで、ここからがタスクフォースの本領発揮だよ」

「その前に、まずあんたが一仕事しないとな。少なくとも死体で見つかった女性、もしくは姿を消した女性の身元を解明してくれないと、タスクフォースだって動きようがないだろう」

「だったら大森の空き家で見つかったその死体に、ちょっと手伝ってもらえない？」

宮野は怪しげなことを言い出した。警戒心を隠さず問いかけた。

「なにを企んでいる？」

「片岡の親父もその死体があった空き家も大森署の管内じゃない。大森西と大森本町なら目と鼻の先でしょ」

「その死体と瀬谷の死体が関連付けられるはずがないだろう」

そのくらいは宮野もわかっているようで、切り出したのは突拍子もないアイデアだった。

「適当に口実をでっち上げて、片岡の親父の身辺を洗ってやるのよ。ついでに瀬谷の息子のほうにも人を張り付けて、とことん聞き込みをしてやればいいじゃない」

「どういう口実があるというんだよ」

「例えば、死体が見つかった家で物音や人の声が聞こえたすぐあとに、例の真っ赤なB

MWが走り去るのを近所のだれかが見ていたとか」

「そういう嘘で帳場の捜査員を動員しろというわけか」

「聞き込みというのは人海戦術が有効だからね。特捜本部のご利益なんてそのくらいしかないじゃない」

「そんな嘘っぱちで踊らされるほど警視庁の刑事はお人好しじゃないぞ」

「だからと言って鷺沼さんほど人の悪いのはいないと思うけど」

「その提案は却下だ。申し訳ないな、人が悪くて」

素っ気なく言い捨てると、宮野は慌てて宥《なだ》めにかかる。

「そういう意味じゃなくて、鷺沼さんのように慎重で目端《めはし》が利く刑事はそうはいないと言いたかったわけよ」

「ありもしない目撃証言で捜査員を駆けずり回らせて、本筋の捜査で成果が出なかったら、おれや三好さんの首が飛びかねない。そうなったらタスクフォースも空中分解だ。それでもいいのか」

「そりゃ困るよ。でもなにか美味しいネタが出てくるのは間違いないよ。ひょっとしたら、大森の死体と瀬谷の死体は知らない仲じゃないかもしれないし」

「たま吉のお告げでもあったのか」

「うん。柿の木坂方面からテレパシーが飛んできてね」

「そりゃけっこうな話だ。あんたもこれから瀬谷のほうでいろいろ忙しくなるはずだから、このままおれのところに居候というわけにもいかないだろう」

「大丈夫。電車で一時間くらいだから十分通勤圏だし、行きも帰りもラッシュアワーに遭う心配はないし、瀬谷の家にいたらいつ襲撃されるかもわからないし」

宮野はとことん居座る気のようだ。鷺沼はきっぱり拒絶した。

「帳場が立ったらおれは所轄で寝泊まりすることになる。そのあいだ勝手に住み着くことは許さない」

「そんなこと言ってる場合じゃないよ。おれのほうは命が懸かってるんだから」

「自宅が危ないんならウィークリーマンションでも借りたらいいだろう」

「せっかく空き部屋ができるというのに、そんな無駄な金は使いたくないよ」

「だったら家賃を払ってもらう。うちのあたりの賃貸マンションの相場は二十万円くらいだ。もちろん水道光熱費も管理費もあんたの負担だ」

「ちょっと、それはないよ。おれがしっかり留守番をして、掃除も宅配便の受けとりもしてあげるんだから、むしろ給料をもらってもいいくらいじゃないの」

「頼んでもいないのに、仕事を勝手につくるな。今夜のうちに出ていかないと、住居侵入で警察に通報するぞ」

「そんなことをして、片岡父子みたいな悪党を野放しにしていいの？　鷺沼さんの刑事としてのプライドはどこに置いてきちゃったの？」

「いまのところ、すべてはあんたの脳内現象に過ぎない。どうしても追及したいなら、まずは自力でまともな証言や証拠を見つけるんだな。県警きっての天才刑事のあんたなら、そんなのお茶の子さいさいじゃないのか」

「おれがダントツに優秀だとしても、そもそも県警自体のレベルが低いわけだから、それほど自慢にはならないよ。ここからはやはり鷺沼さんのお力添えがなきゃ」

宮野は突然へりくだる。鷺沼は冷徹に言った。

「悪いが断る。帳場が立つとしてもあす以降だ。今夜はおれも帰るから、そのまえに出ていく準備をしておいてくれ」

5

警視庁に戻ると、三好が待ちかねていた。

「帳場はあす大森署に立つことに決まったそうだ。今夜のうちに特捜本部開設電報が発令される。そのまえに大森署の担当部署と打ち合わせを済ませておくようにと管理官から言われた。これから出かけるから、おまえたちも一緒に来てくれ――」

特捜本部開設電報とは、刑事部長名で管内の所轄に一斉送信される文書で、事件の概要や本部が設置される所轄名、各所轄が派遣すべき応援人員の数などが通知される。発令されれば、速やかに指定された所轄に捜査本部が設置され、数十人ないし百人規模の人員が招集される。

普通は捜査一課殺人班が出張って現場を仕切るが、今回は手の空いている班がなく、やむを得ず鷺沼たち特命捜査第二係に白羽の矢が立った。

本来なら担当可能な班が所轄に先乗りして現場の情報収集を進めるが、今回はそれが遅れた。所轄の課長がやきもきしていたようで、向こうから催促が来たらしい。気乗りのしない気分で鷺沼は応じた。

「打ち合わせといっても、所轄もきょうまで着手していなかった事案では、とくに目新しい情報もないでしょう」

「さっき電話を入れたら、先方の課長もできれば事件化せずに済ませたかったような本音を覗かせていたよ」

三好もさりげなく嫌気を滲ませる。殺人事件の捜査は初動が決め手で、いまごろ慌てて帳場を立てても、有力な物証や証言が出てくる可能性は低い。けっきょくお宮入りになれば、特命捜査対策室の在庫ファイルが一冊増えるだけのことだ。そのうえ、だから特命はダメなんだと、殺人班に馬鹿にされるのが落ちだろう。

「死体がもうお骨になってるんじゃ、見通しはきわめて悪いですね」

鷺沼は嘆息した。殺された人間は喋れないが、死体そのものがいろいろ語ってくれるから、それが殺しの捜査のスタートラインになる。その死体が焼かれてしまった以上、なにをいまさらという所轄の課長の考えにも同情の余地がなくはない。

「瀬谷の死体の件と言いこっちの件と言い、死体の見立て違いが壁になっている点はよく似ているな」

「しかしうちのほうはとりあえず捜査に着手したわけですから、県警よりましではありますがね」

「逆にそれが裏目にでなきゃいいんだが」

三好も悲観的な口振りだ。井上が身を乗り出す。

「どうせ結果はわかっていますから、ここは宮野さんのアイデアを実行してみたらどうですか」

「それじゃ捜査じゃなくて詐欺になるだろう。宮野の同類になってどうするんだ」

吐き捨てるように鷺沼は応じたが、三好は興味深げだ。

「どのみち雲を摑むような捜査にしかならないんだから、そのくらいやってもいいんじゃないか」

あのふざけた提案については、すでに三好にも伝えてあった。あくまで宮野に乗せられないように釘を刺しておくためだったが、三好の反応はどこか曖昧《あいまい》だった。

帳場が立てば、現場の指揮をとるのは担当管理官だが、実質的な仕切りは係長である三好の仕事になる。その三好が乗り気になったら、帳場そのものが事実上宮野に乗っ取られるようなことになる。

「警視庁の刑事はそこまで間抜けじゃないですよ。うちの班の同僚だって所轄の連中だって、宮野の浅知恵に乗せられたりはしませんよ」

苦々しい思いで鷺沼は言ったが、三好はあくまで楽観的だ。

「そこはおれが上手いこと仕切るよ。どうせ本筋の捜査じゃ新しい手掛かりなんか出てこない。だからといって帳場が立った以上、仕事もしないで昼寝はしていられない。上のほうからは発破《はっぱ》をかけられるから、多少怪しげな糸口でも動かざるを得ない。おそらく宮野君の読みは外れていないから、とことん洗えば、今回の事案には結びつかなくても、犯罪性の高い事実が浮かんでくる可能性がある」

困ったことになってきた。そのうえそこまで自信をもって三好に言われると、案外捨てがたいアイデアのようにも思えてくる。

「まずは所轄と話をしてみないと。いまのところ、片岡父子とこの事案を結びつける要素は地縁くらいのものですから、宮野が考えているようなガセネタを捏造《ねつぞう》するのはそう簡単ではないでしょう」

とりあえずブレーキをかけてはみたが、三好も井上も怯《ひる》む気配はない。三好は請け合った。

「なに、どんな捜査だって最初は山勘で動き出すもんだ。多少胡散臭《うさんくさ》い糸口でも、頭から疑ってかかる連中はそうはいないよ」

# 6

大森署に出向くと、署内は引っ越しでも始まったかのように騒々しい。折りたたみ式のテーブルや椅子、コピー機やファックスやパソコン、布団や毛布の類を台車に乗せて運ぶ署員たちが廊下を忙《せわ》しなく行きかっている。

開設電報はまだ出ていないが、帳場が立つことはもう伝わっているらしく、捜査員が詰める講堂や寝泊まりの場になる柔道場などの準備で大わらわの様子だ。

刑事組織犯罪対策課の刑事部屋に出向くと、課長の川合幸次《かわいこうじ》が弱り切った顔で迎えた。三好とはかつて所轄で一緒だった時期があり、気脈を通ずる仲のようだ。

「物音や人の声を聞いたという証言が出てきたもんだから、すぐに補充捜査をしたんだが、新しい糸口になりそうなものは、まだなに一つ出ていないんだよ——」

材料と言えそうなのはその証言と再鑑識の結果出てきた足跡だけで、近ごろは区内にも空き家が増えていて、ホームレスが住み着いたりヤンキー系の若者が溜まり場に使ったりということがよくあるという。

「だから人の声や物音にしても鑑識で見つかった足跡にしても、必ずしもその死体との関係が立証されたわけじゃない。指紋もいくつか出たんだが、どれも犯歴情報の指紋とは一致しなかった。そもそもその死体からして、その空き家で病死でもしたホームレスかもしれないし」

川合は嘆くように言う。同情するように三好は頷く。

「その死体だって、お骨になっちまったから司法解剖はもうできない。もし殺しだとしたら検視官が重要なことを見落としたんだから、べつにあんたの責任というわけじゃないんだしな」

「そうなんだよ。どうして庶務担当管理官がいまさら殺しと断定したのか――。大きな声じゃ言えないが、そのまま蓋《ふた》をしてくれていれば、あんたたちも余計な仕事に駆り出されずに済んだんだよ。いまの庶務担当管理官は馬鹿正直で融通が利かないから、帳場の数がいくらでも増えちまって、捜査一課の現場も困っているって噂を聞いてるよ」

「そのせいでうちに白羽の矢が立っちまったわけだ。特捜級の事件に関しては、上のほうが多少は取捨選択してくれないとな」

同感だというように三好は言う。世間の人に到底聞かせられる話ではないが、たしかに警察力にも限界というものがある。事件の優先順位を決めるのも庶務担当管理官の仕事の一つで、殺しかどうか微妙な事案に匙加減を加えるのも裁量のうちだと三好と川合は言いたいようだ。

「現場を見てみるかい？」

川合が言う。三好は頷いて問いかけた。

「現場は保存されているのか」

「いや、最初に犯罪性がないと結論が出たもんだから、死体のあった室内は持ち主が専門の業者に依頼して清掃しちまった。最近は孤独死が多いから、そういう業者が繁盛しているらしいね。足跡が見つかったのは別の部屋からで、その点でも、他殺を立証する材料としては不十分なんだよ」

「死体の状態は？」

「発見時にはほぼ白骨化していたよ。それでも司法解剖していれば、骨についた微細な傷跡とか毒物とかが発見できたのかもしれないが、焼かれてしまうともう無理だ。骨壺に納めるために粉々にしてしまうから再鑑定は不可能で、焼いた骨からはＤＮＡも採取できない」

「だとしたら、殺しと断定すること自体、かなり微妙なところだな」

「あとで犯人が見つかったら、警視庁の検視が笊《ざる》だと非難される。それを惧れた可能性もあるね」

川合は皮肉を滲ませる。斧という点では神奈川県警と似たようなもので、全国の警察がその体《てい》たらくだとしたら警察官として忸怩《じくじ》たるものがあるが、警視庁のほうは、再捜査に着手しただけまだましだとは言えるかもしれない。

所轄のパトカーで出向いた大森西六丁目は戸建て住宅と小ぶりなマンションが密集する住宅地だった。死体が発見された民家は、築二十年は経っていそうな木造の二階家で、川合は勝手口のドアに取り付けられた南京錠を開けた。

もともとのドアの錠は何者かによって壊されていて、警察がその南京錠を取り付けたらしい。再捜査のために今後もしばらく立ち入りさせて欲しいと要請すると、持ち主は快く応じてくれたという。

「近々取り壊して更地にするそうで、そうなると手掛かりは一切なくなってしまう。それを考えても、なんだかお宮入りの線が濃厚だね」

言いながら川合は鷺沼たちを家のなかに誘った。何者かに侵入されたと言っても、とくに荒らされた様子はない。空き家のためもともと家具はさほどなく、死体発見直後はひどい腐臭が染みついていたと言うが、清掃業者はそれもきれいに消し去ったようで、かすかな芳香剤の匂いさえする。

「死体があったのは二階なんだよ」

川合は階段を上がり、フローリングの六畳ほどの部屋に向かった。書斎のような部屋だったのか、つくり付けのライティングデスクと書棚があるが、本の類は一冊もない。

川合は悩ましげに言う。

「発見時、死体は床の上に俯《うつぶ》せになっていた。姿勢はかなり乱れていたが、検視官も立ち会いの医師も心臓発作かなにかで死亡時に苦しんだせいだと見立てたらしいんだよ」

「服装は？」

「Tシャツにジーンズ。侵入したと思われる勝手口の土間にはスニーカーがあった。衣服には刃物で刺されたような痕跡はなかった」

「微妙ではあるな。しかしもし殺しだったらその検視官の目が節穴《ふしあな》だったせいで、それを見逃した責任は大きいよ。そのせいで見通しの立たない事件をあてがわれちまった。お宮入り事件の再捜査がおれたちの本業だが、端《はな》からお宮入り確定の事件を扱うのは初めてだよ」

三好は大袈裟に嘆いてみせる。でっち上げのガセネタで瀬谷の事件に結びつけようという宮野のアイデアに従って、すでに伏線を張り始めている気配が濃厚だ。鷺沼は川合に訊いた。

「この家は、いつごろから空き家になっていたんですか」

「五年くらい前からのようだね。持ち主はいまオーストラリアにいるんだよ。それがじつは地元の名士と縁戚関係のある人物でね」

川合が意味深なことを切り出した。鷺沼は慌てて問いかけた。

「だれですか、地元の名士って？」

「片岡純也衆議院議員だよ。農林水産大臣や経済産業大臣を歴任し、いまは与党の総務会長だ。政治家としては大物中の大物だね」

思いもかけない話が飛び出した。空とぼけた顔で三好が問いかける。

「そりゃ厄介な相手だな。事情聴取はしたのか」

「代議士に？　そんなことするわけないだろう。縁戚関係があるというだけで、事件との直接の接点はなにもない。それにそっち方面は警察にとって鬼門だからね」

川合は三好と同じことを言う。しかし宮野が言っていたたま吉のお告げが外れではない可能性が出てきた。鷺沼もポーカーフェイスで問いかけた。

「縁戚関係というと、例えばどんな？」

「代議士とは又従兄弟《またいとこ》、つまりはとこの関係らしい」

つまり二人の祖父母同士が兄弟ということだ。鷺沼はさらに訊いた。

「いまも付き合いはあるんですか」

「ないことはないだろうね。以前は同じ区内の歩いて行けるくらいの距離に住んでいたわけだから」

「その人の名前は？」

「片岡恒彦《かたおかつねひこ》というんだけどね。五年前に勤めていた会社を早期退職してオーストラリアに移住したらしい。空き家はそのうち処分するつもりだったんだが、つい億劫でそのままにしてあったそうなんだ。なにか気になることでもあるのかね」

川合は怪訝な表情で問いかける。鷺沼はさりげなく応じた。

「刑事捜査の基本に従ったまでで、事件に繋がりそうな人物はだれであれチェックを入れる必要があると思いましてね。しかしオーストラリアに住んでるんじゃ、事件に関与していた可能性はゼロとみていいですね」

「そういうことになるね。死体についてはもちろん、犯人についてもまったく心当たりがないと言ってるよ」

川合は気を悪くするふうでもない。そこまでの情報にしても瀬谷の事件に関連付けられるようなものではなく、偶然とみるのが常識的な判断だろう。しかし鷺沼の脳内にもたま吉のテレパシーが届いているのか、そこに二つの事件を繋ぐ糸が隠されているような気がしてならない。

ほかの部屋もすべて見て回ったが、とりたてて事件解明のヒントになりそうな材料は見つからない。ホームレスが居着いたり地元のヤンキーが溜まり場に使ったりしたら、屋内になんらかの形跡が残るはずだが、死体発見時にはとくに見当たらなかったという。何者かが侵入したとみられる勝手口はカーポートに面しているが、もちろんそこに車はない。カーポートの背後の狭い庭には雑草が生い茂り、窓ガラスには砂埃《すなぼこり》が付着している。

勝手口の錠が壊されていた点を除けば、外観上は、そこが殺人事件の現場だった可能性を示唆する要素は見当たらない。

「なんとかなりそうかね」

川合が訊いてくる。三好は困惑した素振りを見せた。

「難しそうなヤマだな。死体ができてから日数が経ちすぎているからね。あすからとことん聞き込みをするしかないよ。とりあえず投網《とあみ》を打って、どんな小魚でも網に入ったら、そこを集中して攻めていく。できるのはせいぜいそのくらいだな」

明らかに宮野のアイデアに沿った話の運びだが、川合はそれに気づいたふうでもなく、気合の入らない口振りで応じた。

「つまり足で稼ぐしかないわけだ。まずは基本に忠実にということだね」

# 7

本庁へ戻ったところへ、宮野から電話が入った。

「どうだったの、そっちの様子は？」

空き家の持ち主が片岡と縁戚関係にあることを伝えると、宮野は声を弾ませた。

「さっそくたま吉のご利益があったじゃない。だったらあすから代議士先生の身辺を徹底的に洗えるわけだ。息子の康雄にも捜査の手が伸ばせるし、そのはとこだってなにか知ってるかもしれないし」

「まだそこまでは無理だろう。そもそも死体が誰かもわからないんだし、空き家に侵入されたという話なら、オーストラリアにいるはとこは被害者の立場だし、そのうえアリバイは鉄壁だ」

「でも話を聞くくらいはできるでしょ？　しらばっくれて康雄の話でも持ち出してやれば、なにか重要なことをポロリと漏らすかもしれない」

「やってはみるけどな。いまのところ警察の捜査には協力的なようだから、世間話を装って康雄のことを訊いてみる手はありそうだ。大した話は出ないと思うが」

「そうでもないいんじゃないの。親兄弟でも仲の悪いのはいくらでもいるから、はとことなればそれ以上にいがみ合う関係かもしれない。おれだって、いとこやはとことはいい関係どころか犬猿の仲だから」

　宮野の場合は犬猿の仲というより、相手から一方的に毛嫌いされている可能性のほうが高いが、言っても無駄だから止めにした。

「それで、あんたのほうはどうなんだ。康雄の身辺でなにか怪しい臭いを嗅ぎつけたか」

「康雄に関しては新しい情報は拾えなかったんだけど、ついさっき県警本部の鑑識課の知り合いから耳寄りな情報を聞いたのよ」

　宮野はもったいをつけるように声を落とす。鷺沼は訊いた。

「あんたと話をしてくれる人間が県警本部にいるのか」

「競馬仲間ならいっぱいいるよ。芸は身を助けるって言ってね。おれの予想で何度か大穴を当てさせてやったもんだから、そいつはおれに懐《なつ》いているのよ」

「それでなにを聞いたんだよ」

「程ヶ谷カントリー倶楽部の女の死体なんだけど、担当した検視官がわかったんだよ」

「誰なんだ」

「神奈川県警の依頼で一人で四千体近い司法解剖をした監察医がいたじゃない。報道されたときは表に出なかったけど、その半数近くを手配したのがその検視官でね。名前は田川《たがわ》というんだけど、鑑識の内部じゃ、その医師からのバックマージンでしこたま稼いでいたという噂があるらしい」

「検視官がそれじゃ、不審死体が出た殺人事件はすべて入り口で隠蔽できるな」

「その監察医にしても、一人で四千体も解剖するのは不可能だからね。やったふりをして犯罪性なしと結論づければ、手間のかかる殺しの事案が消えてなくなる。捜査効率至上主義の警察にしてみれば、田川は願ったり叶ったりの人材なわけだね」

「こっちの事案でも似たようなことが起きているからな。そこは県警だけの問題じゃなさそうだ」

空《むな》しい思いで鷺沼は言った。殺人事件のスタートラインは検視だと言っても過言ではない。誰が見ても明らかな殺人死体は別として、死因が不明の死体に関しては、検視官の能力と良心を信じるしかない。悪意があろうがなかろうが、検視官の眼力が捜査の帰《き》趨《すう》を左右するのは間違いない。

「となるとそっちの事案は、お宮入りどころか事件にもならずに終わりそうだな」

「そんなことないよ。とりあえず大森の死体に関しては、せっかく帳場が立ったわけだから、そこを利用し倒すしかないじゃない。瀬谷の死体は殺人によるものだともう答えが出ているようなものだから、そっちの帳場を動かして掘り進めていけば、でかい金脈にあたるのは間違いないよ」

たま吉からよほど強いテレパシーが届いているのか、宮野は自信満々だ。そのとき隣のデスクで井上が声を上げた。

「鷺沼さん。これを見てくださいよ」

振り向くと、興奮した様子でノートパソコンの画面を指さしている。あとでかけ直すと言って宮野との通話を終え、井上の肩越しにその画面を覗き込む。

立ち上がっているのはグーグルマップのストリートビュー機能で表示された事件現場の家だった。通りから眺めた家屋の様子は先ほど見たそのままだが、井上が指さしているのは、さっきはなにもなかったカーポートに駐められている車だった。

「これ、片岡康雄のじゃないですか」

井上は高揚した声を上げる。間違いない。そこにあるのは、きのう尾行した真っ赤なBMWのカブリオレだ。プライバシー保護のためナンバープレートにはぼかしが入っているが、車種は間違いなく同一だ。そうありふれた車ではないから、偶然ということは考えにくい。

「いつ撮影されたものなんだ」

訊くと井上は画面の隅に表示された小さなウィンドウをマウスポインターで指し示す。表示は今年の五月になっている。

「グーグル社がカメラを積んだ車を世界じゅうで走らせていて、都市部だと年一回、地方なら三年に一回くらいの頻度で撮り直しするんですよ。日にちまではわかりませんが、この画像は一ヵ月以内に撮影されたもので間違いありません」

「だったら二つの事件がそこで結びつく。片岡康雄に事情聴取する立派な理由になるな」

意を強くして鷺沼は言った。

# 第三章

## 1

「この車は、あなたのものじゃないですか」

鷺沼は片岡康雄に問いかけた。差し出したのはグーグルマップのストリートビューのスクリーンショットだ。その家のカーポートに駐まっているのはＢＭＷの真っ赤な２シーターのカブリオレ——。

「車種は同じだよ。だからって私の車だとは言えないだろう。世界に一台しかないわけじゃないんだから」

片岡は素っ気なく応じる。ぼかしが入って、ナンバープレートは読めない。鑑識は現場に赴いてタイヤ痕を採取しようとしたが、日数が経っており、カーポートは日射を遮るだけで風雨は吹き込むような構造だったため、明瞭な痕跡は取得できなかった。

「そうは言っても、かなり珍しい車ですよ。事件の現場はあなたと遠縁の関係にある片岡恒彦さんが所有する空き家で、それがあながち偶然とは思えないものですから」

「その誰だかわからない死体と私が関係あると言いたいのかね。つまり最初から私が犯人だと決めつけているわけだ」

片岡は憤りを露わに問い返す。鷺沼は空とぼけて応じた。

「なにもそこまでは言ってませんよ。もしたまにその空き家のカーポートに車を駐めることがおありなら、なにかお気づきの点があったんじゃないかと思いましてね」

「だから、そこに車を駐めた事実はないと言っている。片岡恒彦という人とは、子供のときに一、二度会ったくらいで顔もろくに覚えていない」

「しかしご尊父の片岡純也氏の自宅は大田区大森本町二丁目にあり、あなたの本籍地もそこになっている。事件があった空き家は大森西六丁目で、そこから目と鼻の先といっていい。実家にお帰りになることはよくあるんじゃないですか」

「いまの時代、電話もあればメールもある。向こうもこっちも忙しいから、お互い行き来はしてないよ」

「ということは、政治や経済に関わるような情報交換もないということですね」

「なにを勘ぐっているのかね」

片岡は警戒心を滲ませる。当たらずとも遠からずといったところか。鷺沼はさらに探りを入れた。

「いや、他意はありません。与党総務会長の片岡氏とそのご子息の間柄なら、政治や経済の機微に触れる話題もいろいろあるんじゃないかと思いまして」

「父から私にインサイダー情報が洩れていると言いたいわけか。こちらだってそういう疑惑が生じかねない関係だということくらいはよくわかっている。だから不用意な接触は避けている。あなたのような下衆《げす》の勘ぐりの被害に遭わないようにね。それにそもそも、大森西の空き家の死体が、父と私の関係とどうして結びつくんだよ」

片岡は不快感を露わにする。冷静な口調で鷺沼は言った。

「我々の仕事では、偶然の一致というのが、必ずしも偶然のなせる業ではないケースが多々ありまして。いずれにしても、大森界隈には滅多に出かけることはないと理解していいんですね」

「当たり前じゃないか。そもそも私の車がそこに駐まっていたという証拠がどこにあるんだよ」

そう問いかける片岡の瞳が忙しなく動いている。絶対にあり得ない話なら、証拠があるかなどとは普通は訊かない。鷺沼はあっさり頷いた。

「このストリートビューの画像が証拠と言えば証拠なんですがね。ナンバープレートにぼかしが入っていますから、その点がやや弱いですね。では事件のあった日、より正確に言えば、空き家の屋内で物音や人の声が聞こえたとされる五月二十五日の夜半、あなたはどこにいらっしゃいましたか」

「どうしても、私を犯人扱いしたいように聞こえるが」

「そういうわけじゃなく、そこを確認するのがあくまで刑事捜査の基本でしてね」

「自宅にいたよ。私の場合、ほとんど外出する必要のない職業だからね。しかし、それじゃアリバイの証明にはならないと言いたいわけだろう」

木で鼻を括《くく》ったように片岡は言う。然《さ》もない調子で鷺沼は応じた。

「まあ、アリバイなんて、普通に暮らしていれば意識することもないですからね。それが証明できない人間はすべて犯人だということになれば、世の中の人間の大半が犯罪者になってしまいますから」


「大森西六丁目死体遺棄事件」の特別捜査本部はきのう開設されたが、呼集された人員は鷺沼たち特命捜査第二係を含めて五十名と、普通の殺しの帳場の半分程度だ。

犯罪性のある不審死体が出た場合、まず死体遺棄事件として着手するのが常道で、帳場の規模が小さいのはそれとはたぶん別の理由だろう。

そこには捜査一課として積極的に扱いたくないという意志が露骨に窺えて、帳場開設の挨拶に普通はやってくる特捜本部長たる刑事部長は多忙を理由にまだ一度も顔を見せず、所轄の署長とともに副本部長を務める捜査一課長もまた、おざなりな挨拶だけでそそくさと立ち去った。

現場の士気も当然下がっている。そもそも身元不明の死体というのは、たとえ殺人の疑いが濃くても、刑事にとっては感情移入しにくいホトケだ。生前の人となりがわかったり、遺族の悲しみに接したりすることで捜査に当たる刑事のモチベーションは高まる。身元不明ではそれがない。

どう捜査を進めるべきか、とくにアイデアもなかった管理官は、事件現場の空き家にあった真っ赤なＢＭＷのカブリオレの話に飛びついて、さっそく首都圏一帯の同型車種のオーナーをリストアップした。

どちらかといえば尖《とが》ったタイプで価格もそれなりに高いから、ボディーカラーまで一致する車の所有者は十人だけだった。もちろんそこに片岡康雄の名も含まれていた。

しかし帳場としては、宮野の注文に従って片岡一人に狙いを絞るわけにはいかないから、ほかのオーナーのところにも捜査員は聞き込みに出かけている。残りの捜査員は真っ赤なＢＭＷのカブリオレの目撃者を求めて、大森西六丁目を含む近隣一帯で聞き込みを続けている。

上がってきたオーナーのリストから、むろん鷺沼たちは片岡を選んだ。瀬谷の事件での片岡の容疑は、いまのところ宮野の山勘、ないしたま吉のお告げのレベルに過ぎないにせよ、それがあのストリートビューの映像によって、鷺沼の頭のなかでもあながち外れだとは言えなくなっていた。

鷺沼と井上のコンビでアポなしで訪れたが、片岡は予想に反して二人を自宅のリビングルームに誘った。

高級品にあまり縁のない鷺沼の目から見ても、家具や調度は贅《ぜい》を凝らしたものだとわかる。かといってごてごてと装飾過多なわけではなく、インテリアに関してはセンスの良さを窺わせる。

サイドボードには精緻な帆船模型が飾られて、その上の壁にはセイルに風をはらんで大海原を行くヨットを描いた油絵。ソファーテーブルには洒落たデザインのクルーザーのデッキでポーズをとる自身の写真入りのフォトスタンドもある。趣味は車だけではないようで、金のかかり具合から想像すれば、そちらのほうがむしろメインとみてよさそうだ。

同居していた女性がいないというのは事実のようで、片岡以外に人のいる気配はないが、男一人の所帯にしては室内は整理整頓されており、掃除も十分行き届いている。

「こちらで調べたところ、そこに写っている車と同タイプでボディーカラーも同じものはそれほどの台数はなかったんですよ。だったらそのすべてのオーナーから話を聞けば、耳寄りな情報が得られるかもしれないと思いまして」

「つまりそこに車を駐めた人間が犯人だと考えているわけだ。小学生でも思いつきそうな推理だな」

片岡は咥《くわ》えたタバコに火を点けながらせせら笑う。ポーカーフェイスで鷺沼も応じる。

「そこまでは言いませんが、犯人に繋がるなんらかの情報を持っている可能性が極めて高いと思いましてね。このスクリーンショットに写っているのは、あなたの車じゃないとおっしゃるわけですね」

「あんたの追及は不自然にしつこいような気がするな。なにか思惑でもあるんじゃないのか。じつは神奈川県警のくず刑事が、私の身辺を嗅ぎ回っているという話を小耳にはさんだんだが」

こちらが誘導したかった方向に、片岡は自分から話を持っていく。そこは想定外の成り行きだ。もっとも事実上の事情聴取にアポなしで素直に応じたこと自体があり得ない対応で、むしろそれをどう拒否するか、そのときの態度で腹の内を探ろうというのが当初の目論見だった。自分から罠に踏み込もうとするような片岡の出方が、ここではかえって不審に思えた。

「県警のくず刑事というのがだれのことかは知りませんし、あなたの身辺をそんな刑事が嗅ぎ回っているというのも初耳です。そのくず刑事は、いったいどういう理由で動いているんですか」

くず刑事という耳に快い言葉をつい多用してしまう。いかにも心外だというように片岡は小鼻を膨らます。

「一週間ほど前の夜、うちに設置してあるセキュリティーシステムが誤作動してね。警備会社を経由せず、直接警察に通報が行ってしまった。慌てて警察に電話を入れて事情を説明したんだが、そうこうしているうちに機捜のパトカーやら近隣の所轄の警官がきて一騒動になった。そこにそのくず刑事も交ざっていたんだよ」

「その刑事となにか接触を？」

「機捜や所轄の警官が立ち去ったあと、その男だけ一人残ってチャイムを鳴らし、なにがあったのかしつこく質問してきた。瀬谷署の宮野とか言っていたな。知っているかね」

なにやら鎌をかけているようでもある。瀬谷の事件と大森の事件を一連のものとみられるのを警戒しているような気配が窺える。

しかしそれが結びつくと本気で考えているのはいまのところ宮野とたま吉くらいで、井上がBMWの写ったストリートビューを発見するまでは、鷺沼も宮野の発想に付き合おうという気はとくになかった。

「聞いたことがありません。こちらの地元では評判の悪い刑事なんですか」

突っ込んで訊いてやると、片岡はとっさに取り繕う。

「いや、知っているわけじゃない。うちのインターフォンはモニター付きで、その刑事の顔を見たからね。髪をブリーチしてピアスをつけたチンピラやくざみたいな男が、まともな刑事のはずがない」

人を見かけで判断してはいけないとよく言うが、宮野の場合はそこにほとんど齟齬《そご》はない。しかし片岡が言うくず刑事という言葉にこもるニュアンスは、インターフォン越しに顔を見ただけではない、だれか親しい筋からの情報を得てのものだろうと勘ぐりたくなる。県警内部では不良刑事としてつとに名高いようだが、一般市民に知られているほど著名人ではない。

「だったらその男があなたを嗅ぎ回っていると、どこからの情報で知ったんですか？」

しらばっくれて問いかけると、片岡は慌てたように言い逃れる。

「近所の人から聞いたんだよ。金髪頭のいかれた刑事が、私のことを訊いて回っているってね」

宮野の話では、片岡は近所付き合いがまったくないという。そちらから耳に入ったというのはたぶん嘘で、県警内部になんらかのパイプがあることを白状した格好だ。訊きもしないのにそんな方向に話題を持っていく。その裏にはよほど不都合な事実が隠されていて、それが表に出ることに過剰な警戒心を抱いている証《あかし》だろうと鷺沼には読める。

「たしかに、あまり気分のいい話じゃないでしょうね。もちろん我々が伺ったのは、そういうくず刑事の動きとは無関係です。ところでこちらはとても大きなおうちで、インテリアも洒落ているしお掃除も行き届いている。どなたかご一緒に暮らしている方がいるんですか」

素知らぬ顔で質問すると、慌てる様子もなく片岡は応じる。

「私はずっと独身主義でやってきてね。そのほうが気楽だし、いまは家事代行サービスもある。生活面ではなんの不自由もないんだよ」

妙に自信を持った口ぶりだ。たしかに住民票には同一世帯に属する女性はいなかったし、戸籍で確認した限り婚姻の事実もない。

妻と思われていた女性がいなくなったという近所の住民の証言も、殺害を立証する材料としては難しい。そもそもここでそれを持ち出すこと自体が無理な上に、もし突きつけたとしても、家事代行サービスの女性だと言い逃れるだろう。

「いずれにしても、大森西の空き家の車と私の車は無関係だ。そもそも死体の身元もわからない、事件が起きた日も特定できない。家のなかで物音が聞こえたというだけなんだろう。殺人事件だということ自体、怪しいところじゃないのか」

「ですから現在は死体遺棄事件として捜査を進めているわけでして。我々の経験からすると、そういう場合、かなり高い確率で殺人事件に繋がるものなんです」

ここは一般論で応じた。今回の大森西の事案が本当のところ殺人事件なのかどうか、鷺沼も必ずしも確信はない。正直に言えば、いまは宮野が抱え込んでいる死体のほうにより興味が向いている。そしてこの日の片岡の態度のどこか微妙な不自然さが、その思いをむしろ強めている。

「瀬谷署のくず刑事の動きと今回の件は、まったく関係ないと理解していいんだね」

片岡は念を押す。同情を装って鷺沼は言った。

「もちろんです。そんな話、片岡さんから聞くまではまったく視野にも入っていませんでした。わざわざここでおっしゃる必要はありませんでしたのに」

「そのくず刑事のことで神経過敏になっていたところへ、あなたたちがやってきたものだからね」

片岡は言い訳がましい。自分でも勇み足だったと思っているらしい。不安を拭ってやるように鷺沼は言った。

「その刑事がなにを追っているにせよ、警視庁の管轄で起きた事件じゃありませんので、我々としてはまったく関心がありません。いまお話を伺った限り、どうもその刑事にもいろいろ問題がありそうですね」

「そう考えてくれるんならいいんだが。それより、大森西の件にも私は一切関係ないからね。たまたまそこに私のと同じ車が駐まっていて、私の本籍がその近くにあった。それだけで犯人扱いされたんじゃいくらなんでも堪《たま》らない。警察にも、もう少し頭を使って欲しいもんだよ」

「我々の場合、頭よりもまず足を使うのが商売の基本でしてね。同型で同色の車のオーナーが首都圏に十人おりまして、いまその全員から話を聞くために捜査員が出向いています。片岡さんもそのお一人ということです」

さりげない調子で鷺沼は応じた。片岡は安心したようにタバコをくゆらす。しかし申し訳ないが、鷺沼の頭のなかでは、片岡はすでに真っ黒だ。

## 2

大森署の帳場へ戻ると、大半の捜査員が出払った小講堂のデスクで、三好は退屈そうに新聞を眺めていた。

所轄の警務課の職員数名が連絡担当で居残っているが、とくにデスクの警電が鳴り響くわけではなく、開店休業を絵に描いたような光景で、もちろんどこの帳場も日中はそんなものだ。逆に帳場に大勢人がいて、打ち合わせを装った無駄話や不要不急の報告書作成に精を出しているようなら捜査が停滞しているときで、とりあえずいまは帳場は機能しているとみてよさそうだ。

三好は鷺沼と井上をパーティションで仕切られた会議スペースに誘った。

「どんな具合だった、片岡のお坊ちゃまは？」

三好はさっそく訊いてくる。鷺沼は言った。

「もちろん心当たりはないの一点張りですよ。こちらもそれ以上突っ込む材料はないですから、いまのところ仕方ないですが。ただ怪しい点は――」

片岡のほうから宮野の動きに言及してきた話を聞かせると、三好は興味深げに身を乗り出す。

「大森の死体との繋がりはまだわからないが、片岡と瀬谷の死体の間柄については、宮野君の読みがあながち外れているとはいえない可能性が高まったな」

「というより、片岡がどうして宮野の動きに気づいているかですよ。宮野が聞いた限りでは、片岡は近隣の住民とはほとんど付き合いがない。宮野が隣近所を聞き込みで回っている話を、だれかが片岡にご注進に及ぶとは思えません」

機捜や地域課の警官が帰ったあとで、宮野は片岡宅のチャイムを鳴らし、一体何があったのか質問した。そのときも、誤通報だったの一点張りで、宮野は門前払いを食わされた。その後宮野が片岡の身辺を探り始めたことについては、神奈川県警の与り知らぬところで、瀬谷警察署にしてもまったく関与していない。

そんな動きを察知しているとしたら、それは片岡が県警内部によほど強力なパイプを持っている証左だろう。片岡と宮野の接触は、宮野が片岡宅のチャイムを鳴らしたときだけだ。それでなにやら警戒心を抱き、独自のパイプを通じて宮野の素性を洗ってみたものと考えられる。

神奈川県警内部ではもちろん悪評ふんぷんだが、警視庁の事案に首を突っ込み、闇営業で稼いでいるようだという噂も流れているらしく、やっかみ半分で一目置かれる雰囲気がなくもないと、宮野はときおり自慢げな口を利く。

話半分どころか十分の一程度にしかみていなかったが、あながちそれが嘘ではないなら、そんな噂を耳にして片岡は警戒を強め、県警内部へのパイプをフルに活かし、港北署の刑事に行動確認をさせたり、府中競馬場で暴行を加えさせたりという妨害行動に打って出たのではないか――。そんな考えを聞かせると、三好は不安げに問いかける。

「だとしたら、きょうのおまえたちの動きで、片岡がさらに警戒モードに入った惧れはないか」

「いまのところその心配はないんじゃないですか。逆に言えば、彼の愛車と同色で同タイプの車が現場の家のカーポートにあったというだけで、それ以上、追及する材料はこちらにもまだありませんから」

「あの車が撮影された日時が正確にわかるといいんだが」

三好は井上に視線を向ける。力ない口調で井上は応じる。

「きのうグーグルの日本支社に問い合わせてみたんですが、ストリートビューの撮影日時は機密中の機密で、絶対に公開はしないそうです――」

サービス利用者の個人情報は、司法機関による然《しか》るべき法的書類を提示すれば、米本国の法人で審査したうえで開示することもあるというが、ストリートビューに関しては、不特定多数の人々のプライバシーに関わる問題で、撮影日時を含め、いかなる情報の開示にも応じられないとのことらしい。三好が問いかける。

「だったら、ナンバーのぼかしをとるのも無理なんだな」

「ナンバープレートや表札のぼかし漏れがあった場合、ぼかしを入れるリクエストには応じるそうですが、その逆はありません」

「該当しそうな車を目撃した人はまだ出てきていないんですか」

鷺沼は訊いた。もしいればその日時がわかる。そのときのアリバイを証明できなければ、それが片岡の車で、当然片岡もそこにいた可能性が浮上する。

ただしその目撃者がナンバーを記憶していたり、あるいは周辺の防犯カメラにナンバープレートが鮮明に写っていたりということでもなければ、決定的な証拠には至らない。

残念そうに三好は応じる。

「向かいや隣の家を含め近隣を重点的に回ったんだが、見かけた人はいないそうだよ。駐まっていたのがごく短時間だったとか、早朝でまだ人がいない時間だったせいかもしれないな」

「いずれにしても、近所の住民が人の声や物音を聞いたというのが夜半で、ストリートビューは明らかに日中撮影されたものですから、アリバイから追及していくのも簡単ではなさそうですね」

井上も力ない。ストリートビューの画像を発見したときは、事件はもう解決したと言いたげな張り切りようだったが、よくよく考えれば、案外難しい問題への入り口だったというべきかもしれない。それ以上にきょうの片岡の出方からしても、瀬谷の死体と大森の死体を結びつけるのは、かなりの力業になりそうだ。

「片岡が瀬谷の死体に関わっているのは間違いないというのが私の感触です。ただ片岡に関しては、大森の件との絡みからしかこちらは動けない。ストリートビューに写っていた車を、なんとか片岡と結びつけられればいいんですが」

鷺沼は苦衷を覗かせた。嘆かわしげに三好も応じる。

「特捜本部態勢なら人海戦術で一気に行けるかと思ったが、たった五十名の帳場じゃなにかにつけて中途半端だ。車のオーナーからの聞き込みにおまえたちを含め二十人がとられ、近所の聞き込みをやっているのが二十人。あとは電話番やらなにやらの雑用係で、これならタスクフォースで動くほうが楽で効率がいいくらいだよ」

「川合課長は？」

「現場が手薄だから、自ら聞き込みに回っているよ。こんな中途半端な帳場を立てるんなら、むしろ最初からお宮入りにしてもらって、特命捜査対策室に回して欲しかったとこぼしてやがる」

「瀬谷の一件がなかったら、それでよかったような気もしますがね。うちのストックに入れてしまえば、めぼしい手掛かりが出てくるまでは塩漬けにしておけますから」

「といって宮野君の力だけじゃ、瀬谷の一件を事件化するのは無理だろうしな。なんか惜しい――、いや悔しいな。いろんな意味ででかいヤマになりそうなのは間違いないんだが」

そう言う三好には、経済的制裁を意識してうしろ髪を引かれている様子が見てとれるが、金や政治権力によって殺人事件が隠蔽されるとなれば、鷺沼も堪えがたい憤りを感じる。そこにメスを入れることもできず、為《な》す術《すべ》もなく見逃すようなら、警察官でいること自体が人として恥ずかしい。法の力で裁けないなら、宮野が狙う搦《から》め手《て》からの経済的制裁も、やらないよりははるかにましな選択肢に思えてくる。

「その件に関して、いちばん怪しいのは神奈川県警じゃないですか――」

井上が身を乗り出して言う。通信指令室への女性の声での緊急通報は握り潰され、片岡はそれをセキュリティーシステムの誤発信だと言い逃れた。程ヶ谷カントリー倶楽部の裏山で見つかった女性の死体に関しても、宮野が指摘した吉川線を検視官が無視して自殺の扱いにした。宮野によれば、その検視官にしてからが県警内部ではよからぬ評判の持ち主だ。県警がまともに捜査をしていれば、確実に事件化されて、片岡は殺人容疑でいまごろはすでに送検されていたはずだ――。

「そう考えると、事件解決のヒントは神奈川県警内部にあるんじゃないですか。だったら突破口はそこですよ。宮野さんはああ見えて、県警内部にいろいろネットワークがあるみたいじゃないですか」

井上は宮野に期待を寄せる。悔しいがいまの状況だと、そちらの線からしか事態を進展させられないように思えてくる。

## 3

そんなやりとりがテレパシーで伝わりでもしたかのように、宮野からさっそく電話が入った。

「どうだったの。きょう片岡のところに出かけたんでしょ」

「ああ。いま戻ったところだ。向こうはあんたの動きに気づいているようだぞ――」

くそ刑事うんぬんの話を聞かせてやっても、宮野はさほど気にもしない。

「おれのことをそんなふうに言ったわけ？　どうせおれをつけ回していた港北署のくそ刑事からの情報だと思うけど、そんな話が片岡の耳に入っているとしたら、それも県警の上のほうと片岡がぎっちり繋がっている証拠じゃない。それで片岡の尻尾は摑めたの？」

「見え透いた嘘でしらばっくれられたよ。かといってこっちもそれを覆すネタを持ち合わせていないし――」

　ここまでの動きを説明すると、宮野はいつもの嫌味を返す。

「警視庁ならいくらなんでも神奈川県警よりましだと思っていたけど、なんだか似たり寄ったりじゃない。帳場が立つっていうから期待していたら、たった五十名というんじゃやる気のなさ丸出しだよ。これじゃ片岡はまんまと逃げおおせて、瀬谷と大森に無縁仏が一人ずつ生まれて終わりということになっちゃうよ」

「それで、あんたのほうはどうなんだ。まさかおれが帳場に詰めているのをいいことに、マンションで昼酒でも飲んでたんじゃないだろうな」

「そんなはずないでしょ。このヤマ、おれにとっては生活が懸かってるんだから」

「きょうはなにをやってるんだ」

「機捜の知り合いが非番でね。そいつに昼飯をおごってあの晩の顚末をじっくり聞いてみたんだよ。あ、心配しないで。領収書は鷺沼さん宛てでちゃんともらっておいたから。あとで捜査報償費として請求して」

「なにを食ったんだ」

「鰻重の特上だけど、ビール代込みで二人で一万五千円だから、まあ安いほうだと思うけどね」

「勝手にうちの予算を使うんじゃないよ。次からは必ず承認を得てからにしろ。そもそも鰻重くらいで釣られて、あんたに情報を流すような人間が県警にいるのか」

「そりゃ鷺沼さん、いくらなんでも人を見くびりすぎだよ。おれみたいに人格高潔で人情に篤い人間に、ファンができないわけがないじゃない」

「じゃあその男は、県警であんたと一、二を争う嫌われ者だな。類は友を呼ぶとか、同病相憐れむとか言うからな」

「そういう言い方はないじゃない。そいつは警察学校の同級生で、真面目一途の警察官だよ。ただ学業の面でちょっと問題があってね。座学の成績が悪くて、このままじゃ卒業できないからって泣きつかれて、何度もカンニングさせてやったわけ。お陰でテストは合格して無事警察官になれて、いまもおれを終生の恩人と慕ってくれてるんだけどね」

　眉唾もいいところの話だが、ここでその点をあげつらっても始まらない。

「それで、どういう話が聞けたんだ」

「たまたま現場に駆けつけた機捜の隊員のなかにそいつがいたのを思い出してね。なにか気がついたことがなかったかと思ったわけよ。恩人のおれになら、話しにくいことも喋ってくれるはずだから――」

宮野はもったいをつけるような調子で語りだす。

あの晩、通信指令本部から、女性の声で緊急通報があったため至急現場に直行せよとの指示が飛んだ。その家に到着して、チャイムを鳴らし、なにか異変があったのかと尋ねると、なにも起きていないから帰ってくれと家の主と思しき男が答える。

一一〇番通報があったのだから、屋内を確認させて欲しいと談判しているうちに、機捜の班長の携帯に電話が入った。

その隊員は班長のすぐ近くにいて、電話のやりとりが耳に入った。班長はいかにも驚いた様子で、鯱《しやちほこ》張《ば》った調子で応答した。相手の声は聞こえなかったが、班長の応答のなかに、何度か「はい、本部長」という言葉が出てきたという。

たかが機捜の班長に県警本部長が直接電話を寄越し、なにやら指図をしているようだ。彼はただならぬものを覚えた。

話を終えて、宮野を含む警官たちに、なにもなかったから引き返すようにと班長は指示をした。そのあたりは宮野も現場で見ていたとおりだ。班長はそのあと馬鹿に硬い表情で、電話の内容について訊くのも憚《はばか》られる雰囲気だったという。

「もう間違いないね。片岡は県警本部長と直に繋がるパイプを持っている。そうじゃなきゃ一一〇番通報があってから十分もしないうちに電話が入るなんて、普通じゃあり得ないよ」

宮野は高揚を隠さない。それが本当なら、このヤマはやはり舐めてはかかれない。県警本部長が殺人事件の隠蔽に手を貸しているとしたら、その背後にどれだけの悪が身を潜めているか。

「今回は、たま吉の霊感が大当たりかもしれないな。しかしそうなると、片岡の捜査に県警を動かすことはまず不可能だろう。あんたとしては、この先どういう作戦で進めるつもりなんだ」

「そうやって丸投げされてもね。でも、なんとか動いてみるよ。そっちにもいろいろ手伝ってもらわないと」

「なにを手伝えばいいんだよ」

「片岡の電話の通話履歴を調べ上げるとか。そこに県警本部長や警察庁の大物との通話があれば、事件隠蔽の重要な状況証拠になるわけだから。あと片岡の銀行口座も調べ上げて欲しいのよ。そこから本部長や警察庁の大物に金が渡っているかもしれないし」

「現状ではなかなかそこまではな。タスクフォースの事案ならいいんだが、今回は帳場が立っているから人の目がある。所轄の課長や管理官を説得するには、こっちの事案と片岡の繋がりを立証する材料がもう少し出てこないと」

「またそういう杓子定規なことを言う。この際、帳場は帳場、タスクフォースはタスクフォースと割り切らなくちゃ。現に片岡の住民票や戸籍謄本に関しては、三好さんが身上調査照会書を書いてくれたわけだし」

宮野は鋭いところを突いてくる。人を利用する手管に関しては相変わらず発想が冴えている。だからといって、そこで怪しい資金の動きを把握したとしても、それが片岡の犯行を立証する材料になるわけではない。そのことを指摘しても宮野は動じない。

「殺しの件だけで片岡を挙げるのは、たぶん難しいと思うよ。県警本部長だけじゃなく、下手をすればそのはるか上の警察庁の大物まで関わっての隠蔽だったら、普通の刑事捜査でどうにかできるような話じゃないでしょう。それより、怪しげな金の流れが見つかれば、逆にそれを糸口に片岡の犯罪を明るみに出せるかもしれない。もちろんそのついでにしっかり経済的制裁もしてやれるわけだし」

宮野が言っているのはいつもの持論の延長に過ぎないが、今回の事案に限っては、それが鷺沼にとっても戦略的に正しく思えてくるから困る。

「それはそれとして、あんたはこれからなにをやるんだよ」

「そりゃ当然、県警内部に築き上げた華麗な人脈を使って、片岡の犯罪とその隠蔽工作を追及するに決まってるでしょう」

「華麗な人脈って、いつもの競馬仲間や競輪仲間のことか」

「馬鹿にしたもんじゃないんだよ。本業よりそっちのほうに人生を懸けているような連中はどこの世界にもいるわけで、県警が例外ということはないからね」

「本部長もそのお仲間なのか」

「残念ながらそこまではいかないんだけど、鑑識には馬となら心中してもいいというくらいなのがいるんだよ。夕方そいつと一杯やりながら、山で見つかった女性の死体がどう処理されたのか、根掘り葉掘り聞いてやろうと思ってね」

「その飲み代も警視庁持ちにしようという算段か。こっちの財布でずいぶん人生を謳歌しているようだな」

「警視庁だって、そこから大森の死体に繋がる糸口が出てくれれば御の字じゃない。それに経済的制裁にしたって半端な額で済ます気はないから、そのくらいの必要経費は大目に見てもらわないと」

宮野はいよいよ図に乗るが、こちらも突破口が見いだせない以上、やりたいようにやらせるしかない。

「片岡の通話履歴や金の流れについては、これから三好さんと相談してみる。そっちも経費に見合う成果は出してくれよ」

「もちろん、抜かりはないよ。ひょっとしたら、お骨にする前にDNAのサンプルくらいとっているかもしれないし、現場での鑑識の際に、身元に結びつくような物証を見つけているかもしれない」

「それを誰かの指示でどこかに仕舞い込んでいるとしたら、ことは相当厄介だぞ」

「でもそれをやったとしたら、教唆した人間も含めて証拠隠滅罪という立派な犯罪になるからね。そっちの線から県警本部長という大魚を釣り上げたら、もう勝負ありじゃない。鷺沼さんたちだって、たった五十名の過疎集落でも特捜本部には違いないんだから、まぐれでヒットが出ることだってあるんじゃないの」

宮野は律義に嫌味を付け加える。張り合うように鷺沼は応じた。

「まあ、こっちも動き始めたばかりだ。成果が出るのはこれからだよ。とりあえず、現場の空き家に駐まっていた真っ赤なＢＭＷが片岡の愛車だと立証できれば、任意の事情聴取できっちり締め上げることもできる」

## 4

電話でのやりとりを伝えると、三好は宮野のアイデアが気に入ったようだ。

「さすが宮野君。大胆なことを思いつくな。捜査関係事項照会書なんていくらでも書くよ。とりあえずメガバンクを押さえるだけなら大した数じゃない。片岡みたいな人間が地銀や信用金庫を使っているとは思えない」

「案外、あっさり答えが出るかもしれませんよ。片岡のような連中にとって、お金はデジタル信号に過ぎませんから、うしろ暗い金でも、やくざや政治家のように現金で受け渡すようなことはしないと思います」

井上はユニークな解釈を披露する。いかにもありそうな話ではある。しかし三好は疑念を差しはさむ。

「そうは言っても警察官僚をコントロールするためのインセンティブは金だけとは限らないぞ。本部長クラスまで勤め上げて、そのあと政界に転じた連中も少なくない。片岡の親父の威光があれば、そういう餌も使えるわけだから」

「ちょっと待ってください」

井上はそう言ってスマホを手にして、なにやら検索してから、あるウェブサイトを開く。あちこちタップしながらしばらく眺め、納得したように鷺沼たちに画面を見せた。そこには与党の各派閥の所属議員リストがあり、それぞれの簡単な経歴も記載されている。

「片岡派は五十数名の派閥で、ざっとみたところ、そのうち三名が警察官僚出身です。派閥の長の片岡純也は旧大蔵省出身ですが、与党内で警察官僚出身者は、衆参両院合わせて五名しかいません」

井上は答えが出たと言いたげな口ぶりだ。三好は唸る。

「いかにも警察に睨みが利きそうな派閥だな。警察官僚の出世競争のゴールは警察庁長官と警視総監で、座れる椅子はその二つしかない。自分がそこまで昇り詰められるかどうか、キャリアの連中は早い段階で見切りがつくそうだ——」

無理だと思えば、待遇のいい団体や業界に天下りしたり政治家に転身したりする。政治家になれば、たとえ陣笠議員でも、警察庁長官や警視総監に上から目線でものが言える。国家公安委員長にでもなれば、上司と部下の関係になり、まさに一打逆転だと苦々しい口振りで三好は続ける。鷺沼は頷いた。

「そういう意味じゃ、神奈川県警の本部長といったあたりは、まさに売りどきのポジションかもしれませんね。そもそもどういう人なんですか」

「高村浩二《たかむらこうじ》という人だ。公安畑一筋で警視監にまで成り上がったが、そこまではよほどの不祥事でもない限りエスカレーター式だ。そのクラスになると、次の次くらいの長官や総監の下馬評が取沙汰されるんだが、高村という名前は聞いたことがない」

「公安畑じゃ、過去の仕事ぶりはわかりませんね」

「たしか五年ほど前に、総理官邸に秘書官として出向していたよ。そういうところでパイプができて、それを利用して政界へ横滑りするというのは、警察キャリアにとって最良のキャリアパスの一つだな」

「その代償に代議士のドラ息子の殺人事件を見逃されたんじゃ、我々のような下っ端警官は堪ったもんじゃゃないですね」

「そうですよ。安月給で汗水たらして働いて、納税までしている我々を踏み台にして、自分たちだけがいい思いをするわけです。そういう連中こそ、まさに経済的制裁の対象じゃないですか」

井上は宮野に憑依されたような勢いだ。そのとき三好の携帯が鳴った。

「ああ、川合さん。なにか目ぼしい話が拾えたかね――」

気さくにそう応じて、三好は相手の話に耳を傾ける。一通り話を聞き終え、今度は鷺沼たちが片岡と面談したときの様子を、瀬谷の死体と絡むややこしいところは適当に端折《はしょ》って伝える。今夜の捜査会議で、今後の捜査方針を固めようという話で通話を終えて、三好は鷺沼たちを振り向いた。

「環七通りの春日橋交差点付近のオービス（速度違反自動取締装置）に、片岡の車が写っていた。近隣の住民が人の声と物音を聞いたという日の前日にあたる五月二十四日の午後十一時。住民の通報によれば、物音がしたのは翌日の午前一時前後だったというから、オービスに撮影されたのは、その二時間ほど前ということになるな」

「じゃあ車は物音がした時刻には、すでにカーポートにあったわけですね」

井上が声を弾ませる。三好はやや渋い表情だ。

「通報してきた人に確認したら、深夜で暗かったから、車があったかどうかまでは覚えていないと言っているらしい」

「片岡は、すでに罰金を払ってるんですか」

鷺沼が訊くと、三好は頷いた。

「撮影された十日後に通知され、その三日後に大森署に出頭している。そのあと裁判所に呼び出されて、所定の罰金を払っている」

「だったら言い逃れはできませんね。ナンバーと本人の顔が写っていて、それを認めたわけですから」

井上はしてやったりという表情だ。強い手応えを覚えて鷺沼も言った。

「春日橋交差点付近というと大森西六丁目とは目と鼻の先だ。それで現場の空き家には立ち寄ったこともないという言い逃れは、もう通じないな」

## 5

夕刻になると、三々五々捜査員たちが帰ってきた。全員が冴えない表情で、この日の聞き込みでとくに目ぼしい成果が出なかったことを物語っているようだ。

大森署が用意した夕食を済ませ、午後八時に捜査会議が始まった。

片岡の車と同型のBMWのオーナーから聞き込みした捜査員は、当然のようになんの成果もない。大半が事件の当日はアリバイがあり、大森西には地縁も血縁もなかったとのことだった。鷺沼が片岡の聞き込みについて報告すると、本命はそちらだろうという結論に落ち着いた。

大森署管内でのオービスの記録はもはや動かぬ証拠というべきで、事件が起きたと想定される晩オービスで撮影された、環七通りを大森西方面に向かう片岡の写真も車のナンバーも鮮明だった。

あすにでも任意同行して取り調べをという意見が多数を占めたが、まだ証拠不十分だとして管理官の西沢陽司《にしざわようじ》はそれを制した。父親である片岡純也の逆鱗に触れるのを惧れているのではないかと疑われ、警視庁サイドでも与党の大物政治家に忖度するような圧力がかかるのは間違いなさそうな雲行きだ。

しかし鷺沼たちにとっては必ずしも不都合な話ではない。宮野がこれから新たな情報を探り出すかもしれない。片岡の通話履歴や金の動きをチェックする必要もある。片岡を本格的に追及するのは、できればその結果をみてからにしたい。

大森西の死体とも関係があるとしたら、瀬谷の死体のケースと同様に、こちらは警視総監クラスから隠蔽の指示が出てきかねない。そんな動きを誘発しないように、いまは抜き足差し足で動いたほうが賢明だ。

「現場で何人かの指紋が採取されているでしょう。片岡から指紋をとって照合してみたらどうですか」

神田《かんだ》という特命捜査二課の若い刑事が声を上げる。三好がたしなめる。

「それはまだ早い。ヤンキーとかホームレスがときおり入り込んでいたようだし、現場に残っていた指紋に片岡のものが含まれているとは限らない。照合した結果、片岡のじゃないということになると、次の一手が打ちにくくなる。事実上、無罪放免することにもなっちまう」

そもそも指紋をとるには身体検査令状がいる。いまそうした動きをすることはおそらく管理官の意向にもそぐわないし、親父の片岡純也を刺激する材料にもなりかねない。そこは避けたいのが三好の本音だろう。

「だったら、我々はなにをしたらいいんですか」

神田は生真面目な調子で問いかける。三好はうまい方向に話を持っていく。

「まずは片岡という男の身辺情報から洗ってみたい。わかっているのは大物代議士の息子で投資家だというだけで、どういう人間と付き合って、どういう金の使い方をしているかがほとんどわからない。しかしこの事案の場合、なにやら複雑なバックグラウンドがありそうな気がするんだよ」

「つまり、なにをしようというんだね」

管理官の西沢が警戒するように身を乗り出す。できればこのまま余計なことはせず、お宮入りにして特命捜査対策室に丸投げしたい——。そんな思いはたぶん川合と共通しているのだろう。肩の力を抜いた調子で三好は言った。

「とりあえず携帯と固定電話の通話履歴から片岡の交友関係、それから主なメガバンクの預金口座を洗い資金の出入りをチェックします。それなら捜査関係事項照会書だけで調べを入れられます。令状をとる必要はないですから、妙な筋を刺激することもないと思うんです」

「妙な筋っていうのは、片岡代議士のことだな」

「そうです。もし片岡康雄があの死体と関わりがあるとしたら、代議士が知らないと考えるほうが不自然な気がします」

瀬谷の件で動いているのはとりあえず高村県警本部長だが、その背後に片岡代議士の力が働いていないとは考えられない。その理由についてはまだここでは明かせないが、いずれ二つの事案が一つにまとまるかもしれず、その場合は片岡に関わる捜査が、警視庁と神奈川県警の代理戦争の場にもなるかもしれない。

だからこそ、いまここでは、極力捜査の動きを察知されないようにする必要がある。こちらにも片岡代議士の力が働いて、警視庁上層部が蓋をしようと動き出したら、事件そのものが蒸発してしまう。

電話と金のやりとりから浮かび上がる片岡の交友関係から高村県警本部長が浮かび上がったら、その先はタスクフォースの出番になる。今回はその舞台が神奈川県警ということで、宮野の役回りも大きくなるだろう。結果的に宮野の下請けになりかねないが、事件の背後にある黒い疑惑にメスを入れるにはそれしか方法がない。

大森の死体には悪いが、そちらはこの際、捨て駒になるのもやむを得ない。現状ではあくまで片岡に帳場の人的資源を投入させるための口実だと割り切れば、宮野が言うところの過疎集落並みの帳場でも、十分使える武器になる。

「まだ代議士が動いている気配はないんだな」

西沢が確認する。三好に代わって川合が応じる。

「ありません。片岡のところに話を聞きに行ったのがきょうの話で、それも首都圏内の例の車のオーナー十名の一人としてですから、まだ介入するような状況じゃないでしょう。やれば馬脚を露すことになりますから」

西沢の不安を払拭するように、三好が補足する。

「そのために、当面は片岡に直接接触しないで済む捜査手法で攻めていくことにしたいと思います。片岡の経歴も調べ上げて、仕事上の知人や、学生時代にまで遡った旧友などから、過去の行状や人となりを把握すべきでしょう」

大森西の死体の件については、状況証拠から片岡がなんらかのかたちで関与したのは間違いない。しかしいまはまだ決定的な物証や証言が出たわけではないし、そもそも死体がだれなのかもわからない。

それを考えれば、帳場が立ったばかりのこの時点で、本命の片岡に捜査の投網が打てるだけでも良しとすべきだろう。鷺沼は立ち上がって発言した。

「とりあえず、片岡は泳がせておくほうがいいと思います。そのあいだに最新の通話履歴をチェックすれば、まだ浮上していない事件関係者の名前が浮上するかもしれません」

「片岡代議士が、そこに含まれると？」

西沢はただならぬ表情で問いかけるが、まさか彼にまで、すでに代議士の意向が伝わっているわけではないだろう。それに親子のあいだで電話のやりとりがあっても、それが必ずしも不審なものだとは言えない。

「代議士については、あまり過敏になる必要はないでしょう。しっかり証拠さえ固めておけば、圧力をかけるといってもできることは限られます。それより、電話連絡をした相手のなかに被害者が含まれているかもしれない。ここ一、二ヵ月のあいだに電話連絡があった相手のなかで、現在行方が判明しない人物がいたら、その可能性が高いことになる」

「その相手とのあいだに金の動きでもあれば、それが殺害の動機解明にも繋がるわけだ。潜行捜査を徹底して、そこまでの事実関係を押さえておけば、片岡康雄を逮捕しても、政界筋からは、そうそうちょっかいは出せないだろうな」

納得したように西沢は頷く。着任したのは去年の春で、前職は捜査三課の係長。警部から警視に一階級昇任しての異動だった。

特命捜査対策室内部では、当初は殺人捜査の実績のない西沢がどうしてという疑問が湧き起こった。しかし対策室自体が、殺人罪の時効廃止に伴って新設された精鋭部隊と銘打っているものの、それまでお宮入り事件の継続捜査を担当してきた特別捜査班の看板を付け替えただけで、中身はかつてとほとんど変わりない。

捜査一課の番外地という殺人班の連中の見下した目線も同様で、たまたま椅子が空いたから困って連れてきたといったところだろう。そう諦めて、せいぜい仕事の邪魔はしないで欲しくないと、鷺沼たち第二係を含め配下の各班は敬して遠ざけるような付き合いだった。

「政界筋からちょっかいが入るようなことは、よくあるんですか」

神田が怪訝な面持ちで問いかける。刑事になってまだ二年目で、いい意味でも悪い意味でも警察社会の水に馴染んでいない。慌てるふうもなく西沢は応じる。

「世間には言えない話だが、地方政治家から国会議員に至るまで、いくらでもあるよ。下着泥棒から強制わいせつ、交通事故──。普通なら送検されて当然の事案が、急に示談が成立して立件されずに終わるんだよ」

「本当なんですか。じゃあ政治家は、悪いことし放題じゃないですか」

神田は呆れたような顔で応じるが、会議に参集している捜査員たちのほとんどは驚きもせず聞き流している。

「忸怩たるものはあるが、警察も役所である以上、元締めは国で、その国を牛耳るのが政治家だからな。その風向きに逆らうよりは靡《なび》くほうが楽だ。しかし今回は半端な犯罪じゃない。政治の力で殺しまで隠蔽されたんじゃ堪らない。おれとしては帳場の総力を挙げてこのヤマを仕上げたい。だから片岡代議士の動きには慎重に目配りをして、余計な圧力は極力避けたい。おれとしてはそういう腹づもりでいるから、みんなもそこは考慮して動いて欲しいんだよ」

西沢は意外にも骨のあるところを見せてくれた。いずれにしても片岡に対して潜行しての捜査という方針は、鷺沼たちにとっても有り難い。

「だったら、あすから片岡の行動確認に人を張り付けましょうか。悪事を犯した人間というのはなかなか落ち着いていられないもので、やらずもがなの動きをしてくれることが多い。案外、自分から尻尾を覗かせてくれるかもしれない」

川合が提案する。西沢は慎重に頷いた。

「ただし、極力感づかれないようにな。くどいようだが、容疑が固まらないうちに政治に介入されてしまうと、上の人間がびびって事件に蓋をしにかかる。こんなけち臭い帳場なら、一課長の匙加減一つで店仕舞いに追い込める」

## 6

夜十時を過ぎたころ、宮野から電話が入り、こちらの状況を訊いてきた。オービスの件を含め、捜査会議の様子を報告すると、今回は嫌味の一つも言わず、おおむね歓迎した。

「警視庁にしてはなかなかいい判断じゃない。これならタスクフォースが行動する余地が十分残るしね」

「それで、どうだったんだ。鑑識の馬仲間との話は？」

問いかけると、得々とした調子で宮野は応じる。

「最初は口が堅かったんだけどね。この週末のレースの予想を教えるからって言ったら、あっさり口を割ったよ」

「あんたの予想に、それほど値打があるとは知らなかったな。それでどうして億単位の金をスらなきゃいけないいんだ」

「弘法にも筆の誤りというじゃない。たまたま大きく張ったときにそういうミスが続いただけで、アベレージとしては天才レベルだから、そいつみたいにおれに懐いているやつが大勢いるわけよ」

「そのミスの穴埋めに、毎度警視庁を利用されても困るんだがな」

「今回のヤマはおれの肝煎りで動き出したんだから、警視庁に迷惑をかけるどころか、むしろ貢献するような話じゃない。そっちの死体にしたって、ちゃんと犯人を捕まえて成仏させてやれるわけだから」

恩着せがましく宮野は言う。またいつもの講釈を聞かされても困るから、鷺沼は先を促した。

「なにかめぼしい話が聞けたのか」

「もちろんだよ。警視庁に無駄な経費は使わせないよ。検視が終わったあと、死体はいったん本部に搬送されてね――」

普通は荼毘に付す前に、身元確認のためのＤＮＡ型資料や歯型を採取する。あとで心当たりのある人から問い合わせがあったり、該当しそうな行方不明者がデータベースに登録されていたりした場合に照合するためだ。とくに腐乱死体の場合、顔や身体特徴で身元を確認するのはほぼ不可能だから、こういった法医学的な資料を残しておくことは極めて重要なのだと一とおり講釈をたれてから、宮野は声を潜めて話の核心に向かった。

「死体は県警本部の霊安室にいったん安置して、資料の採取は翌日やる予定だったらしいのよ。殺人事件なら悠長なことは言ってられないんだけど、自殺という判断が出ていたから、とくに急ぐ必要もないと思ってね。鑑識のプロだって、腐乱死体はできれば見たくないだろうし。ところが――」

さらに声を落として宮野は続ける。

その翌日、鑑識課員が霊安室に向かうと、死体はどこかに片付けられていた。どうしたのかと担当者に訊くと、その日の午前中に総務課から連絡があり、指示に従って横浜市に引き渡したという。

事件性のない死体は地元の自治体の扱いになり、そちらで荼毘に付したあと遺骨として保存し、行旅《こうりょ》死亡人として官報で公告する。一定期間経って引き取り手が出てこなければ、自治体が埋葬することになる。宮野はさらに続けた。

「どうして勝手にそんなことをしたんだと総務に問い合わせたら、資料の採取はもう済んでいると思って、通常の手続きどおり引き渡したと答えたそうなんだよ――」

普通は身元確認のための資料採取が済んだかどうか、総務から鑑識にまず問い合わせがあるもので、担当の係長が文句を言うと、総務のほうは部長が出てきたという。

捜査一課に問い合わせたら、警察庁のデータベースにも該当しそうな行方不明者はいないし、身元が確認できる所持品もなかったから、行旅死亡人として処理するのが妥当だという説明を受けたらしい。鑑識に確認しなかったのは手続き上のミスだが、そこに刑事訴訟法上の瑕疵《かし》はないと開き直ったという。

「たしかに自殺と認められた死体をどう扱うかは刑事訴訟法上の規定のないグレーゾー

ンだから、総務部長が言っていることはあながち間違ってはいないんだけど、それじゃその死体の身元についてなにか新情報が出た場合、確認する方法がなくなる。そうは言っても鑑識課は捜査一課の下請けみたいなもんだから、それ以上突っ込んでもの申すわけにはいかなかったようでね」

「現場での検視の際に、指紋は辛うじてとれたと言ってたな」

「それも犯歴データベースの犯罪者指紋に該当するものはなかったから、あってもそれほど意味はない。ＤＮＡ資料や歯型にしたって、比較対象するものがなきゃ意味がないわけだから、あの死体に関しては、あってもなくてもよかったと言えなくもないんだけど――」

さらに疑心を滲ませて宮野は続ける。

「鑑識のほうは担当係長が苦情を言っただけなのに、総務は部長が出てきて高飛車な言い分で押し切った。総務部長も本部長の意向に従った気配が濃厚だね。ただしそいつも含めて現場鑑識の連中は、もともと田川検視官の判断に疑問を持っていた。そこへもってきて証拠隠滅ともとれる今回のやり方によほど反感があるらしくてね。アルコールの勢いもあって、普通なら部外秘の話をいろいろ喋ってくれたわけよ」

「いろいろっていうと、ほかにもなにかあるのか」

「たとえば首を吊っていたロープなんだけど、どうもヨット用らしいんだよ」

「ヨット用?」

鷺沼は閃《ひらめ》くものを覚えた。得々とした調子で宮野は応じる。

「それだけじゃない。現場鑑識班にたまたまヨットに詳しいのがいてね。そいつの話だと、首を吊るための輪っかの結び目が、もやい結びと言って船の世界で昔から使われている結び方らしい。普通の人には馴染みがないけど、ヨットをやっている人間なら知らないはずがない、基本中の基本なんだそうだ」

# 第四章

## 1

「あれじゃないの、舳先《へさき》の近くにフローラル・パールって書いてあるよ」

　宮野が指さす方向に、桟橋に並ぶほかの艇より一回り大きいヨットがある。その分野に詳しくはない鷺沼にも、それが片岡宅のリビングルームにあった写真と同型のものだとわかる。

　宮野からの情報を得て、井上がさっそくインターネットでヨット関係の情報を調べてくれた。

　漁船等を除く総トン数二〇トン未満の小型船舶はすべて登録が義務付けられている。国の代行機関としてそれを実施するのがＪＣＩ（日本小型船舶検査機構）で、不動産の登記と似たような制度だから、閲覧はだれでも可能だ。

　片岡康雄名義で登録されていたのは、全長一五メートルの「帆船」だった。そのサイズで「帆船」といえばセーリングクルーザーと呼ばれるタイプらしい。帆走するのがメインだがエンジンも積んでいる。

機走専門のクルーザーよりも外洋での長期間の航海に向いており、燃費も安く済む。それ以上にマニアにとっては、巧みに帆を操り風や潮流と対話しながら海を行く帆船は、ただエンジンで走るだけのクルーザーよりはるかに冒険心を満たすレジャーらしい。

登録される事項には船名は含まれておらず、自動車の場合の車台番号に相当する船体識別番号しかわからない。通常それは船尾に打刻されている。桟橋を歩いて近づき確認すると、間違いなく船体後尾にその番号が打刻されていた。

登録されていた係留地は横浜シティマリーナで、その番号の船についてマリーナに問い合わせると、とくに警察だと名乗ったわけではなかったが、担当者は桟橋と船名まで教えてくれた。鷺沼と井上は片岡宅で写真は見ていたが、船名までは覚えていなかったから助かった。小型船舶の売買は不動産取引と似ており、購入を希望する者が現物を下見にくることはよくあるそうで、オーナーの住所などプライベートな部分はともかく、桟橋と船名程度のことなら彼らの世界ではとくに秘匿すべき事項でもないようだ。

宮野が神奈川県警の鑑識課員から得た情報で、鷺沼たちはさっそく動き出した。ただし瀬谷の山林で見つかった女性の話は大森署の事案とは繋がらない。そこで片岡の自宅で見たヨットの油絵や帆船模型、片岡が愛艇とともに写したと思われる写真の件を指摘し、そこから片岡の交友関係を探るべきだという考えを捜査会議で提案した。

西沢は興味を示し、川合も乗ってきた。事前に宮野からの話を伝えておいた三好は言わずもがなで、鷺沼と井上がその方面の捜査に動くことにその場でゴーサインが出た。鷺沼と井上はさっそく横浜シティマリーナへ出向くことにした。

宮野にそれを伝えると同行すると言ってきかない。場所が横浜だから帳場に知られる心配もなさそうだし、遊ばせておけばまた勝手な捜査をでっち上げ、その経費を警視庁持ちにされかねないから、やむなく同行を許可した。

近づいてみると、船体はいかにも真新しく、デザインも周囲のヨットと比べどことなく斬新だ。

艇内に人がいる様子はない。隣に係留されているヨットで船体の手入れをしていた中年の男が声をかけてきた。

「その船に興味があるの？」

「そうなんですよ。オーナーをご存じですか」

空とぼけて鷺沼は訊いた。気乗りしない調子で男は答える。

「片岡って名前しか聞いてないよ。立ち入った話はしたことがないけど、ずいぶん金回りがよさそうだね」

「というと？」

「その船を見りゃわかるじゃない。船齢はせいぜい二、三年で、おそらく新品で買ったんじゃないの。おれの船はそっちより小さいし、船齢二十年の中古船だから百万ちょっとで手に入ったけど、そのサイズのを新品で買ったら四、五千万はするよ。窓から覗いただけだけど、キャビンの内装もちょっとしたホテル並みだよ。そのうえヨットってのはただ持っているだけで金もかかるしね」

「維持費ですか」

「そうだよ。そのサイズのヨットは係留費が年に二百万ちょっとかかるし、初年度には保証金を三百万くらいとられる。こっちの船はそこまではいかないけど、それでも一人じゃ賄《まかな》いきれないから、五人の仲間で共有して、メンテナンスもみんなでやってるんだよ。ここに係留しているオーナーは大概そんな格好だよ」

「この船のオーナーも？」

素知らぬ顔で訊いてみた。共有名義になっていないことは登録情報で確認している。

男は首を横に振る。

「違うようだね。別の人間が乗りに来たのは見たことがないし、メンテナンスは業者にやらせてるようだし。昔はヨットを走らせるのにクルーが何人も必要だったけど、いまは自動化が進んでいるから、シングルハンドと言って、あのサイズの船でも一人で帆走が可能なんだよ。ああ、そうそう——」

なにかを思い出したように男は続ける。

「だいぶまえに三十代くらいの女の人を乗せて海に出るところを見たよ。奥さんかもしれないけど、桟橋から乗り移るのにもびくびくしていたから、乗りなれているわけじゃなさそうだった」

それが殺害されたとみられる女性かもしれない。ここまで黙って話を聞いていた宮野が口を挟む。

「そのオーナーはどんな感じの人なの？」

「こんなこと言っちゃなんだけど、なんだか鼻につく男でね――」

男が言うには、近くに係留しているオーナー同士は仲がいいらしい。停泊中に互いのクルーをパーティーに誘い合ったり、セーリング中に釣れた魚をお裾分けしたりすることはよくあるが、フローラル・パールのオーナーはそういう付き合いに応じたことがなく、いつも上から目線で接する印象があって、ほかのオーナーたちも敬して遠ざけているという。

「会っても挨拶もしないし、おまえたちのような貧乏人との付き合いは御免こうむるという態度なんだよ」

「いるよね。そういうの。自分がどれほど周りから嫌われているか、自覚がまるでないんだよ。案外育ちのいい奴に多いよね」

自分のことを言っているのかと思ったら、宮野はそれとなく探りを入れているようだ。男は頷いた。

「育ちがいいかどうかは知らないけど、ここのマリーナに係留するようになったのは去年の十月でね。二年待ちだと聞いてたのに、空きができたら突然割り込んできた。次の順番だった人が怒って、マリーナ側と一悶着あったらしいんだよ。ところがなにか怪しい筋の力でも働いたのか、けっきょくあいつが居座っちまった」

「マリーナの運営者と特別な人脈でもあるんじゃないの」

「そうかもしれないね。職員もなんだかあいつにへこへこしててね」

男はしだいに勢いづく。きょうはウィークデイで、桟橋にも係留されたヨットにも人がいない。週末で大勢人がいたら、全員集まって欠席裁判が始まりそうな勢いだ。キャビンにいた共同オーナーと思われるやや若いクルーが、デッキに出てきて話に割り込む。

「その女の人は僕も見ましたよ。キャビンでなにやら大声でやり合っている声も聞こえました。そのあとどこかにクルーズに出て、帰ってきたときもたまたま居合わせたんだけど、女の人の顔に殴られたような痣《あざ》があった。ヨットの上でDV（ドメスティック・バイオレンス）なんてあまり聞いたことがないけど、普段の印象からしても、やって不思議じゃないと思いましたよ」

ただならぬ話が出てきた。いかにも深刻だという顔で宮野が問いかける。

「その奥さんらしい人、いまも生きてればいいんだけどね」

「そういうことも心配になるような男だって思いましたね。なんか冷酷非情というか、人間としてどこか欠陥があるような、できればお付き合いはしたくない相手だって思いましたよ」

若いクルーは不快感を滲ませる。中年のほうが口を挟む。

「ああいうのはできれば隣にいて欲しくないね。こっちが引っ越したいところなんだけど、手続き上それも難しくてね。あんたたち、その船を買おうと思ってるんなら止めたほうがいいよ。法外な値段を吹っ掛けられたり話がこじれて不愉快な思いをするだけだと思うから。まあそれでも買ってくれるというんなら、おれたちとしてはありがたいけど」

「そうですか。残念だな。このクラスのヨットは新品じゃとても無理だけど、中古なら交渉次第で手が届くんじゃないかと思いましてね。知り合いのヨットブローカーに紹介されたんですよ」

とりあえず出任せの話で誤魔化した。ここで警察だと名乗って、それが片岡の耳に入れば警戒される。もっとも二人の話ぶりからは、その惧れはまずなさそうではあるが――。

二人に礼を言い、せっかく来たのだからとりあえず写真だけは撮ると言って、船体の全景を写しながら、さりげなくもやい綱もアップで撮影しておいた。

宮野が話を聞いた鑑識課員の話では、ヨット用のロープは編目の柄がメーカーや型番によって異なるらしい。女性が首を吊られていたロープの画像はまだ保管してあるので、現物の写真があれば同じ製品かどうか同定できるとのことだった。一致すれば、片岡と山林の死体との距離はぐっと近づく。

## 2

「間違いないね。殺されたのはその女だよ」

マリーナのなかにあるティールームで、宮野は鼻息を荒くする。

「僕らが会った片岡の印象は、あの若いクルーが言ってたのと一致してますよ。なんだかあのあと言葉にしにくい不快なものを感じましたから。性格的に普通じゃないのは間違いないですね」

井上が頷く。その点は鷺沼も同感だ。心証としては宮野の見解がますます信憑性を帯びてきたが、証拠がないという点では状況はなにも変わらない。無念な思いで鷺沼は言った。

「せめて遺体が残っていれば、復顔法で生前のイメージが復元できる。それならさっきの二人や近所の住民に確認できるんだが、もう荼毘に付されてしまったわけだしな」

「そこは大森の死体だって同じじゃない。やっぱり怪しいよね。警察を裏から動かせる大きな力を持った人間が手を回しているとしか思えない」

宮野は猜疑《さいぎ》を膨らます。頭のなかでは、大森の死体と瀬谷の死体はいまやきょうだいのようなものらしい。鷺沼もそれに異論はないが、立証する手立てはいまも思いつかない。

「三好さんが、片岡の電話の通話記録と銀行口座の資金の出入りを調べてくれてるんじゃないですか。そこから尻尾は摑めますよ」

井上が期待を滲ませる。宮野も負けじと身を乗り出す。

「さっき井上君がスマホで撮影したロープの写真があるじゃない。それを例の鑑識課員に送ってみてよ。いま電話を入れるから」

宮野は携帯を取り出して、その鑑識課員を呼び出した。マリーナで片岡のヨットを見てきた状況を説明し、ロープの編み柄を照合して欲しいと依頼すると、相手は快く応じたようだった。あとでその礼だと言ってまた飲み屋の領収書を回されそうだが、宮野のコネによるイレギュラー捜査だから文句は言いづらい。

「すぐにやってくれるそうだよ。そいつのメールアドレスは――」

宮野はナプキンにボールペンで走り書きして井上に手渡した。あまりの悪筆で読めないようで、井上は何度も確認しながらアドレスを入力する。メールに添付して画像を送り、十分ほどすると返信が届いた。

添付されていたのは鑑識が保存していたロープの画像で、比較しやすいように、こちらから送った画像が並べてある。

メールの本文には、比較した結果、同一のもので間違いないと記してあった。鷺沼と井上の目で見ても、それは明らかに同じものだった。宮野は有頂天だ。

「やったじゃない。瀬谷の死体に関しては、片岡が犯人でもう間違いないよ」

「だからといって県警が捜査に乗り出してくれるわけじゃないだろう」

「そこだよね。県警が帳場さえ立ててくれれば、片岡を一気に追い詰められるんだけど」

「それをさせるほどの政治力が、あんたにあるはずもないしな」

「だから警視庁のみなさんにご協力をお願いしてるんじゃない。大森の死体をなんとか片岡に結びつけてくれれば、警視庁のほうで瀬谷の死体にも手を伸ばせるわけだから。例のオービスの件はどうなってるのよ」

「もうしばらく隠し玉にしとこうと思ってな。たまたまそこを走っていたというだけじゃまだ状況証拠のレベルで、大森の死体とは直接結びつかない。通話記録や銀行の金の出し入れから片岡の人脈が見えてくるかもしれない。そのあたりをノーチェックのまま攻めていくと、危険な地雷原に踏み込むことにもなりかねない」

「さっき聞いた話だと、マリーナにも押しが利くようでしたからね。政治家の息子という背景があってのことなのか、金で操っているのか。その両方だったら、かなり恐ろしい地雷原ですよ」

井上は怖気《おぞけ》を震う。それでも宮野は強気に応じる。

「おれたちの立場からしたらその地雷原にはお宝も埋まっているわけじゃない。怖気づいてたらタスクフォースの名が泣くよ。それで、これからどうするの？」

「帳場に戻って三好さんと相談するよ。銀行の口座やら通話記録やら、新しい材料が出てきているかもしれないし」

「さっきの二人の話も報告するの？」

「とりあえず三好さんにはな」

「ロープの件はどうするの？　そろそろ瀬谷の事件をそっちの帳場で取り上げてもいいんじゃないの」

「取り上げるって、どこまで？」

「おれがここまでに探り出した話を、神奈川県警の関係者から聞いた話としてオープンにしてもいいんじゃないかと思ってね」

「関係者ってあんたのことか。県警内部ではいわくつきで、なんでも金に結びつけて考える、業突く張りの刑事から聞いた話だから信憑性があると説得するわけか」

「そこまで言うことないじゃない。たしかに県警内部であまり尊敬されているとは言えないし、警視庁では知名度が高くないから、名前を表に出してもインパクトはないけどね。そこをうまくネタにするのが鷺沼さんの腕の見せどころじゃないの」

「つまり、どういうことなんだよ」

「そっちの帳場だって、まだ全然見通しが立っていないわけでしょ。県警のほうからそういう噂が流れているようなことをほのめかせば、これは動くべきだという話になるかもしれないじゃない」

「だったら、こういうのはどうですか――」

井上が身を乗り出す。

「有名なインターネットの掲示板に、神奈川県警のスレッドがあるんですよ。そこに宮野さんが抱いている疑惑やこれまでにわかった事実を書いてやったらどうですか。そこでは県警の不祥事が主な話題ですから、決して不自然ではないし、匿名だからだれが書いたかわからないし」

「警察が調べに入れば、IPアドレスだかなんだかで特定できるだろう」

鷺沼が訊くと、然もない調子で井上は応じる。

「でも犯罪予告とか名誉棄損といった話じゃないですから、普通そこまで調べませんよ」

「だれがそれを書くのよ」

宮野は興味津々だ。井上はあっさり頷いた。

「僕に任せてくださいよ。いかにも県警内部から漏れ出た情報のように装って、例の一一〇番通報の揉み消しやら、瀬谷の首吊り死体のいい加減な検視やら、そのあとの早過ぎる遺体の処理についても、きっちり書いてやりますよ。きょうわかったロープの件も書けるじゃないですか」

「なるほど。それを井上が偶然見つけたことにすれば、うちの帳場も見過ごすわけにはいかなくなるな」

鷺沼も頷いた。井上は勢いづく。

「管理官は飛びつくんじゃないですか。車の件で片岡はすでに怪しい臭いがぷんぷんしているわけですから」

「大森の件だけなら片岡はいくらでも言い逃れができた。しかし余罪の追及という理由にすれば、瀬谷の件にもおれたちが着手できるな。大森のほうが死体が古いから、そっちが捜査の端緒だという理屈は成り立つ。他県警の管轄内であっても、余罪を認知した場合、捜査に着手するのは司法警察員としての義務だからな」

「そうですよ。そもそも神奈川県警が事件化していないわけだから、こちらが動いて文句を言われる筋合いはないじゃないですか」

井上は鼻息が荒い。宮野はすり寄らんばかりに褒めそやす。

「さすが井上君。鷺沼さんとは頭の切れが違うね。まさにＩＴ時代の申し子だよ」

3

そのとき鷺沼の携帯が鳴った。三好からだった。応答すると、勢い込んだ声が流れてきた。

「出てきたぞ、怪しい繋がりが」

「通話記録からですか？」

「そうだ。片岡のここ三ヵ月分の記録が取得できた。携帯と固定電話の両方だ――」

十日前の夜、九時五十五分に、片岡宅の固定電話から一一〇番にかけた通話があった。通話時間は五秒ほど。女性の声で通報があったときの記録と見られる。システム異常で警備保障会社を経由せず警察に通報が行ってしまったという片岡の話は嘘だったことになる。さらにそのすぐあとに携帯からの発信があり、そちらは四、五分の通話だったという。

「その相手がなんと――」

三好はもったいをつけるように間を置いた。鷺沼は問いかけた。

「高村県警本部長ですか」

「そのとおり。受けたのは自宅の固定電話だった。上の役所（警察庁）の人事データベースでチェックしたから間違いない。まさに宮野君が描いたシナリオ通りだな」

「ほかには？」

「月に何度か電話のやりとりがある人物が五人ほどいる。契約者はこれから通信事業者に問い合わせて調べてもらうが、携帯も固定も通話の回数はごく少ない。本人が言っていたとおり、人との連絡はメールが中心で、電話はあまり使っていないようだ」

「株やFXで一刻一秒を争う取引をしてるんでしょうから、時間をとられる電話は仕事の邪魔なんじゃないですか。しかしそのときはメールじゃ間に合わない。じかに本部長の自宅に電話を入れたわけでしょう」

「そう読めるな。機捜が捜査に乗り出してしまったら手遅れだと考えて、本部長が直接班長に電話を入れたんだろう」

「県警本部長が機捜の班長の携帯番号を知ってるもんですかね」

「瀬谷地区を担当する分駐所に問い合わせたんだろう。そっち経由で伝えてもらえばいいはずなのに、じかに電話を入れたというのは、よほど焦っていたとしか思えんな」

三好は猜疑を剝き出しにする。機捜が到着したとき、家のなかにはまだ死体があった可能性もある。そうだとしたら、本部長の慌てぶりも頷ける。

「だからと言って、県警本部長を事情聴取するわけにもいかないでしょう」

「ああ。瀬谷の事件に関しては、片岡の容疑がまだ固まっているわけじゃないからな。そもそもうちの管轄の事件じゃないし」

「マリーナで片岡のヨットを確認してきたんですが——」

隣のヨットのオーナーから聞いた話を伝え、ロープの件も報告すると、電話の向こうで三好は唸った。

「そっちの件でうちの帳場が捜査に乗り出せたら、それだけの状況証拠があれば、とことん絞り上げることができるんだがな」

「じつは、いま井上と宮野と話していたんですが」

井上が提案したアイデアを披露すると、三好はすかさず乗ってきた。

「そりゃいいな。大森の事案でも、すでに片岡は有力な被疑者として浮上している。その身辺事情をさらに探るという理由なら、こっちの帳場が動く名分も十分成り立つ。それで証拠を積み上げたら、神奈川県警に捜査共助を申し入れる。断るようなら、県警本部長が隠蔽に関与したという疑惑がいよいよ濃厚になる」

「場合によっては、高村本部長にも事情聴取することになりそうですね」

「そうなると県警とがちんこ勝負だ。心配なのは、桜田門の上の人間だな。神奈川県警にそれだけ顔が利くとしたら、こっちにもコネクションを持っていないとも限らんからな」

「そこは慎重に行くべきでしょう。高村本部長以外の通話相手が特定できれば、ある程度チェックできるんじゃないですか。あと銀行口座の入出金記録も、洗えばなにか出てくるでしょう」

「そっちも手配は進めている。きょう主だった銀行に捜査関係事項照会書を送っておいたから、あすには捜査員を出向かせて記録を入手できる」

「そこにおかしな金の動きがあれば、贈収賄の線からも追及できますね」

「高村本部長の電話一本で機捜の初動捜査が中断された。それが片岡からの電話の直後だった証拠も出てきた。瀬谷の死体が片岡の手によるものだとしたら、本部長には犯人隠避の罪に収賄の容疑も加わる。捜査の表向きのターゲットは片岡だが、それだけで終わりじゃ面白くない。政官界の金と利権の闇にもきっちりメスを入れないと」

三好は鼻息を荒くする。鷺沼は言った。

「じゃあ、我々もこれから帳場に帰ります。夕刻の捜査会議の前に、内輪だけでいろいろ相談することがありそうですから」

「そうだな。上からの圧力で潰されたらまずいし、経済的制裁のこともあるから、上手にハンドリングしないと」

そこに三好はこだわりがあるようだ。経済的制裁が主目的では困ったものだが、それが困難な捜査を前進させるインセンティブになるとしたら、そのくらいの夢は見させておいたほうがいい。

## 4

三好とは帳場に帰ってすぐ、作戦の進め方について打ち合わせをした。そのあと開かれた捜査会議では、その結果に基づいて口裏を合わせ、慎重に伝えるべき情報を取捨選択した。

ネットに情報を流す件については、もちろんいまの段階で言うわけにはいかない。西沢と川合にもそれは言っていない。

マリーナでの話は、とりあえず報告しないわけにはいかないから、隣のヨットのオーナーから聞いた片岡の挙動については詳しく説明した。とくにヨットに同乗した女性に対するDVが疑われる行為については、多少尾鰭《おひれ》までつけて詳細に語った。

そこはこれから井上がネット上に流す情報のキモとも繋がり、強い信憑性を与える材料になるはずだ。

ロープの件はもちろんまだ言わない。あくまでそれは県警サイドからネット上に漏れ出した匿名情報という体裁をとる必要がある。

片岡の通話記録に県警本部長の高村浩二の名があったことに、西沢と川合は強い興味を引かれたようだ。そのうえその直前に片岡の自宅の固定電話から一一〇番通報があったとなれば、疑惑の目で見たくなるのは当然だろう。ここでも鷺沼たちは背後の事情について口を噤《つぐ》んだ。

そのすべてが、これから井上がネット上の噂として流す情報の伏線になるはずで、ヨットの女性の件にせよ県警本部長との通話の件にせよ、合わせ技でそちらの話に高い信憑性を与えることになるだろう。

その夜、帳場の捜査員たちが署内の柔道場で寝静まったころ、井上は私用のノートパソコンと自前のポケットＷｉ－Ｆｉを使ってインターネットに接続し、著名なネット上の掲示板に書き込みを行った。署内のインターネット回線を使えば、ＩＰアドレスで警視庁のドメインからの接続だとバレてしまう可能性があるからだという。

情報の出所は極力曖昧にした。そこから宮野の存在を感づかれてしまえば、今後の県警内部での宮野の動きにも支障が出てくる。井上はそのあたりを器用に処理し、県警の誰かが漏らした情報を外部の第三者が投稿したように装った。

内容はいかにも興味深いが、情報の細部は曖昧だ。高村の実名は出さず、神奈川県警上層部のある人物ということにしておいた。もちろん片岡の実名も出さない。名誉棄損だという話になって、県警サイドに調べを入れられると、発信者が井上であることを特定される惧れがあるが、個人名を出さなければ名誉棄損にはならない。

一一〇番通報が握り潰された件については、まるで見てきたように詳細に書いた。そのときの現場となった瀬谷区内のその家で、主と同居していた女性の姿を、その日以降、近隣の住民が見かけなくなった。それから一週間ほどして、その家の近くの山林で首を吊った女性の腐乱死体が見つかり、県警はそれを自殺と断定したが、ある捜査関係者がそこに不審な点があると指摘した。さらにその家の主の趣味がヨットで、女性が首を吊っていたロープがヨットで使われるもので、かつそれが彼のヨットで使われているロープと同一メーカーの製品だった――。

「大したもんだよ。書きっぷりは曖昧でも、そこは通話記録やおまえたちが聞き込んだヨットでの女性に対する暴力の話で裏付けできる。一般の人間は眉唾だと思うかも知れないが、管理官も川合課長もほかの捜査員も、ここまで書けば片岡の犯行だと信じざるを得なくなるはずだ」

三好は手放しで褒めそやす。鷺沼も太鼓判を押した。

「要はうちの帳場にそっち方面の捜査に乗り出す名分を与えればいいわけだから、このくらいの匙加減がいちばんいい。なかなかのセンスだよ」

「じゃあ、これからアップロードします。神奈川県警の不祥事専門のスレッドですから、あすにはこれに関連した書き込みがずらりと並ぶと思います」

井上はしてやったりという表情だ。三好は大きく頷いた。

「それは楽しみだ。あすの捜査会議は盛り上がるぞ」

## 5

鷺沼たちの状況を報告してやると、宮野もさっそく盛り上がる。

「そっちの帳場が動いてくれれば鬼に金棒だよ。鷺沼さんはいい部下を持ったね。そういう部下におんぶにだっこで仕事しているふりをしていられるんだから、なんともうらやましい限りだよ」

「その言葉はそっくりあんたに返してやりたいところだよ。なにからなにまでおれや井上や三好さんにおんぶにだっこで、美味しい果実はしっかりせしめる。しかし今回は楽はさせないからな」

「もちろん主戦場は神奈川県警なんだから、おれ抜きの作戦なんて考えようがないじゃない。任せといてよ。ところで、さっき福富と電話で話したんだけど」

宮野は意外なことを言い出した。いつもは分け前が減るからと福富が首を突っ込むのを嫌うのに、自分から誘いをかけるというのは想定外だ。自信ありげな口を叩いてはいるが、内心は手詰まりなのではと勘ぐりたくなる。

「なにを相談したんだよ」

「ふと思い出してね。たしか去年、横浜市内のマリーナに店を出そうと、いろいろ調べているような話をしてたんだよ。きょう行った横浜シティマリーナも候補に入っていたはずだから。なんだか片岡は、あのマリーナにも顔が利くような話だったじゃない」

「だからって、福富はあくまでビジネス上の理由で接触しただけだろう」

「そんなことないよ。あいつは元経済やくざで、狙った獲物はとことん弱みを探し出して、強請り倒すのが本業だったんだから」

「なにか情報を持っているのか」

「そういうわけでもなさそうだったけどね。でもここまでの経緯を話したら興味津々の様子でさ」

「捕らぬ狸の皮算用で、美味い話をもちかけたのか」

「まあ、そうなんだけど。話をしたら、もちろん乗ってきたよ。あいつも近ごろは大物経営者面をして、金にきれいなふりをしてるけど、本音は筋金入りの業突く張りだからね」

宮野は誰に対しても自分自身を投影してしまう。病気だから議論しても始まらないので、福富に同情しながら問いかける。

「面白いネタを拾ってくれそうなのか」

「片岡みたいなのにとって、ヨットは道楽というより一種の社交場だと言うのよ。だから、きょう会った二人はそういうのをたまたま見かけていなかっただけで、いろいろお偉いさんの接待にも使ってるんじゃないかって福富は読んでいるわけよ」

「そんなの、マリーナの人間だってわからないだろう。出入りするのに身元をチェックされるわけじゃないんだから」

「そこはそうなんだけど、順番待ちに割り込んであそこに居座っちゃったというのはよほどのコネがあるからで、例えばマリーナの運営会社の大株主だったりするかもしれないって言うわけよ」

「そうだとしたらなおさらマリーナ側は、片岡のプライベートな情報の開示には応じないんじゃないのか」

「隠しごとがあるようなら、逆にほじくり甲斐があるってもんでしょう。なんにしても得体のしれないやつだから、四方八方から探りを入れていく必要があると思うのよ。福富も一応タスクフォースの一員なわけだから、ちょっとくらいは仕事をさせないと」

「じゃあ、彩香にも、なにか仕事を考えてやらないとな」

「だめだよ、あんな大食いの暴力女。おれはタスクフォースの一員とは認めていないからね」

宮野は不快感を露わにする。三好と井上を手玉にとり、福富の力も器用に利用する宮野にとって、彩香は唯一の天敵だ。

「これまでも、ずいぶん貢献してくれたんだがな。あんたみたいに捜査の邪魔にはならないし」

「おれがいつ邪魔をしたっていうのよ。美味しくて栄養満点の料理でも十分貢献しているじゃない」

宮野は痛いところを突いてくるが、今回はこちらは帳場に泊まり込みで、その恩恵に与れない。

「福富と彩香を呼んで、美味しいディナーを振舞ってやったらどうだ。一人で食事というのも侘しいもんだろう」

「だったら鷺沼さんたち、一時帰宅はできないの。大森署に泊まり込んだからって、夜は柔道場でぐーすか眠ってるだけなんだから、夕方こっちへ来て、朝早く帳場へ戻ればいいんじゃない。べつに鷺沼さんに会いたいわけじゃないけど、そろそろタスクフォースが顔を揃えて意思統一を図るべき時期じゃないかと思ってね。最高のディナーを用意して待ってるから」

会えば嫌味を言い放題なのに、一人で放置されるのは嫌いらしい。こちらもとくに宮野に会いたいとは思わないが、舌と胃袋が勝手に反応する。その欲求に抗って鷺沼は言った。

「泊まり込みはべつに警視庁だけじゃない。なぜだかわからないが、全国の警察がそういう習慣になっているからな」

「そういう無意味な習慣になんの疑問も持たないのが、日本の警察組織が腐敗している証拠じゃない。鷺沼さんも奉職してすぐのころ、わけもわからずに偽領収書を山ほど書かされたでしょ。それがすべて裏金になってお偉いさんの懐にたんまり入って、下っ端には屋台の焼き鳥屋でチューハイ二、三杯飲んだら消えちゃうような小遣いが渡されるだけ。それを許しているのが、警察組織全体に蔓延している事なかれ主義なわけだから」

宮野は滔々《とうとう》と言い立てる。それ自体はたしかに正論で、鷺沼クラスの下っ端警官ならだれでも胸の奥にある思いだろう。帳場での寝泊まりに関しては鷺沼もうんざりしていた。かつて所属した殺人班から帳場に出張る機会の少ない特命捜査対策室に飛ばされたのを、その点ではむしろ感謝している。かといって宮野との同居生活に戻るとなると、その鬱陶しさも堪えがたい。しかし宮野の料理の魔力にも抗しがたい。

「三好さんと相談してみるよ。どうやって管理官を説得するかだな」

「そういう悪弊を糺《ただ》すのもタスクフォースの重要な責務だからね」

宮野は勝手に責務に仕立てあげる。宮野のような男が県警に居座っているのもべつの意味での悪弊だと言いたいところだが、やり合っても徒労に終わるのはわかっている。

「まあ、うまいこと口実をつくるよ。最高の献立を考えておいてくれよ」

「任せておいてよ。鷺沼さんたちにただ働きはさせないから」

宮野は自信満々で請け合った。それがタスクフォースに貢献できる宮野のただ一つの取り柄だから、とりあえず楽しみにすることにした。

6

翌朝の捜査会議の冒頭、井上は用意していたプリントを捜査員たち全員に配った。

昨夜、片岡の事案についての情報を書き込んだスレッドを印刷したもので、井上の書き込みのあとに、すでに二百件以上の書き込みが続いていた。

井上によれば、神奈川県警の不祥事はこの掲示板では定番のネタで、ほとんどが面白おかしいコメントを書き込んでいて、またやってくれたと喝采する者や、そういえばこんなこともあったと過去の不祥事をおさらいする者もいる。そんなことはあり得ないと否定する者は一人もいない。

県警のよからぬ体質については宮野から耳にタコができるほど聞かされてきたが、あながち宮野の僻《ひが》みによるものだけではなさそうだ。もちろんその掲示板には警視庁やほかの道府県警のスレッドもあり、いずれも批判的な暴露ネタが大半だが、その長さにおいて神奈川県警のスレッドは他を凌駕しているらしい。

けさネットを眺めていたら偶然見つけたというもっともらしい井上の説明を聞きながら、配られたプリントに目をとおす捜査員のあいだでどよめきが起きる。

「とんでもないネタが飛び出したな。ヨットが趣味で瀬谷に住んでいるとなると、片岡の線が濃厚だ。その首吊り死体にしても、ここに書いてあるとおりの話なら、県警上層部まで関与したじつに根深い事件ということになる」

西沢は驚きを隠さない。川合も勢い込む。

「これをやったのが片岡だとしたら、大森の死体だって片岡の仕業とみて間違いないですよ。大森の捜査の延長という話なら、県警の管内の事件だとしても、うちが着手していいんじゃないですか。向こうは自殺ということで終わりにしちゃったようだから。どう思う、三好さん」

「こういうネット上のネタは、普通は相手にする必要もないんだが、ヨットの件についてはこっちも調べに入っていたし、ここにある男の自宅が瀬谷だという点も片岡と一致している。そのうえ片岡の通話記録にあった一一〇番通報とその直後の高村県警本部長との通話記録。県警上層部というのが高村氏のことだと読めばすべて辻褄が合う。こっちの帳場はいま手詰まり気味だ。県警の領分だからと遠慮する必要はないんじゃないかね」

三好は打ち合わせどおりに話をリードする。西沢は不安を覗かせる。

「片岡のバックには父親の片岡純也代議士がいる。与党の総務会長となると官界にも顔が利く。瀬谷の事件の噂が本当なら、県警本部長にもその威光が働いていたと見るべきだ。だとしたら、警視庁だって例外じゃないかもしれないぞ」

参集した捜査員のあいだに、またどよめきが起きる。西沢の不安は的外れではないが、普通に考えれば帳場の捜査会議で口にすべき話ではない。しかし西沢は意に介す様子もない。

「うちのトップは高村本部長とは違うと願いたいが、政治家の力というのは侮れない。上から邪魔が入ったらそこでおじゃんだ。この先の捜査はよほど慎重にやるべきだろうな。それに際して、まず保秘を徹底したい」

高村は県警のトップ。対して警視庁のトップとなると警視総監だ。県警本部長とは格が違う。そこまで口にするということは、西沢はかなり本気だと鷺沼は理解した。

捜査三課の係長から特命捜査対策室の管理官――。そのキャリアからすれば帳場を仕切った経験は乏しいはずだ。普通、管理官はそこまで現場を信頼しない。保秘の徹底を指示するにしても、警視庁上層部への不信感を匂わせるような物言いはまずしない。

しかし捜査一課の管理官としての経験が浅いせいなのか、あるいは想像に反して気骨のある警察官なのか、いずれにせよ重視しているのは現場の捜査員との気持ちの繋がりのようで、上にへつらう態度を示すより、彼らを信頼することで得られる帳場の一体感こそがこの捜査のキモだということがわかっているらしい。

捜査員たちは真剣な顔で頷く。特命二課の神田が立ち上がる。

「だったらきょうから、片岡を行確すべきじゃないですか」

三好が頷いて身を乗り出す。

「それと同時に、近隣での聞き込みも必要だな。行方不明の女性についても、誰だか知っている人間がいないとも限らない。それがわかれば、山林で見つかった死体の身元と繋がるかもしれない。そうなればそっちの件でも、おれたちが片岡を追及できる」

瀬谷の死体についてはこれまで宮野のスカンクワークに頼るしかなかった。宮野の刑事としての資質は別にしても、一人でできることは限られる。そのうえ府中の競馬場では何者かに襲撃され、片岡の自宅周辺では港北署の怪しげな刑事につきまとわれた。帳場の人手をかければ、これまで拾えなかった新しい情報が出てくるかもしれない。

「ただし県警サイドに気づかれないようにしないとな。この件に関しては、先方に仁義を切るわけにはいかない。それじゃこっちの動きが本部長の耳に入っちまう」

川合はやや慎重だ。管轄外での捜査活動では、相手の本部の了解を得るのが通常の手続きで、それをしないと現地で一悶着起きる惧れがある。警察本部同士の縄張り意識はことのほか強く、管内で断りなしによその本部の刑事が動き回ると、ショバを荒らされた暴力団のように反発してくることがある。もちろん立場が変われば警視庁も似たようなものだ。自信ありげに西沢が言う。

「捜査一課はスーツにネクタイの刑事ルックが好みのようだが、おれの古巣の捜査三課じゃ、張り込みはいつもラフなカジュアルウェアだよ。窃盗グループのアジトの内偵は、とことん保秘を徹底しないと、バレてとんずらされてしまう。そのあたりはおれが勘どころを伝授するよ」

それで必ずしも万全だとは思えないが、こちらの動きに気づかれないのがいまはとりわけ重要だ。神田は張り切って応じる。

「面白くなりそうですね。県警の目を盗んでの捜査ということなら、むしろやり甲斐がありますよ」

気合の入った表情でほかの捜査員も頷いている。神奈川県警への対抗心は、警視庁側の捜査員にも強いようで、それが捜査へのモチベーションになるならけっこうな話だ。三好が西沢に言う。

「片岡の銀行口座の入出金履歴がきょう手に入ります。そこに高村氏との金のやりとりが載っていたら、事情聴取を要請する手もありますよ。たぶん拒否するでしょうが、警告は与えられるはずです。それで今後の捜査妨害に関しては、手足を縛れるんじゃないですか」

「先手必勝ということだな。いい考えじゃないか」

三好の大胆な提案に、西沢は臆することなく頷いた。

## 7

帳場の刑事たちの三分の一が瀬谷の片岡宅の張り込みと近隣での聞き込みを受け持つことになった。西沢の助言に従って、刑事の制服ともいうべきダークスーツとネクタイは脱ぎ捨てて、近くの衣料品店で急遽仕入れたポロシャツやチノパンという出で立ちだ。自宅に戻っている暇はないからどれも新品で、かえって不審に思われるのではと気がかりだが、スーツ姿よりははるかにましだと、西沢は太鼓判を押す。

残りの刑事の大半は、大森西の死体発見現場周辺での、赤いＢＭＷや不審な人物の目撃情報収集に出かけて行った。瀬谷の話が出てきたといっても、両方合わせて捜査の両輪で、そちらもまだ手は抜けない。

さらに何名かが手分けをして、きのう三好が捜査関係事項照会書を発送していたメガバンクに出向き、片岡の銀行口座の取引記録を取得する。

鷺沼と井上は瀬谷での聞き込みチームに加わった。片岡の自宅には三名ほどの刑事が張り付いたが、きょうはウィークデイで、株式市場も為替市場も取引があるから、日中は本業で忙しく、外を出歩くことはたぶんないだろう。

閑散とした住宅街を、普段着姿とは言え、一目で住民ではないと見える人間がうろつくと、不審の目で見られて警察に通報されるのではという惧れもあったが、そもそもそんな動きに気づくほどの人出もない。

一軒一軒チャイムを鳴らし、警視庁の者だと告げて話を聞くしか手はないが、けんもほろろに断る家も多い。それ以上に難しいのは、対象の女性の顔すらわからないことで、片岡の自宅近くなら、その家にいた女性を最近見かけたかと聞けばなんとか話が通じるが、少し離れると説明に苦労する。

得られる情報は宮野が聞き込んだ話とさほど変わらず、けっきょく無駄手間ではないかと心配しだしたところへ、思いがけない朗報が入った。

自宅からやや離れた一帯で聞き込みをしていた神田のチームからの報告で、その家の主は毎日夕方五時前後に、犬の散歩で近くの公園を訪れるという。飼っているのは秋田犬で、このあたりでは珍しいらしい。興奮を隠さず神田は言う。

「その犬を可愛がっていた女性が、近くの公園で時間を決めて待ち合わせて、持参したペットフードをあげていたんだそうです。犬のほうも彼女に懐いて、そこでしばらく遊ぶのが日課だったそうなんです――」

女性は名前は明かさなかったし、その飼い主もとくに聞きはしなかった。ただ会うたびに犬の話で盛り上がった。彼女も子供のころ、家に秋田犬がいたという話で、いまは自宅で飼えないから寂しいというようなことを言っていた。

ペット禁止のマンションかアパート暮らしなのかと思っていたら、同居人が動物が嫌いなのだと言い、飼うだけのスペースは十分あるのにと残念そうに言っていたらしい。

その女性が十日ほど前から姿を見せなくなり、なにかあったのかと心配していたとのことだった。

飼い主はスマホで撮影したという写真を見せてくれた。女性が犬と戯《たわむ》れているシーンで、メインは犬だが、女性の顔もしっかり写っているという。

「その画像を僕のスマホに転送してもらいました。これからそちらへ送ります」

神田はそう言っていったん通話を切り、画像を添付したメールをすぐに送ってきた。

三十代くらいで、笑顔が魅力的な、人好きのする印象の女性だ。神田はまた電話を寄越す。

「姿を消したのは、たぶんその女性だと思います。だとしたら山林で見つかった死体も

——」

「その女性の可能性が大いにあるな。この写真を全員に送ってもう一度聞き込みをしてみれば、より具体的な情報が得られるかもしれない」

「そうします。これで真相に一歩近づきそうですね」

神田は得意げに言って通話を切った。井上は声を弾ませる。

「犬も歩けばってやつですね。刑事というのは、やはり足で稼ぐ商売ですよ」

ＩＴ派を任じる井上も、基本がそこなのは理解しているようだ。

8

道路沿いの家のチャイムを次々鳴らしながらしばらく歩いたが、留守で応答しない家もあれば、警察と聞いただけで体よく断る家もある。住宅街の通りは人通りもなく、思っていたより歩留まりが悪い。井上が前方を指さした。

「あそこにスーパーがありますよ。宮野さんが聞き込みしたとき、その女性を近所のスーパーでよく見かけたという話を聞いたそうじゃないですか。だったら店員が覚えているんじゃないですか」

「ああ。客商売の人間は顔を覚えるのが得意らしいから期待できそうだ」

鷺沼は頷いて足を速めた。いかにも地場に密着していそうな小ぶりなスーパーで、午後三時前という時間帯のせいか、店内は客の数もまばらだ。

商品の整理をしている若い男性店員に、先ほどの写真を見せながら問いかけた。

「この女性を見かけたことはありますか」

客だと思って気さくに対応していた店員の顔に不審感が滲む。やむなく警察手帳を提示して、警視庁の者だと告げると、やや警戒する表情で店員は応じる。

「お客さまのプライバシーに関わることなので、お答えしていいものかどうか。いま確認します」

店員は携帯で誰かを呼び出し、事情を説明する。答えを渋るということは、心当たりがあるということだ。通話を終えるのとほぼ同時に、やや年配の男が現れた。胸に「店長」の肩書のある名札がついている。

「どういうご用件で？」

こちらは如才なく訊いてくる。同じ質問を繰り返すと、店長は頷いた。

「よくお出でになりますよ。ただ、ここ最近見かけてないですね」

店長の対応に安心したのか、若い店員が口を開く。

「片岡さんですよ。ここから歩いて十五分ほどのお宅です」

その話は意外だった。片岡は未婚だ。同姓ということはないだろう。片岡宅に同居しているからそう名乗るほうが自然だと考えているのだろうと、とりあえず解釈する。思わず浮かべた怪訝な表情に気づいたように、店長が慌てて説明する。

「うちはご近所なら、お買い上げいただいた大きな荷物をご自宅までお届けするサービスをやってるんですよ」

「受けとるのもその方なわけですね」

「そうです。指定していただいた時間にお届けに伺いますので」

片岡の自宅から姿が消えたのは、写真の女性とみて間違いはなさそうだ。礼を言って店を出て、さっそく三好に電話する。状況を説明すると、三好は唸った。

「もう一歩だな。片岡はともかく、親族の誰かが失踪届を出している可能性がある。警察庁の失踪者データベースで照合してみよう。その写真をおれのアドレスへ送ってくれないか」

「わかりました。片岡の銀行口座のチェックはどうですか」

「過去半年分の取引履歴を取得して、さっき戻ってきたよ。メガバンクすべてに口座を持っていた。取引の大半が株やFXに関連したもので、内外の証券会社とのあいだの金の出し入れだった。一件が億単位のでかいものばかりなうえに動きが複雑で、分析には手間がかかりそうだ。うちのノウハウじゃ手に負えないから、捜査二課にも手伝ってもらおうかと、西沢さんと話をしているところだよ」

「高村本部長絡みの資金の動きは、まだ見つからないんですね」

「なにか隠蔽工作が行われているのかもしれんし、ああいう商売だからオフショアの口座を使って金を動かしている可能性もある。簡単に尻尾は出さないかもしれないな」

オフショア、つまり合法的に税制が優遇されている海外の金融機関を使っているとなると警察も捜査しづらくなる。三好は困惑を隠さない。そうなると贈収賄疑惑の証拠を見つけ出し、高村を事情聴取するアイデアも、実現の可能性は遠のきそうだ。

店を出て、次の聞き込み先を物色しながら歩いていると、ふと思いついたように井上が言う。

「もしかして――」

「その女性、片岡と同じ住所に住民登録しているかもしれませんよ」

たしかにそれはあり得る。同一の住所に複数の世帯が住民登録することは、法的にはなんの問題もなく、居住の事実さえあればいい。現に親子二世帯が同居している事例は決して少なくはないだろう。

家主からの通報や役所が調査した結果、居住の事実が確認できなければその住民登録は職権によって消除され、以後は法的に住所不定の扱いになるが、そこに至るまで数ヵ月ないし数年かかる場合もあるようだ。

区役所からの郵便物が宛先人不在で返送されて、居住実態がないことが発覚する場合もあるが、もし片岡と同居していた女性が別世帯として住民登録していたら、片岡がそこで暮らし続ける限り郵便物は受けとれるから、区役所に気づかれることもない。

「迂闊《うかつ》だったな。そこまでは考えが及ばなかった」

鷺沼は舌打ちした。瀬谷区役所で開示を請求したのは片岡の住民票で、同じ住所で住民登録している別世帯があるかどうかまでは確認していなかった。そこはプライバシーにも関わることだし、役所は訊かれていないことまで答えてくれるほど親切ではない。

鷺沼は三好に電話を入れた。そんな事情を説明すると、慌てた様子で三好も応じた。

「おれもそこには気づかなかった。なにしろその女性の名前もわからない。普通なら調べようがない。しかし警察からの開示請求なら、応じない理由はないはずだ」

「これから瀬谷区役所に向かいます、身上調査照会書を住民課宛てに送っておいてください」

「ファックスでも大丈夫か」

「先日、大田区役所で片岡の戸籍謄本を請求したときはそれでOKでした。だめだと言われても、なんとかねじ込んでみます」


中原街道に出てタクシーを拾い、瀬谷区役所に駆け込んだ。住民課に出向いて確認すると、ファックスはすでに届いていた。三好が電話で事情を話してくれていたようで、警察手帳を提示しただけで職員は請求に応じてくれた。

井上の推測は当たっていた。片岡の自宅と同一の住所には、滝井容子《たきいようこ》という女性を世帯主とする住民登録があった。

　生年月日から計算すると、年齢は満三十一歳。本人以外に世帯構成員はいない。本籍は東京都北区王子。その戸籍を調べれば、両親やきょうだいの所在が判明する。そちらで聞き込みをすれば、滝井容子と片岡康雄の関係がわかるかもしれない。

　もし容子の所在が不明なら、親族から失踪届を出してもらう。警視庁が受理した届けなら、日本全国どこであれ、警視庁の事案として捜査ができる。

「やりましたね。ひょっとしたらその戸籍をたどると、大森西の死体に行き着くかもしれませんよ」

　井上は鼻高々という表情だ。必ずしもそれが欲張りすぎだとは思えない。期待を隠さず鷺沼は言った。

「まだまだゴールとまでは言えないが、限りなく近づいたのは間違いない。たしか死体から指紋は採取できていたはずだ。もし最近、実家に立ち寄っていて、彼女が触れたものが残っていたら、そこで身元が同定できる」

# 第五章

## 1

　片岡康雄と同じ住所に住民登録していた、おそらく同居していた女性だと考えられる滝井容子のことを電話で伝えると、宮野は興奮した。

「また井上君のお手柄じゃない。鷺沼さんは給料返上しなきゃいけないよ。ただし警視庁に返上するのは馬鹿馬鹿しいから、おれが預かっておいてタスクフォースの会議のときの食材費として使わせてもらうよ」

「あんたみたいな月給泥棒に言われる筋合いはない。それより、そっちの仕事もこれから増えそうだぞ」

「でも、いまのところは出る幕がなさそうだから」

　宮野は馬鹿に遠慮がちだ。勝手にこちらに火を点けておいて、あとは高見の見物を決め込もうという算段らしい。鷺沼は手綱を引き締めた。

「そんなことはない。消えた女性とみられる人物の顔写真が手に入ったわけだから、スーパーインポーズ法で比較できれば、同一人物かどうか調べられる」

「それって、死んだ人の頭蓋骨と生前の写真を比較する方法じゃない。瀬谷の死体はもう火葬されちゃってるんだから、頭蓋骨のかたちなんて残っていないよ」

「頭蓋骨じゃなくても、最近はコンピュータ処理が進んでいて、骨格の形状がわかれば、それを３Ｄ化して比較が可能だそうだ。死体が見つかったときの現場写真はあるんじゃないのか」

「そりゃあると思うけど、できればあまり見たくない写真だと思うよ。人相がわからないくらい腐乱が進んでいたからね。その道のプロのおれでも、あのあとしばらく飯が喉を通らなかったよ」

その種の死体は鷺沼も得意ではないが、宮野に限って、そういう繊細な神経の持ち主だとは信じがたい。鷺沼は笑って応じた。

「そのあとマンションへ舞い戻って、美味い豚しゃぶをたっぷり食わせてくれたけどな。あんたもなかなかの食欲だったたな」

「現場から戻るあいだになんとか回復したのよ。横浜のデパ地下に寄ったら、上物の鹿児島黒豚がセールになっていたもんだから」

「そりゃ素晴らしい回復力だ。おれもあんまり見たくはないが、なんとか手に入れてくれないか。うちのほうで鑑識に頼んでみるから」

「その写真の人、片岡と同居していた女とみて間違いないんだね」

「片岡の自宅周辺の住民に確認したよ。二十人くらいに訊いてみたんだが、八割方が同一人物だと証言した。残りの二割はわからないという返事で、違うと断言した者は一人もいない」

「だったら、もう答えは出たようなもんじゃない。その人は片岡に殺されたんだよ」

「まだ主観的な証言に過ぎない。せっかく写真が出てきたんだから、死体と照合して一致すればもう完璧だ。そうなれば片岡を逮捕できる」

「でも、それだけじゃ警視庁は動きにくいでしょう」

「片岡と同一の住所に住民登録していた滝井容子の親兄弟、親類縁者を捜し出して行方不明者届を出してもらえば、それでこっちのヤマになる」

「たしかにね。だったらのんびりしていられないじゃない。いますぐ滝井容子の戸籍を洗わないと」

宮野は慌て出す。もちろんだというように鷺沼は応じた。

「ああ。きょうはもう役所は閉まってるから、あす朝いちばんで北区役所に駆け込むよ」

## 2

鷺沼と井上は、翌日、身上調査照会書を携えて北区役所へ向かった。

瀬谷区役所で取得した住民票の写しでは、滝井容子は三年前に当該住所に転入しており、転入元は杉並区阿佐谷北二丁目だった。そちらにもなんらかのヒントがあるかもしれないが、とりあえず調べるべきは本籍のある北区王子三丁目だ。

取得した謄本によれば、戸籍筆頭者は容子の父親の雄吉《ゆうきち》で、十年前に死亡している。母親の幸恵《さちえ》も十二年前に死亡している。容子には二歳上の兄がおり、名前は研一《けんいち》。容子とともにそこに籍を置いている。つまりどちらも法的には未婚ということになる。

戸籍の附票を確認すると、容子の現住所は片岡康雄と同じ瀬谷区相沢一丁目。そちらに転入したのは三年前で、転入元は杉並区阿佐谷北二丁目と、むろん住民票の記載どおりだった。阿佐谷北に転入したのはさらにその九年前で、それまでは現在の戸籍所在地と同一の住所に住民票があった。つまり母親が死んだ年までは、まだ父親と実家で暮らしていたことになる。

兄のほうは、三年前まで中野区若宮二丁目に住民登録があったが、現在は職権消除されて住所不定となっていた。中野区に転入する前は豊島区長崎五丁目。そちらに転入したのはその六年前で、それ以前の住所は、こちらも本籍地と同一だった。

けっきょく期待した答えは出なかった。行方のわからない兄の研一以外に滝井容子に肉親はいない。両親が死んでだいぶ経つ。兄は三年前に住所不定になり、容子にしても片岡と同じ住所に住民登録するというトリッキーな方法で、ある意味行方をくらましていたとみることもできる。

ただし戸籍筆頭者である滝井雄吉の従前戸籍所在地が葛飾区立石四丁目となっている。そこで戸籍謄本、もしくは除籍謄本を取得すれば、雄吉に兄弟がいた場合、容子にはおじやおばがいることになる。

そちらと連絡がとれれば、容子と片岡の繋がりについて話が聞けるかもしれないし、説得すれば行方不明者届を出してくれるかもしれない。それを受理すれば容子の失踪は警視庁の仕事になり、片岡を標的とした捜査に遠慮なく着手できる。

もう一つ興味深いのは兄の研一の行方だ。大森西の身元不明の死体は研一ではないかという疑念がごく自然に湧いてくる。もちろん根拠があるわけではなく、単なる連想のレベルに過ぎないが、決してあり得なくはないという妙な確信がある——。

区役所の近くのコーヒーショップに腰を落ち着けて、そんな思いを口にすると、井上も同感のようだった。

「僕もそんな気がします。滝井研一と片岡康雄の繋がりも、一応チェックした方がいいんじゃないですか」

「とりあえず、親類縁者を当たってみる必要があるな。まずは葛飾区役所で滝井雄吉の従前戸籍を取得してみるか」

「そのまえに、滝井容子の戸籍所在地に出向いてみたらどうですか。そこにだれかが住んでいるとしたら、滝井家と繋がりのある人物の可能性があります」

「たしかにそうだな。だったらとりあえず、三好さんに身上調査照会書をもう一枚書いてもらって、その場所に住民登録している人間がいるかどうか確認する必要があるかもしれない」

「そうですね。住民登録だけじゃなく、戸籍だって、だれか別人のがあるかもしれない。戸籍のほうは居住実態がなくてもいいし、同一の住所に誰が籍を置いてもかまいませんから」

「皇居でも国会議事堂でもスカイツリーでもどこにでも置ける。世の中には、そういうところを本籍地にしている変人もいるらしいからな」

「いずれにしても、やらなきゃいけないのは、滝井容子の縁者を捜し出して、行方不明者届を出してもらうことですよ」

「瀬谷の死体の発見時の写真を入手してくれるように宮野に頼んである。きのう出てきた写真とスーパーインポーズ法で比較すれば、高い確率で同一人物だと立証できる。白骨化していたわけじゃないから一〇〇パーセントの同定は難しいかもしれんが」

「大森西の死体は白骨化していたそうですから、もし兄の研一の写真が手に入れば、そっちもいけるかもしれませんよ。同一人物だったら、片岡を接点に二つの死体が完全に繋がります」

「そうなれば面白いんだが、いくらなんでも欲張りすぎだろう」

鷺沼もそこに期待をしないわけではないが、冷静に考えればいささか虫がよすぎる話のようにも思えてくる。まずは状況を三好に伝え、身上調査照会書を用意してもらうことにする。電話を入れると、三好は勢い込んで問いかける。

「どうだった。めぼしい糸口は摑めそうか」

戸籍謄本からわかった事実を伝えると、喜び半ばという調子で三好は応じた。

「両親が生きていれば、行方不明者届を出してもらって、片岡を事情聴取に引っ張れたところだったんだが」

「父親の従前戸籍を調べれば、親類関係が把握できるでしょう。そっちからなにか情報が得られるかもしれないし、もし親類がいれば、行方不明者届も出してもらえるかもしれません。それより興味深いのは、容子の兄の研一ですよ」

「ひょっとして、大森西の死体がその人物なんじゃないのか」

三好の発想も似たようなものらしい。鷺沼は言った。

「確認する必要はありますね。死体発見時の頭蓋骨の写真は手配できますか。こっちはなんとか研一の顔写真を手に入れます。スーパーインポーズ法で比較鑑定できれば答えが出ますので」

「これから鑑識に訊いてみるよ。帳場のほうに来ているのは現場全体を写したものだけだから、頭蓋骨まではっきり写っていないが、検視の際にアップで撮ったものがたぶんあるだろう」

「宮野には瀬谷の死体の写真を頼んであります。神奈川県警の鑑識の友達に声をかけて、うまいこと手に入れてくれるでしょう。そうなれば、瀬谷の死体もほぼ身元が判明しそうです。宮野からはまたけっこうな接待費を請求されるかもしれませんが」

「そんなの心配しなくていいよ。おれの裏金預金でとりあえず工面するから。いずれ経済的制裁で十分もとがとれる」

三好はもう完全に宮野の影響下にあるようだ。鷺沼は問いかけた。

「でもそこまで上手くいったら、経済的制裁を行う前に事件は決着してしまうんじゃないですか」

「そこは、宮野君や福富君にしっかり知恵を出してもらわないとな。近々タスクフォースの面々が集まって、美味い晩飯を食うような話だったじゃないか」

「我々が帳場を抜け出すいい口実がありますかね」

「そんなの気にすることはないよ。帳場に寝泊まりするのはただの捜査一課の慣例で、服務規程で決まってるわけでもなんでもない。しらばっくれて仲間と飲みに出るなんてこと、おれも昔はしょっちゅうやってたよ。管理官がうだうだ言ったら、おれが適当に誤魔化すから」

「適当にって、どうやって」

「まあ、そのとき考える。西沢さんは帳場に慣れていないから、そうややこしいことは言わないはずだよ」

三好は余裕綽々《しゃくしゃく》だ。というより、宮野の晩飯という誘惑に、すでに浮き足立っている気配がありありと見える。

「だったら、そのときはお任せします。ああ、それから、せっかく北区役所に来ていますから――」

戸籍所在地に住民登録している別の人間がいないかどうか確認してみたいと言うと、三好は即座に応じた。

「わかった。滝井容子の戸籍所在地に、別の世帯の住民票、もしくは別の戸籍が置かれていないかどうか、あったら開示してくれるように依頼すればいいんだな。あとは父親の滝井雄吉の従前戸籍だな。住所と筆頭者は？」

「滝井正信《まさのぶ》です。所在地は――」

三好はさっそく照会書を認《したた》めて、北区と葛飾区の区役所にファックスを入れ、事情を説明しておくと言う。話の内容を説明すると、井上は張り切った。

「だったら善は急げですよ。今夜でどうですか、タスクフォースの全体会議？」

「善かどうかはわからないが、いろいろ材料が出てきた。それも一筋縄でいかないくらい錯綜しているからな。考えは擂《す》り合わせておかないとまずいかもしれないな」

「そうですよ。下手をしたら、このまま片岡を逮捕することになりそうじゃないですか。そうなると経済的制裁のタイミングを逸してしまいますから」

「下手をしたらじゃないだろう。上手くいけばが正しい日本語だ」

突っ込みを入れても井上は意に介さない。

「でもそれだったら、高村県警本部長とか片岡総務会長とか、片岡のバックにいる悪い連中をそのまま見逃すことになるじゃないですか。父親のほうは息子と組んでインサイダー取引で儲けているはずだし、県警本部長はそのお零れ以外にも、与党総務会長という大物政治家の引きで政界進出を狙っているのかもしれない。だとしたら、それこそ宮野さんが言うように、政治利権を利用して僕らの血税を摘まみ食いしていることになる。その一部を返還させるだけの話ですから、国民としての当然の権利の行使に過ぎませんん」

普段は法学部卒を売り物にしているが、この件に関しては法の遵守など頭から消えてなくなっているようで、宮野の影響力は絶大というしかない。とはいえ、ここまで井上の閃きが捜査を動かしてきたのは間違いないから、こちらも大きな口が利きにくい。

「まあ、場合によっては行きがけの駄賃でそうなることもあるかもしれないが、おれたちの目的は、そういう悪党をあくまで法の力で罰することだ。タスクフォースは強請りたかりの集団じゃないことを忘れないで欲しいもんだな」

「そうは言っても、インサイダー取引なんて五年以下の懲役もしくは五百万円以下の罰金で、高村本部長にしても、あっせん収賄罪でせいぜい五年以下の懲役ですよ。やっていることの悪質さからしたら痛くも痒くもない量刑じゃないですか。その程度の制裁じゃ、一国民の立場として到底許せませんから」

国民を代表してその制裁金を自分の懐に入れる――。その論理に含まれる重大な矛盾に気づかないのかしらばっくれているのか、いずれにしてもそのあたりがまさに宮野譲りだ。そろそろタスクフォースの面々を集めて、モチベーションを損なわない程度に釘を刺しておく必要があるだろう。

## 3

二十分ほどすると、三好から電話が入った。北区役所と葛飾区役所に身上調査照会書をファックスし、要請に応じてもらえるか電話で確認しておいたという。どちらも対応できるというので、まずは北区役所に向かった。

窓口の担当者は、つい先ほど滝井容子の戸籍謄本を請求したときと同じ人物で、すでにファックスの内容を確認し、答えを用意してくれていた。

滝井容子の戸籍所在地に別の戸籍はなかったが、別の世帯の住民登録はあった。担当者はそちらの住民票も開示してくれた。山本昭人《やまもとあきと》という人物が世帯主で、世帯構成員は妻と娘が二人。転入したのは三年前で、転入元は埼玉県川越市。本籍地も川越市だった。

とりあえず見るだけは見ておこうと、礼を言って区役所を出て、住民登録のある王子三丁目に向かった。

一帯は最近開発された住宅地のようで、建売らしい真新しい戸建て住宅が十戸ほどならび、滝井容子の戸籍所在地と同じ地番の家には「山本」の表札がある。

その玄関から女性が出てきて、カーポートに駐めてあった軽のワンボックスに乗ってどこかへ出かけていく。服装は普段着のようだから買い物にでも行くのだろう。住民票の記載だと、妻は現在三十二歳で夫は三十四歳。女性はちょうどそのくらいの年齢だ。

おそらく滝井容子の生家は父親の死後に売却され、そこを含む一帯を不動産会社が建売住宅地として再開発したのだろう。現在の住人はそれを購入した若い夫婦で、滝井家とはなんの関係もないと思われる。

「葛飾区のほうに期待するしかないですね。なんだか先行きが怪しくなりましたね」

井上はなにやら不安げだ。宮野に言われるまでもなく、ここまで鷺沼も井上の閃きに頼って捜査を進めてきた。その井上の悲観的なお告げには不安を覚える。井上は鷺沼にとって、いまや宮野の守護神、たま吉と似たような存在になっているらしい。


田端で京浜東北線から山手線に乗りかえ、日暮里に出て、京成本線で青砥に向かう。葛飾区役所は青砥駅から歩いて十分ほどだ。

こちらも三好の手配は行き届いていて、戸籍住民課の職員はすでに上司の了解を得ていると言って、五分も待たずに滝井正信の謄本を出してきた。ただしそれは除籍謄本だった。どうも井上のお告げが当たりそうな気配になってきた。

滝井雄吉の父である滝井正信は二十二年前に死亡し、二十五年前に妻も亡くなっていて、その時点で戸籍全体が除籍になっている。縁者といえば三十年前に結婚して籍を出た滝井雄吉の妹にあたる娘がいる。滝井容子と滝井研一にとっては叔母にあたる。

その転籍先は大阪市淀川区だが、それだけでは現在の戸籍の状況も現住所もわからない。礼を言って区役所を出て、そろそろ昼飯どきなので、青砥駅近くのファミレスに腰を落ち着け、それぞれランチメニューを注文してから状況を三好に報告した。

「大阪じゃ遠いし、瀬谷にしても大森西にしてもここ最近の事件だから、さほど繋がりがありそうな気はしないな。叔父叔母と甥姪の関係なんていまどきはあってなきがごとしだろう。おれだってせいぜい冠婚葬祭のときに会うくらいだよ。それよりうちの鑑識もおかしいぞ」

渋い口調で三好が言う。怪訝な思いで問いかけた。

「ひょっとして大森西の頭蓋骨の写真のことですか」

「そうなんだよ。いったん事件性なしということで捜査は終了し、通常の手続きで区役所に引き渡した。死体は荼毘に付された。そこまではいいんだが――」

「写真がないんですね」

「頭蓋骨だけをアップにした写真が見つからないそうなんだよ」

「その時点で事件性がないと判断したからって、身元不明の死体でしょう。それによって身元が明らかになる可能性もあったわけで、その写真を撮っておくのは鑑識の基本中の基本じゃないですか」

「おれもそう思うんだが、とにかく要領を得ないんだよ。いずれにしても、滝井研一の顔写真が手に入らなければ頭蓋骨の写真があっても意味はないから、こっちもそう強くは押せないんだが」

「研一には前科はないんですか」

もしあれば警察庁の犯歴データベースに写真があるはずだ。三好は力なく応じる。

「もう確認したよ。データベースに該当する名前はなかった」

「大阪の叔母さんなら、写真くらい持っているかもしれないんですがね。子供のころの写真じゃ無理でしょうけど、木下の話だと、多少の年齢差は問題ないそうですから」

個人的なコネは宮野の専売特許ではない。鑑識には木下という親しい課員がいて、何度かタスクフォース絡みの内密な仕事を手伝ってもらったことがある。

世間を騒がすような事件に首を突っ込んで、ゆくゆくそれを材料に本を書いて、ベストセラー作家の仲間入りをするのが夢だとのことで、タスクフォースが持ち込むネタがその材料に格好とみているらしい。

今回も当人の写真と頭蓋骨の写真さえ手に入ればさっそく木下に声をかけるつもりだったが、スーパーインポーズ法による比較に関しても暗雲が漂い始めた。瀬谷の死体に関しては、遺体の頭部写真は宮野任せで、警視庁側の怪しげな動きを考えると、そちらもどうなるか不安になってくる。鷺沼は言った。

「大森西の頭蓋骨の写真、私が木下に訊いてみましょうか。担当したのが彼じゃないにしても、地獄耳ですからなにか気づいたことがあるかもしれません」

「たしかに搦め手から探りを入れる必要がありそうだな。県警同様、うちのほうにも怪しげな圧力がかかっているとしたら、そのうち上からの鶴の一声で捜査が潰されることがないとも限らん。その叔母さんに関しては、おれのほうで淀川区役所に問い合わせてみるよ。戸籍の附票から現住所がわかれば、あすにでも帳場の誰かをそこに向かわせる」

「いや、私と井上が行きますよ。出張を口実に帳場を抜け出せますから。係長は私用ができたことにして、夕方、私のマンションに来ればいい。我々は早めに用事を済ませて、その日のうちにマンションにとんぼ返りする。福富と彩香を呼んでおけば、その晩タクフォースの作戦会議が開けます」

「おまえと井上はしらばっくれて、翌朝東京へ戻ったことにするわけか。いいアイデアじゃないか。久しぶりに宮野君の絶品が堪能できるな」

三好は躊躇なく乗ってきた。

4

三好との通話を終えると、鷺沼はさっそく木下に電話を入れた。幸いいまは事件を抱えていないようで、木下は調子よく応じた。

「またなにか面白いネタでも出てきたの?」

「じつは——」

大森西の死体の頭蓋骨の写真がない。それについてなにか事情を知らないかと訊くと、声を落として木下は応じた。

「あの事件、おれが担当したわけじゃないんだけど、なんだか答えを出すのが早過ぎる気がしてたんだよ。白骨化した死体なんだから、べつに処理を急ぐ必要はない。もし事件性がなかったとしても、身元に繋がる証拠を残しておくのは警察の仕事のうちだから」

「役所が出す公告をみて、縁者が名乗り出る可能性もあるわけだからな」

「そのとき、名乗り出た人の言いなりに遺骨を渡して、あとで問題になるケースもあるからね」

「というと?」

「遺産のことやらなにやら、いろいろ問題が出てきかねない。別人なのに自分の親族だということにして、遺産を手に入れようとするようなのもいるわけだから」

「そんなときに、しっかり確認できるデータが必要なわけだ」

「頭蓋骨を3Dスキャナーで撮影しておけば、あとで生前の写真が出てきたとき、スーパーインポーズ法でほぼ完璧に同定ができるし、コンピュータによる復顔も可能だ。歯形も撮影しておけば、歯科診療の記録からの同定もできるわけだし」

「どうしてそれをやらなかったんだ」

突っ込んで訊くと、具合悪そうに木下は応じる。

「要するに、それは警察のサービスであって、刑事訴訟法や警察官職務執行法で定められているルールでもなんでもないからね。警察は暇もなければ金もない。おれたち鑑識もその例外じゃないわけだから」

「実際には、そこまで手間をかけないということか」

「所持品や衣服や身体特徴のデータは一応データベースに登録するよ。必要に応じて公表する性質のものだからね。死体写真はそのままとはいかないから、できるだけ似顔絵を載せることにしている。ただ白骨死体から似顔絵は起こせないからね」

「復顔はできるんだろう」

「できるけど手間も経費もかかる。明らかに行旅死亡人、つまり行き倒れと見なされる場合、鑑識もそこまでのサービスはできないんだよ。ただそうだとしても、角度を変えた頭蓋骨のアップくらいは撮っておくもんなんだけど」

「つまり撮っていないわけか」

「これから確認してみるよ。担当した班に親しいやつがいるから」

軽い調子で請け合うので、不安を覚えて鷺沼は訊いた。

「上からおかしな圧力がかかっている気配はないのか」

「なんだよ。そういう話なら先に言ってくれないと」

木下は途端に警戒する。鷺沼は曖昧に誤魔化した。

「いや、そういう動きが具体的にあるわけじゃないんだが、うちのほうで、担当した鑑識の係長に問い合わせたら、なんだかはっきりしない返事だったもんだから」

片岡総務会長や高村神奈川県警本部長が裏でうごめく怪しい事件だとは、まだここでは明言できない。

「はっきり答えられない理由があるとみているわけだ。それはいったいなんなんだ」

木下は好奇心丸出しだ。あまり曖昧にするとかえって刺激しそうなので、ほんの少しだけ情報を出すことにした。

死体が発見された空き家の持ち主が、いまオーストラリアに在住している与党総務会長片岡純也の遠縁に当たる人物で、片岡の自宅は現場と目と鼻の先の大森本町二丁目にあると言うと、木下は鋭く反応した。

「まさか片岡純也が犯人なんじゃ?」

「そういうわけじゃないんだが、政治家というのは、たとえ親戚でもその手の事件と結びつけられるのは嫌うからね」

適当に誤魔化したが、木下はかえって興味を募らせる。

「たしかに怪しい話だよ。鑑識の仕事はルーティンが決まっていて、現場の写真はくまなく撮影する。もし死体があればそれこそいちばん重要な物証だから、その頭部のアップを撮り忘れるはずがない。問い合わせて、向こうがないと答えたとしたら嘘をついている可能性がある」

「だったら、どこかにはあるわけだな」

「鑑識で撮影されたデータはすべて専用のサーバーに保存されている。ただ事件の機微に関わるものだから、建前上パスワードが必要でね。担当した鑑識班の係長しかアクセスできないんだよ」

「なんとかならないか。これから動いてみるつもりなんだが、その死体である可能性の高い人物の生前の写真が手に入るかもしれない。それで身元が判明すれば、捜査は大きく進展する」

「興味深い話だな。その死体が片岡純也とどこかで繋がる可能性があるわけだ」

「まあ、微妙なところではあるんだが、政権与党の総務会長から一声かけられれば、警視庁の上層部が捜査に匙加減をするような動きをしかねないから」

「警察という役所は、政治家を相手にすると、蛇に睨まれた蛙みたいなもんだからな」

そのあたりの事情は木下もよくわかっているようだ。鷺沼は言った。

「そもそも、今回のヤマに着手するまでの経緯がどことなく怪しいんだよ。白骨化していたんじゃ簡単に他殺の痕跡は見つからないと思うが、えらくあっさり事件性なしの結論を出して、遺体は早々に荼毘に付しちまった。そのあと他殺を疑わせる証拠が出てきて、急遽おれたちにお鉢が回ってきた」

「焼いちゃったらDNA型鑑定はできないし、お骨もグズグズにされちゃうからね」

「それでも頭蓋骨の写真があれば、なんとか生前の写真と照合できると聞いていたもんだから」

「コンピュータで仮想的に3D化する手法だな。かなり高い精度でいけるんだが」

「その元となる写真がないと、どうしようもないわけか」

「なんとかやってみるよ。なに、そのあたりの管理は意外に杜撰でね。手がないわけじゃない。その代わり、事件が解決したらそっくり情報を渡してくれよ。そのヤマ、なかなか面白くなりそうだ」

「無理はしなくていいぞ。うっかり地雷を踏むと、ベストセラー作家になる前に路頭に迷うことになりかねない」

「そんなにやばいのか？」

「片岡総務会長の件は考えすぎかもしれないが、とりあえず注意したほうがいいということだよ」

ますます興味を抱きそうなので、軽くいなすように言ってやると、むしろ木下は自信を示す。

「おれたち鑑識課員だって警察官だよ。悪党をとっ捕まえるのが本業で、その悪党の下請け仕事はしたくない。それはほかの鑑識の連中も同様だ。ただし上のほうには、腰掛け仕事で鑑識に回されて、出世のためなら言うことをなんでも聞くようなのがいる。あんたたちの部署にだって、そういうのはいるんじゃないのか」

「いるかもしれないな。管理官レベルまでは心配ないが、その上となると心許《こころもと》ない。もっとずっと上がいちばん怪しい」

「ずっと上っていうと、警視総監か」

「そこまでは言っていないが」

「いや、十分あり得るよ。警察庁長官と並ぶ警察官僚の筆頭で、政界との距離がいちばん近い。どっちにも退任後、政界に転じたのがけっこういるから」

木下は猜疑を隠さない。高村県警本部長の不審な動きを聞かせれば、木下の頭のなかでは一〇〇パーセント確定ということになりそうだが、現状ではそこまでは話せない。

「じゃあ、よろしく頼むよ。くれぐれも上の人たちを刺激しないように」

「もちろんだよ。おれだってまだ首は大事にとっておきたいから」

木下は楽天的な調子で請け合った。

## 5

続いて宮野に電話を入れた。瀬谷の死体の顔写真のことも聞きたいが、あすのタスクフォースの全体会議の件もある。

とりあえずこちらの状況を伝えると、いつものように口汚くなじられるかと思ったら、宮野はあっさり鼻で笑った。

「警察なんてどこも同じだね。警視庁は県警よりいくらかましかと期待してたんだけど、けっきょく似たもの同士じゃない。まあどっちも警察庁から出向してきた親方日の丸組が牛耳っているわけだから、与党の大物に忖度することは十分あり得ると思うけどね」

「それで、瀬谷の死体のほうはどうなんだ。頭部の写真はあったのか」

「なかったよ」

宮野は力なく応じる。鷺沼は慌てて問いかけた。

「なんでないんだよ」

「例の鑑識課員、川本《かわもと》と言うんだけど、そいつに訊いたら、もちろん撮影したし、課内のサーバーに保存してあるからいつでも閲覧できると言うんだよ。だったらまた美味い飯を食いながら競馬の話でもしようと誘ったら大喜びでね。さっさくサーバーを覗いてくれたんだよ。ところが――」

「消えていたわけだ」

「写真だけじゃないんだよ。あの死体に関するデータがごっそり削除されて、跡形もないんだそうだ」

「だったら首を吊っていたロープの写真もなくなっているんだな」

「それは、すでにこっちがデータを受けとっているから問題ないけどね」

「データが削除されたのはそのあとというわけか」

「そういうことになるね」

「現物は？」

「ほかの遺留物と一緒に捜査一課に渡しちゃったから、鑑識にはなにも残っていないらしいんだよ」

「しかし、サーバーは誰でもアクセスできるわけじゃないんだろう。警視庁の場合、担当係長のＩＤとパスワードでしか覗けないそうなんだが」

「県警も似たようなことはやってるようだけど、どうも有名無実らしくてね。係長だって部下がデータにアクセスするときにいちいち立ち会ってはいられないから、部内の人間には教えてあるらしい」

「それじゃ、保秘もへったくれもないな」

「鑑識は直接捜査に関わる部署じゃないから、そのあたりは適当なんだろうね。川本は瀬谷の事件の担当班にいたからパスワードは知っているんだけど、そんなのいくらでも外に漏れてるだろうから」

「別の班の人間がアクセスした可能性があるわけだ」

「それどころか、本部長に繋がる筋が手を回してきた可能性があるね。ＤＮＡ型の資料や歯形を採取するまえに大急ぎでお骨にしちゃった件もあるわけで、べつに驚くほどのことでもないんだけどね」

あっけらかんと宮野は応じる。鷺沼は問いかけた。

「川本という課員は、データがなくなっていることを上司に報告したのか」

「一応ね。係長が総務部に依頼して、だれがアクセスしたのか調べてもらってるんだけど――」

宮野は投げやりな口振りだ。鷺沼は不安を覚えた。

「そのあたりにも怪しい力が？」

「総務部長が高村本部長の腰巾着でね。やったのは総務部のシステム管理者じゃないかと川本はみてるんだよ。県警本部内のネットワーク全体を管理するのは総務の情報管理課で、そこの連中はどの部署のサーバーにもアクセスできるから」

「困ったな。それじゃ、せっかく手に入った滝井容子の写真を、瀬谷の死体と結びつけられない」

「そっちだって怪しい話になってるんじゃないの。大森西の死体の頭蓋骨の写真がないっていうんでしょ」

「そうなんだよ。ひょっとしたら大阪にいる叔母さんが容子の兄の写真を持っているかもしれない。しかし頭蓋骨の写真がないんじゃ意味がなくなる」

「でも、滝井容子のほうは写真があるわけだから、行方不明者届くらいは出してもらえるんじゃないの」

「ああ。あす大阪へ出向くつもりだが、警視庁宛ての届け出用紙を持参するよ。それであすの晩なんだが――」

タスクフォースの全体会議を開く話をすると、宮野は張り切った。

「いいアイデアじゃないの。いまどき大阪なんて日帰り出張が当たり前だけど、捜査を口実にすれば、いくらでも仕事はでっち上げられるわけだから。だったら腕によりをかけて絶品メニューを用意するよ」

「じゃあ、あんたのほうから福富にも連絡を入れておいてくれ」

「彩香は呼ばないでね」

「そうはいかない。これまでも事件解決に、あんた以上に貢献してきた」

「碑文谷署の平刑事にいったいなにができるというのよ。これまでは管轄地域が絡んでいたから首を突っ込ませてやっただけで、瀬谷と大森西じゃ、あいつが出る幕なんてないじゃない」

「そんなことはない。柔道は国体級で、変装の特技があるし、香港でいい仕事をしたこともある」

「そんなの、たまたまそういう役回りに当たっただけで、今回の事件に関しては出番はないよ」

「いや、これからなにが起きるかわからん。福富だって、このさき出番があると思って声をかけたわけだろう」

「まあ、そうだけど。あいつの場合は強欲なのが取り柄だから、金の臭いを嗅ぎつければ、期待以上の仕事をしてくれるケースもあるからね」

かってに宮野のクローンにされては福富もいい迷惑だろう。いずれにしても、ここまでくれば一筋縄ではいかないヤマになってきた。神奈川県警のみならず、すでに警視庁にも怪しげな力が及んでいる可能性がある。いよいよタスクフォースの総力を結集すべきときがきたようだ。自らに発破をかけるように鷺沼は言った。

「じゃあ、強欲コンビの活躍に大いに期待しよう。瀬谷のホトケの顔写真の件も知らせてくれ」

宮野からはその夜、早くも連絡があった。

総務部の情報管理課は、ここ数日のサーバーへのアクセス状況を確認したという。川本の班の係長が受けた報告によると、鑑識が使っていたサーバーに対して外部から不正なアクセスがあった痕跡があり、該当するデータはそのとき削除されたと思われるとのことだった。

県警のサイバーセキュリティ対策本部ともこれから協議するが、手口が極めて巧妙で、犯人を特定することが困難なこと。失ったデータ自体はすでに自殺として処理された事案に関するもので、重要度は高くない。そのため総務部の対応としては、システムの脆弱性を修復して再発を防止することにあくまで重点を置く方針だという。吐き捨てるように宮野は言った。

「要するに、事件化すると世間が騒ぐ。総務部長どころか本部長にまで責任が及びかねないから、内々で処理して済まそうとしているわけだね」

「そもそも本当に外部からの不正アクセスがあったかどうかだな。ファイアウォールの内側の人間だったら、ファイルを消去するくらいわけのない仕事だから」

「そうだよね。本部長の腰巾着の総務部長が、慌てて蓋をしようとしているような気もするね。本当に不正アクセスがあったんなら、犯人を捜すのはそう難しいはずがないんだよ。それをやらないとなると、犯人が見つかると困るような事情が内輪にあるとしか思えない」

穿《うが》ち過ぎともみえる宮野の猜疑に、鷺沼も頷かざるを得ない。

「警視庁のほうも、頭蓋骨の写真はないと担当した鑑識の係長がしらばっくれている。おれの知り合いの鑑識課員に訊いたら、事件性があろうとなかろうと、身元不明の白骨死体の頭蓋骨の写真を撮らないのは理解に苦しむと言うんだよ。なんとか捜すようにうちの管理官が強く要請してるんだが、おそらく出てはこないだろうな」

「じゃあ、どうするの？　大森西の死体は絶対に滝井容子の兄貴だよ。それが立証できたら、瀬谷の件とそっちの両方から片岡を追い詰められるのに」

「いま言った、おれの知り合いの鑑識課員がいろいろ探ってくれると言っている」

「ベストセラーのネタにしようとおれたちのヤマに首を突っ込んでくるやつだね。そんなのに迂闊に情報を流したら、こんどは分け前を寄越せと言ってくるかもしれない」

「その点なら大丈夫だよ。まだ片岡と県警本部長の話は出していない。というより瀬谷の事案そのものについては、なにも話していないから」

「だったらいいけど。でも、そっちにも片岡の親父の意向が働いているとしたら、二つの事件の犯人が片岡康雄だというおれたちの見立ては大当たりということだね」

宮野はあくまで前向きだった。

6

翌日、鷺沼と井上は、朝七時過ぎの新幹線で大阪に向かった。

大森西の頭蓋骨の写真も消えてなくなったとしたら、研一の顔写真の入手という大阪行きの理由の一つは意味がなくなるが、容子の行方不明者届を出してもらうという目的はなんとか達成したい。

　列車が動き出したところで、ホームで買い込んだ幕の内弁当を広げながら井上が言う。

「滝井研一の頭蓋骨の写真、きっとどこかから出てきますよ。誰かがしまい込んでいるとしたら、宮野さんが言うとおり、敵はいよいよ太い尻尾を出してきたということになるじゃないですか」

「敵が余計な動きをしてくれれば、それだけボロを出す機会も増える。ただそういう怪しい動きがあるということは、敵がこちらの動きを察知して警戒を強めているということでもあるだろう」

「でもこちらはまだ、僕と鷺沼さんが片岡康雄のところに出向いたくらいですよ。あのときは瀬谷の死体の件には触れていない。こちらの動きがどこかから洩れているということはないですか」

「今回は西沢管理官が保秘の重要性を認識していて、そこを徹底するように指示している。帳場の連中も納得してくれている。いずれにしても、警視庁のトップクラスや片岡総務会長に繋がるようなパイプを持っている人間は帳場にはいない。管理官は機微に触れる話は一課長にも伝えていないようだ」

「でも、安心はできませんよ。壁に耳あり障子に目ありですから」

「たしかにな。どっちの動きにも片岡総務会長の意向が働いているとしたら、いまの帳場なんて一発で潰される」

警戒を隠さずに鷺沼は応じたが、むしろ井上は自信を示す。

「むしろけっこうな話じゃないですか。ここまでに出てきた材料があれば、あとはタスクフォースの力だけで十分片岡を追い込めます。そうなれば、だれにも遠慮せずやりたいようにやれますから」

「そうは言うがな。帳場の力も馬鹿にはできないぞ。人海戦術は特捜本部ならではの強みだ。この先、片岡康雄にぴったり張り付かなきゃならないかもしれないし」

「今夜だって、裏技を使わないとタスクフォース全員が集まれなかったわけだし、きっちり経済的制裁をしたうえでこのヤマを仕上げられるのは、タスクフォースしかないじゃないですか」

「おまえの頭の中身、完全に宮野のコピーになってきたな」

「でも、法の力には限界があります。二人殺した片岡康雄は極刑にできても、高村県警本部長にまで手錠をかけられるかどうかは難しいし、片岡総務会長に至っては、親族間の特例で犯人隠避の罪が免除されることになりかねませんから」

「しかし、そのために本部長になんらかの便宜供与をしたとしたら、贈賄罪が適用できるだろう」

「でも立証するのはあまりにハードルが高いんじゃないですか。政治家はいわばその道のプロですから」

井上は穿った見方をする。それは確かに言えている。

殺人はたしかに重罪だが、政治家の特権を悪用したインサイダー取引で暴利を貪《むさぼ》ったり、打ち出の小槌の息子の犯罪を隠蔽するために、政治的な便宜供与を餌に県警本部長を買収するような行為は、結果として国民の血税を掠め取る殺人にも匹敵する大罪だ。それを罰することができないのなら、法の埒外《らちがい》で経済的な制裁を科すという、宮野得意のロジックにも大義はある。


新大阪に着いたのは午前十時少し前で、淀川区役所はそこからタクシーで五分ほどの距離だった。

住民課の窓口で身上調査照会書を提示すると、こちらも三好があらかじめ電話で事情を説明してくれていたらしく、求めていた戸籍謄本をすんなり出してくれた。

筆頭者の名は村井《むらい》誠《まこと》で存命だった。それ以外の戸籍構成員は妻の晃子《あきこ》のみで、その従前戸籍の筆頭者は滝井雄吉だから、間違いなく村井晃子が滝井容子と滝井研一の叔母にあたる。以前は娘と息子がいたが、いずれも結婚して籍を出ている。

附票で確認すると、現住所も戸籍所在地と同じ淀川区東三国三丁目。婚姻によって新戸籍が編製されて以来、住所の移動は一度もなかったらしい。

礼を言ってその場を辞し、タクシーを摑まえて東三国三丁目に向かった。電話番号がわからないのでアポはとれない。留守ということもあるし、警察と聞くと話に応じてくれない者もいる。なんとか接触できることを願うしかない。

訪れた村井晃子の自宅は、マンションやアパート、一戸建ての家屋が立て込んだ住宅街の一角にある、築三十年ほどは経っていそうな木造の二階建てだった。

インターフォンのチャイムを押すと、少し間をおいて、比較的若やいだ女性の声が「はい」と応答した。「村井晃子さんはご在宅ですか」と問いかけると、やや警戒するように問い返す。

「どちら様ですか」

「警視庁捜査一課の鷺沼と申します。村井晃子さんでいらっしゃいますね」

「そうですが、どんなご用件で？」

「姪御さんの滝井容子さんと甥御さんの滝井研一さんについて伺いたいことがあるんです」

「でしたら、とくにお話しできることはありません。どちらとも、いまは付き合いがありませんので」

木で鼻を括ったような答えが返る。なにやら難しい雲行きになってきた。

「どんなことでもいいんです。じつはお二人の身に不幸な事態が起きている可能性がありまして」

「不幸な事態というと、どういうことでしょうか」

晃子の声音が不安げに変わる。鷺沼はインターフォンに顔を近づけ、わずかに声を落とした。

「殺害されたかもしれないんです」

「いったい誰に？」

「いま捜査中です。犯人が同一人物の可能性があるものですから」

「つまり、どういうことなんでしょうか」

晃子は怪訝な調子で問いかける。

「じつはたいへん複雑な事情がありまして。少しお時間を頂戴して、詳しくご説明したいんですが」

強い気持ちを込めて鷺沼は言った。

7

村井晃子は五十代半ばの闊達《かったつ》な印象の女性だった。夫はサラリーマンで、きょうは会社に出ているという。

瀬谷の山林で見つかった身元不明の女性の死体が、行方不明になっている滝井容子ではないか。さらにその兄の研一もいまは住所不定で、それが大森西の空き家で見つかった身元不明の白骨死体ではないか。そう疑わせる重要な状況証拠があると告げると、晃子は納得できない様子で問いかける。

「つまりどちらの死体も、まだはっきり身元がわかったわけじゃないんですね」

「その点を明らかにするうえで重要になってくるのが、生前のお二人の写真なんです。容子さんの写真はすでに入手しているんですが、研一さんの写真をお持ちではないかと思いまして――」

鷺沼はスーパーインポーズ法のことを説明したが、そのために必要な頭部の写真が入手できていないことは、ここではまだ伏せておくしかない。

とりあえず現在手に入れている滝井容子の写真を見せると、晃子は懐かしそうに目を細めた。

「あら、容子ちゃんね。かれこれ七、八年は会ってないわ。ずっと音信不通で。行方がわからないのは確かなのね」

「ええ。ここ最近、近所の方が姿を見かけていません。じつはちょうどそのころ、お住まいの近くの山林で首を吊った女性の死体が見つかったんです。ただ遺体の状態が悪くて――」

顔の判別がつかなかったとは言いにくかったが、晃子はそれを察したように顔を曇らせた。

「自殺だったんですか」

鷺沼はきっぱりとかぶりを振った。

「我々は、自殺に偽装した殺人とみているんです」

「犯人は?」

「彼女と同居していたある男性です。まだ捜査中なもので実名は出せないんですが」

「でも、突然そんなお話をされても――」

晃子は困惑を滲ませる。たしかにそれはそうだろう。三好が言っていたように、叔母と甥姪の関係というのは必ずしも密接なものではない。それに大阪で暮らすようになって三十年経っている。そこへ突然警視庁の刑事がやってきて、はっきりした根拠も示さず甥と姪が殺されたかもしれないなどと言われれば、対応に困る気持ちはよくわかる。

話の向きをややずらして問いかけた。

「ご存じの範囲でけっこうです。研一さんと容子さんの間柄は良好でしたか」

「父親が亡くなった後、遺産相続で揉めているような話を耳にしました――」

晃子はわずかに逡巡してから、意を決したように語りだした。十年前に死亡した父親が、すべての財産を長男に相続させるという遺言を残していた。それに従って、いったん研一がすべての財産を相続した。しかし自分には遺留分があることを知った容子は、遺留分減殺請求を起こしたという。

しかし兄はそれに応じようとせず、けっきょく双方が弁護士を立てて争い、調停にまで至った。それでも決着が付かなければ裁判になる。兄はいったん少なからぬ財産を相続しているから資金的に有利で、容子は弁護士費用を自腹で工面しなければならない。それ以上争うだけの資金力がない容子は、やむなく和解して、結果、雀の涙ほどの額で決着したらしい。

「ところが研一は株や為替の投資に入れ込んでいて、その後、父親の遺産なんか焼け石に水というくらいの負債を抱え込んでしまい、ないものはないでいつまで経ってもお金を払わない。けっきょく容子ちゃんは泣き寝入りすることになったんですよ――」

そのころは容子も晃子と頻繁に連絡を取り合い、その件でもいろいろ相談を受けていたという。

「でも私は法律に疎いし、研一は私と容子ちゃんが親しいことを知っていて、私とは話をしようとしなかったんです。そもそも彼女は、父親の遺言そのものが信じられないと言うんですよ」

「筆跡がおかしいとか?」

「似てはいるんだそうです。でも微妙に違って見える。それ以上に不審なのは、父親の死後、その筆跡が残っているものが実家からすべて消えていたらしいんです。筆跡鑑定をしてもらおうと家じゅう捜したんですが、見つからない。それで彼女が私のところに電話をしてきたんです。年賀状でもなんでも、父親の手書きのものがなにかないかと」

「あったんですか」

「なかったんですよ。私の兄は根っからの筆無精で、兄と妹のあいだで年賀状なんていう虚礼は必要ないと言って一枚も寄越さなかったし、たまに宅配便が届いたこともあったけど、もちろんそんな伝票はわざわざ残していないし――」

「ほかの知人の方も持っていなかったんですか」

「調べようがないと言うんです。住所録のようなものも見つからなくて。そもそも容子はそのころは実家に出入りすることも難しい状態だったようなんです――」

晃子は声を落として身を乗り出した。

容子は母親が亡くなってまもなくのころに実家を出て、阿佐谷北に賃貸マンションを借りて暮らしていたという。その点は鷺沼たちが戸籍の附票で確認していた事実と一致する。

理由は兄の研一とそりが合わなかったためだった。相性の悪い兄弟というのは珍しくはないが、それに輪をかけたのが兄を猫かわいがりした父親で、逆に自分に愛情を注いでくれていた母親が亡くなると、実家には居場所がなくなった。

容子は都内の短大を卒業し、当時はすでに職に就いていたから、家を出ても生活はかつかつやっていけた。しかし兄のほうは一年浪人し、さらに一年留年していたため、当時はまだ大学の三年生で、親の脛《すね》を囓《かじ》る身だったという。

当時、研一が夢中になっていたのは株式や為替の投資だった。大学では文学部に在籍していたが、そちらの勉強よりも所属していた投資研究サークルの活動に熱中し、実際の投資にも手を出しては大きな損失をつくり、父親に穴埋めしてもらっていた。遺留分減殺請求と合わせ、容子はその分も生前贈与だとして争ったが、けっきょくそれも腕利きの相手方弁護士に押し切られたという。

「父親は十一年前に脳梗塞で倒れて、翌年に亡くなるまで入院していたんですが、研一はその病院を容子ちゃんには教えず、自分一人がつきっきりで看護したと主張したらしいんですよ。でもそれは、いわゆる囲い込みじゃないですか。遺言書はそのとき無理矢理書かせたものかもしれないと、容子ちゃんは疑ってもいたようです」

晃子はいかにも苦い口振りで、心情的にはあくまで容子の味方のようだ。鷺沼は問いかけた。

「研一さんの写真はお手元にありますか」

「小さいころのものしかないいんですよ。大学の卒業アルバムが手に入れば、そこに大きくなってからの写真があるんじゃないでしょうか」

「卒業した大学はどこですか」

「城北大学です」

傍らの井上が驚いたように鷺沼の顔を覗き込む。なにかぴんときたことがあるようだが、ここでは口を挟まない。鷺沼は晃子に言った。

「でしたら、そちらを当たってみることにします。それから、もう一つお願いがありまして——」

滝井容子の行方不明者届を出してもらえないかと申し出ると、晃子は怪訝な表情で問い返す。

「殺人の疑いがあるんなら、すぐに捜査を進めればいいんじゃないですか」

「ところが、警察には捜査管轄というものがありまして——」

瀬谷で発見された女性の死体に関しては、神奈川県警がすでに自殺という結論を出していて、普通の手続きでは警視庁は捜査に乗り出せない。神奈川県内の事件の捜査権は基本的に神奈川県警にあるためだが、もし親族である晃子から警視庁に対して行方不明者届を出してもらえば、そこで警視庁に捜査を行う義務が生じ、行方不明者の捜索という理由で、神奈川県内の事件でも動けるようになると説明すると、晃子は納得してくれた。

「もし容子ちゃんが殺されたんだとしたら、絶対に犯人を捕まえてください。不憫な子だったんです」

晃子の手元にあった写真は、二十年以上前に容子と研一と一緒に撮ったものだったが、現在の容子の面影はたしかにあった。研一もその後、顔立ちは大きく変わっていないというが、やはり骨格の変化はあるはずで、スーパーインポーズ法で使える可能性は低い。持参した行方不明者届の用紙に必要事項を記入して捺印してもらい、丁寧に礼を言ってその場を辞した。

タクシーを拾うために表通りに向かったところで、井上が待ちかねていたように切り出した。

「滝井研一が在学したのは城北大学だという話でしたが、片岡康雄も城北大出のようなんです。年齢的にも在学期間が重なりそうだし。それに片岡は学生時代から投資家としての才能を発揮していて、当時から知る人ぞ知る存在だったというんです」

「どこで仕入れた話だ」

「ネット上の噂です。本人は経歴を一切明かしていないし、今回の事件に繋がる話でもなさそうだったので、それを目にしたときはあまり気にしなかったんですが」

「滝井研一と片岡康雄を結びつける貴重な情報かもしれないな」

鷺沼は強い感触を覚えた。

# 第六章

## 1

「いやいや、井上君。まさにヒットの連発だね。こうなると鷺沼さんにはもうお暇を出したいくらいだよ」

宮野は声を弾ませながら、鷺沼に嫌味な視線を向けてくる。

鷺沼と井上は、帳場に対しては大阪出張を一泊二日ということにしておいて、その日の夕刻には帰京した。三好は母方の祖母が亡くなり、お通夜に出ることになったという口実で帳場を抜け出した。

親戚が死んだことにして休暇をとるのは宮野お得意の手口だが、そういうときはお互い様だと西沢も川合もとくに疑いもしなかったという。

福富と彩香は久しぶりの鷺沼宅での晩餐だと聞いて、喜び勇んでやってきた。

宮野が用意したのは、いまが旬の石巻の岩ガキ、下関のフグの白子のポン酢和え、金谷のアジのなめろう、島根のノドグロの姿煮、仕上げは小樽の生ウニ山盛りのウニ丼と、海鮮尽くしの献立だった。

きょうは朝から築地の場外市場に出かけ、コストパフォーマンスを意識しながら、自慢の目利きで厳選してきたと言う。領収書を見ると、コストよりもパフォーマンスに重点を置いて選りすぐったとしか思えないが、どうせ裏金預金からの出費だし、経済的制裁に成功した暁にはその程度は微々たるものだと、五万円余りの食材代を三好は気前よくその場で精算した。

福富はきょうの献立が海鮮系だと聞いて、ピエモンテの最高クラスの白ワインを持参した。彩香は宮野の好みを心得ていて、デザートとして、以前、宮野が不本意ながら絶賛した自由が丘のケーキ屋のチーズケーキを差し入れた。

「おれはいますぐ暇を出してもらっていいけどな。その代わりきょうのようなミーティングの場所は提供できないし、あんたにも金輪際居候させないからな」

鷺沼が切り返すと、宮野は慌てて撤回する。

「軽い冗談で言っただけじゃない。警視庁を背負って立つ名刑事が加わってこそのタスクフォースなんだから。いざというときは殉職覚悟で、体を張ってもらわなくちゃいけないんだし」

「なんであんたのために、おれが殉職しなきゃいけないんだよ」

「おれのためってわけじゃないでしょう。世のため人のために全力を注ぐのがタスクフォースに与えられた天命なんだから、そういう役割が果たせることを栄誉だと思ってもらわないと」

「その栄誉はあんたにくれてやるよ。すでに府中の競馬場で殺されかけたんだから、もののついでじゃないか」

「冗談じゃないよ。死んじまったらせっかくの経済的制裁の果実が味わえないじゃない。鷺沼さんはそっちには関心がないようだから、人柱として適任でしょう」

　こういう言い草が冗談だと思えないところが宮野の宮野たる所以《ゆえん》だ。仲をとりもつように三好が言う。

「まあ、これから核心に踏み込んでいけば、殺されることはないにしても、みんなそれぞれリスクを背負う。片岡のバックにいるのは並みの大物じゃないからな。おれだって、この首をいつ飛ばされるかわからない」

「そんなことより、肝心なのは片岡康雄と滝井研一の関係ですよ。どっちも年齢は三十三歳です。研一は一浪で一留ですから、片岡が浪人も留年もしていないとしても、三年間は同じ城北大学に在籍していたことになります。そしてどちらも学生時代に株式投資に手を出していた。同じサークルに所属していた可能性は極めて高いんじゃないですか」

　鬼の首をとったように井上が言う。興味津々の様子で三好も身を乗り出す。

「片岡と研一が繋がっているのは、どこからどう見ても否定しようがないな。そのうえ研一の妹の容子は片岡と同居していて、片岡に殺害された可能性が高い。そうだとしたら、大森西の死体が研一だと考えるのは決して不自然じゃない」

「あす、城北大学に出かけて聞き込みをしてみましょうよ。捜査関係事項照会書を提示すれば、学籍簿で調べてもらえるでしょう。研一が入っていた投資研究サークルがいまも存在すれば、当時の部員の名簿が残っているかもしれない」

井上は張り切る。鷺沼は慎重に応じた。

「そっちも大事だが、せっかく叔母さんに容子の行方不明者届を出してもらったんだ。これを梃子《てこ》にして、どうやって片岡を締め上げるかだよ。一気に任意同行に踏み切る手もあるんだが」

片岡宅で警察が駆けつけての一騒動があったあと、行方がわからなくなった女性が滝井容子であることはほぼ立証された。となれば行方不明者の捜索という理由で片岡を事情聴取することはできる。

ただしすべては状況証拠であって、瀬谷の山林の死体はすでに荼毘に付され、発見時の顔を写した写真も消えてなくなっている。つまり現状では、殺人容疑に関しては物的証拠が皆無と言える。県警の鑑識課が保存していた死体の顔写真を含む一切のデータは削除されたうえに、それが何者によって行われたのか、県警は調べる気もないようだ。

死体の首に巻かれていたヨット用のロープにしても、片岡のヨットで使われていたものとメーカーも型番も一致するが、必ずしも珍しい製品ではないらしいから、偶然の一致だと言われればそれ以上追及するのは困難だろう。それでも宮野は余裕を覗かせる。

「急ぐことはないよ。もうすこしきっちり材料を揃えたうえで、搦め手から押していくのが賢明だと思うけどね」

「搦め手からって、どういうことだ」

「そういう場合の賢い金の使い方を、片岡にしっかり教えてやるわけよ」

「金次第で捜査を手控える気か。だったらタスクフォース本来の仕事はどうなるんだ。片岡康雄を法で裁くのがおれたちにとっての眼目で、あんたの言う経済的制裁なんて付随的なものに過ぎない。そのために片岡やその親父や県警本部長を取り逃がしたら、タスクフォースが犯人隠避の罪を犯すことになるぞ」

「そんなこと言ってないでしょ。おれがそこまでお人好しだと思ってるの?」

「業突く張りのろくでなしだというのはよく知っている」

「どうしてわかってくれないんだろうね。おれの行動はすべて溢《あふ》れんばかりの正義感から発したもので、金が目当てだなんて明らかな誤解だよ。ただ行きがかり上、向こうがそうしたいと言って聞かないのなら、その希望を叶えてやるのはやぶさかじゃない。どうせ二人殺せば死刑なんだから、いわば冥途の土産ってやつだよ」

「本気でそう思っているんなら、あんたも度し難い人でなしだな」

「心配いらないよ。鷺沼さんには分けてあげないから」

「分けてくれなくてけっこうだけど、本末転倒だけはするなよ」

「もちろんそこは抜かりないよ。敵が圧力をかけてくるとしても、その矛先は鷺沼さんたちに向かうわけで、おれと福富は死角になるから、誰にも邪魔をされずに動けるでしょう。打つ手はいろいろあるはずだよ。ねえ、福富ちゃん」

宮野は福富に目配せする。一本二万円近くするというピエモンテの白ワインの栓を抜きながら、興味なさそうに福富は応じる。

「勝手におれを強請の仲間に入れるなよ。片岡親子や県警本部長みたいな腐ったやつらを刑務所に放り込むのはけっこうな話だ。そいつらがやったことと比べればほんの微罪でたっぷり臭い飯を食わされたおれとしては望むところだよ。だからといって、そういう恨みを金に換算して商売にしようなんて考えはこれっぽっちもない」

「またまた格好つけちゃって。これまでだって、いろいろ美味《おい》しい思いをしてきたじゃない。いまは例の横浜シティマリーナに新規出店する算段をしているところなんでしょう。喉から手が出るほど金が欲しいのが本音じゃないの」

「そういう悪銭を元手に商売しようなんて気はさらさらないよ」

福富が鼻であしらうと、宮野はさっそくすり寄っていく。

「でもこれまでだって、福富ちゃんのお陰で難事件をいくつも解決してきたわけで、今回も持ち前の正義感を発揮して、悪党どもに天罰を加えて欲しいのよ」

「あんたの言う天罰というのは、金を強請りとる算段ばかりだな。しかしその片岡という男、もう二人殺しているとしたら、三人目には抵抗はないぞ。それだけですでに死刑は確定したようなもんだから」

「三人目って、おれのこと？」

「警視庁の捜査の埒外で動くとなると、あんたの命を守る楯もないことになる。そもそもすでに一回、殺されかけているんだろう」

「だから、おれの身を守るうえでも、福富ちゃんの手助けが必要なわけだよ」

「なんで、おれがあんたの身を守らなきゃいけないんだ」

「お互い、タスクフォースの同志でしょ？　従業員には腕の立つ元筋者がいるじゃない。そいつらに警護を任せれば、おれも仕事に専念できるから」

「足抜けした連中の更生が目的で、県の公安委員会から頼まれてやってるんだよ。いまさら切った張ったの世界に舞い戻らせる気はないよ」

福富は素っ気ない。三好が口を挟む。

「片岡を殺人罪で逮捕するのは当然の話だが、親父や県警本部長まではなかなか難しいうえに、訴追したとしても有罪を勝ちとれる可能性は低い。だったら宮野君が言う経済的制裁が理に適う。手段はなんであれ、その手の悪党に制裁を加えることこそ、タスクフォースの真骨頂じゃないのか」

経済的制裁の果実に涎を垂らしているのが見え見えだが、宮野も井上もそのとおりだという顔で頷いているから困ったものだ。

「ところで、この人、誰かに似てると思わないか？」

そちらの話は聞き流し、テーブルに置いてあった滝井容子の写真をしげしげ眺めて福富が言う。三好と井上と宮野がいっせいに彩香に目を向ける。鷺沼も思い当たるところがあった。

写真の容子はいわゆるうりざね顔で、鼻筋が通り目は大きいほうで、髪は肩にかかるほどの長さ。一方の彩香は女性警察官に多いシニヨンでまとめた髪型で、容子よりもやや色白。職業柄すっぴんに近い薄化粧の彩香と比べ、容子のほうは化粧が派手目だ。

年齢は彩香が二歳下だが、見た目の年齢差はほとんど感じられない。容子の写真を見たときすぐに思い当たらなかったのは、髪の長さや化粧の仕方でだいぶ印象が違っていたせいだろう。

「私がこの人に似てるっていうの？」

彩香は慌ててその写真を手にとって、まじまじとしばらく見つめ、何度か頷いて顔を上げた。

「私よりちょっと美人な気がするけど、たしかに似ているかもしれないわ」

「ちょっとじゃないよ。ずっとだよ。ただ女は化粧でいくらでも誤魔化せるからね。手直しすれば十分いけるよ」

宮野は嫌味を忘れないが、似ている点に関しては異論はないようだ。鷺沼は頷いた。

「これはどこかで使えるかもしれないぞ」

## 2

翌日、鷺沼と井上は朝いちばんで大森署の帳場に向かった。三好は時間をずらし、それより三十分早く帳場に出ていた。

捜査会議が始まる前に、三好を交え、西沢と川合に大阪で得た情報を報告した。西沢は城北大の投資研究サークルの話に興味を示した。

「二つの死体が、そんなところで繋がるとは思いもよらなかったな」

鷺沼は頷いた。

「片岡にしても滝井研一にしても、城北大在学の件は伝聞情報ですから、まず学籍簿で確認すべきでしょう。重なる時期に在学したとしたら、二つの死体は確実に繋がります。投資研究サークルの関係者と連絡がとれれば、そこに片岡と滝井がいたかどうかも確認できます」

「そんな手間暇をかけるより、せっかく容子の行方不明者届が出たんだから、そっちの件で片岡を事情聴取すればいい。片岡が彼女と同居していた事実は否定しようがないんだから、こっちの帳場に呼び出して、とことん締め上げてやればいいんだよ」

川合が身を乗り出して言う。所轄の課長の立場としては、早く事件を解決して、帳場をたたんで平時の業務に戻りたい。そんな思いが前のめりにさせるのはよくわかる。しかし三好には別の思惑があるようで、ここは慌てて釘を刺す。

「そんなことをしたら、片岡の背後の連中を刺激するだけだよ。容子と同居していた事実は認めても、勝手にどこかへ行ってしまっただけで、自分はなにも知らないとすっとぼけるに決まってる。首を吊っていたロープの件だって、いまのところは噂に過ぎないわけで、まだ片岡の犯行だと立証する材料としては弱すぎる」

ロープの件は、インターネット上に流れていた噂ということにしてあるから、ここではとりあえずそう言っておくしかない。川合はそれでも未練を覗かせる。

「だったらそういう噂レベルの話も含めて、うちから県警に捜査共助を申し入れたらどうだ。ここまでの経緯からしてたぶん応じないと思うが。そこで根掘り葉掘り訊いてやれば、思わぬ尻尾を覗かせるかもしれないぞ」

興味深い提案だ。しかし問題はいま県警に揺さぶりをかけるのが得策かどうかだ。おそらくすでに自殺という結論が出た事案だと言い逃れるはずで、もちろん死体の頭部の写真提供も含め、協力はできないと突っぱねるだろう。現にすべてのデータがサーバーから削除されているわけだから、出したくても出せない上に、それが何者かによって削除されたことが表沙汰になっては困る事情が向こうにはある。

こちらとしても、そのあたりの情報は宮野経由で得たものだから、いまのところ帳場には黙っているしかないが、いずれにしても県警が捜査共助に応じないのは間違いない。逆にいまそんな話を持ち出したらかえって敵を警戒させる。三好は首を横に振る。

「馬鹿なことを言うなよ。片岡の背後でうごめいて事件をもみ消そうとしているのは県警のトップだ。そんなところを相手に捜査共助を持ちかけるのは、空き巣に留守番を頼むようなもんじゃないか」

「だったら、どうしようと言うんだよ」

川合は苛立ちを隠さない。片岡が普通の相手なら、容子の叔母の村井晃子が提出してくれた行方不明者届を錦の御旗に一気に攻めるのが常道だ。締め上げれば自供を引き出すことが十分できるくらいの状況証拠は揃っている。

しかしバックに控えている父親の片岡純也は警視庁の上層部にも影響力を行使できる。現に大森西の死体の頭蓋骨の写真が存在しないという異常事態が発生していて、それが神奈川県警のデータ隠蔽とリンクしている。

それを考えれば、すでに影響力は行使されていると考えざるを得ない。三好の思惑に同調するように鷺沼は言った。

「もう少し外堀を埋めたほうがいいと思います。城北大で聞き込みを進めれば、滝井研一と片岡康雄の共通の知人が浮かび上がるかもしれない。その人物が卒業後も二人と付き合っていたとしたら、そこから思わぬ糸口が出てくるでしょう。いまのところ共通項としては、どちらも学生時代から株式投資に手を染めていたことくらいですが、その後も付き合いが続いているとしたら、片岡が滝井研一を殺した理由が明らかになるかもしれません」

「おれも同感だな。県警にしても桜田門にしてもなにやら薄気味悪い。捜査妨害というより、下手に突っ込むと、おれやあんたたちに人事面からの嫌がらせをされかねない。ここは抜き足差し足でアプローチして、決定的な証拠を見つけたところで一気に迫るしかないだろう」

西沢も慎重に応じる。いっそ思い切って敵を刺激して、帳場を潰させてしまうという手もなくはない。そうなればタスクフォースがフリーハンドを握ることになる。しかしそれはおそらくまだ早い。いまは西沢が言うようなアプローチが有効で、そのためには帳場のマンパワーが必須だ。

惧れているのは海外逃亡で、片岡の仕事は世界中どこにいてもできる。日本と犯罪人引渡条約を締結していない国に逃れられたら、もし逮捕状がとれたとしても、片岡が帰国しない限り手錠をかけられない。

それを防ぐために、いまも片岡の自宅周辺には帳場の捜査員が張り込んでいる。だからといってまだ逮捕状がとれていない状況では、出国を止めるための法的な根拠がない。

環七通りの春日橋交差点付近のオービスに片岡が写っていたという間接的な証拠があるにはあるが、そもそも死体の身元も確定できていない以上、それだけで片岡に殺人の嫌疑を向けるのは無理がある。

それにそもそも大森西の死体遺棄事件が帳場の本来の捜査対象だが、現状では瀬谷の死体と片岡を結ぶ線のほうが色濃くなっている。今後は大森西の死体と瀬谷の死体の二兎を追うことになる。どちらも行き着く先は片岡康雄のはずだが、現在の帳場のマンパワーで決して十分過ぎることはない。

## 3

捜査会議を終え、各捜査員はそれぞれの持ち場に散っていった。

大阪で得た情報は会議の場で全員に開示した。城北大学での聞き込みは、鷺沼と井上が担当することになった。

その結果、片岡と滝井研一が所属していた当時の投資研究サークルの部員の名簿が入手できたら、その部員一人一人からの聞き込みに、いま片岡の目撃情報を当たっている捜査員を振り向ける。

成果の出ない聞き込みで足を棒にしていた捜査員たちは、捜査が新しい段階に入ったことを理解して張り切った。片岡の自宅周辺での聞き込みも継続し、滝井容子の失踪前の情報もさらに収集する。

「彩香が滝井容子と似ているのには驚きましたね」

城北大学は埼玉県和光市にある。和光市駅に向かう電車のなかで、井上は改めて感嘆したふうだ。呆《あき》れたように鷺沼は応じた。

「おまえがそれでどうするんだよ」

滝井容子が恋仲の彩香と瓜二つだと気づかなかった点で、井上の刑事としての資質を疑わざるを得ないが、悲しいかな彩香本人も含めて、福富以外は誰も気づかなかった。

「髪型とか化粧の仕方が違うとわからないもんですよ。むしろ福富さんの眼力が凄いというしかありません。女は化粧で化けると言うじゃないですか」

「客商売の人間は人の顔を覚えるのが得意だと聞くからな」

「でも鷺沼さんのアイデア、使えるんじゃないですか。彩香は変装が趣味ですから、ちょっと手直しするだけで片岡も見分けがつかないくらいに化けられます。それを見た片岡の反応が楽しみですよ。県警本部長も片岡総務会長も、幽霊相手じゃ妨害工作のしようがないでしょう」

タスクフォースの全体会議のあと、鷺沼は滝井容子に扮した彩香を片岡宅に送り込む計画を練っていた。

「幽霊に司法警察権があるわけじゃないから、それだけで一気に追いつめるというわけにもいかないだろうがな。あとは片岡が怖がりなら動揺するのは間違いないな」

「タスクフォースなら、いろいろ打つ手があるんじゃないですか。宮野さんや福富さんが、これから知恵を絞ってくれると思います」

「すべてあいつら任せにはできないよ。宮野が咥えてきたネタなのは間違いないが、主導権はあくまでおれたちが握る」

「なにかいいアイデアがあるんですか」

「ないこともないが、この先の捜査の成り行き次第だな」

「城北大の関係者の証言から片岡と滝井研一の繋がりが見えてくれれば、いろいろできるんじゃないですか。その妹の幽霊が出てきたら、片岡も震え上がると思います」

「ああ。おれだってそんなのに出てこられたら、なんでも懺悔《ざんげ》したくなるよ」

「鷺沼さんにも、そういううしろ暗いことがあるんですか」

井上は猜疑の目を向ける。鷺沼は慌てて首を横に振った。

「若いころ馬鹿なことはいろいろやったが、人を殺したりはしていない。化けて出そうな知り合いはとくにいないよ」

城北大学のキャンパスは、和光市駅からタクシーで二十分ほどの丘陵地にあった。以前は都心部にあったが、キャンパスが手狭になったこともあり、より広い敷地を求めて二十数年前に移転したらしい。

緑の多いキャンパスには洒落たつくりの校舎や事務棟が並び、広い敷地のゆとりを活かし、都心部の大学のような高層の校舎は少ない。プロムナードを行きかう学生たちも、心なしかのんびりした様子に見える。

教務課のオフィスに出向き、捜査関係事項照会書を提示して、片岡康雄と滝井研一が在学したかどうかを確認した。

村井晃子の話も、井上がネットで拾った情報も間違っていなかった。片岡は十五年前に入学し、十一年前に卒業している。在籍したのは法学部の政治学科で、とくに株や為替の投資には関係なさそうだ。

滝井研一は文学部の英文科で、片岡と同い年だが、浪人しているため入学は十四年前。さらに一年留年しているから、卒業は九年前だ。こちらも専攻は株や為替とは関係ないが、そうした投資行動に資格が必要なわけではない。大学での専攻と無理に結びつけて考える必要はないだろう。

二人の在学期間が重なるのは、片岡が二年生のときから卒業するまでの三年間ということになる。在学当時、投資研究サークルに所属していたかどうか確認すると、サークル活動に関しては学生の自主性に任せており、大学側が関与するわけではない。したがって部員の名簿は管理していないという。

形式的に教員が顧問をすることになっているらしいが、用があるのは部員が対外的に問題を起こしたときくらいで、教員にとっても気乗りする役回りではない。顧問になったとしても、部員と積極的に接触するかしないかは当人の性格によるという。

そのサークルの顧問は誰かと訊くと、経済学部経済学科の徳永《とくなが》という准教授だという。学内にいるかと訊くと、職員はすぐに連絡をとってくれた。用件を告げると、さすがに相手は警戒したようで、教務課の職員はしばらくやりとりし、困惑したように鷺沼に目を向けた。

「いま研究室にいるんですが、そちらから事情をご説明願えませんか」

「わかりました」

そう応じて受話器を受け取り、鷺沼は慇懃に語りかけた。

「徳永先生でいらっしゃいますね。私、警視庁捜査一課の鷺沼と申します。伺いたいのは、先生が顧問をされている投資研究サークルに十年ほど前に所属していた、滝井研一さんと片岡康雄さんという二人の部員についてでして」

徳永は警戒心を露わにした。

「なにか警察沙汰になるようなことを？」

「じつは最近都内で見つかった身元不明の死体について捜査をしておりまして。我々の捜査では、その死体が滝井さんである可能性が高いんです」

「片岡君もその関係で？」

二人の名前への反応を見れば、どうやら記憶に残っているらしい。その点に期待をもって、鷺沼は慎重に問いかけた。

「微妙なところがありまして。できたらこれからお会いして、当時のことを伺いたいんですが」

「ということは、捜査しているのは殺人事件なんですね」

徳永の声に緊張がまじる。鷺沼は冷静に応じた。

「現段階では死体遺棄事件です。殺人かどうかは明らかではありません」

「その可能性が高いんでしょう。まさか片岡君が犯人だと？」

「なんらかの事情を知っている可能性がありまして。お二人のことを覚えていらっしゃいますか」

「いまはとくに関わっていないんですが、彼らがいた当時は、私が初めて顧問になったサークルだったもので、部員と接触する機会が少なからずありました」

「覚えていらっしゃるんですね」

「その二人はとくに熱心でした。ほかの部員はシミュレーションゲームをやったりディスカッションをしたりという程度だったんですが、彼らは自ら投資していたんです。もちろん失敗もしましたが、片岡君は光るものがありましてね。現在の活躍ぶりの片鱗がすでに感じられました」

「そのあたりのことを踏み込んでお聞かせ願えるとありがたいんです。お手間は取らせませんので」

丁重に申し入れると、興味をそそられたように徳永は応じた。

「わかりました。そんな話を聞いた以上、知らぬ存ぜぬでは済まされません。研究室でお待ちしています」

4

狭苦しい応接スペースで徳永は鷺沼たちを迎えた。

四十代半ばの貧相な印象の人物で、刑事という職業の人間が珍しいらしく、交換した名刺をしげしげと眺め、鷺沼と井上にソファーを勧めた。

「滝井君は、卒業後、なにをしているかはわかりません。というか、生きているか死んでいるかもわからない。片岡君のほうは、若手投資家として世間で話題になっているのはかねてから知っていました」

「では、彼が与党の片岡総務会長のご子息だということもご存じですね」

「え。そうなんですか？　知らなかった。彼は在学中、そんなことをまったく口にしなかったし、彼の学友たちも知らなかったはずです」

徳永は目を丸くした。それには鷺沼も驚いたが、考えてみれば、担当教授でもないただのサークルの顧問程度の付き合いで、父親の職業まで話題になるとも思えないし、片岡がいまもそのことを世間に秘匿していることを思えば、当時から表に出していなかったとしても不思議ではない。

大学関係者の徳永も知らなかったとしたら、親の七光りで入学したわけではなく、それを鼻にかけてキャンパスで大きな顔をしていたわけでもないのだろう。その点を考えればフェアな印象を受けるが、鷺沼の見方ではそうも言えない。

片岡が当時から投資家を目指していたとしたら、父親が与党の大物だと知られればインサイダー取引の疑惑を免《まぬか》れない。それを嫌って隠していたと考えれば、別の意味で腑に落ちる。その直感が外れでもなかったようで、徳永が深刻な顔で身を乗り出す。

「言われてみれば、私も不思議に思っていたんですよ」

「と言いますと？」

「私の専門は株式投資分析です。机上の空論で講義をするわけにもいかないので、私自身も多少の投資はするんですが、これがいわゆる紺屋の白袴で、外れのほうがずっと多い。ところがサークルの飲み会などで片岡君がどこそこの株を売り抜いたというような話が話題になって、それがほとんど政治銘柄だったんです」

「政治銘柄と言うと？」

「はっきりした証拠はないんですが、背後に政治家が絡んでいるとされる銘柄で、選挙が近づくと急騰し、選挙が終わると下落する。ある種の仕手株なんですが、彼が儲けた株の大半がそれだったんです」

「政治筋からなんらかの情報を得ていた可能性があると？」

「私は彼のバックグラウンドを知りませんでしたから、ただの大学生がどうしてそういう情報が得られるのか不思議に思っていたんです。訊いても彼はただ直感だと答えるだけで、もしそうなら、君は天才だと言っていたんです」

「それが片岡代議士の息子だということになると――」

「そちらから情報を得ていた可能性が大いにありますね」

徳永は頷く。鷺沼は問いかけた。

「滝井さんと片岡さんは、そのころ親しかったんですか？」

「よくわかりません。どちらも部員同士の飲み会にはあまり参加しなかったんです。片岡君の投資傾向についても、そんな場で他の部員から聞いただけです。滝井君は片岡君ほどではなかったんですが、たまには儲けることもあったようです。そんなこともあって二人の噂はよく耳にしていて、それで印象に残ったんだと思います」

「それなら、なにもサークルに入らなくてもよかったんじゃないんですか」

「卒業して証券業界に就職したOBがいましてね。その筋から機微に触れる情報が入るんです。それを期待したんじゃないですか。まさかインサイダー情報に当たるような話が流れていたとは思いませんが」

「先生ご自身は、二人とはそれほど接触しなかったんですね」

「飲み会で同席したことはありますが、二人がとくに親密だった印象はありません。どちらも周囲と打ち解ける性格ではなかったと記憶しています」

「そうですか。じつは我々の捜査で、滝井さんの妹さんが、つい最近まで片岡さんと同居していた事実が判明しまして――」

　鷺沼はさらに踏み込んだ。ここまでの話から、徳永と片岡に現在接触があるとは思えないし、それ以上に神奈川県警や警視庁の上層部とコネクションがあるはずもない。せっかく徳永が興味を示してきているのだから、もう少しそれを引っ張りたい。

「つまり滝井君と片岡君は、私が知っていた以上に深い付き合いがあったと考えられるわけですね」

「なんらかの繋がりがあったのは間違いないでしょう。気になることはもう一つありまして。じつはその妹さんが、いま行方不明になっているんです」

とりあえずそこまでの話にしておいた。瀬谷の山林の死体が滝井容子かもしれないということはまだ伏せておく。

「まさかそちらも？」

徳永は言葉を呑んだ。そこまで言えば、その先まで気を回すのも不思議ではない。鷺沼は頷いた。

「もし我々が身元を調べている死体が滝井研一さんだとしたら、そこにも不安を覚えるわけでして。もちろんそれが考えすぎで、どちらも無事に生きていれば幸いなんですが。発見された男性の死体は白骨化していて、身元を特定できないものですから」

「要するに滝井君である可能性が否定できない死体と行方不明の女性の両方に、片岡君は繋がりがあるんですね」

興味を露わに徳永は問い返す。鷺沼はやんわりと釘を刺した。

「まだそこまでは——。ただ、なにか事情を知っているのではないかと」

「だったら本人に訊けばいいんじゃないですか」

徳永は鋭いところを突いてくる。ここはやんわりとかわしておく。

「一度お話は伺ったんですが、なかなか肝心なところが聞けないものですから」

「やはり怪しいとみているわけですね」

徳永は好奇心を露わにする。鷺沼はやむなく応じた。

「捜査線に上がっているといった程度です。被疑者という扱いではありません。お父上が一般の方じゃないものですから、警察もそれなりに気を遣わざるを得ないんです」

「与党の総務会長ですから、そこは慎重にならざるを得ないでしょうね」

徳永はわけ知り顔で頷くが、これ以上の情報が出そうな気配はない。それでもここまでの話が聞けたのは期待した以上だった。

「相手が政治家の息子だからといって、捜査に手加減は無用なんですが、いまはなるべく刺激を避けるほうが、今後の捜査に有利だと判断されるものですから」

徳永は身を乗り出す。

「なにかお手伝いできることがあれば言ってください。じつは私、大のミステリーファンでしてね。学生のころはミステリー同好会に入っていたんです。いまも本音を言えばそっち関係のサークルの顧問をしたかったんですが、あいにく席が埋まっていたもんですから、やむなくこっちを担当することになりましてね」

思いがけない言葉に意を強くして、鷺沼は申し出た。

「できたら二人が在学した当時の部員の名前や連絡先を教えてもらえないでしょうか。

当時の二人の話を聞いてみたいんです」

徳永はさすがに渋い顔をした。

「それは難しいですね。歴代の部員名簿は預かっているんですが、個人情報ですから、本人たちに黙ってご提供するわけにはいかないんです」

「たしかにそうですね。そこから大きな手掛かりが出てくるかと期待したんですが」

大袈裟に肩を落とすと、徳永が提案する。

「そうは言っても、私も興味が出てきました。彼らに連絡をとって、その二人について訊いてみますよ。彼らと付き合った時間は私より長いですから、私が気づいていないことを知っているかもしれません。鷺沼さんと直接話してもいいという者がいたら、連絡先をお伝えします」

「それは心強い。ご迷惑にならない範囲でけっこうです。よろしくお願いします」

「教職の立場にある人間がこんなことを言うのは問題があるのは十分自覚してるんですが――」

声を落として徳永は続ける。

片岡が若手投資家として注目されるようになってから、徳永は研究者として彼の投資行動をウォッチしていたという。

すると学生時代に手を出していた政治銘柄はもちろんだが、なんらかのインサイダー情報を得ているとしか思えない投資行動がしばしば見られたらしい。

とくにカリスマ投資家ともてはやされるようになってからは、片岡がネット上で発信する情報に信者たちが飛びついて、仕手株のように激しく株価が動く。仕手株と違うのは、いわゆる風説の流布によるものではなく、株価の動きにそれなりの理由があるという点だった。

しかし片岡の動きはその事実が市場関係者に知られるより一瞬早い。どこでそんな情報を得るのかと問われても、彼がブログ上で答えるのは、第六感だとか気配だとか曖昧な答えばかりだという。

なんらかのインサイダー情報を得ているに違いないと疑う市場関係者は少なからずいるが、その尻尾が摑めない。片岡の影響力が強すぎて、無数の追随者がその行動に同調するから、片岡一人が仕掛けた動きだとは特定しにくいためらしい。

しかし片岡の投資収益からみれば、極めて適切なタイミングで高値で売り抜けたり、空売りを仕掛けたりしているのが容易に想像できるという。

彼の父親が片岡純也だということは市場関係者のあいだではほとんど知られておらず、その分野の研究者の徳永にしても初耳だったが、片岡の投資行動のマジックの種は、その事実によって明かされたとみていいと徳永は断言する。これまで康雄は犯罪やスキャンダルとは無縁だったから、市場関係者もマスコミも、その身元まで洗おうという気にはならなかったのだろうと徳永は言う。

　他人の戸籍謄本を秘密裏に取得するという芸当はほぼ警察だけができるもので、弁護士や司法書士にもその権限はあるものの、それができるのは相続手続きを委任されたような場合に限られる。生真面目な調子で徳永は言った。

「私は学問として株式や為替の市場を研究しています。それらの投資行動が健全に行われてこそ経済の歯車は正常に回転する。もし政界の大物が握るインサイダー情報をもとに不健全な投資が行われ、その収益が政界に還流するようなことを許したら、経済と国家の規律が破綻する。それを糾明するのも研究者としての務めですから」

5

「片岡康雄と滝井研一の繋がりは、容子を介してではなかった。むしろ容子は、二人のあいだのなんらかの確執に巻き込まれた可能性があるな」

　城北大学での聞き込みの成果を報告すると、西沢は勢い込んだ。確信をもって鷺沼は言った。

「間違いないと思います。意外だったのは片岡と滝井が、学生のころは親友というほどの関係ではなかったらしい点です。そしてどちらも株式投資に入れ込んでいた。だとしたら、むしろライバル意識が強かったのではないかと思うんです」

「そのあたりについて、そのミステリー好きの准教授が新ネタを探ってくれればいいんだが。ただし、あんまりお喋りはしないで欲しいな。片岡康雄が捜査対象になっている話が世間に広まると、捜査に差し障りが出かねないから」

川合が言う。その不安はもちろんあった。それ以上に、下手をすると徳永自身にも危険が及びかねない。学者とはいえ、彼もまた証券業界とは関わりが深い。サークルのかつての部員にもその世界で仕事をしている者がいるという。だから徳永にはもちろん十分注意するように言っておいた。殺される惧れがあるとまでは言わなかったが、向こうがむしろそれを意識してか、接触する元部員にはしっかり口止めをしておくし、自分も決して口外しないと約束した。

そこを丸々信用はできないが、むしろ適当に漏れてくれることが必ずしもマイナスではないというのがそのときの鷺沼の考えだった。こちらは片岡の身辺に捜査員を張り付けている。不穏な動きをすれば確実にチェックできる。それが片岡の検挙に結びつく新材料になるかもしれない——。

そんな考えを口にすると、西沢は頷いた。

「無理して挑発する必要はないが、結果的に揺さぶれるかもしれないな。片岡だって殺しのプロじゃない。噂を流した人間を一人残らず殺すなんて不可能だ。そもそも、滝井研一と容子を殺害した理由が、インサイダー疑惑と絡んだ話だとは限らないからね」

「そうですね。滝井容子の件に関しては、男女間の不和や痴情絡みと考えられなくもないですから」

三好も頷くが、動機はともかく、片岡の犯行が事実だとするなら、それを隠蔽しようとしている勢力の中心にいるのが父親の片岡純也なのは間違いない。

インサイダー取引や贈収賄疑惑となると捜査一課の本業ではないが、神奈川県警側の動きにはすでにその影響力が働いていると考えざるを得ず、警視庁側にも同様の動きは垣間見られる。これから片岡の容疑を固めていくうえで、それが大きな障害になってくる。鷺沼は言った。

「片岡をというより、彼の父親やその意を受けて動いている連中に対する牽制にはなると思います。その方面からの捜査への介入を防げるかどうかが、今後の捜査の進展に大きな影響を与えるでしょうから」

「それで、この先どうするつもりなんだ。これだけ材料が揃ったんだから、そろそろ片岡康雄から、じかに話を聞いてもいいんじゃないのか」

川合が焦《じ》れたように言う。鷺沼もいよいよ腹を固めた。

「任意同行しての事情聴取となると、敵サイドを不必要に刺激することにもなりかねません。前回のようにふらりと出かけて、四方山話をしてこようかと思います。ここまでに出てきた話を軽くぶつけて、反応を探ってみるんです。調書をとっての正式な事情聴取ではないですから証拠能力はありませんが、とりあえず揺さぶりはかけられます」

「それがいいかもしれないな。しらばっくれるに決まっているが、どう言い逃れるか見てみるだけでも興味がある」

川合もここは納得した。


夕刻、井上のスマホに彩香からのメールが届いた。彩香はきょうは当直明けの非番で、さっそく滝井容子の写真を参考に得意の変装を試みたという。

シニヨンを解いて髪を垂らすとほぼ容子と同じ長さになった。前髪を少し整え、ファンデーションで肌の色を軽い小麦色にし、口紅やアイシャドウやマスカラでやや派手目の容子の化粧を真似てみたらしい。

柔道の有段者だといっても、現役の選手のときは軽量級で、着やせするタイプでもあるらしく、見た目の体型も写真の容子とさほど変わりない。宮野の知り合いの鑑識課員に訊いてみたところ、たまたま現場で身長を測定したのがその課員で、手帳にメモが残っていたという。一六〇センチだったとのことで、彩香とほとんど違わない。

添付されていた自撮り写真と容子の写真を見比べると、もともと土台がそっくりだったので、どう見ても同一人物としか思えない。写真のなかの容子が着ているポロシャツはある有名なブランドの定番商品らしい。

瀬谷で発見された死体の衣服がわかれば、それに合わせられるのにと彩香は残念がるが、県警のデータが紛失し、遺留物は捜査一課が仕舞い込んでいる。やむなく多少値が張るが、きょうのうちにそのポロシャツを買っておくという。

「これなら使えるじゃないですか。面白いことになりそうですね」

スマホに表示した彩香の変装写真を眺めて井上はほくそ笑む。鷺沼もそれを覗き込んで頷いた。

「彩香が体が空いているときに実行だな。この作戦はタスクフォースでやるしかない。そのときは三好さんにシフトを調整してもらって、片岡宅の張り込み担当をおれとおまえに変えてもらうよ。ポロシャツ代やメーキャップの費用はあとで精算すると彩香に言ってくれ」

「やるなら夜がいいですね。片岡はカメラ付きのインターフォンで応答するはずです。いくら似ていても別人ですから、明るいと感づかれるかもしれない。それに幽霊というのは、おおむね夜に出るものですから」

井上はいかにも楽し気に応じて、さっそく彩香に電話を入れた。周囲にいる捜査員の耳に入らないように、しばらく小声でやりとりをしてから、保留ボタンを押して鷺沼を振り向いた。

「いまは大きな事件を抱えていないので、当直の日以外ならいつでもＯＫだそうです。いかにも幽霊っぽく見えるように、これからメーキャップを工夫してみると張り切っています」

「いまでも暗いところなら十分だよ。やり過ぎるとかえって不自然になる」

「わかりました。よく言っておきます。調子に乗って腐乱死体のメークまでされたらまずいですから」

井上は極端に気を回す。そこまでやって道を歩いたら、見かけた人間が警察に通報する。彩香は変装に関しては凝り性だから、釘を刺しておく必要はあるかもしれない。

6

翌日の午前中に、鷺沼と井上は瀬谷の片岡宅に向かった。アポをとろうとすれば断られるのは確実だし、事前に鷺沼たちの動きを教えて海外逃亡されては困る。

仕事柄、市場が開いているあいだはコンピュータとにらめっこで外出はしない。ここまでに出てきた事実を突きつければ、片岡としては会って言い逃れをせざるを得ないだろう。

調書をとるための事情聴取ではなく単なる聞き込みだから、形式的には被疑者の扱いではない。大森西の死体の頭蓋骨写真が存在しないという不可解な状況を考えれば、警視庁サイドにも父親の影響力が及んでいる可能性は大いにあるが、まだ県警ほど露骨な捜査妨害はしてこない。正式に捜査対象にしていなければ、上の連中も介入はしにくいだろうという見方もある。

インターフォンを押すと、少し間をおいて不機嫌な片岡の声が応答する。一度訪れているから、ビデオカメラで誰かわかったのだろう。

「またあなたですか。なんの用です、アポもとらずに？　こっちは忙しいんですよ。株も為替も時々刻々動いている。あなたたちに時間をとられて損失が出たら、警視庁が補塡してくれるんですか」

口の利き方は太々しいが、声の調子にゆとりはない。警戒しているのは間違いない。怯むことなく鷺沼は応じた。

「なんとかお時間をつくって頂きたい。ご存じのことを教えてもらうだけで、調書をとるわけじゃありませんので」

「話すことはなにもないですよ。ストリートビューに写っていた車が私の車だとは、けっきょく立証できないわけでしょう」

「そうでもないんです。じつは五月二十四日の午後十一時に、環七通りの春日橋交差点付近のオービスにあなたの車が記録されていたんです。死体が発見された家で不審な物音が聞こえた二時間ほど前です。あなたはそのあと罰金を払っていますね」

「ちょっと待ってください。いまドアを開けますから」

片岡は慌てたようにインターフォンを切った。玄関ドア越しのやりとりでは隣近所に話が聞こえる。殺人事件に関わるような話が町内の噂になるのは、近所付き合いが嫌いな片岡にとっても具合が悪いらしい。

しばらく待つとドアのロックを外す音がして、片岡が顔を覗かせた。声を落とすこともなく鷺沼は言った。

「お忙しいところ申し訳ありません。殺人事件の捜査というのは、どうしても関係者からの聞き込みを避けては通れないものでして」

片岡は迷惑そうに顔をしかめる。

「余計な話はいいから、早く入ってくれませんか」

「それではお言葉に甘えて――」

井上とともに足を踏み入れる。前回訪れたときと同様、家のなかはきちんと整頓されて、荒れた様子はとくにない。かといって片岡以外に人がいる気配もない。リビングルームに誘われ、ソファーに腰を落ち着けて、鷺沼はさっそく切り出した。

「死体が発見された大森西の空家のカーポートには、車を駐めたことがないとおっしゃっていましたね」

「たまたまその近くを走っていただけですよ。どうしてそれで殺人犯にされなきゃいけないんですか」

「べつに犯人だとは言っていません。そのときどこへ向かっていたんですか」

「大森本町の親父の家です」

「電話もメールもあるから、滅多に出かけることがないようなことを言っていましたが」

「親子なんだから、たまには行くこともありますよ」

「そうですか。それを証明できますか」

「親父に訊けばいいでしょう」

「親族によるアリバイ証言には信憑性が認められませんので」

「どういうつもりだよ。ただ知っていることを聞きたいだけだというから協力してやってるのに、まるで犯人扱いじゃないか」

片岡の言葉遣いがぞんざいになる。慇懃な調子で鷺沼は続けた。

「そういうわけじゃないんです。我々だって冤罪をつくるのは本意じゃないですから、新しい材料が出てくれれば、一つ一つその真偽を確認する。そうやって疑惑を潰していけば、無駄な捜査で時間や人手を使わずに済みますから。大森西の空家に車を駐めた事実はないんですね」

「何度同じことを言わせるんだ。あそこに車を駐めたことは一度もない」

「そうですか。首都圏の同じ車種のオーナーから話を聞いたところ、あなた以外の全員にアリバイがあったものですから」

そこは三味線を弾いておいた。何名かはアリバイがない者もいたが、四六時中のすべてについてアリバイを立証できる者はいない。しかし大森西の空家の持ち主と片岡は縁戚関係がある。ストリートビューに写っていたのが片岡の車だということを否定する根拠は思い当たらない。

「アリバイがあっても信憑性がないと言われたんじゃ立つ瀬がないだろう。それに首都圏以外にもあの車のオーナーはいくらでもいる。なかには空家のカーポートに勝手に車を駐める不届き者もいるだろう」

いかにも思いつきそうな屁理屈だが、絶対にあり得ないと立証することも不可能だ。鷺沼はさらに押していく。

「でしたら、カーナビの走行履歴を確認させていただけますか。オービスに記録された日にご実家を訪れているとしたら、そのデータで証明できると思うんですが」

「カーナビのデータは定期的に消去しているんでね。残念ながらその日の記録はもうないよ。あんたたちは、それも意図的にやったと疑うんだろうが」

片岡はここも想定どおりに言い逃れる。鷺沼はあっさり話題を切り替えた。

「話は変わりますが、滝井容子さんはいまどこに?」

「な、なんのことだよ。それが今回の話とどう繋がるんだ」

よほど慌てたようで、片岡の声がわずかに裏返る。冷静な口調で鷺沼は言った。

「住民登録によると、こちらにお住まいのはずなんですがね。先日ここにお伺いしたときは、だれとも同居はしていないと言ってましたが」

「だったら勝手に住民登録したんだろう」

「つい最近まで同居されていたのは間違いないんですね」

「突然いなくなったんだよ。どこに行ったかはわからない」

「どういう理由で?」

「男と女のあいだにはいろんなことがある。どうしてそんなプライベートな事情を、あんたに喋らなきゃいけないんだよ」

「ずっと独身主義でやってきたとのことでしたが」

「彼女と結婚はしていない。それは住民登録で確認したんじゃないのか」

「でも同居はしていた。ご近所の人は奥さんだと思っていたようですね——」

エアコンは効いているのに、片岡の額に汗の粒が浮かぶ。鷺沼はさらに一押しした。

「ところが、あの晩以来、ご近所の人は彼女を見かけていないようなんです」

「あの晩?」

「例の瀬谷署のくず刑事がしゃしゃり出てきたという晩ですよ。セキュリティシステムの誤作動で一一〇番に通報が行って、機捜や所轄の警官が駆けつけたという――」

「あ、ああ。家を出たのはたしかにあの晩だった」

「じつは我々が神奈川県警に確認したところ、あのときは女性の声で『助けて』という一一〇番通報があって、その直後に電話が切れたと聞いてるんですよ。さらにその少し前に、家のなかから大きな物音と女性の悲鳴のようなものが聞こえたというご近所の人の証言もあるんです」

「出任せを言うなよ。どこで仕入れたガセネタだ」

片岡は吐き捨てる。ここまでの話は大半が宮野から得たイレギュラーな情報だ。本部長の意向を受けて県警サイドがガードを固めれば裏をとるのは難しい。その後の鑑識データの隠蔽のことを考えれば、ガードはより強固になっているだろう。

本部長の介入の件を出せばいよいよもって敵を刺激する。いずれ全面対決することにはなりそうだが、こちらはまだそこまでの態勢は整っていない。片岡は突っかかるような調子で訊いてくる。

「そもそもここは神奈川県警の管轄だ。どうしてその件で警視庁が首を突っ込む？」

「じつは彼女の叔母さんが、警視庁に行方不明者届を出されましてね。そうなると我々には管轄外の地域でも捜査義務が発生するんです」

「彼女の叔母さん？」

片岡は目を丸くした。本当に知らないのかしらばっくれているのか。鷺沼は空とぼけて問いかけた。

「大阪にいらっしゃるんですが、容子さんから聞いたことはないですか」

「そんな立ち入ったことまでは聞いていないよ」

「じゃあ、彼女にお兄さんがいることも？　滝井研一という人なんですが」

「知らない」

「そうですか。片岡さんはたしか城北大学を卒業されていましたね。彼もあなたと同じ時期に城北大に在学していたようです。面識があるのではと思ってお訊ねしているんですが」

片岡は不快感を露わにした。

「なんの思惑があって、そうやって私の身辺を嗅ぎ回っているんだよ。愚にもつかない材料をかき集めて、ありもしない濡れ衣を着せようとしているらしいが、これ以上ふざけたことをしたら、こっちだって黙ってはいないぞ」

黙ってはいないという言葉の意味はおおむね想像できるが、まだこちらは任意同行を求めているわけでも逮捕状を請求しているわけでもない。彼を被疑者として想定していることを、マスコミはもちろん、警視庁上層部にも明らかにしていない。その状況で政治筋の力を使えば、むしろ馬脚を露《あらわ》すくらいの頭は働くだろう。

鷺沼は手土産を取り出した。彩香が登場する前のとりあえずの伏線だ。

「ところで、きのうの夜、ご近所の方が容子さんを見かけたと言うんです。こちらの玄関先に一人でたたずんでいて、声をかけたら軽く会釈をして、寂しそうに笑ったそうなんですよ」

片岡の顔が青ざめた。鷺沼は声を落としてさらに続けた。

「その人はいったん通り過ぎたんですが、すぐに気になって振り向いたら、もういなかった。家のなかに入ったんだろうと思ったんですが、なぜかドアを開閉する音が聞こえなかったそうです。もし彼女がこちらを訪れているんなら、隠さずに教えてもらえませんか」

「そんなはずは――」

恐怖と困惑が入り混じったような表情で、片岡は大きく首を横に振る。鷺沼は軽く一押しした。

「ないとおっしゃるんですか。だったらその根拠は？」

# 第七章

## 1

「あの怯えた顔、見物でしたね」

片岡宅を出て瀬谷駅方面に向かいながら井上がほくそ笑む。鷺沼は頷いた。

「幽霊話に弱いタイプのようだな。ポーカーフェイスで誤魔化す余裕もなかったしな」

けっきょく片岡は知らぬ存ぜぬで煙に巻こうとしたが、その慌てぶりからすれば、化けて出られても不思議のない理由があるのは明らかだった。

「メークした彩香が登場したら、腰を抜かすんじゃないですか」

井上は楽しげだ。鷺沼は慎重に応じた。

「だからといって、直接それが逮捕に結びつくわけでもない。その先は宮野の出番になりそうだな」

「幽霊と宮野さんの挟み撃ちに遭ったら、片岡は太刀打ちできないんじゃないですか。まずそこできっちり経済的制裁を科してやったらいいんですよ」

井上は勝負あったと言いたげだが、その先のシナリオがまだ描けない。金を脅しとるだけで終わったら、こちらは宮野の下請けでしかなくなる。

「本来の目的はそっちじゃないからな。そこを勘違いすると、タスクフォースが犯罪集団に成り下がる」

「心配ないですよ。宮野さんには天性の性格の悪さがあるじゃないですか。やらずぼったくりでもらうものはもらっておいて、あとはしっかり刑務所に送り込んでくれるはずですよ」

「脅しに屈して金を払うことになれば、それ自体が罪を認めたことになるからな。発覚すれば宮野も恐喝罪で手錠をかけられることになるが、それでしばらく塀の向こうで暮らしてもらえれば、警視庁管内もだいぶ平和になる」

「まずいですよ。そうなると僕らもお零れに与れなくなりますから」

井上は慌てる。鼻白む気分で鷺沼は言った。

「その金は事前にタスクフォースが没収しておいて、あとで世間の役に立つことに使えばいい。災害の義援金にするとか」

「でも、僕らも少しぐらいはポケットに入れさせてもらわないと」

「それが目的で始まったタスクフォースじゃないだろう。警察の手に負えない悪党に天《てん》誅《ちゅう》を加えるのが本来の仕事じゃなかったか」

「でもそれじゃモチベーションがいまひとつですから」

井上は不満顔だが、そのモチベーションのために宮野と同レベルに墜ちるなら、タスクフォースの存在意義はないに等しい。

「本気でそんなことを言っているんなら、今後おまえは出入り禁止にするぞ」

「そんな、ひどいですよ。宮野さんや福富さんは出入り自由で、僕だけ蚊帳の外だなんて。鷺沼さんだって、これまでそれなりの余禄に与ってきたじゃないですか」

井上は未練たらたらだ。鷺沼はそれをきっぱり断ち切った。

「金だけが目的になったらお終いだ。それより、彩香のスケジュールを押さえておいてくれ」

「そうします。善は急げと言いますから、あすかあさっての晩がいいですね。やはり草木も眠る丑三つ時でしょうかね」

「ずいぶん古臭いことを知ってるな。午前二時から二時半のあいだじゃ、いくらなんでも遅過ぎるだろう」

「そうですね。それじゃ彩香も翌日の勤務に差し障りがありますから。だったらあすの午後十時ごろではどうですか。天気予報では、夜は雨模様で、ところにより雷雨の惧れもあるそうですから、雰囲気としては最適じゃないですか」

「インターフォンのテレビ画面に、あの顔が稲妻で青白く浮かび上がったら、ビジュアル効果は抜群だろうな」

「音響効果も加わりますからね。そんなの見たら、僕だって腰が抜けますよ」

井上は怖気を震う。昼飯がてら駅前のファミレスに入り、それぞれランチを注文してから、宮野に電話を入れた。大まかに状況を説明すると、これからこちらに飛んでくると言う。

「きょう片岡のところへ出向くという話だったから、取れたての土産話を聞こうと瀬谷まで出てきてたのよ」

「よほど暇なんだな。電話で済む話なのに」

「いやいや、片岡の話の微妙なニュアンスまで頭に入れておかないと、ここからのシナリオが完璧に描けないからね」

「なにかいいアイデアがあるのか」

「そんな簡単に名案が出てくるわけないでしょう。おれの頭はカップラーメンじゃないんだから」

「カップラーメン並みに軽いのはわかってるんだが」

「そういう舐めた口を利くんなら、分け前はないものと覚悟するんだね」

「要らないよ、そんなもの」

「痩せ我慢は体に毒だよ。それより、なんて店にいるのよ」

ファミレスの名前を教えると、自分もその近くのコーヒーショップにいるから、すぐに駆けつけるという。

鷺沼と宮野が話をしているあいだに、井上は彩香に電話を入れて、あすの晩のスケジュールを押さえたようだ。

「張り切ってますよ。メークに時間がかかるので、夜の十時くらいなら都合がいいと言ってます」

「いいだろう。その時刻なら人通りも少ないし。三好さんに頼んで張り込みのシフトを変えてもらうよ」

さっそく電話を入れて、片岡との面談の状況を報告し、あすの晩の計画を説明すると、三好は期待を覗かせた。

「おれも行きたいところだが、あんまり人が集まってもな。ただし二人殺しているとしたら片岡はかなり凶暴な男だから、おまえたちも十分気をつけたほうがいいぞ」

「もちろん注意しますが、おかしなことをするようなら、それで現行犯逮捕できますから」

「面白いことになりそうだな。ああいう頭の切れるやつは、意外にオカルト的なことに弱い。オウム真理教の幹部にも、医者とか科学者とかが大勢いたわけだから。そういうことに関しては、おれたち凡人のほうが免疫があるらしい」

「近所の住民が見かけたというくらいの話で慌てふためいた。普通なら笑い飛ばせるはずですからね」

「これから仕掛ける作戦には、予想以上に動揺するかもしれないな。そうなると宮野君の独壇場だろう」

渋い口調で鷺沼は応じた。

「残念ながら、警察が正式に動ける捜査手法じゃないですから。ただし図に乗って捜査を壊されないように、しっかり釘を刺しておかないと」

「福富君もいるから、そこは心配しなくていいだろう。以前は彼もその道のプロだったわけだから、勘どころは押さえてくれるはずだよ」

三好はあくまで楽観的だ。しかしその先の主導権を宮野に握られるのは大いに不安の種だ。三好も井上もどうして宮野にそこまでの信頼が寄せられるのか、一度頭をかち割って調べてみたいところだが、ここでやり合っても始まらない。

「じゃあ、あすの張り込み担当の件、よろしくお願いします」

「おまえと井上だけで大丈夫か。片岡が暴れたら手が足りないだろう」

「もちろん宮野にも付き合わせますよ。それに彩香がいますから」

「彼女なら、おまえたちより頼りになるくらいだな。うまい理由を考えて、あすの晩のシフトを変えておくよ」

「よろしくお願いします。宮野とはこれから打ち合わせをしますので」

そう応じて電話を終えたところへ宮野がやってきた。

「やあ、お待たせ。ここのキーマカレーは、おれの舌でもまずまずの味なんだよ。せっかくご馳走してもらえるんだから、あとでヨーグルトパフェも注文させてね」

「いつご馳走すると言った？　割り勘に決まってる。勝手に押しかけてきたのはそっちだろう」

「まあ、堅いことは言わずに。その程度の金、ノミの鼻くそくらいにしか思えない額のお宝がこれから手に入るんだから」

やってきたウェイトレスに勝手に注文し、ドリンクバーもセットして、宮野は舌舐めずりするように身を乗り出す。

「片岡を軽くびびらせてやったんだね。面の皮は厚いけど、あんがい肝っ玉は小さいみたいじゃない。おれと福富に任せておけば、あとは赤子の手を捻るようなもんだよ。やるのはあすの晩なんだね」

「ああ。なにが起きるかわからないから、あんたにも付き合ってもらうことにした。いないよりはましだと思ってな」

「そういう嫌みな言い方をしなくてもいいじゃない。現場をとり仕切るのもタスクフォースのエースであるおれの責務だから、言われなくても付き合うよ。彩香に手柄をくれてやるのは気に入らないけどね。図に乗って、これまで以上に偉そうな口を利くようになるに決まってるから」

「その心配はないですよ。彼女のほうは、べつに宮野さんにライバル意識は持っていませんから」

井上があっさりと言う。宮野は苦い表情で頷いた。

「払い腰で床に叩きつけられた恨みはまだ忘れていないけど、そもそもあんな小娘、おれに張り合える器じゃないからね。とりあえず今回いい仕事をしてくれたら、おれも少しは扱いを変えてやるよ」

「偉そうに言うのは勝手だけど、問題はその先をどうするかだろう」

皮肉な調子で訊いてやると、宮野は曖昧にはぐらかす。

「そこは片岡の反応次第だよ。臨機応変というのがタスクフォースの持ち味だからね。まあ、あすの晩の結果を見て、福富とじっくり知恵を絞るよ」

けっきょく、大したアイデアは浮かばないらしい。とはいえあすの仕掛けはとりあえず動揺を誘うのが目的で、きょうの片岡の慌てようをみれば、その先の攻め手はいくらでもありそうだ。

## 2

その日の夕刻、城北大学の徳永から電話があった。片岡と滝井が在籍していた当時のサークルのOB何人かに連絡をとってみたという。

「卒業してから、二人ともかつてのサークルの仲間とほとんど付き合いがなかったそうです。ただ――」

徳永は声を落とした。鷺沼は訊いた。

「なにか気になることでも？」

「滝井君は、片岡君に強い遺恨を持っていたようなんです。片岡君に騙されて、ある株に大金を注ぎ込んで、ひどい損失を被ったと言うんです」

「騙されたというと？」

「怪しげな業界情報を吹き込まれて、片岡の大量買いに加担させられた挙げ句、一気に暴落して、巨額の負債を背負い込んだと言うんです――」

そのOBは滝井と都内で偶然出会った。八年ほど前だったらしいが、正確には覚えていないという。在学中、滝井はすこぶる付き合いが悪く、サークルの仲間と喫茶店で話すことさえ滅多になかったが、そのときはよほど腹に据えかねていたのか、珍しく向こうから誘ってきたらしい。

滝井の身の上話にとくに関心はなかったが、下世話な興味を感じなくもなかったので、近くの安い居酒屋に入って話を聞いてやったという。

在学中、片岡と滝井は親しくないという以上に、ライバル意識でもあったのか、日ごろは近寄りもしなかった。しかし卒業後は互いに情報をやりとりするメリットを感じて、頻繁に接触する機会があったようだった。

ある日、片岡から滝井に耳寄りな情報が入ってきたという。新興市場に上場しているスタートアップ企業が、ＩＴ分野でまったく新しいコミュニケーションツールを開発したという情報で、海外の主要なＩＴ企業から引き合いが殺到しており、まもなく株価が急騰するという話だった。

それまでも片岡からはその種の情報を得ていて、そこそこの投資収益があった。今回はそれまで以上の材料で、自分は手持ちの資金の大半を注ぎ込んで一気に買いに走ると片岡は言ったらしい。

滝井はそれを信じた。むろん自分でも真偽を確かめようとはしたが、新興市場に上場している程度の企業の情報はメディアにも露出しない。そのことを片岡に確認すると、だからこそいまがチャンスだと大胆に言い切る。

どこから得た情報なのか片岡は明かさないが、それはそのときに限った話ではなかった。滝井にできるのは信じるか信じないかの決断だけで、それまで信じた結果は八割以上が吉と出ていた。

滝井は買いに走った。片岡の言うとおり、株価はじりじりと上がった。気を強くして滝井はレバレッジを利かせ、手持ち資金の三倍近くまで買い進んだ。

株の売買には信用取引という仕組みがあり、証券会社に証拠金を預けておけば、最大その三・三倍まで株を買うことができる。それがレバレッジで、「梃子」というのが本来の意味だ。レバレッジを利かせることで、株価が上がった場合は利益も大きく膨らむが、逆に下がった場合は損失も膨らむ。

しかし株価というのは、一般に上昇局面は緩やかでも、下落するときは急降下するものらしい。滝井が目いっぱい買い込んだ株は、ある日、突然暴落した。連日のストップ安で損切りの売りも思うに任せなかった。けっきょく滝井は数千万円の損失を被り、父親が残した遺産の大半を失ったと愚痴ったらしい。

その話は大阪の村井晃子から聞いた、滝井容子が父の遺産の遺留分を要求し、調停によって雀の涙ほどの金額で決着せざるを得なかったという話と符合する。晃子によれば、滝井は株で大きな損失を出し、ないものはないと開き直って、最後はそのわずかな金銭まで踏み倒したとのことだった。

滝井は片岡に騙されたと言っていたらしい。そのスタートアップ企業の内部情報を、片岡がどうやって手に入れたのかがわからない。なんらかの筋からのインサイダー情報を得ていたのではないかと滝井は疑っていた。

彼が怒っていたのは、片岡が株価上昇のピークで売り抜いて、その後の下落の可能性を教えなかったためだった。そのころはすでにその会社が開発した新技術の話題はマスコミにも出回っていて、それが右肩上がりの株価上昇に拍車をかけていた。しかしその新技術に、じつは重大な欠陥があったらしい。

それまで強い関心を持ち、巨額の出資さえ提案していた海外の大手ＩＴ企業が一斉に手を引いた。その途端に急転直下、株価は下落した。その技術的欠陥の発覚によるものなのは明らかだった。

マスコミが気づいたときにはあとの祭りで、会社はそれを知りながらひた隠しにしていた。片岡がなんらかのルートから、欠陥のことを早い時期に把握していたのは間違いないと滝井は確信していたという。

もし片岡以外にも、その情報を得て株価のピークに売り抜いた連中がいるとしたら、インサイダー取引というより詐欺に近いもので、その背後に、なにか黒い勢力が控えているのではないかと疑っていたようだ。

「滝井さんは、片岡氏が与党の大物代議士の息子だということを、当時知っていたんですか」

鷺沼は訊いた。徳永は曖昧に否定した。

「知らなかったようです。ただ、片岡の背後関係をこれから調べ上げ、インサイダー取引の証拠を見つけて、金融庁に告発すると息巻いていたそうですよ」

「それだけの損失を被ったとしたら、当時の彼の暮らし向きは厳しいものがあったんじゃないんですか」

「その安い居酒屋でさえ、割り勘するお金が足りず、そのOBが持ってやったそうです。大学を出てからこれといった職にも就かず、株や為替で食べていけると考えていたらしいんですよ。そこで大損をするまでは、父親の遺産を元手に、そこそこの投資収益を上げていたという話だったそうです」

思わぬかたちで滝井と片岡の因縁話が浮上した。しかしそうだとしたら、今度は片岡と滝井容子の繋がりがいままで以上に不可解になる。

大阪の叔母の話だと、容子と研一の関係は決していいものではなかったはずだし、研一は三年前に住民登録のあった中野区で職権消除され、以後は住所不定になっている。三年前なら、滝井容子が瀬谷区の片岡と同一の住所に住民登録したのと同じ時期で、そこになんらかの接点がありそうな気もするが、偶然に過ぎない可能性のほうが現状では大きいだろう。鷺沼は問いかけた。

「その後の滝井さんについての噂はないんですか」

「まだOBすべてから話を聞いたわけじゃないんです。なにか知っている者がいるかもしれませんので、もうしばらく動いてみます。その話が事実なら、そのときすでに、片岡君には相当大きなバックグラウンドがあったような気がしますので」

「よろしくお願いします。なんだか面倒な仕事を押しつけてしまったようで心苦しいんですが」

「そんなことはありませんよ。もし疑われるような事実が存在するのなら、それを解明するのも私の研究分野に属するわけですから。片岡君の投資行動には私も不審なものを感じてはいたんです。滝井君かもしれない死体の件はそちらのお仕事ですから立ち入る気はありません。話を聞いたOBたちにも死体のことはなにも喋っていません。まあ、私にすれば趣味の領域でもありますので、興味がないでもないんですが」

徳永は言う。死体の件にもまんざら首を突っ込みたくないわけではなさそうだ。鷺沼としては突っ込んでもらってかまわないどころか、むしろそうして欲しいというのが正直なところだ。

「その方面についても、なにかお気づきのことがあればぜひお知らせください。いまお伺いしたお話と死体の話が、まったく別の事案だとは考えられませんので」

気をそそるように付け加えると、興味津々という調子で徳永は応じた。

「もちろんです。私からは一切口外しませんから、そちらが得た情報についても許される範囲で教えていただきたい。それならお互いよりいいかたちで協力できると思いますので。ああそれから、これまで話を聞いた数人に警察に連絡先を教えていいかと確認したんですが、全員から断られました。やはり一般の人間にとって警察というのは——」

徳永は言いにくそうだが、そこは鷺沼もわかっている。税務署と警察は一般市民が付き合いたくない役所の双璧だ。鷺沼は如才なく応じた。

「承知しました。そんなことで先生にご迷惑をかけるのは本意ではありませんので」

3

西沢と川合と三好に声をかけ、徳永の話を報告すると、してやったりという調子で三好が言う。

「そういう情報の出どころが政界筋だというのは間違いなさそうだな。片岡の親父は、たしかその時期、経済産業大臣をやっていた。その手の情報がいくらでも集まってくる役所だよ」

「その手で片岡が稼ぎ出した悪銭が政界に還流しているとしたら、このヤマ、ただの殺しの事案じゃ済まなくなりそうだな。そのレベルの話になると、検察の特捜が乗り出すくらいの大仕事だぞ」

西沢が唸る。川合も身を乗り出す。

「発覚したら政界に激震が走る。もし滝井がその尻尾を摑んで片岡を追い詰めていたとしたら、殺害の動機はそっちから説明がつくんじゃないのか。ひょっとしたら片岡個人の犯行じゃないかもしれないな」

「ああ。教唆犯がいる可能性もある。それが片岡純也だとしたら、なんとも厄介だ」

西沢は困惑を隠さない。言いたいことはよくわかる。親馬鹿心理で息子の犯行を隠蔽しようとしているだけなら、こちらが決定的な証拠を握ってしまえば十分突破は可能だが、もし背後に政治の大きな力が働いているとしたら、敵は全力を挙げてガードに入ってくるだろう。

こうなると滝井研一の殺害が、片岡康雄の手によるものかどうかについても疑念が湧いてくる。研一が片岡純也から康雄へのインサイダー情報の漏洩を疑っていて、直接そちらに接触するようなことをしていたら、純也が自ら殺害に関与することだってあり得なくはない。

死体が発見された現場は片岡純也の自宅に近い。滝井を殺害するために、康雄がわざわざ瀬谷から車を飛ばしてきた、それも父親の自宅にほど近い大森西までという点に、鷺沼もいま一つ腑に落ちないものを感じていた。教唆犯であれ実行犯であれ、片岡純也が真犯人で、康雄はなんらかのかたちで幇助した——。いかにも強引な読みではあるが、それはそれで据わりがいい。

「ひょっとしたら、我々はとんでもないヤマに関わってしまったのかもしれないね。よほど慎重に動かないと、想像もできない罠にはまってしまいそうだよ」

川合は怖気を震う。しかし三好は余裕を覗かせる。

「逆にインサイダー取引の線から康雄にプレッシャーをかければ、むしろ向こうは妨害しにくくなるんじゃないか。へたに動けば馬脚を露すことになりかねないわけだから」

「そういう考え方もたしかにあるが、むしろ惧れなきゃいけないことはべつにあるんじゃないのか。例えば、片岡康雄がトカゲの尻尾にされるとか」

西沢が思いがけないことを言い出した。川合が大きく頷く。

「あり得なくはないですね。それが政界挙げての悪事で、片岡父子がそれを仕切っていたのだとしたら、発覚すれば政界全体に激震が走る。まさか実の息子を殺すようなことまではしないでしょうけど、外国に逃亡させるくらいのことならやるかもしれませんよ」

川合の心配も大袈裟とは言えない。もしそんな悪事の構図が発覚すれば、リクルート事件並みの一大疑獄事件に発展しかねない。鷺沼は慎重に言った。

「もし海外で不審死でもされたら、事件そのものが闇の向こうに消えてしまいます。身辺の監視は徹底したほうがいいでしょうね。問題は、まだ逮捕状が請求できるまでの容疑が固まっていない。つまり国外に出るのを禁じる法的根拠がないことです」

「株でも為替でもいまはインターネットで取引する時代だから、片岡にすれば、べつに国内にいる必要はないわけだしな。その点は十分用心すべきだろう」

西沢も頷く。三好がここぞと口を挟む。

「でしたらあすの夜は、鷺沼と井上に瀬谷の自宅を張り込ませることにしますよ。片岡とはすでに二度接触していますから、ほかの連中では気づかないような気配を察知できるかもしれません。なにか別件逮捕の口実が見つかれば、それで身柄を押さえることもできますから」

幽霊作戦のためのシフト変更の口実にしようという思惑なのは明らかだ。さして説得力のある理屈とも思えないが、西沢はとくにその意図を疑わない。

「いいだろう。二人とも日中いろいろ忙しく動いてくれて大変だが、そのあたりの様子もしっかり探ってもらって、その結果によっては今後の張り込み態勢を見直す必要があるかもしれん」

## 4

翌日の午後七時から、鷺沼と井上は片岡宅の張り込みに入った。

はす向かいに狭い路地があり、そこは街灯もない暗がりになっていて、身を隠すのに都合がいい。

日中張り込んでいた捜査員の話では、午後一時ごろに家事代行サービスの派遣員と思われる制服を着た女性がやってきて、二時間ほど滞在して帰っていったらしいが、片岡は朝からずっと家にこもりきりだったという。

ほかに出入りした人間はおらず、屋内にいるのは片岡一人のはずだが、きのうもきょうも暗くなってから、すべての部屋に明かりを点しているとのことだった。

よほどの倹約家らしく、おとといまではそんなことはなかったそうで、仕事場として使っているらしい二階の一室を除けば不要な明かりはすべて消していて、一階のダイニングも、明かりが点くのはそこにいるあいだだけだったという。

その報告のとおり、いまはどの部屋の窓もカーテンが引かれ、隙間から煌々とした明かりが漏れている。丑三つ時まではまだだいぶ間があるが、片岡にすれば子供が暗闇を怖がるような心理なのだろう。きのうの鷺沼の幽霊話がよほど効いているらしい。

もっともこちらは幽霊が出たとは言っていない。ただ最近、滝井容子を見かけた人物がいると嘘をついただけなのだが、それを嘘と見抜けない弱みが片岡にあるのは、やはり間違いなさそうだ。

午後八時を過ぎたころには宮野もやってきた。状況を説明すると、宮野はいかにも嬉しそうだ。

「肝っ玉の小さいやつだね。これなら、交渉の場所にどこかのお化け屋敷を指定すれば、それだけでもう話は決まりだよ」

「彩香が登場したところで、心臓発作でも起こさなきゃいいんですけどね」

井上が真顔で言う。まさかとは思うが、あり得なくはない。死なれて悲しい男ではないが、捜査の都合という点では大いに困る。

「あ、そうそう。この件で、さっき福富と話をしてね——」

宮野が切り出した。

「昔の知り合いで、霊媒師をやってるやつがいるって言うんだよ」

「霊媒師？」

「死んだ人間の霊を呼び出して、依頼者の話を取り次いだり、取り憑《つ》いている霊を退散させたりする商売だよ。要するにおがみ屋ってやつだね」

「本物なのか？」

「福富の古い知り合いだって言うんだから、そんなはずないでしょう。早い話が詐欺師だね。ヤクザ業界にはいろいろなニーズがあって、どこかの民家を地上げしたいけど、住人が嫌だという。そんなときそいつを担ぎ出して、この土地には悪い霊が取り憑いている。即刻立ち退《の》かないと不幸が訪れると言って地上げに応じさせ、依頼したヤクザから報酬を受けとる。バブルの時期にはそれでぼろ儲けしていたらしいんだけど、近ごろはその手の仕事も少なくなってね。怪しげな壺やら仏像やらを売りつけて、細々飯を食っているそうなんだよ」

「そんなのを引っ張り出して、なんの役に立つと言うんだよ」

「いやいや、そいつがなかなか腕利きでね。嘘八百並べているだけなのに、騙されたことに気づかないどころか、信者になっちゃうようなのもいるらしいのよ。当たるも八卦、当たらぬも八卦というからね。そいつのご託宣に従ってみたら、うまい方向に人生が転がったケースもあるらしい。あくまで偶然に過ぎないんだけど」

宮野は大いに期待しているふうだ。鷺沼は訊いた。

「金を払えば、滝井容子の霊を退散させてやると言ってやるわけか」

「まあ、いろいろやり方はあるけどね。今夜の仕掛けでとことんびびらせて、そのあとそいつが登場して救いの手を差し伸べれば、片岡は自分の悪事を洗いざらい懺悔するかもしれない。それをしっかり録音しておくわけよ。本人が自発的に喋ったとなれば、取り調べの刑事が作文する供述調書よりも証拠能力はずっと高いからね」

宮野は勢いづく。鷺沼は問いかけた。

「経済的制裁のほうはどうするんだ」

「あ、やっぱり鷺沼さんもそっちが気がかりなわけね。なかなか正直でいいんじゃないの。金はあって困るもんじゃないからね」

「そういうことを言ってるんじゃない。どうやらこの事案、あんたが当初見込んだように、政界まで絡んだ大ヤマの可能性がある。片岡康雄だけを逮捕しても、バックに控える黒幕に手が届かなければ意味がないだろう」

「そこは抜かりなくやるよ。おれは片岡に面が割れてるからその場に顔は出せないけど、福富なら問題ない。助手みたいな顔でついていくそうだから」

宮野は真顔で言うが、そんな作戦が果たして有効なのか、常識的に考えれば疑問は拭えない。しかしきのうの片岡の慌てぶりを思えば、意外に引っかかりそうな気がしないでもない。

「具体的にどうやるんだよ」

「そのインチキ霊媒師、バブルで儲かっていたとき、箔をつけようと休眠宗教法人の法人格を買っていてね。寺もお堂もないペーパー上だけのものらしいけど、いまも売らずに持っているらしいんだよ――」

当時もいまも全国に休眠宗教法人というのがいくらでもあって、税金逃れや詐欺を目的にそれを買い取りたい連中も大勢おり、その売買を仲介するブローカーもいるらしい。最近はインターネット上で取引されるほど手軽なものになっていると、宮野は福富からの受け売りを得々と披露する。鷺沼は突っ込んだ。

「それでどうしようというんだよ」

「片岡が自分の悪事を悔いて、その宗教法人の銀行口座にお布施を振り込めばいいわけよ。それで殺した二人の霊は成仏して、二度と取り憑かなくなると教え諭《さと》してやれば、藁《わら》をも摑む思いで片岡は金を振り込むはずだよ」

「どうせあんたの発案だろうが、そんな話に片岡が引っかかるとは思えない。もっとましなアイデアはないのか」

「でも思いついたのは福富だよ。そのインチキ霊媒師の長年の経験によれば、片岡みたいな頭で商売している人間のほうがむしろ引っかかりやすいというのよ。これまでそいつに騙された連中のなかには、大学教授とか大企業の重役とか、高学歴者がけっこういたそうだから」

三好もそれと似たようなことを言っていた。あながちあり得なくもない話にも思えてくるが、際どい手口なのは間違いない。

「詐欺だと訴えられたらどうするんだ」

「だったらお布施をもらう坊主はみんな詐欺師になっちゃうじゃない。坊主にお経をあげてもらったからって、死んだ人間が極楽往生できる保証なんてないんだから。鰯の頭も信心からというくらいで、片岡が信じて払ったお布施なら、詐欺にも恐喝にもあたらないよ」

そのあたりに関しては福富は抜け目がない。霊媒師という職業に国家資格は必要ないし、そのインチキ霊媒師が宗教法人格を持っていれば、お布施には税金がかからないから税務署も積極的に調べに入らない。そのあたりに目をつけているとしたら、福富の悪知恵も健在だ。鷺沼はなお首を傾げた。

「しかしそこで終わったんじゃ、政官界絡みの薄汚いバックグラウンドにまでは効果が及ばないだろう」

「そっちはそっちでまた知恵を絞るよ。とりあえず片岡をそこまで追い詰めれば、背後にいる連中のボロもいろいろ出てくるはずだから」

宮野は楽観的だが、ボロを出すどころか嵩《かさ》にかかってこちらを潰しにくる可能性のほうがはるかに大だ。

大森西の死体が早々に荼毘に付され、頭蓋骨の写真も残っていない点を考えれば、すでに警視庁にもその影響力が及んでいるのは明らかで、その気になれば大森署の帳場を捻り潰すくらいわけはないだろう。

5

そんな話をしているところへ彩香がやってきた。途中で滝井容子の顔を知っている近所の人間に見つかるとまずいから、つばの広い帽子を目深にかぶり、マスクをつけて人相がわからないようにしている。着ているのは近くの公園で撮影された写真のなかで、容子が着ていたのと同じブランド物のポロシャツだ。

「すいません、遅くなって。今夜は責任重大だから、メークを入念にやっていたらつい時間がかかっちゃって」

時刻は午後十時過ぎ。ほぼ当初の予定どおりで、ことさら遅れたというほどではない。彩香はここでも凝り性で、ポロシャツのボタンを外すと覗く喉元に、ご丁寧に索状痕を想起させるメークまで施している。

井上が言っていた天気予報は当たっていたようで、先ほどまで小雨だったのが急に本降りになり、頭上を稲妻が走り、腹に響くような雷鳴が轟く。

「幽霊が出るには、ちょうどいい空模様になってきたじゃない」

用意してきたレインパーカーを身に着けながら宮野が言う。鷺沼と井上も慌ててパーカーを着込んだ。

彩香が帽子をとり、マスクを外すと、髪は瞬《また》く間に濡れそぼる。死化粧を思わせるメークを施したその様相は、鷺沼もぞくりとするほどだ。井上が感嘆する。

「最高だよ。これならお化け屋敷の出し物にもなれるよ」

「まあ、人間、なにか一つくらい取り柄はあるもんだからね。おれなんか取り柄のデパートみたいなもんだけど」

「じゃあ、行ってきます」

さっそくさしにかかる宮野を相手にせずに、着替えやメーク落としの入ったリュックサックを井上に預け、彩香は楽しげに片岡宅の玄関に向かった。

防犯カメラの画角から外れるように注意して、鷺沼たちも玄関先ににじり寄る。片岡が暴力的な行為に出た場合、すぐに助けに入れるようにと考えてだが、そのときは彩香得意の払い腰で投げ飛ばされるのが落ちだろうから、たぶん余計な心配だろう。

彩香がインターフォンのボタンを押した。チャイムが鳴るが、片岡は応答しない。さらに続けてボタンを押すが、それでも応答がない。屋内で、なにかがひっくり返ったような物音がする。

カメラ付きのインターフォンだから、すでに彩香の姿を見ているはずだ。画面の前で、恐怖に引き攣《つ》った片岡の顔が目に見えるようだ。ようやくインターフォン越しに声が流れる。

「だれだ、おまえは?」

押し殺した声で彩香が答える。

「私よ。容子よ。ドアを開けて」

「う、嘘だ。そんなはずが——」

恐怖に慄《おのの》く声が返った。その瞬間、空を切り裂くような閃光が走った。彩香の顔が青白い光に浮かび上がる。続いて大地が揺れるような雷鳴が鳴り響いた。それに重なるように、屋内から悲鳴のような声が聞こえた。

片岡宅の窓の明かりが消えた。隣家の窓には明かりが点っているから、近くへの落雷によってブレーカーが落ちたのだろう。

屋内はそのまま静まり返る。鷺沼は彩香を呼び寄せた。近隣の空き地に覆面パトカーが駐めてある。そこで彩香に濡れた衣服を着替えるように言う。井上が彩香を伴って空き地へ走った。

「片岡、大丈夫かね。心臓発作でも起こしていなきゃいいんだけど」

宮野が不安そうに言う。たしかにいま片岡に死なれたら、政官界のバックグラウンドまで含めてこのヤマは迷宮入りになる。鷺沼は首を横に振った。

「そこまで肝っ玉の小さい人間じゃないだろう。どういう繋がりだったにせよ、同居していた滝井容子を殺したくらいだから」

「鷺沼さんも、番外地とはいえ捜査一課のはしくれなんだからわかるでしょう。人を殺すのに度胸なんて要らないよ。殺人犯なんてむしろ肝っ玉の小さいやつばかりじゃない。そういうのに限って、なにかパニックを起こすととんでもないことをやらかすわけよ」

言われてみれば納得できなくもない。冷静な判断力に基づいて人を殺すなどという行為は、プロフェッショナルな暗殺者や秘密諜報機関の人間以外に考えにくい。やくざの抗争でも鉄砲玉に使われるのはケチな三下で、幹部クラスが殺人で逮捕されるケースでも、ほとんどが教唆罪によるものだ。居直り強盗にしても似たようなものだろう。

そんな話をしているうちに、片岡の家の明かりが点った。やはり落雷の影響でブレーカーが落ちていただけらしい。心臓発作の心配はなさそうだが、それでも屋内はまだ静まり返ったままだ。

ほどなく彩香と井上が戻ってきた。彩香は着替えを済ませ、濡れた髪も拭って、死化粧にも似たメークをきれいに落とし、喉元の索状痕も消えている。

6

あすの勤務があるから徹夜で張り込みに付き合わせるわけにもいかないので、彩香は井上が覆面パトカーで瀬谷駅まで送り、そこから電車で碑文谷の官舎に帰っていった。

しばらくして井上が戻ってきても、片岡宅は静まり返ったままだ。

「どうするのよ。朝までこんな土砂降りの中で張り込みしなきゃいけないの？」

宮野は早くも嫌気がさしてきたようだ。素っ気ない口調で鷺沼は言った。

「どうせ昼間はごろごろ寝てたんだろう。エネルギーは有り余っているはずだ。これから片岡が逃げ出すかもしれない。手が足りなくて取り逃がしたら、きょうまでの苦労が水の泡になる」

「そこは警視庁きっての名刑事二人がいるわけだから、大船に乗ったつもりで任せるよ」

「いつもは警視庁きっての能なしのような言い草だけどな」

「そんなのジョークに決まってるじゃない。心の底では尊敬しまくってるんだから。ただタスクフォースのマンパワーは限られているから、こんな土砂降りのなかで一晩立ちん坊をしてたんじゃ、肝心なときにおれが風邪で寝込んで、仕事が滞っちゃうでしょう」

「なにかは風邪を引かないというだろう」

「そのなにかってのが気になるけど。だったら四時間交代にしない。最初は鷺沼さんで、次は井上君、最後がおれということで。当番以外の時間は面パトのなかで体を休められるから」

「あんたの順番が来るころには、昼担当の捜査員が到着するよ。それじゃなんの役にも立たない」

「ひょっとしたら、片岡が車でどこかへ逃げ出すかもしれない。だったら鷺沼さんたちがここにいて、おれが面パトで待機していれば、いざというときすぐに追尾に入れるよ。全員がいったん空き地に戻っていたら、片岡を取り逃がすことになるじゃない」

「それもそうだな。だったら井上に面パトで待機してもらおう。おれとあんたで張り込みをすれば完璧だ」

「どうして井上君だけが優遇されるのよ。それならじゃんけんで決めればいいでしょう」

「面パトを一般市民に運転させたら、警察官職務執行法に抵触するからな」

「おれは一般市民じゃないよ。れっきとした神奈川県警の刑事だよ」

「いまはずる休み中だろう。それに警視庁の刑事じゃない」

「同じタスクフォースの一員なのに、そうやっておれを差別するわけね。なにか言ってよ、井上君」

宮野は井上にすり寄るが、井上はきっぱり拒絶する。

「鷺沼さんの言うとおり、警察官職務執行法に抵触しますから。それを口実に僕らが帳場から排除されたら、タスクフォースだって仕事にならないでしょう」

「おれなんか、風邪をこじらせて死んでもいいと言うんだね。いいよ、いいよ。そのときは必ず化けて出てやるから」

「出てくれてけっこうだ。そのときはお化け屋敷の仕事を斡旋してやるよ。引く手あまたでボロ儲けできるぞ。マネージメントはおれがやってやる」

「そこでもピンハネする気だね。どれだけ警視庁の仕事に協力してやっても、感謝の言葉一つない」

宮野はいよいよ拗《す》ねる。そんな話をしていると、ポケットでマナーモードのバイブレーションが唸りだした。取り出して覗くと、三好からだった。幽霊作戦は帳場には内密なので、こちらからの連絡は避けて、三好のほうから、周りに人のいない適当な時間に連絡を寄越すことになっていた。応答すると、さっそく訊いてきた。

「どうだった、片岡の坊ちゃんの反応は？」

「彩香のメーキャップにも凄みがあって、効果覿面《てきめん》でした――」

先ほどの経緯を説明すると、三好は逆に不安がる。

「やり過ぎて自殺でもされたらまずいな。その心配はなさそうなのか」

「大丈夫ですよ。あの世へ行ったら容子と研一が待ち受けていると思えば、怖くて死ねないと思います。あの怖がりようからすれば、幽霊やらあの世やらを信じているのは間違いないですから」

「まあ、そういう理屈にはなるな。だったらその先をどう攻めるかだ」

「そこなんですが、実は福富の知り合いに妙な人間がいるそうで――」

例のインチキ霊媒師の話を聞かせると、三好は興味津々の様子だ。

「さすが福富君、頼りになるな。とりあえず経済的制裁は十分行けるんじゃないのか」

「そんなにうまく行くかどうか――」

鷺沼はまだ疑心暗鬼だが、それに代わるようなアイデアはいまのところないし、先ほどの片岡の狼狽ぶりを見れば、それで案外落とせそうな気もしてくる。

「まずはやってみりゃいいんだよ。インチキ霊媒師といったって、宗教法人格は持っているわけだろう。じっくり話を聞いてお祓いでもしてやれば、それは立派な宗教行為だ。お布施をもらっても詐欺罪には当たらない」

三好も宮野と同じ理屈だ。そうは言っても、片岡がその霊媒師に洗いざらい真実を告白すれば、それを証拠に逮捕・訴追に持ち込める可能性もあるわけで、もし滝井容子と研一を殺害しているとしたら、無期懲役もしくは死刑を免れない。それならあえて経済的制裁を科す意味もない――。そんな考えを口にすると、真剣な調子で三好は言う。

「康雄なんてほんの序の口だよ。こうなれば本命はその背後に居並ぶ黒幕たちだ。そいつらが懐に入れた巨額の金を少しでも引っ剝《へ》がしてやることがタスクフォースの使命じゃないか。そのインチキ霊媒師の力を借りてまず康雄を落とす。それが巨悪に迫る突破口になるとしたら、その霊媒師にもそれなりの謝礼を支払うのが人の道だ。もちろんおれたちも公務外の仕事をするわけだから、多少の見返りはもらって当然だろう」

三好にせよ井上にせよ、近ごろは宮野のクローンと話しているような気がしてくる。とはいえ見返りうんぬんの話は別にして、より大きな悪に立ち向かううえで、その作戦が有効なのは否定しがたい。鷺沼は慎重に応じた。

「まず私がその霊媒師と会ってみますよ。福富が推薦している以上、ただのペテン師じゃないとは思いますが、へたに首を突っ込ませて事件を壊されても困りますから」

「そりゃそうだな。福富君も交えていろいろ知恵を絞っておくべきだろう。おまえたちが把握した康雄の性格や弱点を教えてやれば、そのインチキ霊媒師も作戦が立てやすくなるしな」

三好は一も二もなく賛成した。鷺沼は訊いた。

「また帳場を抜け出す、いい口実がありますかね」

「帳場が立っていると、そこが厄介だな。西沢さんや川合に、インチキ霊媒師との打ち合わせだとは言えないからな。だったら大阪の滝井の叔母さんから話を聞くことにして、また出張することにしたらどうだ。ここんとこ滝井研一に関して新しい材料が出てきているわけだから、その裏をとるという口実で」

「私もそれを考えていたんです。実際に行く必要はないんで、その日のうちに帳場へ戻れますから」

「まあ、そう言うな。それなら夜はタスクフォースのメンバーで集まろう。このあいだのようにおれも同席したいから」

「だって係長はつい先日、親族のお通夜を口実に帳場を抜けたばかりじゃないですか。

いくらなんでも、もう同じ手は使えないでしょう」

「なに、こんどは腹痛でも起こしたことにして抜け出すよ。やるなら早いほうがいいな。宮野君によろしく頼んでおいてくれ」

三好はまたいつもの晩餐を期待しているらしい。料理で釣って自分有利に座を仕切ろうという宮野の思惑にはまりそうだが、その餌の魅力には鷺沼も抗いがたい。

「わかりました。なるべく早くセッティングするように宮野に言っておきます。とりあえず今夜は片岡のお守りをして、あすの朝、帳場へ戻ります」

7

その晩、片岡にはなんの動きもなかったが、屋内は一晩じゅう明かりが点り、なかからは途絶えることなくロックやヒップホップの音が漏れていた。暗闇と静寂はいまの片岡にとっては堪えがたい恐怖が湧き出す深淵と言うべきものかもしれない。

夜半を過ぎて雷雨は収まり、夜空には月も浮かんでいたが、片岡は一歩も外に出ず、もちろん車でどこかへ出かけることもない。バックシートに髪が濡れそぼった青ざめた顔の容子が恨めしそうな顔で座っている——。片岡の頭からはそんなイメージが拭えないはずだ。

鷺沼だって子供のころ、幽霊の話を聞かされたあと、トイレに行くのでさえ怖かった。実際に人を殺していて、その殺した相手が目の前に現れた。それで平気でいられる人間はまずいない。誰かが仕掛けた芝居だと見抜く余裕などないのは間違いない。

午前八時には交代の捜査員がやってきた。その少し前に宮野は帰っていった。さっそく福富に連絡をして、インチキ霊媒師とのアポをとってもらうという。

もちろん三好のリクエストにも快く応じた。自分の懐が痛むわけでもなく、彩香と鷺沼を除くタスクフォースの面々にとり入る絶好のチャンスだから、宮野にとっては願ってもない話だろう。

朝の捜査会議が終わり、捜査員たちが散っていったところで、空いている会議室を見繕い、昨晩の出来事を三好に報告した。

「そんなの見たらおれだって小便をちびるよ。いま張り込んでいる捜査員の報告だと、まだ康雄は家にこもっていて、明るくなったのにカーテンを閉め切ったままらしい。きょうはゴミの収集日で、康雄は几帳面な性格なのか、いつもは午前九時ごろにゴミを出しに行くらしいが、きょうは姿を現さないそうだ」

「だったらその効果が持続しているあいだに、例の作戦でさらに攻めていったほうがいいですね」

「もちろんだ。ただしその件に関しては、帳場にはあくまで秘匿してな」

「もちろんです。西沢さんや川合さんを蚊帳の外に置くのは心苦しいですが、捜査手法としては明らかにイレギュラーですから、知っていたとなれば首が飛びかねません」

「ああ。おれたちはとっくに覚悟の上で、目算通りの結果が出れば、こんな首、べつに惜しくもない。しかし向こうにすれば、人生の一大事になりかねない」

腹を括ったように三好は言う。もし目算どおりことが運べば、首は飛んでも余生は左団扇という計算があってのことのような気もするが、事件の背後に徳永の話から想像される政界の黒幕の暗躍があるとしたら、そのくらいの覚悟がなければ到底そこには切り込めない。

それができないのなら、いま進めている捜査そのものにさしたる意味はない。片岡を殺人の罪で訴追できたとしても、政治家が国民経済を蝕む悪しきシステムはそっくり温存される。片岡康雄がそこでどういう役割を果たしていようと、後釜を探すのは容易だろう。

いま捜査の俎上に乗っている康雄の容疑は、もちろん見逃せるものではない。しかしそのことはすでに今回の捜査の終着点ではなくなった。宮野が主張し、三好や井上まで感化されつつある経済的制裁が、その背後にある巨悪の牙城に切り込む重要なツールになるのは間違いない。

政治資金規正法違反やけちな収賄の類なら、政治家の職業病と割り切って、これまでことさら義憤も感じなかったし、そもそも捜査一課が扱う事案ではない。

しかし徳永が言うように、国民の血税で成り立つ官庁を所管する大臣やそこに影響力をもつ与党の大物政治家が、康雄のような人間にインサイダー情報を流し、その巨額の上がりを懐に入れているとなれば話が違う。それを見逃せば、警察はまさしく政治家の飼犬になる。不退転の覚悟で鷺沼は言った。

「我々もいよいよ自爆覚悟ですね。それでも相打ちには持ち込めます」

声を弾ませて井上も応じる。

「楽しくなってきましたね。警察がそんな連中に顎で使われることになったら、こんな首べつに惜しくもないですよ。インチキ霊媒師の件はほんのとば口です。狙いはもっと大きな獲物ですから」

井上の言う「獲物」の意味がやけに微妙だが、彼にも三好にもその先の人生がある。警察まで巻き込んだ巨大な悪と徒手空拳のタスクフォースの正義。その相剋の修羅場に足を踏み入れる以上、結果についての備えもまた必要だ。

# 第八章

## 1

二日後、鷺沼と井上は午後四時過ぎに帳場を出た。

大阪の村井晃子が日中は時間がとれず、会えるのは夜になるという口実をでっちあげ、一泊二日の出張ということにしておいた。

三好は朝から胃の調子が悪いとぼやいていた。もちろん夜になったら腹痛を理由に帳場を抜け出すための伏線だ。

柿の木坂のマンションに戻ると、宮野はキッチンで晩飯の準備に腕を振るっていた。

今夜のメニューはひつまぶし。名古屋名物の鰻料理で、食べ方に独特のしきたりがあって、宮野にすればそこに講釈のし甲斐があるようだ。

鬱陶しいご指導を賜りながら食すことになりそうだと辟易するが、すでに室内には美味そうな蒲焼の匂いが立ち込めていて、胃袋のほうは抵抗する気が失せている。

「土用の丑の日なんて言われるけど、あれは江戸時代に、夏の鰻は脂の乗りが悪くて売れなかったから、そこを何とかしようと平賀源内が思いついたキャッチフレーズでね。ただし当時は天然ものしかなかったから夏の鰻はまずかったけど、いまはほとんどが養殖だから、とくに旬というのはないんだよ。きょうの鰻も本場静岡産の養殖物で、おれが築地で吟味してきたから、味は保証するよ」

宮野はさっそく長広舌を振るい始める。牽制するように鷺沼は言った。

「そんな絶品なら、ひつまぶしなんてややこしい食い方をしなくても、普通の鰻重でいいだろう」

「それじゃおれの出番がないじゃない。ただの鰻重じゃ万年欠食児童の鷺沼さんなら五分で平らげちゃうよ。ひつまぶしだったら四通りの食べ方で四回楽しめる。食事は時間をかけて楽しくというのがおれのモットーだからね」

「おれがいちばん時間をとられたくないのがあんたの偉そうな講釈なんだが」

「セットメニューだから外せないのよ。それがこうやって勤労奉仕する最大の楽しみでもあるんだから」

しれっと応じて、宮野はさらに続ける。

「できれば生鰻を捌きたかったんだけど、鷺沼さんちの貧弱なキッチンじゃ無理だから、加工済みの蒲焼にしたのよ。じつは温め方にノウハウがあってね。いったんタレを洗い落として、水切りをして、フライパンに並べて、ちょっと日本酒を振りかけて、蓋をして。まあそこまでは誰でもやるんだけど、肝心なのはそこからの火加減なんだよ」

「電子レンジでチンじゃまずいのか？」

「ああ、やだな。その程度の舌の持ち主にきょうまでおれの絶品料理を食べさせていたなんて。これからしっかりグルメ道の基本を叩き込まないと」

「おれたち、いまそんなことをしていられるほど暇なのか」

「たしかにね。生まれながらに舌が貧しい鷺沼さんに教え込むには十年はかかりそうだからね」

そんな話をしているところへやってきた三好が、さっそく鼻をひくつかせる。

「いい匂いがするねえ。鰻までレパートリーに入っているとは知らなかったな」

「いや、がっかりしてたとこなんですよ。たったいま、鷺沼さんの舌のレベルを知っちゃったもんだから――」

先ほどのやりとりを宮野はさっそく三好に告げ口する。

「そういう人としての素養を身につけさせなかったのは、上司としてのおれの責任でもあるな」

殊勝な調子で応じるから始末が悪い。宮野はいよいよ図に乗った。

「おれが躾《しつ》けますから、三好さんは気にすることないですよ。あ、井上君、これテーブルに運んでくれる？　とりあえずのつまみだよ」

井上がキッチンカウンターから運んできた大皿には、鰻の蒲焼を卵で巻いたものが並んでいる。

「お、う巻きか。きょうは鰻尽くしというわけだ」

三好はテーブルにつくなり箸を伸ばす。そういう名前だとは知らなかった。宮野が声をかける。

「いまうざくも用意してるから、それでビールでもやっててよ」

うざくというのがなんだか知らないが、訊けばまた馬鹿にされるのはわかっているので、井上が運んできたビールで喉を潤して、う巻きとやらを口に運ぶ。

早めにつくって冷ましておいたのか、ふんわりした卵は適度に冷えていて、それに包まれた鰻は口のなかでほろりと崩れ、濃厚な旨味がだし巻き卵のまろやかな味わいと混ざり合い、絶妙なハーモニーを醸し出す。思わず「美味い」と言いかけて、う巻きとともに呑み込んだ。

三好と井上は「絶品だ」やら「最高です」やらの合唱で、そら見たことかと宮野はキッチンから鷺沼に嫌味な視線を向ける。そこへいつもの差し入れのケーキを携えて彩香がやってきた。

「あら、いい匂い。きょうは焼鳥なの、宮野さん?」

キッチンからシラケた声が返る。

「おいおい、鷺沼さん以上の味覚音痴が登場しちゃったよ。普通なら即刻追い返すところだよ。こないだちょっとは仕事をしたから特別に参加を許すけど、次からは容赦しないからな」

そんな話には耳を貸さず、彩香はさっそくう巻きを一切れ賞味して、驚いたような声を上げた。

「あら、これ鰻じゃないですか。卵と鰻の組み合わせって初めてですよ。本当に美味しい。宮野さんの発明ですか」

「ちゃんとした鰻屋ならどこでも品書きに入ってるよ。腕はおれのほうが上だけど」

彩香の煽てに宮野はまんざらでもない顔だ。続いて出てきた小鉢の料理がうざくで、こちらは鰻の蒲焼とキュウリの千切りを和えた酢の物だ。キュウリの歯触りと鰻のほっこりした口当たりのコントラストが楽しめる。

ほどなくいつものようにイタリア産の高級ワインを手土産に福富がやってきた。きょうはもう一人連れがいる。例のインチキ霊媒師で、名前は梅本昭信《うめもとあきのぶ》。そういう商売だから鬼面人を驚かすタイプかと思っていたが、案に相違して小柄で貧相な人物で、年齢は五十代半ばといったところ。着ているスーツもどことなくよれていて、あまり金回りがよさそうには思えない。

差し出した金ぴかの縁どりのある大層な名刺には「極光心霊一心会教祖」の肩書があ

る。

「いやね。福富さんから美味しいネタがあると聞いたもんだから、及ばずながらお手伝いできるんじゃないかとお邪魔させてもらったんですよ」

梅本はやけに腰が低い。教祖様というより怪しい商売人の口振りだ。一座の面々のシラケた視線を意識したように福富が言う。

「こう見えても、本番になると見違えるんだよ。おれも何度か現場に付き合ったことがあるけど、事情は知ってても後光がさして見えるくらいでね」

「素人を騙す――、いや信仰心を目覚めさせるテクニックには自信があるんですよ。かれこれ四十年近くこの商売をやってきて、感謝されることはあっても、訴えられるようなことはなかったからね」

いかにも眉唾な話だが、傍らで頷いている福富の表情を見ればあながち嘘でもなさそうだ。なにごとにもとりあえず猜疑の目を向ける宮野でさえ一言の嫌味も口にしない。

メインのひつまぶしのセットがテーブルに並ぶと、さっそく宮野の講釈が始まった。テーブルが手狭なので、ひつまぶしは特大の大皿に盛ってある。タレの染みたご飯の上に小さめに切り分けたふっくらした蒲焼が隙間なく並ぶ。

それだけで十分食欲をそそるが、最初の一膳はそのまま鰻飯として、二膳目はそこにネギ、ワサビ、海苔などを振りかけ混ぜて食べる。三膳目は出し汁や煎茶を注いでお茶漬けのように食べる。四膳目はそれまでの三つの食べ方のうち、好みのやり方で食べるというのが基本らしい。

宮野の指示に従っての食事は不愉快だが、たしかに言うとおり、普通の鰻重なら五分で掻き込んでしまうところを、そのやり方なら、時間をかけてバラエティに富んだ食べ方が楽しめる。

蒲焼のタレはもちろん宮野のお手製で、三膳目に使う出し汁も腕によりをかけたと自慢するから、それなりのものなのは間違いないだろう。

## 2

メインディッシュが登場したところで、福富が持参のワインの封を切り、本来の目的の作戦会議が始まった。

梅本はすでに福富からあらましの話を聞いていたようだが、前々日の晩の状況を克明に聞かせると、いかにも興味深げに身を乗り出した。

「その片岡っていう男、いちばん引っかけ易いタイプだよ。きょうも自宅に引きこもったままなんだね」

「そうなんだよ。その女性を近所の人間が見かけたという出まかせを聞かせてからずっと、外には一歩も出ないようだ」

鷺沼は言った。帳場の人間が二十四時間態勢で張り込んでいるから、その点は間違いない。むしろ動いてくれないから、こちらも次の一手が打ちにくい。自信を覗かせて梅本は応じる。

「たぶんいまは、藁にもすがりたい気分だろうね。しかし相手が幽霊じゃ、警察に駆け込むわけにはいかないし、病院に行くわけにもいかない。そういうときに唯一頼りになるのが、おれのような真摯な宗教家というわけだよ」

霊媒師を騙《かた》る詐欺師だという自覚がまるでなさそうに聞こえるが、そんなふうになりきれるのも才能の一種かもしれないと、ここは突っ込まないでおく。宮野が心配そうに問いかける。

「お祓いをして幽霊が出なくなれば、片岡はちゃんと金を払うんだろうね」

「もちろんこっちだって商売だからね。渋るようなら、そのお嬢さんにもう一度芝居を打ってもらって、心底ビビらせてやればいいんだよ」

「その場合のお布施の相場はどのくらいなのよ」

「そりゃ相手にもよるけどね。普通の坊主だって、金持ちからはたんまり貰《もら》うし、貧乏人からはとろうにもとれないから、適当なところで手を打つしかない」

「要するに、今回の件だと、あんたはどのくらいふんだくれるとみてるのよ」

宮野は食い下がる。梅本は思案気に応じる。

「ただの厄払いなら百万くらいだけど、今回の話はちょっと違うからね」

「どこが?」

「そこに口止め料も乗っかるわけだから。それも殺人という話なら、一千万でも乗ってくると思うけど」

「そんなケチなことを。一億くらい吹っかけたっていいじゃない」

宮野は法外なことを言う。福富が呆れたように口を挟む。

「そこまで欲張ってこっちの腹を読まれたら、なにもとれずに終わるだろう。これはあくまで前哨戦で、そこで片岡に殺しの事実を喋らせて、それをネタに本格的な経済的制裁を加えるなり、刑務所にぶち込むなりするんじゃなかったか」

「もちろんそうだけどね。片岡の財力なら一億くらい痛くも痒くもないんじゃないの。とりあえずそのくらいは懐に入れさせてもらって、その先については別途作戦を練ることにして——」

「片岡のバックには親父の純也という大物がいるだろう。そこにいく手前で手を打って、あとは頬被《ほおかむ》りを決め込もうなんてけつの穴の小さいことを考えてるんだったら、あんたとはここで縁切りだ」

「またそういう冷たいことを言う。片岡のお祓いをするときは、福富ちゃんも助手としてついてくんでしょ。教祖様はお布施の額なんて下世話な話はできないから、そこはあんたの腕の見せどころじゃないの」

「いくら相手がろくでなしの金持ちだからって、常識的な線ってもんがある。欲張りゃいいってもんじゃない」

「いやいや、地獄の沙汰も金次第というくらいで、滝井容子の怨霊に取り殺されるかもしれないときに、そのくらいの金、出し惜しみするはずがないよ」

宮野は福富がやる仕事だと思ってあくまで強気だ。梅本が割って入る。

「おれだって実入りは大きいほうがいいから、せいぜい脅しを効かせてやるよ。なに、おれみたいな善良な宗教家と違って、信者から億単位の金を巻き上げているたちの悪い宗教団体はいくらでもあるからね」

「お、さすが梅本ちゃん。やる気満々じゃないの。今夜はたっぷり飲んでってよ」

宮野は梅本のグラスに福富が差し入れた高級ワインを惜しみなく注ぐ。梅本は上機嫌で応じる。

「そりゃそうだよ。分け前が半分なら、大いにやり甲斐があるってもんだよ」

「ちょっと待ってよ。そんなこと誰が決めたのよ」

とたんに宮野の血相が変わる。梅本はしゃあしゃあと応じる。

「嫌ならおれは降りるけど」

「なんだよ、急に強気に出やがって。しけた面して、なにかいい話はないかと声をかけてきたのはおまえじゃないか」

福富が苦々し気に吐き捨てる。梅本という男、見かけによらずしたたかなようで、こちらの足元を見透かすように言う。

「あんたたちだって、警察の職権を利用して悪銭を稼ごうとしてるんじゃないの。それに協力する以上、おれだって危ない橋を渡るわけだから、それなりの実入りがなきゃとてもやれないよ」

「いつもやってることだろう。今回は警察がバックについているんだから、危ないことはなにもない」

福富が説得にかかるが、梅本は痛いところを突いてくる。

「それが危ないって言うんだよ。警察とやくざとどっちがたちが悪いか、あんたがいちばんよく知ってるだろう」

三好も井上も微妙な顔つきだ。神奈川県警や警視庁の上層部の動きを思えば、鷺沼としても即座に反論できない。

「重要なのは金じゃないよ。そういう警察のふざけた根性を叩き直すことこそ本来の目的なんだよ。警察にだっておれたちみたいな正義の味方はいるんだから」

宮野はとってつけたような建前論を振りかざすが、その手の理屈には子供だって騙されない。梅本は鼻で笑う。真剣な調子で鷺沼は言った。

「おれたちはその金を懐に入れようなんて思っちゃいない。あくまで悪党の尻尾を引きずり出すためで、巻き上げた金は世間の役に立つことに使わせてもらう。いうなれば世直しのボランティアなんだよ」

そもそもそれが鷺沼の本来の考え方だった。宮野がいう経済的制裁に意味がないとは言わないが、それは法的制裁だけでは足りないところにけじめをつける手段に過ぎない。宮野はもちろん三好も井上も複雑な表情で、彩香までなにやらもの言いたげだ。しかし福富はきっぱりと言い切った。

「鷺沼さんの言うとおりだよ。ただしあんたには仕事をしてもらうんだから、それなりの金は払うつもりだよ」

「勝手に話を進めないでよ。そういうことはタスクフォース全員の合意で決めるべきものでしょう」

宮野は口を尖らすが、福富は無視して話を進める。

「だからといって折半て話は虫が良すぎる。おれも昔、あんたに仕事を出したけど、たしか謝礼はそのへんの坊主のお布施くらいだったな」

「ずいぶん昔の話だよ。おれもあれから格式が上がって――」

「小耳に挟んだんだけど、ここんとこ街金からの借金がだいぶかさんでいるらしいな。

お宝の宗教法人格も売りに出してるそうじゃないか」

「どこでそんな話を聞いたんだよ」

「あんたみたいな怪しげな業者に仕事を頼むときは、きっちり身体検査をするのが、昔からのおれの流儀でね」

「その借金を返せるくらい貰えるのか」

梅本は期待も露わに身を乗り出す。福富は素っ気なく応じた。

「利息で膨らんで、いま八千万程度だという話だな」

「よくそこまで調べたな。とりあえず二千万もありゃ、しばらく息がつけるんだよ。相手はカリスマ投資家で億万長者なんだろう。おれの腕ならそっちのお兄ちゃんの希望どおり、一億や二億、簡単にふんだくってやるよ。折半なんてことは言わないから、ちょっとくらい色を付けてくれよ」

「だったら目いっぱい色を付けて、二百万でどうだ。葬式のときの坊主のお布施よりははるかに高いから文句はないだろう」

「その辺の坊主と同列に考えないでくれよ。おれの場合は格式が――」

「なにが格式だよ。しょせんやってることは詐欺師や地上げ屋の片棒担ぎじゃないか。実態もない上にそういう悪事を働いている話を所管の神奈川県にチクってやる。解散命令が出たら、なけなしの宗教法人格も転売できなくなるぞ」

梅本ごときに足元を見られたら元大物やくざの沽券にかかわるとでも言いたげに、福富は強気で攻め立てる。相手の弱みに付け込む手口は昔とった杵柄で、現在の境遇を聞いてしまうと、梅本がつい気の毒になってくるほどだ。

そんな梅本をこんどは慰めるように、福富は空いている茶碗に二膳目のひつまぶしをよそってやって、ネギやワサビや海苔を乗せて勧める。

「わかるよ。いろいろ辛いこともあるんだろう。まあ今夜は腹いっぱい食って元気を出しなよ。あんたの手腕はおれも認めてるよ。ただ結果はやってみないとわからない。だから基本料金が二百万で、あとは出来高払いでどうだ」

しっかりいたぶっておいて、絶妙のタイミングで甘い言葉をかけてやる。このあたりの手管は落としの名人の刑事と共通する。梅本の言うとおり、警察とやくざはいい意味でも悪い意味でも好一対だ。梅本はひつまぶしを一口掻き込んで、すがるような調子で問いかける。

「出来高払いって、どのくらい？」

「一〇パーセント。嫌ならこの話、なかったことにしてもいいんだぞ」

宮野は複雑な顔つきだが、ここはとりあえず福富に任せるしかないと腹を括っているようで、ワインを啜《すす》りながら梅本の表情を窺っている。梅本はしばし思案気に沈黙し、納得したように福富に顔を向けた。

「わかったよ。要するにおれが頑張ればいいんだろ。八億ふんだくれば借金を完済できるから」

宮野が顔をほころばす。

「いいじゃない。その意気だよ、梅本ちゃん。片岡の資産総額からしたら微々たるもんだよ。いっそ十億の大台に乗せれば、あんたもしばらく左団扇だよ」

福富はシラケた顔で聞いている。鷺沼は問いかけた。

「一銭もとれなかったらどうなるんだ」

「ここまで口利きをした以上、二百万に関しては自腹を切るよ。おれもいっぱしの企業経営者だから、ただで人をこき使おうなんて毛頭考えちゃいない」

「さすがは福富ちゃん。人をただ働きさせて、手柄は独り占めしようという鷺沼さんみたいなブラック刑事とは一味違うよ」

とりあえず最悪の結果でもツケが回ってこないとわかって、宮野は一安心のようだ。渋る梅本を最小限度のギャラで納得させたうえに、抵抗勢力になるのは間違いなかった宮野をとりあえず黙らせた。そのあたりの福富の手腕は並々ならぬものがある。

三好も井上も、まんざらではない表情で頷いている。彩香は素知らぬ顔で、宮野特製の出し汁をかけた三膳目のひつまぶしに取りかかっている。

「頼みもしないのに助っ人を志願して、たんまり余禄をポケットに入れてきたあんたに言われる筋合いはないけどな」

嫌味を利かせて言ってやると、宮野は平然と言い返す。

「そういう一人だけ善人ぶる鷺沼さんの態度こそ気に入らないね。自分だってけっこうな金を懐に入れたこともあるくせに」

そこを突かれると鷺沼も痛いが、それはあくまで成り行きで、初めから狙って事件に着手したわけではない。三好が身を乗り出す。

「そういう話で揉めているときじゃない。知恵を絞らなきゃいけないのは、梅本さんをどうやって片岡と接触させるかだよ」

「そこは心配ありませんよ。梅本はその道のプロですから、シナリオはもう頭のなかに出来あがってますよ」

福富は信頼を滲ませて請け合った。

3

翌朝、素知らぬ顔で帳場に出て、適当にカラ出張の報告をしておこうと管理官の西沢を摑まえた。

朝の捜査会議が間もなく始まるところだが、西沢はそれより大事な話があると、帳場に隣接する小会議室に誘った。そこにはすでに深刻な顔つきの三好と川合がいた。

「なにかあったんですか」

怪訝な思いで問いかけると、苦虫を嚙み潰したように西沢が言う。

「朝いちばんで庶務担当管理官から電話があってな――」

神奈川県警の刑事部総務課から苦情が来たという。こちらが片岡の自宅を張り込んでいる件についてで、捜査管轄権の侵害だという話らしい。

片岡が大森西の死体の件で被疑者として浮上しており、逃走の可能性もあるため、張り込みを行っていると西沢が説明すると、庶務担当管理官は、その根拠はなんだと訊いてきたという。

事件が起きたと想定される晩、片岡の車が死体発見現場近くのオービスに引っかかっていて、それを運転していたのが自分だと片岡も認め、罰金も支払っていた。さらに死体が発見された空家のカーポートに片岡の車が駐まっているのがグーグルマップのストリートビューに記録されていた。そのうえ死体が見つかった空家の所有者が、片岡と縁戚関係のある人物だった――。

そんな事実を指摘すると、庶務担当管理官は、その程度では片岡を被疑者扱いするには不十分だろうと応じたらしい。

庶務担当管理官は梶木正二《かじきしょうじ》という人物で、西沢を含むほかの管理官と同様、階級は警視で、指揮命令系統から見れば横並びだ。しかし組織内では捜査一課の筆頭と見做され、捜査一課長や、ときには刑事部長とも直接話ができる別格の存在で、将来の一課長候補と見做されるポジションでもある。

だから盾突けないというわけではないが、問題は梶木がその立場上、庁内の上層部に近い点で、これから政界からかかってくるかもしれない圧力を考えると、手の内をそれ以上は明かせない。

宮野が把握した滝井容子殺害に関する情報は、帳場内ではネット上の噂ということにしてあるし、大阪の叔母に提出してもらった行方不明者届にしても、それを片岡に結びつけるのは大森西の帳場としての本筋ではなく、いまのところは片岡に捜査の手を伸ばすための別件という位置づけだ。

「梶木さんは、いったいなにを考えてるんでしょうね」

不安を覚えて鷺沼は訊いた。県警がちょっかいを出してくる可能性は想定していた。しかしあるとしても現場レベルの鞘《さや》当て程度で、そのときはこちらも捜査上の秘密という便利な言い訳で押しとおす腹だった。県警の刑事部が、警視庁の捜査一課の筆頭管理官にじかに抗議をしてくるというのは想定外だ。渋い口調で西沢が応じる。

「こっちの言い分は伝えておくと言うんだが、なんだか怪しいな。今回の梶木さんの中途半端な対応は、県警サイドの不審な動きと関連しているような気がしてな。大森西の死体の件では、警視庁だって似たり寄ったりのことが起きているわけだから」

苦い口振りで三好が言う。

「普通なら、そんなのはこちらの捜査への不当介入だと言って門前払いしていいはずですよ。それをわざわざ取り次ぐというのは、そろそろ帳場をたたませようという伏線のような気もしますね」

そうだとしたら、鷺沼たちにとっては微妙な局面だ。お宮入り事件としてその後も継続捜査を担当できればむしろ好都合と言えなくもないが、最悪の場合、梶木が事件性なしと結論づけて、捜査ファイルそのものを消してしまう惧れもある。歯ぎしりする思いで鷺沼は言った。

「そうなったら片岡は無傷で逃げ切りますよ。人を二人殺せば最低でも無期懲役は間違いない。そんな男が親父の威光で罪にも問われず、のうのうと世間を渡るとしたら世も末じゃないですか」

「まあな。しかしこっちもまだ決定的な証拠は握っていないわけだから」

困惑を隠さず川合が応じる。神奈川県警はその証拠を摑んでいた。少なくとも逮捕状を請求できる程度の材料はあったのだ。しかし県警の手でそれは消された。鷺沼は問いかけた。

「そもそもうちの人間が張り込んでいるのを、県警はどうして知ったんでしょうね。片岡に感づかれたとも思えませんが」

「そこは十分注意するように言ってあるんだが、一度、近隣で徹底した聞き込みをしているから、そのときの動きが地元の所轄の耳に入ったのかもしれないな」

西沢が言う。地元の所轄と言えば瀬谷署だが、宮野はいまずる休み中で、そちらの動向は耳に入らない。そもそも府中の競馬場で暴漢に襲われる前、宮野が片岡宅の周辺で聞き込みをしていたら、港北署の刑事につけ回されたという話だから、県警はこちらとはまた別の理由で、片岡の周辺に目を光らせていたとも考えられる。

県警サイドがその後もチェックを入れていたとしたら、こちらの張り込みにも気づいていた可能性はある。ここで横槍を入れてくるということは、管轄権の問題がどうこうではなく、明らかに捜査妨害の意図があると見做さざるを得ない。

そのとき鷺沼の携帯が鳴りだした。応答すると、神田からだった。きょうは朝から片岡の自宅の張り込みに入っていたはずだ。

「なにかあったのか？」

訊くと神田は困惑した声を返す。

「県警の刑事だという男に因縁をつけられてるんですよ。ここは県警のショバで、勝手に捜査活動をされては困ると。こっちは警視庁の事案で動いているんだから、そっちの捜査管轄権に抵触はしていないと言ってるんですが、だったら署へ同行して事情を聞かせろとしつこいんです」

「そいつの名前は？」

「田中というそうで、県警本部捜査一課の刑事だそうです。ほかにも三人いて、こっちは二人ですから多勢に無勢で。あっ、なにをするんだよ。ちょっと待て――」

しばらく揉み合うような音が聞こえて、そこで携帯が切れた。こちらから呼び出しても応答しない。なにか手荒なことをされたらしい。状況を説明すると、西沢は怒りを露わにする。

「ふざけやがって。警視庁に喧嘩を売ってるのか。だったら喜んで買ってやろうじゃないか」

手帳を取り出して番号を調べ、警察電話のダイヤルボタンをプッシュする。警視庁捜査一課の西沢だと名乗り、そちらの捜査一課の田中という男と連絡をとってくれと要求した。かけた先は課内庶務の担当部署のようで、しばらく押し問答を続けたが、埒が明く様子もない。

その田中という男に警視庁の刑事が不当に拘束されたらしい。理由を明らかにし、速やかに解放しなければ、逮捕監禁容疑で警視庁が捜査に乗り出すと声を荒らげ、叩きつけるように受話器を置いた。

「田中といっても何人もいるから、フルネームじゃないとわからないと言いやがる。だったら片っ端から電話を入れればいいだろうと言ってやったら、わかりしだい連絡を寄越すそうだ」

「庶務担当管理官にきたクレームとタイミングが合ってるじゃないですか。示し合わせたような動きだと思いませんか」

三好が猜疑を滲ませる。川合も重苦しく唸る。

「おれたちのはるか頭の上で、警視庁と神奈川県警はとっくにくっついているんじゃないのかね」

「だからと言って、これで向こうの言いなりになるようなら、警視庁捜査一課の金看板が泣くぞ」

三好は憤懣やるかたない表情だ。苦い口振りで川合が言う。

「転び公妨ってのもあるからな。べつに公安の専売特許というわけじゃない」

切迫した思いで鷺沼は言った。

「まずいですよ。いまは片岡を張り込んでいる者がいない。ここで海外に高飛びでもされたらえらいことになる」

片岡が幽霊に怯えている件はここでは言えない。あのあときょうまで家の外に一度も出ていないとのことだが、そろそろ効果が切れるころかもしれないし、この不審な動きが背後の連中と結託したものなら、行方をくらますには絶好のタイミングだ。

「たしかにそれは否定できない。といっていますぐ羽田や成田に人を張り付けるわけにもいかないしな」

三好も焦燥を隠さない。指名手配されていれば、空港のイミグレーションに通報が行き、出国審査の段階でチェックできるが、現状ではそれは不可能だ。

できるのはNシステム（自動車ナンバー自動読取装置）で車の移動状況を調べることだが、設置されているのは主要国道や高速道路だけで、脇道を走られたら引っかかることはないし、タクシーを使われたら手の打ちようがない。鷺沼は言った。

「これから瀬谷に向かいます。Nシステムのチェックをお願いします。井上、一緒に来てくれ」

委細承知というように西沢が応じる。

「向こうの縄張りに入るまでは、赤色灯を点けてサイレンを鳴らしていいぞ。神田たちの件は、事情がわかりしだい連絡する」

4

赤色灯を点け、サイレンを鳴らし、第一京浜を突っ走る。先行車はすべて道を空けてくれ、ほぼ高速道路状態だ。運転は井上に任せ、鷺沼は宮野に電話を入れた。

「県警本部捜査一課の田中ってやつを知ってるか」

「田中ね。下のほうの名前は？」

「それがわからない。じつは――」

神田が身柄を拘束されたらしい事情を説明すると、宮野の声が裏返る。

「まずいじゃない。ぐずぐずしていると片岡がとんずらするよ」

「いまパトカーで現場に向かっているところだ」

「しかしあそこは瀬谷署の管轄だよ。なんで本部の刑事が出てくるの？」

「そこがわからない。しかしあんただって、港北署の刑事につきまとわれたことがあっただろう」

「その点を考えると、県警の動きはすべて本部長の差し金だね。瀬谷署の連中は役立たずばかりだから、いまのところお声がかからないだけだよ」

役立たずの筆頭の宮野にそう言われては瀬谷署も気の毒だが、港北署や捜査一課の刑事を捜査妨害に駆り出せるとしたら、たしかに県警本部長直轄の事案だとみるのが妥当だろう。

「じつはけさ、県警の刑事部からうちの捜査一課に――」

片岡宅の張り込みについて抗議があった話を伝えると、宮野はいきり立った。

「だったら当面の敵は県警本部じゃない。いや、恥ずかしいよ。県警はくそだと思ってたけど、くそのほうがまだきれいだよ。いますぐ警察手帳を返上したいくらいだね」

「それについてはおれも賛成だが」

「だめだよ。それじゃタスクフォースが機能不全に陥っちゃうじゃない。おれもこれからGT-Rでそっちに向かうよ。キーはどこに隠してあるの」

「肌身離さず持っている。瀬谷まで一時間もかからないんだから、電車でくればいいだろう。こっちはサイレンを鳴らして走っているから、あと三十分もあれば着く」

そう言って通話を切ったところへ、今度は三好から電話が入った。

「Nシステムをチェックしたが、瀬谷の周辺で片岡の車は引っかかっていない。監視は継続する。おまえたちも気をつけたほうがいいぞ。宮野君の府中での件もある。なにを仕掛けてくるかわからない」

「それならこっちの思うつぼじゃないですか。暴行罪の現行犯でしょっ引いて、だれの差し金か白状させてやりますから」

「そのまえに神田たちの安否が気にかかる。あのあと西沢さんがまた県警に電話を入れて、強硬に抗議はしているんだが」

「名前と身分を名乗ったようですから、そうはしらばっくれられないでしょう。いずれにしても、ここまで警視庁を舐めてかかるとは思いもよりませんでした」

「だったらこっちも負けちゃいられない。西沢さんと相談したんだが、これから帳場の捜査員を五、六人そちらに派遣する。あとでどう決着をつけるにせよ、とりあえずは力と力で真っ向勝負だ。敵がどういう理屈を捏《こ》ねようと、おれたちには片岡の身辺を洗う名分がある。少なくとも大森西の死体に関しては、状況証拠がいろいろある。捜査管轄権もへったくれもない」

バックに控える父親の介入を警戒して、帳場内部の情報はできるだけ秘匿してきた。しかしここまでやられれば、あえて秘匿する意味はなくなった。

それより気になるのが、県警サイドが攻勢に出てきた理由だ。それはこちらの捜査状況について、すでになんらかのルートで情報を得ているためではないか。

西沢は帳場の捜査員に保秘の徹底を指示している。しかし発見された死体の不審な検視結果や早過ぎる荼毘、さらに身元特定の決め手になるかもしれない頭蓋骨の写真が紛失していた事実を考えれば、警視庁内部にもすでに敵がいた可能性が高い。

西沢は捜査員たちとのあいだに壁をつくるべきではないという考えで、よほどデリケートな情報でない限り捜査会議の場で共有してきた。捜査員たちもそれを意気に感じ、保秘は十分徹底されていたはずだった。

一方で帳場の仕切りを一任されている以上、西沢は理事官や捜査一課長に現場の捜査状況を逐一報告しているわけではない。というより渡す情報は微妙に取捨選択してきたはずなのだ。それでもなお不審な思いが拭えない。鷺沼は問いかけた。

「こっちの情報、どこかから漏れているということはありませんか」

「ないとは思うが――」

三好も、そこについてははっきり否定できないようだ。

## 5

第一京浜から環八通りに入り、用賀で東名高速に乗る。普通なら三十分はかかるところを、ここまで十五分足らず。多摩川を越えたところでサイレンを止め、屋根の赤色灯を外す。この先は県警の縄張りだから、サイレンを鳴らせば因縁をつけられる。

「うまく流れていますから、あと二十分もかかりませんよ。片岡が動けばNシステムに引っかかりますから」

井上が言う。鷺沼は頷いて応じた。

「気になるのは神田たちだよ。まさか宮野を襲撃したときのような荒っぽいことをするとは思えない。単なる恫喝だろうが、その後、連絡がとれないのが心配だ」

すでに何度も電話を入れているが、電源が切られているらしく、まったく繋がらない。相棒の池谷《いけたに》という刑事の携帯も同様だ。井上が言う。

「適当に因縁をつけて、公務執行妨害で現行犯逮捕したんでしょう。そんな場合はわざわざ本部に連行することもないので、近場の所轄に連れて行くと思うんです。瀬谷署にいる可能性が高いですよ」

「だとしたら宮野の出番だが、いまはずる休み中で顔を出すわけにはいかんしな」

「宮野さんにだって、署内に一人か二人、気心の知れた人はいるでしょう」

「たしかにな。タスクフォースにも宮野と気が合う変人が多少はいるわけだから」

井上に皮肉な視線を投げながら、携帯を手にして宮野を呼び出した。

「いまどこだ?」

「GT‐Rを貸してくれないから、東横線で横浜に向かっているところだよ」

「うちの神田たちが瀬谷署に引っ張られているかもしれないと思ってな。それを探る伝手はないか」

「なくもないけど――」

「じゃあ、探ってくれ」

「いたらどうするの?」

「おれが乗り込んで談判するよ」

そう言って通話を切った。そろそろ県警と直接対峙すべき時期だ。ここでけじめをつけないと敵はいよいよ図に乗ってくる。田中とかいう刑事は背後関係について知らぬ存ぜぬを決め込むだろうが、逆にこちらが行確してやる手だってある。それをやらせるのにうってつけの暇人もいる。さっそくその暇人から電話が入った。

「わかったよ。警務課の職員におれに気があるお姉ちゃんがいてね——」

蓼《たで》食う虫も好き好きと言うが、ここは信じてやるしかない。

「県警捜査一課の田中ってやつが、留置場を貸せって突然押しかけてきたらしいんだよ。たまたま開店休業だったから、どうぞどうぞって貸してやったらしい」

「どういう容疑で逮捕されたんだ」

「公務執行妨害だそうだ」

「二人とも？」

「そう言っているらしい。現逮だから逮捕状はないと言うもんだから、それ以上のことは訊けなかったようだけど」

「わかった。うちの帳場の捜査員がいま片岡宅に向かっている。おれと井上は瀬谷署に直行する」

そう応じて、すぐに三好に電話を入れる。事情を説明すると、いったん電話口を離れ、すぐに戻って三好は言った。

「西沢さんも川合さんもそれでＯＫだそうだ。瀬谷周辺のＮシステムには引っかかっていないから、片岡はまだ自宅にいる可能性が高い。とりあえずいまは神田たちを取り返すことが先決だ」

了解したと応じると、すでに事情がわかっているように、井上は黙ってアクセルを踏み込んだ。

横浜町田インターで東名高速を降り、保土ヶ谷バイパスを瀬谷方面に進む。中原街道を経由して瀬谷警察署に着き、来客用の駐車場に面パトを駐めて、受付のカウンターに向かう。鷺沼は警察手帳を提示した。

「こちらに田中という県警本部の刑事が来ているはずだが、ちょっと呼び出してもらえませんか」

「どういう用件ですか」

受付の職員は怪訝な表情で問いかける。強い口調で鷺沼は応じた。

「警視庁の刑事二人が、捜査活動中に不当逮捕で身柄を拘束されている。拘束したのは田中というそちらの捜査一課の刑事です。然るべく事情を説明し、即刻身柄を引き渡さなければ、警視庁としては職権濫用の容疑で捜査に乗り出さざるを得ない」

「ちょっとお待ちを」

職員は慌ててどこかに電話を入れる。しばらく誰かと話し込み、受話器を置くと、今度はなにやら居丈高に応じる。

「田中巡査部長は二人の身柄を引き渡して本部に帰りました。神田と池谷の二名は、いま本署で取り調べ中です」

「容疑は？」

「公務執行妨害です」

木で鼻を括ったように職員は言う。やましいところのなにもない神田と池谷が、たかが職質を喰らったところで暴力を振るったり逃走を図ったりする理由はない。まさに馬脚を露した格好だが、この職員と話をしても埒は明かない。

「だったら当人たちと会いたいから、取り調べの担当者に電話を繋いでくれないか。桜田門にも面子がある。今回の件に関しては県警による捜査妨害の疑いもある。相手が県警捜査一課だといっても容赦はしない」

「できません。取り調べ中は接見禁止という決まりです」

職員は高飛車に応じる。動じることなく鷺沼は言った。

「都内で起きた死体遺棄事件の捜査で、ある人物が被疑者として浮上した。その人物の自宅周辺で行確していたら、その田中という男が因縁をつけてきて、転び公妨で二人を逮捕した。場合によっては犯人隠避罪にも相当する重大事案だ」

後段の話は想像だが、九九パーセント間違いはない。しかし服装から見て相手は事務職員で、警察官ではない。そこまでの話に対応できる立場にはないとみて、鷺沼はさらに問いかけた。

「取り調べを担当しているのはどこの部署なんだ?」

「地域課です」

職質を受けて暴れたから現逮という名目ならたしかに地域課あたりの扱いだろう。殺人や強盗の容疑なら刑事課の扱いになる。逮捕したのが捜査一課の刑事でも、容疑そのものが言いがかりに過ぎないものだったことはそれで明らかだ。

「じゃあ、地域課の課長さんに取り次いでよ。直接話をするから」

「課長ですか。それはちょっと——」

職員は渋る。たかが警部補の鷺沼が直談判できる相手ではないと言いたげだ。苛立ちを隠さずに鷺沼は言った。

「だったら課長さんに伝えてくれないか。ここで話がつかないなら、こっちも上の人間を動かすしかない。そうなると警視庁と県警の立ち回りになる。こちらは手加減しませんから、その返り血を課長さんが一身に受けることになりますよ」

梶木やその上の人間がどこまで喧嘩を買ってくれるか怪しいところではあるが、とりあえず脅しが利いたようで、職員は渋々受話器をとってダイヤルボタンを押す。カウンターの奥で小声でしばらくやりとりをし、受話器を置いて鷺沼に向き直って、ロビーの隅を指さした。

「あちらのベンチでお待ちください」

「待てって、なにを？」

「これから釈放の手続きをしますので」

「釈放？　つまり容疑が晴れたと？」

「そのあたりの事情はわかりません。とにかく課長がそう言ってますので」

職員は言葉を濁す。こちらの脅しが利いたのか、そもそも立件するほどの容疑ではないことがわかったのか。

釈然としない気分でしばらく待つと、上階から降りてきたエレベーターから、神田と池谷が出てきた。

## 6

「いったいどういうことなんだ」

二人を面パトに乗せ、片岡の自宅に向かいながら、鷺沼は問いかけた。

「意図的に仕掛けてきたのは間違いないですよ。突然そいつらが目の前に現れて――」

悔しさを滲ませて神田は語りだす。

田中という刑事が警察手帳を提示して、なにをしているんだと訊いてきた。まずいことになったと思いながら、ことを荒立てれば片岡に張り込みを気づかれると、神田は冷静に事情を説明した。

それなら事前に県警に仁義を切るのが筋のはずで、そんな話は聞いていないと田中は突っかかる。その県警が胡散臭さの総本山だから、もちろんこちらは仁義を切るなど毛頭考えてはいなかった。

しかしそんなことを言えばさらに厄介なことになりかねない。手続き上の不備を謝罪して、ここは穏便に済ませて欲しいといったんは下手に出たものの、田中は近場の瀬谷署でじっくり話を聞きたいから同行しろと言って聞かない。

押し問答を続けるうちに、不意に背後から別の刑事にタックルされた。揉み合ううちに携帯を取り上げられて、手錠をかけられた。相棒の池谷ももう一人の刑事に地べたに倒されている。

公務執行妨害の現行犯で逮捕すると田中は言ってのけた。公安の転び公妨ならまだ紳士的だ。周囲に人目がないのをいいことに、まさにやりたい放題だった。

県警の面パトに乗せられて、そのまま瀬谷署に連れていかれた。留置手続きを経てすぐに、二人はそれぞれ別室で、瀬谷署地域課の警官の取り調べを受けた。

逮捕したのは県警捜査一課なのに、どうして田中たちが出てこないのだと訊くと、急用ができて本部に帰ったととぼける。捜査理由はなんだとしつこく訊かれたが、もちろん神田たちは黙秘した。警視庁と連絡をとるように要求したが、処分が決まるまではだれとも接触できない決まりだと言って聞かない。

そのうち鷺沼が動いてくれるものと期待して、ひたすら黙秘を貫いていたら、ついさっき没収されていた所持品を返されて、一言の詫びもなく帰っていいと言われたという。

「鷺沼さんの脅しが利いたんでしょう。瀬谷署の地域課長としても、県警本部と警視庁の鞘当てで、とばっちりは食いたくないというのが本音でしょうから」

受付での職員とのやりとりを聞かせると、神田はしてやったりという口振りだが、そもそもそれが敵の当初からの作戦で、こちらを牽制することだけが目的だったとも考えられる。

府中競馬場での宮野の襲撃にも似たようなニュアンスがある。その気になれば殺すことさえできたはずなのに、宮野は入院もせずに鷺沼の自宅に転がり込んだ。

その結果、持ち前の嗅覚で事件の背後に金の匂いを嗅ぎつけて、挙句、鷺沼たちを巻き込んでの、片岡をターゲットにする捜査が動き出した。つまり敵にとっては藪蛇だった可能性がある。

神田たちを待っているあいだに、三好とは連絡をとり合った。あれからまもなく帳場の捜査員は片岡宅に到着したが、カーポートには愛車のＢＭＷが駐まっていて、窓はカーテンが閉め切られ、屋内からはロックやヒップホップの音が漏れているという。高飛びしたわけではないようで、その点は一安心だった。

神奈川県警からはまだ連絡はなく、このまましらばっくれて済ますつもりではないかと三好たちは危惧している。

神田たちの状況はすでに梶木に伝えたが、警視庁側から強硬に抗議することには消極的で、先方からの連絡を待って正確な状況を把握して、こちらがどう動くかはそのときに判断するという。

神田たちが釈放され、いま片岡の家に向かっていると伝えると、苦い口調で三好は言った。

「釈放されたのは結構だが、なんだかますます雲行きが怪しいな。これで梶木さんが大人しく引っ込むようなら、間違いなく県警サイドとグルということになる」

「田中という刑事が県警の捜査一課にいるのは間違いありません。神田に確認しましたが、フルネームは田中幸一《こういち》だそうです。警察手帳には所属部署は書いてありませんが、留置手続きの際に本人がそう言っていたそうです。なんならこちらがその男を行確してやってもいいでしょう」

「うちの捜査員がそんなことをしたら、まさしく戦争になっちまうぞ」

神田たちに聞こえないように、声を落として鷺沼は言った。

「宮野なら問題ないでしょう。どうせ暇だし、県警の爪弾き者でも、意外に獣道のような人脈を持っていますから、うまいこと尻尾を摑んでくれるんじゃないですか」

「なるほど。それはいいかもしれないな。億の位の制裁金を狙っているんなら、そのくらいの労力は払ってもらわんとな」

三好も乗り気なようだった。

# 7

片岡の自宅付近に車を駐めて家の前に向かうと、帳場の捜査員が五名ほど、近くの路地にたむろしていた。

先ほど受けた報告のとおり、片岡宅の窓は昼間だというのにカーテンが閉め切られ、なかからかすかにロックの音が漏れている。いまどきの窓のサッシは防音効果が高いから、室内では相当大きな音で鳴らしているものと思われる。

大森署刑事課の蓑田《みのた》というベテランの刑事に状況を尋ねると、神奈川県警の刑事らしい者の姿はなく、瀬谷署の警邏のパトカーが現れるわけでもない。神田たちにちょっかいを出したのは田中とその配下の人間の単独行動だろうという。

だからといって気は緩められない。神田と池谷は不当逮捕の状況を報告するためにいったん帳場に戻り、あとは彼らが全員で張り込みにつくという。県警がまたなにか仕掛けてくるようなら、逆にこちらが転び公妨でとっ捕まえて、警視庁に連行してやると蓑田は息巻いた。

鷺沼と井上は所用があると適当に言い繕って、先日宮野と落ち合った瀬谷駅前のファミレスに向かった。神田たちの釈放を待つあいだに宮野とも連絡をとって、ここで落ち合う手はずにしてあった。

ここまでの状況をざっと説明すると、宮野は身を乗り出した。

「田中幸一ね。それを早く言ってくれればよかったのに」

「知ってるのか」

「いま捜査一課にいるとは知らなかったけど、以前は中原警察署の生活安全課にいてね。なにかと評判の悪い男だったよ」

「つまり、あんたみたいなタイプか？」

「なんでそういう話になるのよ。おれは刑事としての志の高さが災いして県警の水に馴染まないだけだよ。田中みたいに警察の捜査権を悪用して甘い汁を吸うようなやつとは、人としての品格に天地の開きがあるわけよ」

「なにをやってたんだ」

「パチンコ業界や風俗業界に立ち入り検査の情報を流して賄賂を受けとっていてね。それを密告されて監察のお世話になったことが何度もあるらしいんだけど、いつも最後はお咎めなしで終わっちゃって、県警の七不思議の一つだといわれていたくらいらしいよ」

「その七不思議に、あんたも入っているんだろう」

「うん。あんな優秀な刑事がどうして冷や飯を食わされてるんだろうって、県警の心ある連中は首を傾げているけどね」

「興味深い男だな。だったらあんたはいま暇なんだから――」

田中を行確して身辺を洗って欲しいと言うと、宮野は乗ってきた。

「それだけ悪い噂が立っていたやつが、どうして本部の捜査一課に抜擢されたのか。そんなところに重大な秘密がありそうな気がするね」

宮野が耳にしていた田中の噂は、警察社会ではさほど珍しい話ではない。警視庁でもしょっちゅう聞く。とくに不祥事が摘発されたわけでもないのに、突然依願退職する警察官というのは、おおむねそういうことに手を染めて、監察に引導を渡されたケースと考えていい。

しかし今回、神田たちに仕掛けてきた嫌がらせは、そういう悪事とは別次元だ。少なくとも警察上層部からの指示がなければ、一介の刑事が個人の考えで動けるものではない。田中のような欲得まみれの不良警官が、金にもならない危ない橋を、自分の意思で渡ろうとするはずがない。

「県警上層部の、かなり力のある人間から指示があったと考えたくなるな。高村県警本部長にとって、使い勝手のいい鉄砲玉なのかもしれないぞ」

「そうだね。田中みたいな小悪党は、そういう意味でなかなか役に立つ。いつでも首を切れる材料を握られているから、無茶な注文も聞くしかない。使うほうにすれば、やばくなったら即座にちょん切れるトカゲの尻尾なわけだ」

「府中の競馬場であんたを襲ったのも、ひょっとしたら田中かもしれないな」

「あり得るね。それが本部長からの指令なら、田中と本部長の関係はかなりずぶずぶだ。そこをしっかり探らないとね。県警にこのまま頰被りされたら警視庁は打つ手がないよ。そもそも捜査一課の庶務担当管理官が及び腰なんでしょう」

神田が逮捕された現場には目撃者が誰もいない。公務執行妨害というのはほとんど主観で決まる罪状で、より大きな犯罪を追及する上での別件逮捕であるケースは別にして、とりあえず拘束してお灸をすえるという程度のものに過ぎない。現に神田たちは釈放されてしまい、警視庁側が抗議する理由もなくなった。

「及び腰もいいとこでね。できれば帳場を潰したがってるんじゃないかと心配しているところだよ」

片岡宅の張り込みに関する県警からのクレームに強硬に反論するでもなく、捜査一課の刑事がふざけた理由で逮捕されても、梶木は筆頭管理官としてなにも行動しなかった。警視庁と神奈川県警の不仲は都市伝説でもなんでもない。規模で全国一位の警視庁と全国三位の神奈川県警が隣り合っている以上、なにか鞘当てが起きれば、現場の警官より上の人間が気合が入り、捜査はそっちのけで面子の張り合いになるのが伝統でもあった。宮野は落胆を隠さない。

「県警から喧嘩を売られて、尻尾を巻いて引き下がるようじゃ桜田門の名が泣くね。べつにファンてほどじゃないんだけど、県警の天敵だと思えば肩入れもしたくなるのに」

「相手が神奈川県警だろうとどこだろうと、買わなきゃいけない喧嘩だよ。問題はその喧嘩の相手で、それはおそらく県警だけじゃない。たぶんとんでもなくでかい敵だよ」

慄きを覚えながら鷺沼は言った。宮野が問いかける。

「親父の片岡純也が、すでに動いていると言うんだね」

「片岡純也というより、片岡父子の周りにたかって甘い汁を吸ってきた政界の薄汚い勢力と考えるべきじゃないのか」

「警視庁も、その片棒を担いでいるのかもしれないわけね」

鷺沼は頷いた。きょうの一連の出来事で、もはやそれは疑う余地がない。そのとき鷺沼の携帯が鳴った。応答すると、三好の困惑した声が流れてきた。

「まずいことになった。すぐに帳場に戻ってくれないか」

「なにが起きたんですか」

「庶務担当管理官が圧力をかけてきた。片岡康雄を捜査線から外せと」

# 第九章

## 1

梶木庶務担当管理官からの要請は、鷺沼にとって決して驚くものではなかった。こちらの想定どおり、もし片岡の背後に県警本部長クラスにまで影響力を及ぼせる黒幕がいるとしたら、警視庁サイドに対しても同様のことは十分予想できた。

西沢は筋を通して抵抗したようだ。一度帳場が立った以上、捜査方針を決めるのは担当管理官である自分の裁量で、庶務担当管理官といえども、動き始めた帳場を指揮する権限はない。もしそれが神奈川県警からの抗議を受けての話なら、警視庁は県警の子分に成り下がったのかと押し返した。

梶木はこちらが臆するると思ったのか、最初はそれが捜査一課長の意向であるようなことを匂わせた。

それなら一課長が直々に命令を出すべきで、同格の管理官である梶木の指示に従う理由はないと突っ込むと、梶木は慌てて前言を翻《ひるがえ》し、この件については県警側が極めて強硬で、捜査線上から外せとは言わないが、片岡宅の張り込みは当面控えてくれないかと泣きついてきたという。

梶木が個人的な理由で捜査に圧力をかけてきたとは思えない。捜査一課長の頭を越えて、その上のだれかと繋がっている——。そんな疑念が拭えない。そこを切り崩すためには、ここまで得ている捜査情報を突きつけなければならないが、それが梶木を経由して黒幕の耳に入っては藪蛇だ。それならここはとりあえず妥協するのが得策だという西沢の判断に、三好も川合も鷺沼も同意した。

行確ができなくなれば片岡に逃走を図られる惧れがあるが、日本全国のNシステムをチェックすれば、車で逃げた場合、動きはある程度把握できる。令状を取得して片岡の携帯のGPS情報を監視できればなおいいが、大森西の死体の件にしても、瀬谷の死体の件にしても、現状では状況証拠ばかりで令状の取得は難しい。それでもだめ元でやってみると西沢は言う。

そんな話を電話で伝えると、宮野はいきり立った。

「その梶木ってとんでもないやつじゃない。そういうのが仕切っているようじゃ、警視庁捜査一課も、うちの県警に劣らないゴミ溜めだよ」

「おれもその点は否定しないが、とりあえず帳場を潰されなかっただけでもよしとしないとな」

忸怩たるものを覚えながら鷺沼は言った。宮野はもちろん納得しない。

「そんな役にも立たない帳場、潰れたっていいじゃない。こうなったらタスクフォースが前面に立って、片岡を身ぐるみ剝いでやるしかないよ」

「最終目標はそこじゃない。片岡やその背後の黒幕に然るべき刑事罰を与えることだろう。そのためには警察力が不可欠で、規模が小さいとはいえ特捜本部は強力な武器だ」

「そのせいで梶木みたいなのがしゃしゃり出てきて、捜査を妨害しようとしているわけじゃない。でもタスクフォースなら人目につかずにこっそり動けると思うけど」

宮野はなおも言い募る。これまでは特命捜査対策室という、そもそもが日の当たらない部署の特性を生かして、上の人間の目を逃れたフリーハンドを駆使してきた。宮野が言うとおり、帳場解散にはそういうメリットがないではないが、せっかく手にしている帳場のマンパワーをここで手放すのは惜しい。タスクフォースによる捜査は、自由度こそ大きいが人手不足というデメリットもある。

「身ぐるみ剝ぐとかでかい口を叩くわりには、こそ泥みたいな言いぐさだな」

嫌味を言っても宮野はどこ吹く風だ。

「夢は大きいほうがいいじゃない。それにこっちには極光心霊一心会の教祖様がいるんだから」

「よくそんなわけのわからない教団名を覚えられたな」

「いまは梅本様々だからね。まずはとっかかりで、とりあえず片岡からたんまり引っ剝がしてもらわないと」

「どうやって片岡と接触するんだよ」

「あれから福富と電話で話したんだけど――」

期待を露わに宮野は言う。いま梅本は片岡宛ての手紙を鋭意執筆中らしい。

自分は知る人ぞ知る日本有数の霊媒師だと自称し、先日たまたま用事があって瀬谷市内の道路を車で走っていると、突然強い霊感を感じた。それに導かれて脇道に入ると、霊感はさらに強くなる。着いたところは程ヶ谷カントリー倶楽部の裏手の山林だった――。

「そんな書き出しでね。もちろんそこは実際に死体が見つかった場所だから、首を吊っていた木のことも見てきたように描写するそうだよ。この目で現場を見たおれがちゃんと教えてやったわけだから、描写はリアルそのもので、片岡は信じるしかないんじゃないの」

宮野はすこぶる楽観的だ。あの風采の上がらない梅本にそんな文才があるのかどうか、にわかには信じがたいが、ペテン師としての才覚に関しては福富も太鼓判を押しているから、やはり侮れないところがあるのだろう。

「いつ実行するんだ？」

「あすまでには書き上げて郵送するそうだよ。でも考えてみれば、帳場の連中は片岡の自宅を張り込めなくなるわけで、梅本と福富が訪問するにはかえって好都合なんじゃないの」

「敵も一筋縄じゃいかない。県警のごろつき刑事が目を光らせているかもしれないだろう」

「大丈夫。そのときは福富の子分に張り付いてもらうから。田中なんてくそ刑事、現れたらとっ捕まえて、二度と悪さができないように叩きのめしてやるよ」

「なんだかやくざの出入りみたいになってきたな。それであんたはどうするんだ。田中の行確はしてくれるのか」

「うん。おれに気のある警務課のお姉ちゃんに、人事データベースを覗いてもらったんだよ。田中の所属は捜査一課だけど、強行犯捜査の庶務係でね。要するに現場担当じゃなくて、ただの事務屋だよ」

「現場資料班とかじゃないのか」

「やるのは交通費や捜査報償費の精算とか、現場仕事とは関係ない雑用だよ。そういう部署は警視庁にだってあるんじゃないの」

「あるけど、だいたい事務職員が担当していて、警察官がやる仕事じゃないよ」

「なんでもいいから捜査一課に引っ張り込む必要が上のほうにあったんだろうね。そういうところなら、田中みたいな無能な刑事でも、飼っておくには最適だから」

「汚れ仕事をさせるにはベストのポジションというわけだ」

そう聞けばとるに足りない相手のようにも受けとれるが、本部長の肝煎りで異動したのなら、汚い仕事を任せるには最適の人材と認められてのことだろう。

「向こうはどうせ閑職で、現場に出るわけじゃないから行確もしやすいよ。きっと県警本部長かその側近と接触するね。こんどのことも含め、かなり荒っぽい手を使ってきているところをみると、本部長本人にとって、よほどやばい裏事情でもあるんだろうね」

「そこから片岡の親父に繋がる糸口が出てくると面白いんだが」

「任せておいてよ。経済的制裁に関してはそっちのほうが本命だからね」

「梅本が八億円引っ剝がしてくれるんじゃないのか」

「あれは梅本にやる気を起こさせるための発奮材料で、そこまで当てにはしてないよ。それで、鷺沼さんたちはどうするの。片岡の行確ができないとなると、やることがなくなっちゃうじゃない」

「大森西の死体の件があるだろう。というより、うちの帳場にとってはそっちが本命なわけだから」

滝井容子の兄、研一に関しては、ここのところ手つかずになっている。三年前に職権消除された中野区若宮、あるいはさらに遡って、その六年前に本籍地の北区王子から転入した豊島区長崎の旧住所周辺で聞き込みをする必要がある。

人の記憶は風化するといっても、その程度の過去なら、本来はお宮入り捜査専業の鷺沼たちにとって意に介するようなものではない。そこでどういう暮らしをしていたのか、どういう人間と付き合っていたのか。足を使って根気よく聞き込めば、なにか出てこないはずがない。

梅本を使う作戦で明らかにできるのは、片岡康雄による滝井容子の殺害までだろう。それを兄の研一の殺害に結びつけるのは容易《たやす》くはないし、片岡純也総務会長の疑惑にまで切り込むのはさらに困難だ。

高村本部長による片岡の捜査への露骨な妨害工作という尻尾を覗かせてはいるが、相手が県警を牛耳る立場にある以上、そこにメスを入れようとしても証拠の揉み消しは自由自在だ。ここまでの県警サイドの強引なやり口からすれば、その壁は相当厚いとみざるを得ない。

その点から言えば、大森西の死体と滝井研一を繋ぐための捜査こそが正攻法で、そちらを追っていけば、すべてを結びつけるポイントにたどり着く。それは特捜本部態勢だからできることだ——。

そんな考えを聞かせると、宮野は舐めたような口を利く。

「そんなことを言ったって、警視庁自体がすでにろくでもない連中の軍門に下っているわけじゃない。捜査が進めば進んだだけ上からの妨害は激しくなるよ。いまのところ鷺沼さんたちが無能なおかげで、敵も本気になっていないだけだと思うけど」

「そうだとしたら、いまがチャンスというべきだ。滝井研一に関する捜査情報は、まだ上層部には一切上げていない。もちろん捜査一課長にもだ」

「どうなんだか。帳場にスパイがいないという保証はないんじゃないの」

宮野は猜疑心を隠さない。それを言われると鷺沼も自信がない。帳場の捜査員とは、これまでほぼ隠しごとなく情報を共有し、保秘は徹底してきたつもりだが、そこは彼らを信じる以外にない。

「いまのところその惧れはないよ。行確を妨害してきた件については、向こうが勝手に動いてきたわけだし、大森西の頭蓋骨写真が消えた件に関しては、こちらが問い合わせる以前に消えていたわけだから」

納得したのかどうなのか、宮野は取り合えず気合を入れる。

「なんにしても、あすは朝から県警本部前で張り込んでみるよ。本部長や側近が田中と会うとしたら、県警本部内ということは考えにくいからね。普通、田中ごときはそういう偉いさんと口が利ける立場じゃないし、そういうやばい仕事だとしたら、電話じゃ証拠が残るから、直に会って話をする可能性が高いでしょう。どこかへ出かけたとしたら、そういう連中と接触すると考えてよさそうじゃない」

「きょうのこともあったからな。飼い主にその報告をすることも必要だろう。いずれにしても、県警サイドが慌てて動き出しているのは間違いない」

「ひょっとして、鷺沼さんたちを片岡の家の周りから追い払っておいて、その隙に片岡を消そうなんて考えていないだろうね」

宮野はとんでもないことを想像する。鷺沼は笑った。

「まさか、そりゃないだろう。悲しいかな、おれたちはまだ片岡の線から高村や片岡の親父に迫る証拠を握っていない。そのくらいは連中もわかっているはずで、むしろいま片岡を殺したら、貴重な金蔓《かねづる》を失うことになる」

そうは言いながらも、この先、片岡宅を張り込めないとなれば、たしかにそんな不安は残る。Nシステムによる監視にしてもGPSによる位置検索にしても、あくまで片岡が逃走を図った場合を想定してのものなのだ。

しかも城北大学の徳永は、片岡のカリスマ投資家という評判も、本人の才覚というより、政治筋の絡んだインサイダー取引によるものではないかと言っていた。そうだとしたら、片岡の代わりになる人間はほかにいくらでもいるだろう。宮野は猜疑を募らせる。

「用心はしたほうがいいよ。この事案、下手をすると政界がひっくり返るかもしれないくらいのネタだから、それと比べたら康雄みたいな小悪党の命、連中にとっては惜しくもなんともないじゃない。そもそもいまだって誰も姿を見ていないんだから、ひょっとしてすでに死んでいる可能性だってなくはないでしょう」

「きょうまではうちの帳場の人間が張り込んでいたんだから、怪しい動きがあれば気づいているはずだ」

「自殺っていうこともあるからね。彩香の芝居でたっぷり脅しが利いているところに、親父から引導でも渡されたら、悲観して早まったことをしないとも限らない。二人殺していたら死刑だってあり得るんだから」

「電話でもかけてみるか」

「もし生きてたって、鷺沼さんからの電話にはどうせ出ないよ」

「だったら、ここ最近の片岡の通話記録をとってみよう。こういう状況なんだから、必ず誰かと連絡はとっているはずだ。直近で人と話した記録があれば、少なくともその時点までは生きていたことになる」

「それはぜひやってみるべきだね。おれはあすから田中にみっちり張り付いてみる。悪さをするとしたら、まずあいつが動くはずだから」

いつになく真剣な口振りで宮野は言った。

## 2

翌日の朝いちばんで井上が電話会社と携帯電話のキャリアに向かい、片岡の通話記録をとってきた。きのうは仕事関係と思われる相手との何本かの通話のほかに、日中に二度、深夜零時近くに一度、父親の片岡純也とのあいだで携帯による通話があった。

少なくともきのうまで片岡は生きており、仕事もしていたようだから、自殺、もしくは殺害されたという宮野の想像は杞憂に過ぎなかったことになる。宮野にそのことを連絡すると、とりあえずは安心したようだった。

田中は真面目に勤務しているようで、けさは八時半に出勤し、いまのところ外出はしていないらしい。県警本部には宮野を知っている人間もいるので、本部の正門が監視できる向かいのティールームで外出するのを待つという。

「梅本はなかなか仕事が早くてね。例の手紙、きょう速達で送ったそうだよ。福富が一応チェックしたらしいんだけど——」

達筆な筆文字で、内容はずばり、滝井容子という名の女性の怨霊《おんりよう》が成仏できずに迷っている、どういう理由でかあなたに対して強い執着を持っていて、このままでは恐ろしい災いが降りかかるかもしれないといった内容だった。

その道のプロらしいおどろおどろしい文言がちりばめられていて、これまで梅本が手がけた仕事のなかでも最高レベルだと福富は太鼓判を押したらしい。

「おれの話をしっかり織り込んでいるから真に迫る内容でね。触りだけ読んで聞かせてもらったんだけど、身に覚えのないおれでも背筋に冷たいものが走ったよ」

速達ならあすには確実に届くはずだから、片岡はすぐに連絡を寄越すだろうと宮野は自信満々だ。

死体発見現場の状況については、ニュースでも一切報道されていない。滝井容子の名前についても、神奈川県警は把握していないことになっている。いわば犯人だけが知っている情報が梅本の手紙には含まれているわけで、怨霊云々の話は別にしても、片岡は手紙の主の正体が大いに気になるはずだ。

その反応が見ものだが、極光心霊一心会教祖様の霊験に片岡が屈服するか、あるいは我が身を脅かす存在とみて攻撃を挑んでくるか、いまのところは予断を許さない。

いずれにしても、片岡の反応はこのヤマの本質を見極めるリトマス試験紙になりそうだ。ただしこちらの作戦を見透かされたときは梅本が標的になりかねないから、そこは十分注意する必要があるだろう――。

そんな考えを伝えても、宮野は気にする様子もない。いまや本人が梅本の信者になり切ってしまっているようだ。

「滝井容子を殺したのは片岡で間違いないからね。彩香の芝居であれだけ慌てたことを考えれば、梅本を敵に回すなんて考えが頭に浮かぶはずがないよ」

「片岡からたんまりお布施をふんだくるには、そう信じさせるしかないからな。しかしうちの神田たちに仕掛けてきた敵の手口を考えれば油断はできない。なにしろあそこは県警の縄張りで、連中にすればやりたい放題だ」

「いやいや、梅本がやろうとしているのはあくまで宗教行為で、信教の自由は憲法で認められてるんだから、警察は簡単には介入できないよ」

「そういう話が通じるようなまともな警察ならけっこうなんだが、県警がここまでやってきたことをみれば、まさになんでもありだからな」

「その点については、たま吉にも相談したのよ。梅本は頼りになると言ってるよ。同じ宗教家として、やはり感じるものがあるんだろうね」

「宗教家って、たま吉はただの招き猫じゃないか」

「そんなこと言ったら可哀そうじゃないの。あいつだって、ちゃんと仕事をしてくれてるんだから。今度の事件の端緒を摑んだのだって、たま吉のお告げによるところが大なんだし」

インチキ霊媒師でも招き猫でも、金が絡めば宮野はなんにでも帰依してしまう性格らしい。

「いずれにしても気をつけてくれよ。その件に関しては、なにが起きても警視庁は助けようがないからな」

「そんなのはなから当てにしてないよ。梅本も福富もモチベーションが高まりまくっててね。もう少し落ち着けってておれは言ってるんだけど」

「煽《あお》りまくってる張本人があんたじゃないのか」

「鷺沼さんだって、まんざら関心がないわけじゃないんでしょ」

「関心はあるが、あんたとは方向が違うからな」

苦い気分で鷺沼は言った。片岡を訴追に持ち込めるところまで突っ込むならいいが、その過剰なモチベーションのせいで、適当な金で話をつける誘惑に負けるのではないかという不安は拭えない。

「あ、いま田中が一人で本部から出てきたよ。これから尾行するね」

宮野は言って通話を切った。三好と井上に声をかけ、講堂に隣接する小会議室に誘って、宮野とのやりとりを報告した。

「どう反応するか見ものじゃないですか。手紙を信じるかどうかは別にして、無視はできないはずですよ」

井上は梅本の手紙に興味津々だ。三好も期待を露わにする。

「そのときの片岡の顔をぜひ拝みたいもんだがな」

「だったら係長も福富さんと一緒についていけばいいじゃないですか。まだ片岡に面は割れていないんだし」

井上が突拍子もないことを言い出すが、三好は意外に乗り気な様子だ。

「それだけ大事な仕事の現場に、警視庁の人間が立ち会わないのは問題だな。なんとか都合をつけて同席しよう。福富君に話をしておいてくれないか。そういう場面での装束や作法もあるんだろうから、事前に打ち合わせをしておかないと」

「僕もご一緒したいですけど、面が割れていますからね。じゃあそのときは、いつも使っている無線式のマイクと受信機を用意しますよ。近くに車を駐めて、やりとりをモニターします。もし家のなかで危険な事態が起きたら、即座に対応できますから」

井上が提案する。それは当然やるべきだろう。受信機にレコーダーを接続すれば、そこでのやりとりを録音できる。梅本の実力が本物なら、片岡本人の口から犯行の詳細を聞き出せるかもしれない。

3

そのとき宮野から電話が入った。宮野は声を弾ませる。

「田中は正門前でタクシーに乗って、みなとみらい方面に向かってるね。おれも慌ててタクシーを摑まえてあとを追ったのよ。出向いたのはヨコハマ・グランド・インターコンチネンタル・ホテルでね。田中みたいなくず刑事が本来行くような場所じゃないから、これは当たりかもしれないと大いに期待したわけよ——」

ロビーに入ると、田中はラウンジには向かわずエレベーターに乗り込んだ。待っていた客が大勢いたので、宮野はそのなかに紛れ込み、素知らぬ顔で上に向かった。

田中は二十八階で降りた。入っていったのは客室ではなく小振りな貸し会議室だった。通りすがりのふりをして室内を覗くと、中央に大きめのテーブルが置かれ、やってきているのは田中だけだが、テーブルには四人分のティーセットが用意されている。

あと三人がここに集まる予定らしい。その顔ぶれを見届けなければ行確している意味がない。ざっと周囲を見回したところ、客室階には防犯カメラは設置されていない。

チェックアウト時間は過ぎていて、チェックインの時間まではまだだいぶある。ハウスキーパーがときおり通りかかるが、素知らぬ顔でやり過ごせばとくに疑われる様子もない。連泊の客もいるから、この時間に廊下を歩いている人間がいても、とくに不審がるふうでもない。

二十八階だから当然エレベーターで来るはずなので、非常階段の踊り場に身を隠して待つことにした。エレベーターホールから田中が入っていった会議室に向かうには、必ずそこの前を通ることになる。

五分ほど待つと、高村県警本部長がやってきて会議室に入っていった。続いてもう一人の男がやってきた。そちらは宮野が知らない顔だった。最後にやってきたのが、なんと県警の捜査一課長だった――。

「県警側の悪役陣が揃い踏みといったところだな。しかしその顔を知らない男が気になるな」

「まあ、おれだって県警の人間を全員知っているわけじゃないからね」

「写真は撮れたのか」

「廊下じゃ無理だね。でも帰るときならロビーで撮れそうだよ。これ以上は人は来ないだろうし、会議室で密談じゃ、なにを話したかはわからない。これからロビーに降りて見張ることにするよ」

「あんたのほうが不審者とみられて警察に通報されないように気をつけてくれよ。金髪にピアスの中年男なんて、いまじゃ天然記念物ものだから」

「心配ないよ。きょうはしっかり変装してるから。鷺沼さんの安物のサマージャケットを借りて、大きめのキャップを被って、ピアスは外してサングラスをかけて」

「いつジャケットを貸すと言った？」

「そういうケチなことを言ってる場合じゃないでしょ。それで片岡やそのバックの悪党を取り逃がしたら、鷺沼さんはどう責任をとるつもりなのよ」

「わかったよ。ただし汚したらただじゃおかないからな」

「これから手に入れる札束のことを考えたら、クリーニング代なんて安いものよ。じゃあ、また連絡するから」

宮野は軽い調子で通話を切った。話の内容を伝えると三好は唸った。

「さっそく尻尾を出してきたな。県警の捜査一課長はある意味想定内だ。瀬谷の事件の証拠隠滅は、そのクラスが動けばお茶の子さいさいだ。しかしその誰だかわからない男が気になるな」

「これから写真を撮るそうですから、県警内部の人間なら面は割れるでしょう。それより心配なのは、きょうの会合の目的です。本来なら田中のような下っ端刑事が顔を出せる場所じゃないでしょう」

鷺沼は言った。きのうの一連の出来事はまだ序の口で、いよいよこちらの捜査を本気で潰しにかかっている——。そんな予感を拭えない。三好も宮野と似たようなことを言う。

「まさか、片岡を消す相談をしてるんじゃないだろうな」

「このヤマ全体を闇に葬るには、それがベストでしょうからね」

鷺沼もここは頷いた。強盗殺人を装って片岡一人を殺害するくらい、わけなくやってのける手合いはいくらでもいる。田中の前職は生活安全課の刑事で、危なっかしい風俗業界はお得意さんだ。そういう不良刑事が、そこに根を張る半グレや不良外国人と懇《ねんご》ろな関係にないとは言い切れない。

その捜査に当たるのも神奈川県警で、そこに捜査一課長まで絡んでいるとしたら、その程度の事件をお宮入りにするのは造作もないことだろう。

片岡は父親にはきのう三回電話を入れているが、高村とはここしばらく電話のやりとりがない。そこも非常に不審な点だ。梶木庶務担当管理官にかけてきた圧力や、神田に対するやくざまがいの手荒な扱いは、普通なら片岡を護るためだと考えたくなるが、それなら片岡がもっと頻繁に、県警サイドと連絡をとっていていいはずなのだ。

電話ではなくメールでということも考えられるが、それが重要な物的証拠になることに、警察関係者なら気づかないはずがない。そんな場合、手間はかかるが安全なのが、直接会っての情報のやりとりだ。尾行さえされていなければ、発覚の惧れはないし証拠も残らない。わざわざ横浜市内の一流ホテルの会議室を借りての密談に、天と地ほども格の隔たりがある田中まで交じっているとなると、なにやらよからぬ相談しか思い当たらない。焦燥を覚えて鷺沼は言った。

「これから片岡の自宅周辺をチェックしてきますよ。向こうはすでに動き出しているかもしれませんから」

「田中たちに見つかると、また一悶着起きるだろう」

「こっちは滝井容子の行方不明者届を受理していますから、そっちの捜査で、片岡とは関係ないととぼけてやればいいんです。それでも妨害してくるとしたら、滝井容子の失踪に片岡が関与していることを認めることになりますから」

「なるほど。しかしそっと動くのに越したことはない。面パトじゃ、県警の人間ならすぐに感づくだろう」

「いったん自宅に戻って、私のGT－Rで向かうことにします。それに片岡が車で逃走を図ったりしたら、相手はスポーツタイプのBMWですから、面パトじゃ追いつけないでしょうし」

「GT－Rなら、カーチェイスになっても負けることはないな」

いちどGT－Rで尾行したことはあるが、そのとき片岡が気づいた気配はなかった。そもそもカーチェイスをするような事態になれば、こちらの正体を隠すことに意味はない。

4

井上とともに大森署からタクシーで柿の木坂のマンションに向かい、そこでGT－Rに乗り換えて、東名高速経由で瀬谷方面に向かった。携帯で連絡をとりあうこともありそうなので、運転は井上に任せた。

宮野からの先ほどの報告については、もちろん西沢にも川合にも言っていない。いまはタスクフォースとの二足のわらじで、そのあたりの情報の仕訳がややこしいが、帳場のマンパワーもまだまだ必要だから、そこは誤魔化しながら進めるしかない。

三好は鷺沼たちの不在について、西沢や川合には滝井研一の旧住所周辺の聞き込みに出かけたことにしておくという。もともときょうから帳場のメンバーが総がかりで当たる予定だったから、怪しまれる心配はとくにない。

車のなかからそんな状況を伝えると、宮野は珍しくいい判断だと褒めてくれた。田中たちはまだ会議室にこもったままのようで、ロビーには降りてきていないという。

「たしかに連中、やりかねないよ。片岡がいなくなれば、おれたちは突っ込みようがなくなるからね。警察がその気になったらなんでも迷宮入りにできちゃうとなると、それに対抗できるのはおれたちタスクフォースしかいなくなる」

「あらゆる証拠を隠滅されて、仕上げに真犯人を殺されたら、おれたちだって手の打ちようがなくなるぞ」

「そこをなんとかしないとね。おれだってただ働きで終わるのは嫌だから、刑事訴追ができないんなら、きっちり金でけりをつけさせてもらわないと」

いつもの宮野の論法に、妙に説得力を感じてしまう。とりあえずの捜査の標的は片岡康雄でも、ことここに至っては、その背後にいる連中こそ本物の悪党だということになる。ところがその悪党たちに手錠をかけるためには片岡の自白が不可欠だ。梅本が一芝居打つまでは、なんとしてでも生かしておかなければならない。

「鉄砲玉の田中がその会議に出ているということは、いますぐなにかが起きるわけでもないだろう。いずれにしても、片岡の動向は気になるよ。いまも引きこもりを続けてくれていればいいんだが」

「親父とは連絡をとっていても、高村とは話をしていないというのが心配なところだね」

「とりあえず、生きているかどうかくらいは確認しないとな。インターフォン越しでも声が聞ければ安心なんだが」

「国外に高飛びしている可能性だってあるからね。もっともあれだけ幽霊を怖がってるんだから、外国に一人旅なんて怖くてできないと思うけど」

「なんにしてもその会議が、黒幕を追及する際の重要な証拠になるのは間違いない。しっかり写真を撮ってくれ。とくにその得体の知れない男だな」

「うん。ほかの連中は素性がわかっているからね。政界関係の人間かもしれないんだけど、身なりはなんだか貧相でね。まだ田中のほうが金回りがいいんだか、着ているスーツもずっと高そうだよ」

「政治家ってのは、見栄えを気にする商売だからな。田中と同類の不良刑事かもしれないな」

「そういう腐った警察官は、どこにでもいるからね。下手したら警視庁の関係者かもしれないよ」

「ああ。その点は不安を感じないでもない。捜査上の保秘は徹底しているつもりだが、そこはただ信じるだけで、帳場の全員を洗うわけにはいかないから」

「でもここんところの敵の動きをみると、なにか情報が洩れているような気もしてくるよ」

宮野も深刻な口ぶりだ。そう言われると、やはり気になるのはその風采の上がらない男だ。正体が判明すれば、それが大きな糸口になる可能性もあるだろう。期待を込めて鷺沼は言った。

「よろしく頼むよ。おれはとりあえず片岡の様子を確認する。すでにとんずらされていたり殺されていたりしていたんじゃ、警視庁もタスクフォースもえらい頓馬ということになる」

5

片岡の自宅付近に着き、まず車に乗ったまま家の前をゆっくり通り過ぎた。

自宅の様子は捜査員が張り込んでいたときと変わりない。窓もカーテンも閉め切られ、人の気配はまったく感じられないが、サイドウィンドウを下ろすと、かすかにヒップホップの音が漏れてくる。カーポートには愛車のBMWが駐まっている。

音を出しているのは偽装ではないかという疑念も湧いてくる。張り込みが行われなくなってから、こちらがチェックしているのはNシステムだけだ。徒歩やタクシーで移動されたら捕捉はできない。殺されていたり自殺したりという可能性もなくはないわけで、そこを確認する手立てがない。

少し先で裏道に回り、家の周囲を一周して戻ってくると、玄関から女性が出てくるのが見えた。ロゴの入った制服を着ている。家事代行サービスの派遣員のようだ。開いたドアの向こうの誰かと言葉を交わし、仕事道具が入っているらしいダッフルバッグを肩から提げて玄関を離れた。

できればその女性から話を聞きたいところだが、次に来たときそれが片岡に伝わっても困る。女性は近くに駐めてあった軽自動車に乗って走り去った。その車に書いてある社名のロゴを鷺沼は手帳に書き留めた。井上が安心したように言う。

「片岡がいるのは、どうやら間違いなさそうですね」

「ああ。県警のやばい連中も、いまのところちょっかいは出していないようだ」

家の近辺の裏道をぐるりと一周した感じでは、張り付いている不審な人影は見つからなかった。

しばらく様子を見ようと、玄関付近が見通せる路上に車を駐めた。十分ほどすると、カーポートから真っ赤なＢＭＷのカブリオレが滑り出した。少し間をおいてそのあとを追尾しながら井上が言う。

「遠出する気はないんじゃないですか。Ｎシステムでチェックされていることくらいわかっているでしょう」

「近場で買い物とかか。しかしうちの捜査員が張り込んでいたときは、一度も外へ出なかったらしい。ときどきネットスーパーの配達員が来ていたそうだから、それで用が足りてたんじゃないのか」

「だったらやばいですね。ＧＰＳのフダはけっきょくとれなかったし」

西沢はあれからＧＰＳ捜査の令状を請求したが、疎明資料が不足しているとあっさり却下されたらしい。海外逃亡の惧れもあるからと説明しても、判事は首を縦に振らなかった。たとえ相手が裁判官でも、片岡の背後にいる黒幕のことを思えば、ここまでの捜査の内容を洗いざらい表に出すのは憚《はばか》られる。

片岡は中原街道に出て東京方面に向かう。下川井ＩＣはそのまま通り過ぎ、保土ヶ谷バイパスには入らない。東名高速を使う気はないらしい。さらに十分ほど走ったところで左折して脇道に入る。一方通行の狭い道で、尾行するには都合が悪い。

不審に思って前方を見ると、二〇〇メートルほど先に道路の上をまたぐようなバーがあり、そこに箱のようなものが設置されている。Ｎシステムのカメラだろう。

左折をせずそのままバーの下を通り過ぎるように井上に指示をして、その先の路肩に停車して前方を窺った。想像はやはり当たりだった。五〇メートルほど先の脇道から片岡のＢＭＷが現れて、そこで左折して再び東京方面に向かう。

最近はＮシステムやオービスの設置場所がインターネット上に勝手にアップロードされていて、誰でも簡単に検索できるらしい。片岡はそれを頭に入れておいて、その箇所は脇道を使ってパスするつもりのようだ。井上はふたたび追尾を開始した。

「Ｎシステムもこうなると笊ですね。高速道路なら脇道には逃げられませんけど、一般道ならこの手が使えるわけですから」

井上が慨嘆する。どこへ行く気なのかは知らないが、Ｎシステムだけに頼っていたら、見逃していたのは間違いない。

何度も脇道に出ては戻ってＮシステムをやり過ごしながら、南千束で環七通りに入り、片岡が向かったのは大森本町にある片岡純也の自宅だった。

実家に身を隠すというのは想定外だった。これまで親子関係を世間に隠してきたのは、政界がらみのインサイダー取引の疑いを招かないための予防線だと思っていた。しかしあの派手なBMWで実家を訪れたとなるとまさに頭隠して尻隠さずで、この先インサイダー取引の疑惑が浮上すれば、その有力な傍証になる。片岡がそのくらいの判断ができない馬鹿とは思えない。だとしたらきのうの父親との二度の電話は意味深だ。

片岡は門扉の前の路肩に車を駐めて、インターフォンのボタンを押した。鷺沼たちもやや離れたところに車を駐めて片岡の様子を窺った。

誰かが応答したらしい。片岡は切迫した表情でなにやら語りかけるが、相手に通話を切られたようで、また叩くように激しくインターフォンのボタンを押すが、今度は応答がない様子だ。片岡は携帯を取り出してどこかにかけるが、そちらも通じないらしい。携帯をポケットに仕舞い、門扉を二、三度蹴飛ばした。それでも邸内からは反応がないようで、片岡は消沈した様子で車に戻った。

「なんだかおかしな雲行きですね」

当惑したように言いながら、井上は追尾を再開する。鷺沼も首を傾げた。どうも父親に見限られた気配が濃厚だ。

命を狙われているのを察知して、実家に匿《かくま》ってもらおうとやってきたのか、それとも滝井容子の幽霊が怖くて、一人では暮らせないからこちらに逃げ込もうとしたのか。あるいは鷺沼たちの捜査の網が絞られていることを察知したのか。きのうの電話もそういう相談だったと思われるが、鷺沼たちにすれば、まだ逮捕状の請求には程遠い。

「おれたちにとっても、まずい方向に向かっている惧れがあるな」

「県警に巣くう黒幕たちがトカゲの尻尾切りを画策しているとしたら、このヤマは完全に迷宮入りですよ。状況証拠だけじゃ連中を訴追はできませんから」

井上は嘆息する。訴追どころか、宮野が楽しみにしている経済的制裁も絵に描いた餅になる。落胆する思いは井上や三好も似たようなものだろう。

「そういう連中を野放しにすることになったら、この国の警察はもはや無用の長物だな」

「それどころじゃないですよ。その手助けをしている連中が身内にいるとしたら、警察こそ悪の巣窟ということになっちゃうじゃないですか」

「県警にだってまともな警察官はいるだろうが、その県警と唯一繋がるパイプが宮野だからな」

「志は高いんですけど、人望の点で難がありますからね」

どこが志が高いのか知らないが、人望に関しての認識は正しい。厄介な問題をほじくりだすのは得意だが、その決着をつけるのはすべてこちらの仕事になる。だからといってここまで首を突っ込んでしまった以上、しがない一人の刑事の思いとしても、尻尾を巻いては逃げられない。

片岡の車は環七通りに出て、玉川通りから用賀に向かい、東京ICから東名高速に入った。Nシステムに捉えられるのを惧れている様子がないところをみると、けっきょく安心できる隠れ家は見つからず、このまま自宅に戻ろうとしているらしい。

そのとき携帯に着信があった。スピーカーフォンに切り替えて応答すると、宮野の声が流れてきた。

「連中、さっきロビーに降りてきたよ」

「写真は撮れたのか」

「ばっちりだよ。携帯のカメラじゃなく、ちゃんとデジカメで撮ったから」

「そんなの、持っているのか」

「鷺沼さんのを借りたのよ。安物みたいだけど、けっこうズームが効くからね」

「人のものを勝手に使うなよ」

「おれのスマホ、ズームはできないからね。アップで撮らないと意味がないでしょう」

「いますぐデータを送ってくれないか」

「スマホじゃないから、そう簡単にはいかないよ。帰ったら鷺沼さんのパソコンを借りてメールで送るから」

井上ならあっさりやってのけそうだが、宮野にはたしかに無理だろう。

「しようがないな。なるべく早く頼む。そのあとそいつら、どこへ行ったんだ」

「一人ずつ別のタクシーに乗って帰って行ったよ。本部長も一課長も公用車が使える身分だけど、それを避けたのは、人に知られたくない理由があったからだろうね。全員を追いかけるわけにはいかないから、いちばん危険そうな田中を追尾したんだけど、そのまま本部に帰ったよ」

「あんたは、いまどこにいるんだ」

「さっきのティールームで張り込みを続けてるよ。それより、どうだったのよ、片岡のほうは？」

先ほどまでの追尾の状況を伝えると、宮野は唸った。

「だったら梅本の作戦、急がせないとね。このまままっすぐ自宅に戻ってくれればいいんだけど」

「とりあえず田中の動きを監視するしかないな。もし片岡に危害を加えるような動きがあったら、そのときは転び公妨でもなんでもいいからひっ括って締め上げてやる。警視庁にだって意地のあるところを見せなきゃ腹の虫が治まらない」

「でも四六時中は田中に張り付けないから。おれが二人いればいいんだけどね」

「あんた一人でも持て余してるのに、二人もいたらおれがおかしくなるよ。田中が本部長の高村の差し金で動いているのがわかったんだから、それだけでも前進だ。さっき片岡の自宅の近辺を一回りしたが、いまのところ怪しげな連中の姿は見かけなかった。いれば片岡が自宅を出たとき、おれたち以外にも尾行するのがいたはずだし」

「でも親父に見限られたんだとしたら、片岡の末路も哀れだね」

自分の人生に重ね合わせるように宮野は切なげだ。

「同情して金で手を打とうなんて考えるなよ」

「もちろんだよ。きょうまで利用するだけしておいて、自分たちの尻に火が点きそうになったとたんに切って捨てるような連中は、道義的にみればただの人殺しよりたちが悪い。そいつらをとことん締め上げることこそ、おれたちタスクフォースの真骨頂だからね」

宮野は見えを切る。よろしく頼むと応じて通話を終えると、井上は不安げに言う。

「宮野さんは二十四時間、田中に張り付けないし、僕らも片岡を監視し続けられない。その空白を突かれたら、まずいことになりますよ」

「しようがないな。福富に一肌脱いでもらうしかないか」

電話を入れると、福富はすぐに応答した。

「鷺沼さんから電話が来るとは珍しいね。なにか困りごとでも？」

福富は察しがいい。事情を説明すると、福富は機嫌よく応じた。

「うちの店の人間はみんないまは堅気だから、県警が絡んでくるような事案には使いにくいけど、知り合いで私立探偵をやってるのがいるから話をしてみるよ。仕事がなくて干上がっているらしくて、このあいだもなにかないかと訊いてきたから、たぶん飛びつくはずだよ」

「料金をどう工面するかだな。帳場の予算からは捻り出せないし」

「おれが立て替えておくよ。経済的制裁が成功したら、そっちのほうで精算してくれればいい」

梅本の手腕に満幅の信頼があるようだ。とりあえず片岡の自宅をしっかり張り込んでもらい、不審な動きがあれば通報してもらう。そのときは神奈川県警の管内でもかまわない。赤色灯をつけてサイレンを鳴らして駆けつける。

「恩に着るよ。宮野も今回はいくらか仕事をしてくれているようだし、必要なら帳場の人員も動員できるから、見通しはそれほど悪くない」

自らに気合を入れるように応じると、福富も呼応する。

「おれも及ばずながら尽力するよ。金が目的というわけじゃないけど、下手すりゃほかに制裁の手がなくなるわけだから」

どこか嬉しそうな声の調子が気になるが、いまは宮野など目ではないほど頼りになるメンバーだ。さっそく連絡をとってくれるというので、よろしく頼むといって通話を終えた。井上はほくそ笑む。

「いい流れになってきたじゃないですか。特捜本部態勢とタスクフォースのいいとこどりですよ」

「すべての歯車が嚙み合えばな。しかしまだ油断はできない。本当の敵が警察ということになると、刑事捜査の常識は通用しない」

気を引き締めるように鷺沼は言った。

片岡の車は流れに乗って横浜方面に向かう。Nシステムのカメラがあっても気にする様子もない。その点から考えても、自宅に戻ろうとしているのは間違いない。

父親に康雄を匿う気がなかったのも間違いなさそうだ。親族なら犯人蔵匿罪は適用除外になるが、片岡純也にとっては、おそらくそれどころではないうしろ暗いことがあるのだろう。

もしこちらの想像どおり康雄が殺害されようとしているのなら、それを画策した張本人が父親の純也である可能性が浮上する。政治家という立場を考えれば、自宅がその現場になることを嫌うのは当然だろう。

片岡は瀬谷の自宅に戻った。しらばっくれて前の道路を通過すると、家を出たときと同様に、窓もカーテンも閉め切られたままだ。もし父親が受け入れたとしても、自宅の状態はそのままにして、居留守を使うつもりだったのだろう。

わざわざ大森本町の実家に出かけた点からすれば、自分が父親の意を受けた連中の標的になっていることに気づいているとは思えない。警視庁の捜査の手が伸びていることを嫌ってならわかるが、もし逮捕状をとられたら逃げ切ることは難しい。海外に逃げる手もあったはずだが、康雄はそうはしなかった。普通の犯罪者にとって、海外逃亡は想像以上に敷居が高い。

ＩＣＰＯ（国際刑事警察機構）を通じて手配されれば、逃げ延びるのは困難だ。金のある犯罪者の受け入れに寛容な国も世界にはあるが、そういうルートを使うにはそれなりのコネクションが必要で、国内を拠点に活動してきた片岡康雄に、その種の便宜を図ってくれる関係者はおそらくいない。

殺人に時効はない上に、もし殺人罪が適用されなかった場合でも、外国にいるあいだは時効は停止する。そもそもいま逃げること自体が、自分の罪を認めることでもある。康雄にとってそれは人生の放棄というべきものだろう。

そのまま二時間ほど張り込んだが、片岡は家から出てこない。そのとき福富から電話が入った。先ほど話の出た私立探偵と連絡がついたという。

「本人を含めて事務所にはスタッフが六人いるから、二十四時間態勢で張り込める。きょうこれからでもＯＫだそうだ」

「それはありがたい」

「いますぐ飛んでいくから、そこでバトンタッチしてくれ。片岡の顔写真はあるか」

「あるよ。スマホに入れてあるから、それを転送すればいい」

「木島《きじま》という男だ。あんたの携帯番号を教えておいたから、これから電話が行くだろう。ややこしい事情は喋らなくていい。とにかく片岡を見張って、移動したら尾行する。もし不審な人間が片岡に近づいたら、それもあんたに連絡してくれと言っておいたよ。そこから先は警察の仕事で、私立探偵にとってはアンタッチャブルな領域だから、立ち入る気はないと向こうも言っている」

「けっこうな話だ。じゃあ、連絡を待ってるよ」

そう応じて通話を切ると、間を置かずに電話が入った。

「木島です。福富さんからご紹介いただいて、これからそちらへ向かうところです」

「鷺沼です。よろしくお願いします。場所は瀬谷区相沢一丁目の――」

ところ番地を教えると、これから三十分ほどで到着するという。こちらの車種とボディーカラーを教えて、いつも勝手に利用させてもらっている近くの空き地で落ち合うことにした。

## 6

「ややこしく絡み合っていた糸の塊が、少しずつほぐれてきたな。おれのほうで調べてみたんだが、片岡純也は六年前に内閣官房副長官をやっている。ちょうど同じ時期、高村県警本部長は内閣官房の審議官として官邸に出向している」

片岡宅の張り込みは木島と同行した相棒に任せ、大森署の帳場に戻ってきょうここまでの経緯を報告すると、納得したように三好は言った。

警察庁のキャリア官僚は、入れ替わり立ち替わり内閣官房に出向するのが習わしで、その比率は他省庁からの出向者と比べ群を抜いているらしい。そこで培った官邸とのパイプが、警察庁内部での出世競争の武器になる。当然高村は、当時の内閣官房で政治家とのコネづくりに励んだはずだ。そこで官房副長官だった片岡純也とも深い繋がりができたのは間違いないと三好は言う。

その成果は大きかったようで、出向前は警備局公安課長で階級は警視長だったが、出向を終えて戻ったときには、警視総監に次ぐ警察最高位の警視監に昇任し、警視庁、大阪府警に次ぐ大規模警察本部のトップに昇り詰めた。

キャリアの出世競争の終着点は、ポストの限られた警察庁長官と警視総監だけではない。政治家に転身するようなケースも少なからずあり、その場合、与党の大物政治家の引きは喉から手が出るほどの有力な手蔓だ。高村が金銭ではなくそちらの餌で飼われているとしたら、片岡の犯罪の隠蔽を収賄の容疑では摘発できない。

しかし片岡康雄を追及していく過程での暗躍の事実を明らかにできれば、犯人隠避罪は成立する。その量刑はごく軽いが、警察官僚としては間違いなく失脚する。高村のような人物にとっては社会的死ともいうべきものだろう。

問題は片岡純也をどう裁くかだ。康雄と結託したインサイダー取引の容疑から追い詰めるしかないが、それと滝井研一の死が無関係だとは考えにくい。

滝井が片岡康雄に強い遺恨を持っていて、インサイダー取引の疑惑追及に執念を燃やしていたらしいことは徳永から聞いている。いまはまだ臆測のレベルだが、我が子をトカゲの尻尾として切り捨てるということは、非情というより、自らがトカゲの尻尾にされかねない危機感ゆえのものではないか。

「すべての省庁のなかで、内閣府の直轄機関は警察庁だけですからね。あいだに国家公安委員会があるといっても、それは内閣府の外局ですから」

苦いものを覚えながら鷺沼は言った。たまたま出向していた時期の官房副長官の知遇を得るくらいは、政官界で珍しくもないだろうが、もしその繋がりで高村がいま暗躍しているとしたら、捜査の本筋は滝井容子より研一の、すなわち大森西の死体の謎の解明ということになるだろう。

しかしそちらについてはまだ身元さえ特定できず、そこに至る唯一の糸口は、やはり片岡康雄ということになる。その康雄を失えば、経済的制裁はおろか、事件そのものが雲散霧消する。鷺沼は言った。

「とりあえず、康雄は監視下に置けました。次は梅本の作戦に康雄が乗ってくるかどうかです」

「あすには手紙が届くんだったな。幽霊が怖くて実家に逃げ込もうとしたのなら、乗ってくる可能性は大いにあるぞ」

「そう願いたいですよ」

こうなると鷺沼も、鰯の頭も信心からという気分になってくる。そのとき鷺沼の携帯が鳴った。宮野からだった。

「あれから田中は出てこないよ。もう動きはなさそうだね」

「きょう一日はしっかり見張ってくれるんじゃなかったか」

「福富が紹介してくれた私立探偵が片岡の家に張り付いてるんでしょ。田中が動き出したらそっちでチェックできるんだから、これ以上行確する意味はないじゃない。おれみたいな優秀な刑事がただの暇潰しみたいな仕事をしてたんじゃ人材の浪費だよ」

「べつの暇潰しのネタを見つけたのか」

「そんな嫌味を言わなくてもいいじゃない。鷺沼さんだって、仕事を探偵に丸投げして、帳場に戻って三好さんと茶飲み話でもしてるんでしょ」

「いまが正念場だからな。いろいろ話し合うこともある――」

片岡純也と高村本部長のただならぬ因縁の話を聞かせると、宮野は声を弾ませる。

「やっぱりね。獲物はとんでもなく大きいわけじゃない。いよいよタスクフォースの出番だよ」

「そっちからは、なにか新しい情報はないのか」

「けさ撮った写真だけど、とりあえずこれからメールで送るよ。横浜駅前にでっかい家電量販店があって、デジカメのデータをスマホに移せないかと訊いたら、USBカードリーダーというのがあってね。八百六十円だというから買っちゃったよ。あとで領収書渡すから精算してね」

貰う金については億の単位のどんぶり勘定でも、出す金となると十円刻みだ。うんざりしながら鷺沼は言った。

「わかったから、早くデータを送ってくれ。そのどこの馬の骨かわからないやつが気になるから」

「いま送るよ。届いたらそっちからかけ直してね」

宮野はいったん通話を切った。五分ほどするとメールが届いて、そこに五点の画像データが添付されている。一点は全員を写したもので、残りの四点はそれぞれの顔のアップだ。そのうちの三名については鷺沼は見覚えがない。問題は残りの一名だった。鷺沼は黙ってその画像を三好に見せた。声を落として三好は言った。

「帳場にスパイがいるとは思わなかったな」

「それも半端なスパイじゃないですよ。最高機密に属することも、川合さんには話していますから。きょうは川合さんは？」

「午前中は帳場にいなかったな。知り合いの告別式があったとか言って、昼過ぎに出てきたよ。参列者がたった四人とはずいぶん質素な告別式だ。問題はこれから川合とどう付き合うかだよ」

三好は唸る。腹を括って鷺沼は言った。

「だったら利用してやったらいいじゃないですか」

# 第十章

## 1

折り返し電話を入れて、写っていた人物の一人が誰かを伝えると、宮野は案の定猛り狂った。

「どこまでドジなのよ、鷺沼さんたちは。毎日二十四時間帳場で一緒に暮らしていて、普段の言動からおかしいとも思わなかったの？　県警にもクズがいくらでもいるからその点はお相子だけど、おれが密会の写真を撮らなかったら捜査はいいように潰されていたんじゃない」

「たしかに迂闊だったが、まさかそこまでの繋がりがあるとは想像すらしなかった。川合さんの帳場での仕事ぶりを見ても、捜査に水を差すような言動はとくになかったからな」

鷺沼は率直に言った。川合は必ずしも切れ者という印象はないが、実直で私欲がなく、所轄の刑事課長として過不足のない人物と見做してきた。帳場の保秘にはときおり不安も感じていたが、その疑いの対象からは真っ先に外してきた人物だった。それでも宮野は言い募る。

「そもそも帳場が立って以来の妨害工作には、その課長が絡んでいたんじゃないの。おれが府中で襲撃されたときだって裏で動いていたのかもしれないし、大森西で死体が出たときも初動で動いていたんでしょ。そのとき事件性なしにして、いったん蓋をしたのにもその課長が関わっていた可能性が高いわけじゃない」

宮野は妄想を膨らませる。しかしここ最近の派手な妨害工作を除けば、川合が裏で関与した形跡も動機もない。そもそも死体が出たときも宮野が襲撃されたときも、警視庁側ではまだ帳場は立っていなかった。

帳場内で片岡が被疑者として浮上したのは、ストリートビューに片岡の愛車が写っているのが見つかって以降のことで、それまではタスクフォースのなかだけで取り沙汰されていた話題に過ぎない。

その後の情報にしてもインターネット上の噂として井上が細工して帳場に伝えたもので、それ自体はネットをチェックすれば誰でも見られたわけだから、川合がわざわざ県警側に流したとは必ずしも断定できない。そもそもそこに書かれていた内容は、県警側の黒幕たちが百も承知の事実に過ぎない。

宮野は一頻《ひとしき》り悪態をついたあと、けっきょくなんらかの情報漏洩があったから敵が尻尾を覗かせてくれたわけで、むしろ結果オーライだったと勝手に納得したが、梶木庶務担当管理官の不審な介入といい、神田と池谷の逮捕の件といい、ここのところの敵のなりふり構わぬ攻勢を考えると、到底放置できないような危険人物を帳場が抱え込んでいるのは間違いない。

川合の内通のことを西沢に伝えるべきかどうかが悩みの種だった。今後の捜査を考えれば、それを知らずに西沢が川合になんでも喋ってしまうと、すべてが県警側に筒抜けになってしまう。

かといってタスクフォースの存在を、西沢を含め帳場の人間に知られてはまずい。宮野が目論んでいる経済的制裁のこともあるから、そこをオープンにするのは恐喝未遂を自白するようなもので、ホテルでの密会の写真にしても、宮野が撮ったものだとはもちろん言えない。

どのみち先日の彩香の幽霊作戦にしても、これから仕掛けようとしている梅本のお祓い作戦にしても、帳場には今後も隠しとおすしかない。

となると、とりあえずは西沢にも当面は騙され続けてもらうしかないだろう。川合というスパイを帳場に抱えておくこと自体は、必ずしもデメリットばかりではないからだ。

宮野が撮った写真を突きつけて、ふざけたことをするなと釘を刺す手もあるが、場合によってはいま以上に敵にガードを固めさせる結果にも繋がる。それよりもうまく利用すれば、川合は敵にガセネタを渡す伝書鳩として使える――。

そんな考えを聞かせると、三好は困惑を滲ませる。

「西沢さんには申し訳ないが、それしか手はないな。心配なのは、これから帳場の捜査員が、滝井研一の旧住所周辺でなにか重要な事実を聞き込んできた場合だよ。警視庁側にもろくでもない連中がいるわけだから、川合経由でそれが伝わると、梶木が今度は本気で捜査妨害をしてくるかもしれん」

腹を括って鷺沼は応じた。

「そのときはそのときですよ。ここまで来たら、むしろそのほうがタスクフォースにとっては好都合じゃないですか」

大森西の事案での聞き込みや、瀬谷の片岡宅の張り込みなど、帳場ならではの人手をかけた捜査の恩恵はもちろんあった。しかしここから先、より重要になるのはタスクフォースにしかできないイレギュラー捜査で、宮野はもちろん福富や梅本や彩香までそこに加わる以上、帳場と距離を置くのはむしろ歓迎だ。

しかし井上には別の考えがあるようで、思惑ありげに身を乗り出す。

「だったら、うまい手がありますよ」

「なにをするんだ?」

「あの写真が、神奈川県警内部の密告者から鷺沼さんに送られてきたものだということにすればいいんです。例えばこんな文言をつけて――」

自分は神奈川県警の一刑事で、我が身に危険が及ぶ惧れがあるから名前は出せないが、いま警視庁が捜査に乗り出している片岡康雄の事案で、県警上層部が事件の揉み消しに動いている事実を知っている。自分はそれを見て見ぬ振りはできない。

添付した画像に写っているのは、県警の本部長と捜査一課長、捜査一課に所属する田中幸一という巡査部長。そしてもう一人が、名前はわからないがおそらく警視庁のある人物で、彼らが瀬谷で起きた殺人事件の隠蔽工作の中心だ――。

「それなら今後も、タスクフォースのことは隠したまま、西沢さんと僕らのあいだで県警サイドに関する情報を共有できるんじゃないですか」

「メールの送信者はIPアドレスとかいうので把握されちまうだろう。宮野君の存在がバレると、タスクフォースの息の根を止められかねないぞ」

三好は不安げだが、井上は意に介するふうでもない。

「把握されない方法があるんです。最近は違法薬物の売買なんかに使われて評判が悪いんですが――」

オニオンルーターと言って、もとはアメリカ海軍が開発したインターネット上の暗号化通信技術だが、その後オープンソース化されてだれでも使えるようになった。通信内容の傍受防止が本来の目的で、日本を含む世界の外交分野でも広く利用されているというが、そこには副産物ともいえる効果があって、内容だけではなく送信者のＩＰアドレスも秘匿できるという。鷺沼は確認した。

「じゃあ、だれから送られたかはわからないわけだ」

「ええ。普通の電子メールなら、警察はメールアドレスやＩＰアドレスから本人を特定できますが、それを使われると手も足も出ません」

「簡単に使えるのか？」

「無料のソフトをダウンロードすれば、すぐに使えます。今夜、捜査員が寝静まったらやってみます」

井上は張り切る。鷺沼は頷いた。

「おれのアドレスにそのメールが届いたら、しらばっくれて西沢さんに報告すればいいんだな」

「鷺沼さんは、以前いくつかの事件で神奈川県警と接触したことがありますから、そのときに知り合った人間からの密告だろうということにしておけば、宮野さんの名前は出さずに済むでしょう。川合さんが県警側の黒幕と一緒にいる写真がある以上、それだけで十分信憑性が高いですから」

井上は自信満々だ。三好が唸る。

「ウォーターゲート事件のときのディープスロートみたいなもんだな」

「川合さんに関しては、とりあえず泳がせておくように西沢さんに提案すればいいんじゃないですか」

「証拠の写真は誤魔化しようがない。締め上げようと思えばいつでもできる。肝心な情報は教えなきゃいいし、ガセネタの運び役としても使える。うまく扱えば、使い勝手のいい秘密兵器になるな」

三好はほくそ笑む。これから梅本の大仕事も始まる。そこから出てくるかもしれない情報も、すべてとはいかないが帳場と共有できる。これまで不自由だった帳場とタスクフォースの動きをリンクさせやすくなるだろう。

「瀬谷の事件の隠蔽工作についても、いまのところ帳場へはネット掲示板上の噂というかたちでしか伝わっていません、県警のディープスロートの証言ということになれば、そこにも信憑性が与えられますからね」

期待を隠さず鷺沼は言った。三好も大きく頷いた。

「ここまでに川合がどの程度の情報を流していたか知らないが、幸いおれたちが把握しているネタの大半はまだ帳場に渡していなかった。敵が攻勢に出ていると言っても、いまのところ梶木庶務担当管理官に圧力をかけさせたり神田に言いがかりをつけたりと、荒っぽい牽制球を投げてきている程度だ。これからはおれたちが逆に連中をコントロールして、積極的にボロを出させることもできそうだ。災い転じて福となすってやつだよ」

## 2

「こんなことがあるとは考えてもいなかった。してやられたよ」

翌日の午前中、鷺沼のアドレスに届いたメールと、そこに添付された画像を見せると、西沢は驚きを隠さなかった。

メールは、昨夜井上がオニオンルーター経由で鷺沼宛てに送信したものだ。発信者のメールアドレスはランダムな英数字の羅列で、ドメイン名はオニオンルーター独自のものになっている。IPアドレスも特定不可能なものに変更されているはずだ。

画像データにはExifというデジタル写真特有の情報が含まれており、そこには撮影日時等も記録されている。井上はタブレットにそれを表示してみせた。日付はきのうで、時間も宮野が撮影した時刻だ。

GPS機能が搭載されたデジカメやスマホならそこに位置情報も記録されるが、宮野が勝手に使った鷺沼のデジカメにはその機能がなかった。しかし写り込んでいるフロントのロゴマークで、場所がヨコハマ・グランド・インターコンチネンタル・ホテルであることは確認できる。

「瀬谷の事件についての話は、例の電子掲示板に書かれていた噂とほぼ一致しています。メールの送り主は、たぶん掲示板に投稿したのと同一人物でしょう。だとしたらあの投稿の信憑性は、極めて高いというしかないですね」

鷺沼は打ち合わせどおりの方向に話を振った。高村県警本部長と浮田正広《うきたまさひろ》という県警捜査一課長の顔は、どちらも国家公務員だから、警察庁の人事データベースで確認できた。

「なかなか面白い成り行きになってきたじゃないですか。川合が馬鹿をやらかさなかったら、県警絡みの隠蔽工作はまだ臆測レベルでした。しかしこの写真はガチガチに固い状況証拠ですよ」

三好はしてやったりという顔だ。もちろん情報提供者の身元を明らかにできない以上、立件するための材料としては使えない。こちらは川合の身柄を抱え込んでいるわけで、彼を締め上げれば高村たちの隠蔽工作は裏づけられるかもしれないが、その先の黒幕にまで捜査の手が伸ばせる可能性はそれほど高くはない。

犯人隠避の罪で摘発するにしても、そもそも片岡康雄による滝井容子殺害を立証する客観的証拠が出ていない。そちらを立件できない段階では、犯人隠避の罪自体がそもそも理屈として成り立たない。

だからいま急いで川合を締め上げても意味はない。むしろ川合はもうしばらく泳がせる。その代わり身辺をしっかりと監視する。ここ最近の彼の通話記録を取得して、県警はもちろん、警視庁内部の黒幕との連絡の有無を確認する手もある。

必要なら人を張り付けて行確することも考えていいが、とりあえずいまは川合も帳場の外を出歩くことはめったにないから、西沢と三好がしっかり目配りしていれば、その点は心配することもない。逆にガセ情報を流す伝書鳩としても使えるかもしれない――。

鷺沼がそんな考えを説明すると、西沢も慎重な口ぶりで同意した。

「たしかに川合の件は、いまは温存するほうがいいだろうな。これから片岡康雄の犯行が立証された場合、父親を含めた黒幕の実態に迫るうえでの有力な糸口になりそうだ。伝書鳩のアイデアも面白い」

「今後、うちの捜査員が滝井研一絡みで新しい情報を拾ってきた場合、川合の耳にも入りますよ」

三好は不安を覗かせるが、それも事前のシナリオどおりだ。

「それはそれで覚悟しておくしかないだろう。川合がご注進に及ぶような大ネタなら、敵は必ず派手な攻勢に出てくるはずだ。こちらにすれば、それが一打逆転のチャンスになるかもしれない」

西沢はむしろ腹を括った格好だ。とりあえずこれで西沢と鷺沼たちのあいだの情報格差が埋められる。梶木庶務担当管理官を通じた警視庁内部からの不審な横槍も、いまや単なる疑念の域を超えている。西沢の心意気が本当なら、警察組織を蝕む巨悪を向こうに回しての大立ち回りが、いま始まろうとしているかのような期待さえ抱かせる。

## 3

ほかの捜査員が聞き込みで出払っているのに、いつまでも帳場にいては川合に怪しまれると、井上を伴って鷺沼もいったん帳場を出た。

かといって突発的な事態が起きたとき即応できないのもまずいので、一駅離れた大井町に出て、鷺沼はとりあえず駅近くのコーヒーショップで油を売ることにした。

井上は三好に書いてもらった捜査関係事項照会書を携えて、ここ一ヵ月分の川合の通話記録を取得するために携帯電話のキャリアに向かった。

そこに神奈川県警関係者との通話があれば、川合が誰と繋がっているかわかるだろう。まさか高村と直にとは思わないが、相手が捜査一課長あたりだとしたら、川合も半端な役回りではないことになる。

井上が出かけてしばらくすると、宮野が有頂天で電話を寄越した。

「片岡が食いついてきたよ。なるべく早く会いたいって。よほど急いでいるのか、梅本の携帯に自分から電話を入れてきたらしい。かなり切羽詰まった調子でね」

「身に覚えがあるようなことを言ったのか」

「まさかそこまではね。ただ、近ごろ身の回りで不思議な現象が起きていて、薄気味悪いから相談に乗って欲しい。もしできるならお祓いをして怨霊を退散させて欲しいと、泣きつくような調子だったらしい」

「なんだか話ができ過ぎちゃいないか」

鷺沼はむしろ不安を覚えた。手紙が届いたのはきょうのはずなのに、それでは反応が早過ぎる。手紙の内容があまりにも図星で、なにか仕掛けがあると勘ぐって、こちらの正体を見極めようと逆に誘いをかけているような気もしてくる。

「おれもそこは気になったんだけど、梅本はこれはヒットだと確信したようだね。半信半疑の人間はそうは簡単に飛びつかない。二度、三度と誘いをかけて、それでも問い合わせてくるのは三分の一くらいで、本当に引っかかるのはさらにその五分の一くらいなんだそうだ。ここまで食いつきがいいのは滅多にいないらしい」

「偉そうなことを言っていたわりに、ずいぶん成功率の低い商売をしてるんだな」

「下手な鉄砲数撃ちゃ当たるというのは、おれたち刑事も似たようなもんだからね。額に汗して靴の底を減らして、やっと事件の真相にたどり着く——。どんな商売でもそこが肝心要なわけだから」

自分がそれとは真逆の刑事だという自覚は皆無なようだ。

「いつ会うことになったんだ」

「あさっての午後一時に、瀬谷の片岡の自宅に出向くことにしたよ。こういう場合、すぐに乗らずに焦らすのが手だというんだよ。教祖様が暇そうだと有り難みが薄れるからね。それに、そっちだっていろいろ準備があるんでしょ。三好さんが弟子だかアシスタントだかのふりをして同席するようなことを言ってたじゃない」

「袈裟だとか法衣だとかそのときの所作だとか、いろいろ準備が必要だろうしな」

「それも打ち合わせしといたよ。午前中に福富の店で落ち合って、きっちり準備をしたうえで瀬谷に車で向かうことになっている。福富の車じゃ足がつく惧れがあるから、レンタカーを用意するそうだよ。鷺沼さんたちはどうするの？」

「おれたちも家のなかの会話を傍受する必要があるから、まずはそこで落ち合うことにしよう。こっちも面パトじゃまずいからレンタカーを使うことにする。おれのＧＴ－Ｒは何度も尾行に使っているから、そろそろ感づかれそうだ」

「うまいこと帳場を抜けられるの？」

「おれと井上は、滝井研一関係の聞き込みで一日じゅう出ずっぱりということにできるから問題はない。三好さんも、またなにか口実を捻り出すだろう」

「中間管理職というのは、暇を潰すのが仕事みたいなもんだからね」

宮野に甘い三好に聞かせてやりたい言い草だが、実態はあながち外れてもいない。川合の今後の扱いについての西沢との話し合いの結果を伝えると、宮野もとくに不満はないようだった。

私立探偵の木島からの報告では、片岡はきのうからずっと自宅にこもりっきりで、相変わらず窓とカーテンは閉め切って、屋内からはロックやヒップホップの音が流れているらしい。

片岡に危害を加えようとするような不審な人間も見かけないという。自殺するのではないかと心配していたが、梅本に電話を入れたということは死ぬつもりはない証拠だ。しかしもちろん油断はできない。

きのうの横浜のホテルでの密談が、ただの四方山話《よもやまばなし》だったとは思えない。川合を除けば参加者はある意味最強のメンバーだ。田中という鉄砲玉がいる上に、捜査一課長の浮田もいる。

もし片岡が殺害されても、その事件に蓋をするのに浮田はうってつけの立場だし、本部長の高村には政界との強力なコネクションがある。そこからの論功行賞を得るためのモチベーションは極めて高いと思われる。

逆に言えば、失敗した際の彼らのリスクもすこぶる高い。高村は失脚し、政界進出への野望にとどめを刺される。高村が失脚すれば、浮田もうしろ盾を失う。田中は殺人もしくは殺人教唆の罪に問われるだろうし、それは高村にも及びかねない。

これからはガチの勝負になるだろう。こちらにしてもタスクフォースの活動が発覚すれば、鷺沼も井上も三好もおそらく警察にはいられなくなる。宮野の悪巧みのとばっちりを受けることになれば、恐喝罪の容疑さえ降りかかりかねない。そこで敗北を喫して巨悪をのうのうとのさばらせるとしたら、鷺沼としては死んでも死にきれない。

「いやいや。楽しみになってきたよ。梅本には、八億は無理にしても、せめて一億くらいは引っ剝がして欲しいもんだね」

たま吉の有り難いお告げでもあったのか、宮野はすこぶる楽観的だ。夢を持つのは勝手だが、調子に乗って事件を壊されないように、鷺沼もここは手綱を引き締めた。

「これから向こうも本気で攻めてくる。あんたも気をつけたほうがいいぞ。府中のときのように死なない程度に手加減してくれるとは限らないからな」

「だったら飛んで火に入る夏の虫だよ。あのときは油断してたからいいようにやられたけど、そうそうドジは踏まないよ。おれも警察官の端くれで、多少は武道の心得もあるし、これからは特殊警棒を持って歩くから」

宮野は脳天気な自信を覗かせた。

4

宮野との話を伝えると三好は張り切った。

「あさってか。そりゃ楽しみだ。おれも拝み屋のアシスタントを務めることになるとは思ってもみなかったよ」

「片岡の食いつきを丸々信じるのも危ういところはありますがね」

「餅は餅屋で、そこは梅本を信頼するしかないだろう」

三好はすでに極光心霊一心会の信者になったような口振りだ。鷺沼は問いかけた。

「係長はどうやって帳場を抜け出すんですか。我々は滝井研一絡みの聞き込みという口実でいつでも抜けられますけど」

母方の祖母のお通夜という口実はすでに使ってしまったし、先日は腹痛だと言って帳場を離れた。もうネタは尽きているはずだが、三好は意に介さない。

「なに、親類筋にはいつ死んでもおかしくない爺さん婆さんがいくらでもいるからね。おれくらいの歳になると、そっちのほうは在庫が豊富だから」

ますます宮野と似てきている。川合はどうしているか訊くと、とくにどこかに出かけるでもなく、大人しくデスクで電話番をしているらしい。

そのあとまもなく、神田から電話が入った。

「面白い話が出てきましたよ——」

きょうは朝から、神田は滝井研一の旧住所の豊島区長崎五丁目周辺で聞き込みをしていたが、ほかにも数名がその一帯で動いていた。

しかし何人もの刑事が同じ地域で聞き込みをして回ればなにかと目立つし、すでに話を聞いたところへ重複して出向いてしまうこともある。

それならまだ手を付けていない滝井容子の旧住所で聞き込みをする手もあるだろうと、相棒の池谷とともに、容子が瀬谷に転入する前の住所である杉並区阿佐谷北に出かけてみたという。

なかなか機転の利く動きで、帳場ではそちらもいずれはと思っていたが、とりあえず片岡康雄と滝井研一の大学卒業後の繋がりを把握するのが先決と考えて、容子の旧住所までは手が回っていなかった。声を落として神田は続ける。

「大阪の叔母さんの話だと、滝井容子は実家を出て阿佐谷北に転出した当時、それほど裕福な暮らし向きではなかった印象じゃないですか」

「その後遺産の件で兄とはずいぶん揉めたようだし、けっきょく雀の涙程度しか分与されず、それも最後は踏み倒されて終わったような話だったな」

「ところが、彼女が当時住んでいたマンションがかなり立派で、地元の不動産業者に訊いたところ、専有面積が一二〇平米の４ＬＤＫ。駅まで徒歩四分の優良物件で、家賃はいまも五十万円以上するそうです」

「ずいぶん豪勢だな」

「ところが不審なのはそれだけじゃないんです。隣戸の住人から話を聞いたところ、彼女は当時、ある男性とそこで暮らしていたそうなんです。表札は『滝井』になっていて、その住人は二人が夫婦だと思っていたようですが――」

神田は妙にもったいをつける。苛立ちを覚えて鷺沼は訊いた。

「だれなんだ、その男は？」

「片岡のようなんです」

「本当なのか？」

驚きを隠さず問い返した。神田は続ける。

「ふと思いついて片岡の写真を見せたんです。すると間違いなくその男だと証言しました。ただし二人とも三年前に引っ越していったそうです」

「片岡と容子が瀬谷に転入した時期だな。二人はいつから同居を？」

「わかりません。その人は八年前に越してきたそうで、そのときはすでに二人はそこで暮らしていたようですから」

「しかし当時の片岡の住民票は、父親と同じ住所にあった」

「転入転出の手続きはとらずに、そのマンションを生活の場にしていたことになりますね」

神田はいかにも怪しいと言いたげだ。実家に居住実態がなかったとしても、両親と同居というかたちならたぶん役所は怪しみもしないから、職権消除はされずに済んだものと考えられる。意外だったのは、八年以上前から康雄と容子が同居していたことだった。いやそもそも容子が、兄とは険悪な関係だった片岡と、どうして親密な間柄になったのか。容子と片岡の接点が八年以上前まで遡れたのは一歩前進だが、一方で謎はさらに深まった。

それだけ長い期間、二人は一緒に暮らしながら結婚をしなかった。片岡は独身主義者を自称していたが、そもそも最初に会ったとき、容子と同居している事実を隠していた。いわゆる事実婚だとすれば、それは双方が納得したうえでのことだったのか。あるいはそうしなければならないなんらかの理由があったのか。

容子が阿佐谷北のその住所で暮らし始めたのは十二年前、つまり母親が亡くなった年で、叔母の晃子からは、どこかに勤めてはいたものの、かつかつの暮らし向きだったというように聞いていた。事実なら、そこはそもそも容子が暮らせるようなマンションではなさそうだ。

家賃を払っていたのはおそらく片岡だろう。だったら片岡名義で借りればよさそうだが、そうしたくない理由があったとしたら、いったいそれはなんなのか。

十二年前といえば片岡はまだ大学の四年生だった。徳永の話では、そのころすでに投資家としての辣腕ぶりを発揮していたとのことだから、その程度の経済力があったこと自体は不思議ではない。

そのとき容子は、まだ遺産の件で兄とは揉めていなかったが、それでも母親が死んだ年に実家を出たのには、兄と兄贔屓《びいき》の父親との確執があったからだとは想像できる。

敵の敵は味方とよく言うが、当時から容子にとっておそらく研一は敵だった。その研一が強いライバル意識を抱いていた相手が片岡だとしたら、どういう経緯で知り合ったにせよ、そんな理由で二人が親密になったとしても不思議はない。

しかしそのマンションの隣人も二人を夫婦だと思っていたようだし、瀬谷の片岡宅の近隣の人たちも同様だった。それはなにかを偽るための仮面だったのか、あるいは本当に仲睦まじい時期もあったのか。

横浜のヨットハーバーの隣人たちの話だと、片岡が連れていた女性にＤＶの痕跡を思わせる痣があったという。その女性が容子だったとすれば、殺害に至る伏線はすでにあったことになるが、一方でそれが計画的な殺人だとは必ずしも言えなくなる。

だとすれば研一の殺害と容子の殺害が、動機の面でリンクしているとは考えにくい。

研一がもし片岡康雄の手によって殺害されたのだとしたら、そこには別の動機と計画性がありそうだ。一方で、容子の殺害はあくまで偶発的なもののようにも思えてくる。

「そのマンションの住人には高所得者が多く、駐車場においてある車もハイグレードな車種が多いんですが、なかでも片岡らしき男の車は群を抜いていたそうですよ」

「BMWか？」

「当時はベンツのSクラスだったそうです」

「いまより羽振りがいいくらいだな」

「どっちにしても半端な値段じゃないですよ」

神田は溜息を吐《つ》く。鷺沼は唸った。

「片岡康雄と滝井容子、そして滝井研一——。彼らの関係の背後には、思いも寄らない複雑な事情がありそうだな」

この情報にはおそらく重要な意味が含まれる。ひどく捻《ねじ》れた関係だとはいえ、滝井容子を介して片岡と研一がより太い糸で繋がったとも言える。住民票を両親の家に置きながら、金に糸目をつけず、いわば容子を囲っていた——。

そんな怪しげなバックグラウンドに関わる情報は、これから梅本が片岡を誑《たぶら》かし、その口から事件の真相を引き出すうえで使える材料になりそうだ。鷺沼は釘を刺した。

「ところでいまの話、まだしばらくおれの耳までで止めておいてくれないか」

「どうしてですか？　面白いネタじゃないですか」

神田は不服そうだ。本人としては特ダネ級の成果だと思っているだろう。それはおそらく間違いないから、なおのこと川合の耳には入れたくない。鷺沼は慎重に言った。

「じつは帳場に信用できない人間がいるんだよ」

「スパイですか?」

神田は驚きを露わにする。まだ川合の名前を出すのは早計だ。捜査本部の幹部がスパイだったなんて話が捜査員のあいだに広まれば、帳場は混乱し、これまで真剣に捜査に携わってきた刑事たちが川合を吊るし上げにしかねない。いずれは然るべく処分を受けてもらうことになるだろうが、いまはまだ泳がせておく必要がある。

「その可能性がある人間がいる。申し訳ないが、いまは名前は言えない。ただこの間の県警のふざけた動きを見ると、保秘は徹底しないとまずいと思ってね」

「泳がせておきたいわけですね。だれなのか興味津々ですけど、それで本命の獲物をバラしちゃまずいですからね」

神田は不承不承納得する。鷺沼は詫びた。

「済まんな。いま相手にしているのは侮れない敵だ。背後で暗躍しているのは、例の田中どころじゃない大物だ。殺しのホシを追うのとそいつらと戦うのと、まさに二正面作戦なんだ」

「わかりました。どでかい仕事になりそうで、成果が楽しみですよ」

鷺沼の苦衷を理解したように、割り切った調子で神田は言った。

## 5

「梅本が霊媒師を装って、片岡をチクチクいじるには最高の材料だな。神田はなかなか気が利くよ」

神田が聞き込んだ阿佐谷北の話を伝えると、ちょうど昼飯どきだったので、三好は大井町まで足を運ぶというので、駅の近くの蕎麦屋で落ち合った。

「この話はこれから宮野にも伝えておきます。これまでの捜査の情報を、仕事にとりかかる前に梅本にじっくりレクチャーするそうですから」

「死体発見現場の話から、ヨットハーバーでのDVを思わせる女の顔の痣の話、偽装に使われたロープの話——。突っ込んでいける材料はいくらでもあるな」

「容子の兄や父親との確執も、容子の霊が喋ったことにすれば、片岡は怯えるでしょう。こちらがそこまでの事実を握っているとはまだ思ってもいないはずですから」

「阿佐谷北のマンションでの思い出話にも触れてやったら、小便をちびるんじゃないのか。霊媒師というからには、死んだ容子が憑依したふりをして、本人が喋っているような芝居をするわけだろう。できればビデオに撮っておきたいくらいだな」

「相手がインチキ霊媒師じゃ、片岡の口からどんな真相を引き出そうと証拠として法廷には出せませんよ。ただし音声だけなら、適当に編集すれば片岡の自供という体裁をとれるかもしれません」

「とりあえずは片岡を追い込むことだよ。地獄の沙汰も金次第だと、梅本にはそのへんをしっかり説法してもらわないと」

三好の期待はどうしてもそちらに向う。鷺沼は釘を刺した。

「まさかそれで見逃そうという腹じゃないでしょうね」

「それとこれとは別の話だよ。殺しのホシをとっ捕まえてムショにぶち込むのがおれたちの本業だ。しかしこの国の刑法は政治家にはとことん甘くできているから、父親の純也を始めとする政界の黒幕に、犯した罪に値する刑罰を与えるのは難しい。だったらそっちのぶんも片岡に立て替え払いさせようというのがおれの目算でね」

一見筋が通っているように聞こえるが、この手の話をするときの三好の頬の緩み具合が宮野にそっくりなのが気にかかる。そのとき井上から携帯に電話が入った。

「大変なことがわかりましたよ」

井上は息を弾ませる。鷺沼は慌てて問い返した。

「だれか大物の名前が出てきたのか?」

「大物も大物、まさに黒幕中の黒幕ですよ。ここ最近の通話記録のなかに頻繁に現れる固定電話の番号があったんです。気になったので、とりあえずグーグルで検索してみたんです。そしたら片岡純也政治事務所がヒットしたんです」

「グーグルというのは、そんなものまで検索できるのか」

「企業や公的機関や有力な政治家の事務所なんかはたいがい引っかかります。ごく普通の個人でも、一度電話帳に名前が載った人なら住所まで検索できるようなサイトもあります。電話会社に問い合わせるには捜査関係事項照会書が必要ですから、試しにやってみたら大当たりでした」

「嫌な時代だな。しかし川合が付き合っている相手がそこまでの大物だとは思わなかった。ちょっと待ってくれ」

通話を保留にしてそのことを伝えると、三好は啜っていた蕎麦を慌てて飲み込んだ。

「なんで川合がそんなところと？　地元のよしみで後援会にでも入っているのか？」

「代議士本人と直接繋がっているかどうかはわかりませんが、秘書あたりとなら情報のやりとりをしている可能性はありますよ」

「所轄っていうのは、署長を筆頭に地元の政治家にべったりだからな。どこの土地にも防犯協会があって、警察とはずるずるの関係だ。そういう団体には政治家も気配りをする。寄り合いには所轄の幹部も参加するから、川合が地元の大物政治家と繋がりを持っているとしても不思議はないな」

三好は唸った。川合が神奈川県警のトップと繋がっている点は意外だったが、片岡純也とのあいだにもともとパイプがあったのだとしたらむしろわかりがいい。

とはいえ、いま帳場が内部に抱え込んでいる危険人物の威力は、考えていた以上に大きそうだ。

三好は西沢に電話で事情を説明した。西沢は帳場で話すのは危ないと判断したようで、すぐに大井町に飛んでくるという。井上にもこちらに戻るようにと伝え、急いで蕎麦を平らげて、西沢たちと落ち合うことにした近くのファミレスに移動した。

## 6

「こうなると、ただ泳がせておくだけじゃまずいんじゃないですか」

西沢と井上がやってきたところで、鷺沼は提案した。

「そうはいっても、県警の幹部と会ったことも、片岡純也事務所と電話で話したことも、それだけじゃまだ犯罪とは言えない。逮捕して留置場にぶち込むなんてことはとてもできないぞ」

西沢は困惑を隠さない。川合が黒幕中の黒幕の片岡純也を介して、県警や警視庁の上層部と内通している疑いはすでに真っ黒というレベルだが、具体的にこういう情報を漏らしたという証拠がなければ、公務員の守秘義務違反には問えない。そこは鷺沼もわかっているが、ここは積極的に攻めに出るべきかもしれないと思い直した。

「一か八か、我々が追及する手はあると思うんです——」

あの写真にせよ片岡事務所との通話記録にせよ、この帳場に関わっている人間の行動としては明らかな内通だ。そこでどういうやりとりがあったのかはわからない。こちらの捜査内容が伝わったのは間違いないが、そういう接触をしているとしたら、逆に片岡康雄の犯行、ないし県警サイドの隠蔽工作についてもなにか情報を得ているはずだ。あるいは警視庁内部での怪しい動きについても、なにか知っている可能性がある——。

そんな考えを聞かせると、複雑な表情で西沢は唸った。

「そういう意味で言えば、とんでもない情報源をおれたちは抱えているのかもしれないわけだ」

「たしかにね。川合だって過去一貫して刑事捜査を担当してきた刑事です。伊達に所轄の課長まで出世はしません。なんの探りも入れずに一方的に情報を渡すような馬鹿ではないでしょう」

三好は乗り気な様子だ。鷺沼はさらに言った。

「犯罪として立件できなくても、監察の事案としてならペナルティを科すことはできるんじゃないですか。気に入らない連中ではありますが、彼らなら法の埒外で警察官の首を切れますから——」

監察は警務部人事一課に所属する部署で、警察官の不祥事を摘発し処分するのが仕事だ。警察のなかの警察を自称しているが、実際にやっていることは、警察のイメージをダウンさせる不祥事や不祥事未満の不品行を表沙汰になる前に摘発し、引導を渡して依願退職させることだ。

明確な犯罪であれば刑事事案として摘発され、立件されれば裁判になるが、それ以前の段階で監察の手にかかれば、裁判を受ける権利も与えられず、弁護士の支援も受けられない。早い話が睨まれたらお終いで、そこには人権意識のかけらもない。警視庁に限らず日本の警察組織の内部では、ゲシュタポの異名のほうが通りがいい。西沢は吐き捨てるように言う。

「上にべったりという点じゃ、監察なんて梶木みたいな連中と変わりない。下っ端警察官の首を斬るのには血道を上げても、大物キャリアの不祥事となると隠蔽に総力を傾ける。川合のバックにそういう大物が控えているとしたら、監察が動くはずがない」

首を左右に振って三好が身を乗り出す。

「動いてくれなくてもいいんですよ。むしろ下手に動かれると、敵はかえって本気でこっちを潰しにかかります。ただし監察の非道ぶりはあらゆる警察官の心に染み込んでいます。本当のことを喋ってくれたら監察にはチクらないと約束してやれば、案外簡単に落ちるんじゃないですか」

西沢が来る前に、鷺沼と井上が三好と打ち合わせしておいた作戦だ。もし今回の事案が帳場の思惑どおり解決した場合、監察としても、川合や梶木庶務担当管理官を含め、然るべき処分をしないわけにはいかなくなるだろう。もしそこに片岡純也からの金銭の授受や便宜の供与があったとすれば、収賄罪も適用される。そのときはきょうまで築き上げてきた警察官としてのキャリアをすべて失うことになる。不祥事で馘《くび》になった警察官を雇ってくれるところはそうはない。自信のある口振りで三好は言った。

「そこをしっかり諭してやれば、案外ころりと寝返るんじゃないですか」

「川合のやったことを見逃してやるというわけか」

西沢は怪訝な表情で問い返す。三好に代わって言い出しっぺの鷺沼が答える。

「片岡康雄の犯行ももちろんですが、その背後で渦巻いている巨大な疑惑は絶対に見逃せません。それと比べたら川合さんのやったことなんてとるに足りない話です。それによって事件が解決するなら、見返りのほうがはるかに大きいじゃないですか」

「それでもしらばっくれるようなら、この話を帳場の全員にバラすと言ってやったらいいんです――」

確信ありげに三好は続ける。そうなると帳場の士気が落ちるのではないかと心配していたが、ここまで来ると、逆に結束が強まるのではないかという気がしてきた。そういう裏切りが発覚すれば、帳場での信望が地に落ちて、帳場がたたまれたあとも誰も相手にしなくなる。そんな警察官はいずれ警察組織内で行き場を失い、自ら職を辞すケースが大半で、川合にとっては監察に摘発されるより怖いはずだ――。

そこまで腹を括ったところを見せると、西沢も納得したようだ。

「わかった。向こうから転がり込んできたお宝を、ただ持ち腐れにするのはもったいない。善は急げだ。川合はいま帳場にいるはずだから、これから戻って締め上げよう」

7

「なんですか、四人も雁首を揃えて。なにか新しい情報でも入ったんですか」

川合は平静を装って問いかけるが、内心なにかよからぬ気配を感じたようで、瞳が忙しなく動いている。

鷺沼たちはつい先ほど署に戻り、帳場のある講堂から離れた狭い会議室を押さえて、そこから西沢が川合を呼び出したところだった。西沢は単刀直入に切り出した。

「きのうの午前中、あんたは横浜でなにをしてた?」

「横浜?　いや私は知り合いの告別式に参列してたんですが」

「だったら、この写真をどう説明する?」

西沢が目顔で促すと、井上が手元においてあったタブレットを取り上げ、何回かタップしてから画面を川合に向けて差し出した。

表示されているのは川合のアップで、その背後にホテルのカウンターと受付の従業員が写っている。カウンターにはヨコハマ・グランド・インターコンチネンタル・ホテルを示すロゴがある。

「いつ撮った写真ですか。きのう私はこんなところに行っていない」

川合は空とぼけて応じるが、額に汗の粒が滲み出す。井上が言う。

「デジカメの写真ですから、撮影日時も記録されています」

井上はタブレットを操作して、画像の撮影データを表示した。日時の欄はきのうの午前十時二十五分となっている。西沢はさらに押していく。

「あんたが告別式に参列していた時刻だよ。横浜の五つ星ホテルでなんて、ずいぶんゴージャスな告別式じゃないか」

川合は押し黙る。西沢はさらに問いかける。

「一人じゃないんだろう。だれと一緒だったんだ？」

観念したように川合は頷いた。

「知ってるんでしょ？　身内に行確されるとは思わなかったな」

「おれたちじゃないよ。県警にも正義感を失っていない警察官がいるようでね。匿名でこれを送ってくれたんだよ」

西沢は井上からタブレットを受けとって、次々写真をスクロールさせてみせた。高村県警本部長、浮田捜査一課長、田中巡査部長。さらに川合を含む四人全員のロングの写真もある。

「あんた、ずいぶん顔が広いんだな。神奈川県警の大物が勢揃いだ。なにをお喋りしてたんだ」

「そんなの、私の勝手でしょう」

「その刑事が送ってきたのは写真だけじゃなかったんだよ。まあ、これを読んでみたらどうだね」

西沢が手渡したのはA４の用紙三枚ほどに印刷された電子メールの文面だった。井上が書き上げて、そこに写真を添付して鷺沼宛てに送ったものだ。もちろんそれを知っているのは鷺沼と三好だけだ。川合はそれを走り読みして顔を上げた。

「例のネットの噂と似たような話じゃないですか。あれを読んだ人間なら誰でもこのくらいは書けますよ」

「書いたのはネットに上げた張本人かもしれないだろう」

「しかし、私の名前はどこにも出ていないじゃないですか」

西沢は別の紙の束を差し出した。井上が取得してきた携帯の通話記録だ。川合の顔が青ざめた。

「そのマーカーで線が引いてある電話番号だが、誰のかはわかるな」

「身内の人間にここまでやるんですか。まるで監察ですね」

川合はがくりとうなだれた。西沢が穏やかに問いかける。

「なんでこんなことをしたんだよ。おれたちはあんたを信じてた。帳場が立って以来、あんたのことを微塵も疑っていなかった。しかしあんな写真を見せられちゃな。こっちの情報をどこまで流してた？」

「主に片岡康雄の捜査に関してです」

「カウンターパートは誰だ？」

「片岡事務所の公設第一秘書です。坂下《さかした》という男です」

「どうして知り合ったんだ」

「言えません」

川合はなにかに怯えるようにかぶりを振る。三好が身を乗り出す。

「いまさら隠したってしようがないだろう。おれたちが知りたいのは、このヤマの中心にある真実だ。言っちゃなんだが、あんた程度の小物を訴追することに興味はない」

「協力すれば、今回のことは見逃すというのか？」

川合はすがりつくように問いかける。三好は頷いた。

「ただし、あんたが知っていることを洗いざらい喋ってくれたらな」

「向こうは肝心なことをおれには喋らないから、それほど大したことは知らないよ。おれは聞かれたことを話しただけで、積極的にこちらのネタを渡したわけじゃない。そもそもこの帳場自体が、まだ片岡康雄を訴追に持ち込めるだけの材料を持ち合わせていないわけだから」

川合は痛いところをついてくる。たしかに帳場が把握しているネタの大半に関しては、県警サイドで肝心の物証が隠滅されていて、向こうは事件性なしとして蓋をした。西沢が訊いた。

「うちの捜査員が、片岡の自宅を張り込んでいる話は伝えたんだろう」

「流した情報は、せいぜいそのくらいのもんですよ」

「そのくらいどころの話じゃないだろう。おかげで神田と池谷がひどい目に遭わされて、梶木管理官の横車で片岡康雄の行確もできなくなった。梶木さんは今回の妨害工作にどの程度関わっているんだ」

西沢が問いかける。川合は困惑げに首を横に振る。

「あの人は母屋（警視庁）からのルートで動かされてるんじゃないですか。私は梶木さんとは直接の接触はないですから」

「大森西の死体発見時に、いったん事件性なしで決着しそうになった。そのことにあんたは関与したのか」

「臨場はしましたけど、そのときは検視官の結論に従って捜査対象にしなかっただけですよ。そのあと近所の住民からあの空家で人が争うような物音が聞こえたという通報があったから、どうしましょうかと母屋にお伺いを立てたら、今度は梶木さんのほうから突然帳場を立てるという連絡が入ったんです。なにやらドタバタした動きだなとは思いましたが、すぐに特捜本部開設電報が出ちまったから、あとは言われたように動くしかなかったんですよ」

「神奈川県警のお偉方とは、どういう話をしたんだね」

「こっちの捜査の進捗状況について説明させられました」

「洗いざらい喋ったのか」

西沢は突っ込んで問いかける。悪びれるふうもなく川合は応じる。

「喋りましたけど、悲しいかな、向こうをビビらせるほどの材料はこっちにはありませんから。ただ大森西の死体と瀬谷の山林で見つかった死体を関連付けている点についてはピリピリしている様子でした」

その点については鷺沼は安堵した。帳場が立てられて以来、重要な情報の大半はタスクフォース内だけで共有してきた。やむを得ない事情があったにせよ、こちらの手の内のいちばん重要な部分はまだ敵には伝わっていないはずだ。西沢はさらに訊いた。

「そもそも、どうしてあんたがそんな会合に顔を出したんだ」

「片岡事務所の秘書に言われたんです。どうも県警サイドの連中が、私を身体検査したかったようで」

「つまり信用されていなかったのか」

「そんなところじゃないんですか。連中にすれば、県警にとっては不倶戴天の敵の警視庁の人間をスパイとして使うことには不安があったんでしょう」

「ほかにはどんな話を?」

「けっきょくまだ私が信用できないとみたのか、そのあとは、あの件はどうなったんだ、その件はどうするんだなどと、内輪の人間しかわからないような話ばかりでした。ただ例の田中という捜査一課の下っ端刑事が、なにか重要な任務を仰せつかっているようではありました」

「まさか片岡の口封じを画策してるんじゃないだろうな」

三好が鋭い反応を示す。川合は曖昧に頷いた。

「あり得なくはないね。捜査一課長とも妙に突っ込んで話をしていたから。もしなにかやらかしたとき、隠蔽する役回りが一課長なんじゃないのか」

「なんだか奥歯にものの挟まったような言い方だな。本当はもっと肝心なことを知ってるんじゃないのか」

三好は猜疑を滲ませる。川合は慌てて首を横に振る。

「今回のことについては、おれなんかほんの端役に過ぎないんだよ。おれが持っている情報はあんたたちとなにも変わらない。それを流したからって、まだ実害が出ているわけでもないだろう」

「十分出ているよ。お陰で張り込みができなくなった。その隙を突いて片岡の口封じをされたら目も当てられない。田中ってやつがそのための鉄砲玉だとあんたもみているんだろう」

「たしかにそれはあり得るが、そっちのことはなにも知らない」

「こうなったら、あんたに寝返ってもらうしかないな。つまり二重スパイだよ。もう一歩踏み込んで連中の動きを探ってくれないか。いちばん危ないのはその田中ってやつだ。それから梶木の旦那のバックグラウンドだよ。あんたも伊達に刑事をやってきたわけじゃないだろう。そのくらいの鼻は利かせられるはずだ」

三好は足元を見透かすように言う。川合は慌てて問い返す。

「それがおれを見逃す条件だというのか」

「そりゃそうだよ。片岡純也にいちばん大事なところを握られているらしいが、そんなことはどうでもいい。片岡はいずれ親子ともども引っ括ることになるんだから」

「そんなことを言われても、連中はおれをそれほど信用していない。大事なことは喋ってくれないよ」

「だったらしようがないな。この件は監察に通報する。それだけじゃない。あんたがやったことを帳場の連中にも明らかにする。ただの不祥事じゃない。警察の仲間に対する裏切りだ。それについては保秘はかけない。監察が動こうが動くまいが、あんたは警視庁内に居場所がなくなるぞ」

引導を渡すように西沢が言う。川合は不承不承頷いた。

「それとなく探りを入れてはみますけど、あんまり当てにしないでくださいよ。私だって命は惜しいから」

8

翌朝九時に捜査会議が始まったが、いつもは十分以上前に席についている川合の姿がない。すでに着席している所轄の捜査員に西沢が問いかけた。

「川合さんはどうした?」

捜査員たちは互いに顔を見合わせる。古参の蓑田が首をかしげる。

「小一時間前に朝食をとっていたときはいたんですが」

「そのあと、どこかへ出かけたのか?」

「食事を終えて食堂を出ていったあと、私は姿を見かけていません。みんなはどうなんだ?」

蓑田は周りの捜査員たちに問いかけるが、彼らも一様に首を横に振る。鷺沼は不穏な思いにとらわれた。

この帳場は五十人程度と例外的に小さいため、食事は時間帯を分けて地下の職員食堂を使っている。普通は帳場のある講堂に一堂に会して仕出し弁当を食べるパターンが多く、それなら川合の行動にも目を配れた。しかし自分が割り当てられた時間帯以外での人の行動は把握できない。かといって帳場の人間に川合を行確させるわけにもいかない。いつもは夜の十二時近くまで帳場で所轄の部下たちと酒を酌み交わしているが、昨夜は十時ごろには全員の寝床が用意されている柔道場で、早めに寝入っているのを鷺沼は確認している。

三十分待っても川合は姿を見せない。自分の内通が発覚したことは当人にとってショックだったはずだが、鷺沼たちとしては、今後の捜査への協力次第によってはそれを棒引きにするチャンスを与えたつもりだった。しかし自ら招いた事態ではあっても、今回のような重大な人生の岐路に立った者の思いは当人にしかわからない。

結果的に川合を追い込みすぎたのではないかと不安な思いが湧いてくる。その点は西沢や三好も同様らしく、一様に表情を曇らせた。そんな思いを気どられないようにだろう。わずかに憤りを滲ませた口調で西沢が蓑田に言う。

「ちょっと捜してきてくれないか。所轄の課長に遅刻されたんじゃ、帳場としての示しがつかん。具合が悪くてどこかで倒れているのかもしれないし」

「わかりました。おまえたち、一緒に来てくれ」

周囲の同僚を促して立ち上がり、蓑田はそそくさと帳場を出ていった。

蓑田たちは十五分ほどで戻ってきた。

「署内を隈なく捜しましたが、どこにも見当たりません」

西沢が問いかける。

「屋上や建物の周囲も確認したのか？」

その質問の意味に敏感に反応したように、捜査員たちのあいだにどよめきが広がる。

西沢はこんどは帳場の全員に声をかけた。

「全員でもう一度捜してくれ。それから蓑田くん。署内の人間にも確認して欲しい。この帳場以外にも、当直で居残っていた者がいるだろう。だれかが見かけているかもしれん」

全員が一斉に立ち上がった。川合の身になにか取り返しのつかないことが起きている——。鷺沼は強い胸騒ぎを覚えた。

# 第十一章

## 1

正午を過ぎても川合の足どりはわからない。

妻に確認すると、昨夜からきょうにかけては自宅にも戻っていないという。

西沢は川合の家に捜査員を張り込ませた。帳場の捜査員は署の周辺の商店などでも聞き込みをしたが、目撃したという証言はなかったという。

ただちに犯罪に関わるような話なら近隣の防犯カメラを片っ端からチェックすることも可能だが、大の大人の姿が見えなくなった程度のことで大袈裟な捜査態勢はとれない。そんなケースでは、行方不明者届を受理しても、そのままファイルに綴じておくだけというのが警察のやり方だ。

捜査員たちは通常任務に戻り、西沢、三好、鷺沼、井上の四人はいつもの会議室で、店屋物の昼食をとりながら内密の相談をした。渋い表情で西沢が言う。

「とりあえず、無断欠勤扱いにでもしておくしかないな。鉦や太鼓で捜すようなことをしたら、梶木さんに首を突っ込む口実を与えることになりかねない」

「帳場の連中にはどう説明しますか。彼らもその道のプロですから、川合がなにかやらかしたらしいということには、もうとっくに気がついているはずですよ」

困惑を隠さず三好が言う。そこの判断が難しいところだ。隠しておけば、帳場の内部に疑心暗鬼が広がる。かといって総勢五十名ほどの小さな帳場でも、保秘を徹底するとなると難しい。本命の捜査に関わる事案なら、その情報を漏らせば法に抵触するが、身内の噂話を漏らしたところで罪に問われることはないし、さして罪悪感も感じないだろう。躊躇することなく鷺沼は言った。

「事実を周知するしかないでしょう。ここで隠しごとをすれば、ここまで結束してきた帳場の規律がガタガタになります」

「しかし実際に川合のようなのが出てきたとなると、完全な保秘なんて期待できないぞ。必ず漏れ出すのが噂というものだ」

西沢は不安を隠さない。ここまでは帳場の捜査員に対して秘密の壁をつくらずにやってきた。捜査員たちもそのことを意気に感じ、一体感を保って捜査を進めてきた。

まだ十分な成果は出ていないが、きのう神田が拾ってきた滝井容子の一件もある。いまは滝井研一の過去の足どりを追う方向で人員を割いていて、そちらから新たな決め手が出てくる可能性も十分ある。

「そこは信じるしかないでしょう。それに漏れたら漏れたで、敵は慌てて尻尾を覗かせますよ」

楽観的な調子で鷺沼が言うと、三好が身を乗り出す。

「わざとリークしてやる手もあるかもしれないな」

西沢が不安げに言う。

「虎の子のスパイがこちらの手に落ちたとわかったら、敵の尻にも火が点くかもしれないが、その結果、この先向こうがなにを仕掛けてくるかだよ。できれば考えたくはないんだが――」

川合本人がどの程度、敵側の情報を握っていたかはわからないが、片岡事務所とのなんらかの接点が今回の内通のきっかけになっているとしたら、そのこと自体が彼らにとってはアキレス腱といえるだろう。

川合の内通で彼らが得た利益はさしたるものではないはずだが、片岡純也と川合の結びつきが明らかになれば、片岡父子を介して広く政界と繋がったインサイダー取引疑惑を解明するうえでの強力な傍証になる。

その疑惑を隠蔽するために片岡純也が滝井研一を殺害したとしたら、川合もまた同じ運命になりかねない――。西沢はそこを心配しているようだ。

もし川合が不審死を遂げるようなことでもあれば、それもまたこの事件の闇を解明する大きなきっかけになるかもしれないが、それはそれで川合を事件解決の人柱にするようなもので、こちらとしてはいかにも寝覚めが悪い。

「それならなおさら、帳場に事実を周知すべきでしょう。そうすれば人員の半数を川合さんの捜索に当てられます」

鷺沼は改めて主張した。西沢は頷く。

「それがいいかもしれないな。心配し過ぎのような気もするが、転ばぬ先の杖というからな。横浜での密会に自分が呼ばれたのは、身体検査のためじゃないかと川合自身も言っていた。もともと猜疑の目で見られていたとしたら、片岡純也と繋がっていた点を考えても、排除の対象になる可能性は高かったわけだから」

「しかし、いまはまだ川合の内通が発覚したことを、敵は知らないはずですよ」

三好が首を傾げる。不安を隠さず鷺沼は言った。

「こちらから川合さんに取引材料を出したでしょう。それに応えるために、川合さんはなんらかの行動を起こそうとしているんじゃないですか。もしそうだとしたら、我々は彼をより危険な方向に押しやったことになる」

# 2

「鷺沼さんたちは、せっかくのおれの手柄をパーにしてくれたんだね。これで経済的制裁の分け前はないものと諦めてもらうしかないね」

川合の件を報告すると、宮野の反応は思っていたよりあっさりしていた。宮野としてはあすの梅本の大芝居こそが正念場で、そのまえに決着がついてしまうと、片岡康雄から大枚を強請りとるタイミングを逃すことになりかねない。

「そんなもの欲しいとも思っちゃいないが、川合をなんとか捕まえないと、重要な糸口を失うような気がしてな」

「あいつら、殺しかねないよね。ひょっとしたら川合は片岡純也に関して、かなり際どいことを知っているのかもしれないしね」

宮野は躊躇なくそこに言及するが、その本音は透けて見える。

「それがあんたの願望じゃないと思いたいんだがな――」

片岡純也に直結している川合の扱い方しだいでは、片岡康雄をパスして黒幕の純也に一気に迫るパターンも考えられる。そこまで行くと、タスクフォースはもちろんのこと、警視庁でも手に余る。おそらく地検特捜の出番になるから、瀬谷の死体をネタに康雄をビビらせて、経済的制裁に応じさせようという作戦は意味がなくなる――。さり気なくそんな筋立てを言ってやると、それが図星だったかのように宮野はむきになる。

「そんなはずないじゃない。経済的制裁はあくまで手段に過ぎないって、いくら言ってもわかってくれないんだね」

「だったら川合をここで死なせるわけにはいかないな。おれたちも捜索には全力を尽くすよ。ところで、あすの準備は万端なんだな」

「もちろんだよ。これから梅本と会って、ここまでの捜査の流れをレクチャーするから。事件の背後関係まで聞かせてやったら、あいつも気合が入るはずだよ。なんにしたって、康雄がこの事案すべてのキーマンなのは間違いないんだから、あしたの本番で事件はほとんど解決するね。康雄が梅本の口座に金を振り込んだのを確認したら、あとは鷺沼さんたちのやりたい放題で、康雄も県警のろくでなし連中も黒幕の純也も、ひとり残らずとっ捕まえて刑務所送りにしてやればいいじゃない。タスクフォースの仕事はそこまでで、あとは警視庁にお任せするから」

「それじゃタスクフォースはただの強請り屋じゃないか」

「そんなことないよ。梅本を使う作戦なんて、そんじょそこらの警察にはできない高度な捜査手法で、それが駆使できるのはタスクフォースだけじゃない」

「なんだかおれたち、このまま詐欺師の集団になりそうだな」

「いまはおとり捜査だって許される時代なんだから、気にすることないよ。これから詐欺師へのアウトソーシングが流行するかもしれないよ」

宮野の発想は相変わらず飛んでいる。こういう人間と付き合っていると、脳内の回路が劣化して、刑事としての遵法意識が怪しくなってくる。

そこへ持ってきて相手にしているのが政治権力をバックにやりたい放題の連中だ。それに対抗するためならこっちもなんでもありで、多少の法令無視もやむを得ないという考えに傾いてくる。

「いずれにしても、いまやおれたちの標的は片岡康雄ごときじゃない。その先まで攻め込めなければただの恐喝屋に過ぎない。それで終わるんなら、タスクフォースは解体するしかない」

「心配ないよ。それより、これから川合を追っかけ回さなきゃいけないんじゃ、あすの梅本の大芝居には付き合えないでしょ。まあ、心配しなくていいよ。おれと福富でうまいことやるから」

「そうはいかないよ。現場のやりとりをきっちり録音する必要があるし、しっかり見張っていなきゃいけない人間がもう一人いるわけだから」

「福富のこと？　あいつなら心配ないよ。梅本とは息が合ってるし、鷺沼さんたちの前ではきれいごとを言ってるけど、おれとは違って金に対する執着は人一倍だから、気を入れて仕事をするのは間違いないね」

「心配してるのはあんただよ。梅本を丸め込んで、片岡とおかしな取引をするように仕向けられたら堪らないからな。事前の打ち合わせで、おれのほうからしっかり釘を刺しておかないと」

「とことん疑い深いんだね、鷺沼さんは。おれはそんなに欲張ってないよ。八億というのはあくまで目標で、そのために罪を見逃してやろうなんて考えは毛頭ないよ。五億くらいまでなら負けてやってもいいいんだから」

宮野はけろりと応じる。脅しつけるように鷺沼は言った。

「そういう問題じゃない。肝心なのは、事件解決のための重要な証言を引き出すことだ。それをやらずに手を打つようなことをしたら、おれがあんたを恐喝罪で逮捕するからな」

## 3

捜査員の半分を動員して川合の行方を追ったが、夕刻になっても足どりは摑めない。

鷺沼は焦燥を募らせた。

西沢たちとの打ち合わせどおり、帳場の捜査員には片岡の背後にいる黒幕の存在と川合の内通について隠さず伝えたうえで、もし見つけたら、すぐに身柄は押さえずに、気づかれないように行確するように指示しておいた。もちろん保秘は徹底してある。

帳場から姿を消した理由はわからないが、きのうの鷺沼たちとのやりとりからして、片岡純也や高村一派に助けを求めての行動だとは考えにくい。内通が発覚したからなんとかしてくれなどと泣きつけば、向こうは無用の存在どころか、有害物と判断して排除しようとするだろう。

あるいはこちらの注文に従って、なにかめぼしい材料を手に入れようと敵陣営の誰かと接触を試みているのか。それならこちらに耳打ちしてくれれば、警護の人員を張り付けるくらいはできたのだ。

日中に捜査員を携帯電話のキャリアに走らせ、川合の携帯の通話記録を取得したが、きのう鷺沼たちに締め上げられたあと、川合はだれとも連絡をとっていない。

もちろん電子メールやＬＩＮＥを使えば通話記録は残らないし、公衆電話という手もあるからそこはなんとも言えないが、見つけた場合に行確という指示には当然警護の意味もあった。

いまこの状況での単独行動はできれば避けて欲しかったし、連携しての動きなら、帳場には内通の事実を明かす必要はなく、川合に約束したとおり、なにもなかったことにして穏便に済ますこともできたのだ。

夕飯を済ませて帳場へ戻る途中の廊下で、携帯に着信があった。見知らぬ固定電話の番号だ。どうせ間違い電話だろうと無視しかけたが、なぜか気になって応答した。流れてきたのは聞き覚えのある声だった。

「鷺沼くん。おれだよ」

「川合さん？　いまどこに？」

周囲に人がいないのを確認し、声を落として応答した。逃げた魚がせっかく戻ってきたのに、ここでバラしたら取り返しがつかない。

「いまは言えない。帳場にだって敵と繋がっているやつがいる。そもそもおれが言えた話じゃないんだが」

「どうしてわかるんですか？」

「ゆうベメールが届いたんだよ」

「だれから？」

「坂下という、例の片岡事務所の公設秘書だよ」

「どういう内容だったんですか」

「あんたたちになにを喋ったのか、説明しろと言うんだよ。ついてはきょうの午前中に、大森本町の片岡邸に、だれにも気どられずに顔を出すようにと言われてね」

「出向いたんですか」

「冗談じゃない。命あっての物種だよ。そのくらいの脳味噌はついている」

「しかし、きのう我々が川合さんと話をしたことを、どうして片岡事務所が知ったんですか？」

「おれとは別に、帳場にもう一人スパイがいるんじゃないのか」

「つまり我々のなかに？」

慄きを覚えて問い返した。「我々」のなかから、鷺沼自身はもちろん三好も井上も除外していい。そうなると残るは一人ということになる。

まさか西沢もスパイだったとは考えにくい。いや考えたくない。川合はこちらの手に落ちたふりをして、いまもなお敵の陣営にぶら下がっているのではないか——。そういうガセネタを流して、こちらを疑心暗鬼に陥らせようという作戦なら、敵は一枚上手ということになる。

「あの会議室はあんまり遮音性が高くないんだよ。だれかが立ち聞きしたとも考えられるがね。直すように警務課長に何度も談判してるんだけど、予算がないからなるべく小声で喋れって言いやがる」

「どうして私に電話を？」

「信用できそうだと思ってね。この事案にいちばん入れ込んでいるのがあんたと井上くんだった。三好はやる気があるんだかどうだかよくわからない。西沢さんと付き合うのは今回が初めてだから、あの人の腹のうちはまだ読めない」

「私は信じていいと思いますが」

「そこはどうでもいいんだよ。ただ間違いないのは、おれがいま置かれている立場を、なぜか連中がいち早く知ったということだ」

「川合さんは命を狙われていると？」

「早い話、連中にすれば、おれ自身が迂闊に覗かせた尻尾なんだよ。おれは連中が画策した捜査妨害の生き証人で、神奈川県警本部長の高村と片岡純也を繋ぐ結節点だ。いま連中が望んでいるのは、その結節点を取り除くことだ」

「だったら我々があなたを護ります。居場所を教えて下さい」

「連中を甘く見ないほうがいい。おれもいまは帳場に身を預けられない」

「我々を信じてください」

「残念だが、おれがこの世の中でいまいちばん信じられないのが警察なんだよ。高村だけじゃない。うちの梶木さんにしたって怪しいもんだ。そのお仲間に加わっていた張本人が言うんだから間違いない」

「だったらどうしろと言うんです？」

「あんたと会いたい。井上くんも同席してくれていい。ただし三好や西沢さんには言わないでくれ」

「三好さんは心配いりませんよ」

「おれも疑ってはいないが、あんまり大勢で動いて欲しくない。とくに西沢さんには黙っていて欲しい」

川合はこちらの疑念を西沢に誘導しているように見える。罠なら引っかかれば帳場は瓦解する。かといって川合の示唆が正しいとしたら、無視すればこれも致命的な結果を招くことになる。

これまでの捜査指揮に関して、西沢を疑ったことは一度もなかった。しかしきのうの会議室でのやりとりが敵に漏れたのだとしたら、やはり西沢を疑うのが順当だ。

とはいえ、きのう川合を追い込んだ西沢の手腕は堂にいったものだった。鷺沼たちとも息がぴたりと合っていた。鷺沼は問いかけた。

「警察がそこまで信用できないというんなら、私と会ってどうするつもりなんですか?」

「渡したいものがあるんだよ」

「渡したいもの?」

「片岡父子とその取り巻きを、一網打尽にできるかもしれない材料だ」

川合は思わせ振りに言う。眉にたっぷり唾をつける必要はあるにせよ、本当ならお宝を手にするまたとない機会だ。無闇に疑ってチャンスを逃すより、ここは騙されてもともとと割り切って、餌に食いつくしかないだろう。

「どこで？」

「西蒲田七丁目の御園神社の近くの路地に、『コパ』というしけた喫茶店がある。そこに午後七時に来てくれ」場所はインターネットで調べられる。

いま午後六時。忙しない話だ。ただの成り行きで人を殺すのはそう簡単なことではない。明白な殺意を持って自分をつけ狙う人間の存在を川合は示唆している。

いまは所轄の課長に収まっているが、強行犯担当刑事としてのキャリアは長い。そのあたりの気配については素人とは違う勘が働くのだろう。一刻を争う事態かもしれないと、鷺沼も焦燥に駆られた。

「わかりました。これから急いで向かいます」

そう応じて通話を切り、まだ食堂にいるはずの井上を呼び出した。事情はあとで話すから、急いで署の一階ロビーに来てくれというと、打てば響くように井上は応じた。

「なにかあったんですね。いますぐ向かいます」

五分後にロビーで井上と落ち合い、大森駅に向かいながら、かいつまんで事情を説明した。井上はすぐに飲み込んだ。

「急いだほうがいいですね。川合さんにしたって、意味もなく人を呼び出してすっぽかすようなことをしていられるほど暇じゃないはずです」

## 4

一駅となりの蒲田で電車を降りて、井上がインターネットのグルメサイトで検索した『コパ』まで徒歩で向かう。

店には五分ほどで到着した。川合がしけた喫茶店と言っていたわりには、店のつくりも調度も凝っていて、いま流行りのセルフサービスのコーヒーショップとは一味違う昔ながらの喫茶店だ。香ばしいコーヒーの香りが漂う店内は、半分くらいの席が埋まっている。メニューを見ると値段もけっこう高目だ。

川合の姿は見えない。七時の約束だからこちらが早く着いたわけで、文句を言っても始まらない。

テーブルにやってきたウェイトレスにコーヒーを注文してから、鷺沼は三好に連絡を入れた。事情を説明すると三好は唸った。

「どうも臭いぞ。なにか仕掛けがありそうな気がするな。帳場の捜査員を近辺に張り込ませようか」

「無理ですよ。川合さんには全員面が割れていますから。こうなったら余計なことはせず、向こうの言うとおりに動くほうがいいでしょう。ダメでもともと。当たれば大変な情報が手に入るかもしれません」

「だったら、西沢さんには黙っていたほうがいいな」

「やむを得ないでしょうね。疑いたくはないですが、川合さんのことがあったわけですから」

「川合は神経過敏になっている。命を狙われる危機を感じているとしたら、うちの帳場から情報が漏れたというより、敵陣営が川合を不要な人間と判断したからじゃないのか」

「なにがあったのか知りませんが、片岡純也に、よほど強い恐怖を抱いているのは間違いないですね」

「西沢さんとは関係なく、あいつ自身が、どこかで片岡の逆鱗に触れたんじゃないのか」

「その可能性もあります。だとしたらヤバいですよ。片岡邸に呼び出されて、それをすっぽかしたということは――」

「本当に危ない連中に付け狙われているのかもしれないな。県警の田中ってやつが、半グレやら中国マフィアやらにコネがあるという話だったしな」

「そういった不穏な気配の連中は店内にいませんが、これから入ってくる客には十分目配りをします。もっともそこそこ客のいる喫茶店ですから、ここで荒っぽい真似をするとは思えませんが」

「まあ、十分気をつけてくれ。申し訳ないが、この件は西沢さんには事後報告ということにする。本人は気を悪くするかもしれないが、万一ということがある。背に腹は替えられん」

三好も切迫した口振りだ。あとでまた状況を報告することにして通話を終えた。

午後七時十分前。川合はまだ現れない。客はごく普通のサラリーマンやカップルで、危ない気配の人間はとくにいない。取り越し苦労だったかと思ったところへ鷺沼の携帯が鳴った。応答すると、切羽詰まったような川合の声が流れてきた。

「こっちから呼び出したのに申し訳ない。そこへ行けなくなった。心配しなくていい。約束は守る。店の近くの御園神社の賽銭箱の下に封筒を隠しておいた。そこに入っているメモの指示に従ってくれればいい」

「大丈夫ですか。なにか危険が迫っているんですか」

「ああ。まだ死にたくはないから、なんとか逃げないとな」

「いますぐ我々に身柄を預けてください。警察なら安全を確保できます」

「さっきも言っただろう。おれにとって、いまいちばん信用できないのが警察だよ。おれをこの世から消そうとしているのも警察の息のかかった連中だ。じゃあな。あんたたちもうっかり地雷を踏まないように気をつけたほうがいいぞ」

川合は切ない調子で言って通話を切った。井上を促して立ち上がり、レジで会計を済ませて店を出た。

御園神社は界隈で有名な神社らしく、井上がスマホで調べたらすぐにヒットした。そちらに向かって歩きながら電話の内容を説明すると、緊張を隠さず井上は応じる。

「ここまではいろいろあったけど、いまここで川合さんを死なせるわけにはいきませんね」

「裏切りはしたが、いまのところそれほど実害を被ったわけじゃない。むしろこれからそれを埋め合わせる大仕事をしてもらおうと思っていた矢先だったからな」

鷺沼は頷いた。憎むべき敵は、自分たちの薄汚い権益を守るために人を殺すことも厭わないような連中だ。川合もその餌食にすることになれば、鷺沼にとっては一生の痛恨事だ。

正面の鳥居をくぐり、こんもりと木々に覆われた神社の境内に入る。二頭の狛犬に護られた本殿の前には川合が言っていた賽銭箱がある。

その下の隙間に手を差し込むと、たしかに長形3号の茶封筒が一通置いてあった。取り出して開封すると、手帳を破ったらしい紙片が一枚と、コインロッカーの鍵が出てきた。紙片には蒲田駅南改札の傍にあるコインロッカーのなかを見るようにと走り書きされている。

どうやら川合は鷺沼たちがいる喫茶店のすぐ近くまで来たが、危険を感じて蒲田駅のコインロッカーになにかを入れて、神社の賽銭箱の下にこの封筒を残し、自らはどこかへ身を隠したらしい。

川合の携帯を呼び出しても通じない。電源を切っているようだ。先ほどの電話は公衆電話からだった。その前の電話は固定電話からだったが、おそらくピンク電話でも使ったのだろう。

位置情報を把握されないための用心かもしれないが、そうだとしたら、警戒しているのは鷺沼たちではなく、県警関係者ないしは片岡純也の息のかかった警視庁内部の人間ではないか。

いずれにせよ、コインロッカーのなかを急いで確認する必要がある。周囲に不審人物がいないか目配りしながら駅へと急ぐ。駅に向かうにつれて人通りが多くなるが、尾行されているような気配は感じない。

五分ほどで蒲田駅に着き、南改札に向かう。川合が書いていたとおり、そこにはコインロッカーが並んでいた。

鍵の番号のロッカーを解錠すると、なかには分厚く膨らんだ角形2号の茶封筒があった。封はしっかりと粘着テープで留められている。中身はなにかわからないが、重さからすると分厚い紙の束のようだ。なにかの書類だろうと思われるが、ここで広げて中身を見るわけにはいかない。

息せき切って西口のロータリーに走り、タクシーを捕まえて大森署に向かう。車中から三好に電話を入れる。署内では人目につくので、署の裏手にあるファミレスで落ち合うことにした。もちろんシロだと確信できるまでは西沢には知らせない。

## 5

封筒から出てきたのは、二センチほどの厚みの書類で、二百ページ近くある。コピーされたもので原本ではない。

「驚いたな。これは経済産業省の内部文書じゃないか」

声を潜めて三好が言う。世間の人の耳には触れさせたくない話題だ。近くのテーブルには客はいないが、店内はそこそこの入りだった。

文書を作成したのは経済産業省製造産業局で、機密指定の大きな判子が押されている。表題は「我が国先端企業の技術開発動向報告書」となっており、前書きを読むと、日本の産業競争力の向上に資するため、経済産業省が非公開を条件に国内数百の企業から聞き取り調査を行ったもので、今後の産業助成政策立案のための基礎資料として作成したというような触れ込みだ。

内容はすべて我が国の国策上の重要機密であり、漏洩させた場合は安全保障上の問題となるとともに、株価にも大きく影響し、インサイダー取引にも該当するため、扱いには十分注意するようにとの注意までわざわざ書いてある。

その書類の束とは別にもう一枚の紙があり、それはなんと、片岡康雄に宛てた純也の秘書の坂下名義の送り状だった。

そこにも書類の内容は重要機密であり、絶対に外部には漏らさないようにと念押しする言葉があり、次の報告書は三ヵ月後に出る予定で、そちらも入手次第発送すると書いてある。そういう重要機密の提供を今後も継続することになっているようで、当然、それ以前も同様のことが行われていたことを示唆している。

書類の内容は極めて具体的で、各社の実名を明らかにしたうえで、現在開発中もしくは開発が完了し、事業化が目前の技術が数百件掲載されている。

難解な技術用語が多く、そこに挙げられているものにどれだけ値打ちがあるのか鷺沼にはわからないが、井上は得意分野のIT関係についてはいくらか勘が働くようで、いま世界が開発にしのぎを削っている5Gや量子コンピュータ関係の驚くべき技術が含まれているという。

ほかにも医薬品から化学製品、繊維製品、ロボット、自然エネルギー、海洋開発と、ほぼすべての技術分野が網羅されている。

「これが手に入ったら、誰だって株式投資で大儲けできるな」

三好は溜息を吐く。書類が作成された日付は三ヵ月ほど前になっていて、最新版というわけではないが、それでも大半はいまも十分生きている情報だろう。

片岡事務所が漏出させているインサイダー情報はそれだけではないはずだ。上場企業のM&A（合併と買収）や増資や減資など株価に影響のある情報も、財務省などを経由して漏れ出している可能性がある。

宮野に見せたら涎を垂らしそうなお宝だが、株で大儲けをしようとするならそれに見合った元手が必要だから、悪銭を手に入れるたびに瞬く間にギャンブルですってしまい、普段は素寒貧《すかんぴん》の宮野にとってはいまのところ宝の持ち腐れでしかないだろう。

「しかし川合はどうやって、こんな代物を手に入れたんだ」

三好が問いかける。覚束ない思いで鷺沼は応じた。

「わかりません。汚名をすすごうとしてなにか行動を起こし、それで命を狙われているのかもしれないし」

「もしそうなら、なんとか命は護ってやりたいが、指名手配するほどの罪状があるわけじゃない。とりあえず立ち寄りそうな場所を張り込むしかないな。自宅はもちろんのこと、親族や友人知人の家。思い当たるところをチェックする。いまのところできるのはそれくらいだろう」

「もし命を狙われていると感じているとしたら、巻き添えにする惧れがありますから、そういう人たちには近づかないんじゃないですか」

鷺沼は慎重に言った。三好も考え込む。

「携帯を使ってくれれば、それで位置情報が把握できるかもしれないんだが、電源を切っているわけだろう」

「我々を頼ってくれればいちばんいいんですが、いま彼が置かれている状況を考えれば、警察に対する不信感は拭えないでしょう。私だって彼の立場だったら、いちばん信用できないのが警察だと思います」

切ないものを感じながら鷺沼は言った。どんな事情があったのかはわからないが、彼はこの置き土産によって内通の埋め合わせをした。この書類は片岡父子が中心になって行ったインサイダー取引疑惑を立証する強力な物証になるだろう。しかし大ネタ過ぎて捜査の俎上に載せること自体が難しい。

この機密情報に含まれる企業の株の売り買いのタイミングをチェックすれば、片岡父子のインサイダー取引容疑は確定する。片岡純也に関しては、インサイダー取引のみならず、そこに防衛技術に転用可能なものが含まれていれば、特定秘密保護法にも抵触する。

インサイダー取引との併合罪となれば、片岡純也は政治家としての失脚を免れない。純也が失脚すれば県警と警視庁への影響力は払拭される。康雄も遠慮なく検挙できるし、彼の犯罪の隠蔽工作に動いた神奈川県警本部長を含む純也の傀儡《かいらい》たちにも捜査の手が伸ばせる。

しかしインサイダー取引や特定秘密保護法違反のような犯罪は、殺人捜査が本業の鷺沼たちにとっては手に余る。餅は餅屋で捜査二課の手を借りることになるかもしれないし、それでも難しいようなら地検特捜の出番になる。

しかし川合が惧れている警視庁内部にもいるかも知れない敵への目配りを怠れば、先に敵が動いて帳場を潰されるかもしれないし、それ以上に、彼らには人事権という伝家の宝刀がある。

三好でも鷺沼でも井上でも、その気になればどんな部署へでも飛ばすことができる。奥多摩や八丈島の駐在所勤務が発令されれば、こちらは逆らうことができない。いやなら警察官を辞めるしかない。

鷺沼としては西沢を信じたいが、川合は自らの内通がまだ帳場内に周知されていない段階で坂下からの呼び出しを受けている。それを思えば、漏らしたのが西沢である可能性は否定し難い。

もちろん川合も言っていたように、署内の誰かが立ち聞きした可能性もゼロではない。帳場の連中には保秘を徹底しているし、ここまでの捜査の過程で疑わしい挙動を見せた者もいない。しかし帳場に加わっていない他部署の署員はいくらでもいる。そのなかに川合とは別のラインで片岡事務所と通じている人間がいないとも限らない。梶木庶務担当管理官にまで敵の影響力が及んでいるとすれば、大森署の署長だって疑わしい――。そんな考えを聞かせると、厳しい表情で三好も頷く。

「その点を考えると、ここから一気呵成には攻められないな。おれも西沢さんが内通しているとは信じたくないが、状況証拠から考えると、その可能性も排除できないわけだしな」

「川合さんが意図してやったとは思いませんが、結果的には、こちらの内部に疑惑の楔《くさび》を打ち込まれたみたいですね。下手をすると相互不信の連鎖が起きて、帳場が空中分解しちゃうんじゃないですか」

井上が不安げに言う。これから梅本の大芝居もある。そちらに関しては、むしろ帳場は邪魔なくらいだが、あくまで突破口を切り開くためのやむを得ない手段だ。そこで引き出した材料を、康雄や県警の悪党どもの検挙に繋げるためには、司法警察権をもつ帳場の機動力が必要だ。三好は困惑を隠さない。

「おれが西沢さんと直接話をしてもいいが、もし川合の勘ぐりに過ぎなかったら、帳場には致命的な不信感が残る。逆に川合の勘ぐりが当たりだとしたら、西沢さんが素直にそれを認めるはずがない。証拠を示せと言われたら、こっちはぐうの音も出ないわけだから」

「そこは三好さんの判断に任せますよ。ベテラン刑事の眼力で、西沢さんの腹を探ってください。どこかでそれをやらないと、せっかく手に入れたお宝を塩漬けにしてしまうことになりかねませんよ」

信頼を滲ませて鷺沼は言った。三好は大きく頷いた。

「わかった。これから帳場に帰って、一献酌み交わしながら探りを入れてみるよ」

## 6

翌日の午前中、鷺沼と井上は滝井研一関係の捜索を口実に帳場を出て、福富が経営する関内の『パラッツォ』に向かった。

三好は、川合とは同じ強行犯関係での叩き上げで知らない仲ではないから、過去の経歴をたどり人脈をチェックしてみるという口実をつくり、きょうは一日、外歩きするということにしたらしい。鷺沼たちとは大森駅近くのレンタカー会社で落ち合って、そこから一緒に『パラッツォ』を目指した。

三好は昨夜、西沢とじっくり話し込んだという。

「ちくちく探りを入れてみたんだが、不審なところはまったくなかった。きのうおまえが川合と電話で話した件も、例の置き土産の件も、こっちは黙っていたんだが」

「川合さんが行方をくらました理由については、やはり心当たりがないというわけですね」

「ああ。内通の埋め合わせにこちらに提供できる材料を捜して歩いてるんじゃないかと言うんだが、実際にそれは当たらずとも遠からずだったわけだよ。公設秘書の坂下からの呼び出しのタイミングが、内通が発覚したすぐあとだったことの説明にはならないが、それも偶然の一致だと解釈できないわけじゃないからな」

「じゃあ、信じるしかなさそうですね」

「いや、まだ答えを出すのは早い。それで一つ引っかけてみようと思ったんだよ」

三好は言う。鷺沼は身を乗り出した。

「どういう方法で？」

「高村県警本部長、浮田県警捜査一課長、それから片岡純也の公設秘書の坂下、さらに警視庁側でも庶務担当管理官の梶木――。この四人を行動確認すれば、川合がどこかで彼らと接触するかもしれないと言ってやったんだよ」

「西沢さんの反応は？」

「それはぜひやるべきだと言って、むしろ積極的だった。まあ、この状況ならやってみるのが当然で、反対する理由は思いつかないだろうからな。このあとしらばっくれて西沢さんの通話履歴を取得する。もしそのうちの誰か、あるいは敵側の関係者と見られる人物に電話を入れていたら、クロと判断せざるを得なくなる」

そう言う三好も複雑な口振りだ。鷺沼も西沢を疑うことにはうしろめたい思いがあるが、ここで疑念を燻《くすぶ》らせている限り、捜査を前に進められない。

「西沢さんにバレたらどうしますか」

「あの人がシロなら、おれは辞表を書くしかないな。ただしクロなら立場は逆転だ」

三好は腹を括ったように言う。宥めるように鷺沼は言った。

「もしシロだとしても、西沢さんはわかってくれると思います。立場が異なれば西沢さんも同じことをするはずです。現に川合さんの通話記録の取得に反対はしなかったわけですから」

「面白くはないだろうけどな。梶木管理官の怪しげな動きを見れば、本庁の捜査一課も信用できない。せめてこの帳場くらいはクリーンに保っておかないと、この先、なにが起きるかわからんから」

　三好は不退転の決意を覗かせた。

『パラッツォ』の事務室には宮野と梅本がすでに到着していて、福富となにやら話し込んでいた。

　梅本は修験者のような頭巾をかぶり、金糸銀糸を織り交ぜた赤い袈裟に紫の袴、手には大粒の数珠をかけ、白足袋に草履という仏教系と神道系がごっちゃになったような怪しげな出で立ちだ。しかし馬子にも衣装と言うべきか、普段は貧相な梅本が、なにやら霊験あらたかに見えるから不思議なものだ。

　福富もすでに本番の衣装に着替えていた。梅本よりはだいぶ地味だが、頭巾や袈裟の出で立ちは梅本と同様で、こちらも怪しげな匂いをぷんぷんさせている。

　梅本に着付けの指導を受けながら、三好は福富と同様の衣装を身につける。そのあと基本的な所作の指導を受けた。

　梅本は大きめのトランクを二つ持ち込んでいて、なかには折りたたみ式の祭壇や凝ったつくりの真鍮《しんちゅう》製の燭台や陶器の香炉、お祓い用の大幣《おおぬさ》などが収納されている。それをアシスタント役の福富と三好が運び、片岡邸のリビングに臨時の祭壇を設《しつら》えるという段取りだ。

降霊とお祓いの儀式のあいだは、室内の照明をすべて消し、カーテンを閉め切り蠟燭の明かりだけにする。妖しげな香の匂いとともに、蠟燭の光に浮かび上がる梅本の顔を想像するだけで、いかにもおどろおどろしい雰囲気だ。

準備が済んだところで昨夜の出来事を報告すると、宮野も福富も弾かれたように身を乗り出した。

川合が行方をくらましたことは宮野に伝えてあったが、川合から電話があってから先のことはとくに連絡はしなかった。難しい決断を必要としていたときだった。宮野に余計な口を挟まれれば、こちらの判断が揺さぶられる。川合の件はあくまで警視庁サイドの問題で、宮野にああだこうだと横槍を入れられたくはない。

それを知って宮野はいきり立ったが、川合がもたらした置き土産のことを聞かせたとたんに狂喜した。

「それって凄いじゃない。そこに書いてある会社の株を買えば、そのうち値上がりして、おれたちも巨額の投資利益が得られるわけだ」

「それをやったら、あんたもインサイダー取引で手がうしろに回るぞ」

「バレなきゃいいんでしょ。これから梅ちゃんの一芝居でまとまった金が入るんだから、それを元手に買いまくれば、おれもカリスマ投資家として世間の注目を浴びることになる」

案の定の反応だが、ここまで本音を丸出しにされると、鼻白むどころか怒りに体が震える。鷺沼は言った。

「ふざけるな。そんなことをしたら、片岡父子の悪事を暴く核弾頭が不発弾になっちまうだろう。そういう考えなら、あんたに手伝ってもらうことはなにもない。いますぐここから立ち去ってくれ」

「ちょっと待ってよ。これだけ苦労して敵を追い詰めたんだから、そのくらいの余禄があってもいいじゃない」

「それじゃ経済的制裁でもなんでもない。片岡親子と同じ穴の狢《むじな》だろう」

「株というのはノウハウが要るんだよ。インサイダー情報が入ったとしても、むやみに買えばいいってもんじゃない。現に滝井研一は、片岡の口車に乗って売りのタイミングを間違えて、有り金すべて失ったという話じゃないか」

福富が諫《いさ》めるように言う。多少は株式投資もやっているらしいから、そのあたりについては宮野のような素人とは違う。宮野の場合、あれだけ夢中になっている競馬や競輪で、せっかく手に入れたあぶく銭をすべてすったという話を何度も聞いている。

「その辺はこれからちゃんと本を読んで、しっかり勉強するからさ。福富ちゃんからもいろいろ手ほどきを受けたいし。それまでは安全な場所に保管しておいてね。だれかに先に手を付けられたら困るから」

「心配しなくていいよ。あの書類の存在を知っているのはおれたちだけだ。ゆうべ本庁に戻って、うちの部署専用の証拠品保管庫にしまっておいたから。その鍵を持っているのはおれだけだ」

三好が言うと、宮野はさっそく猜疑の目を向ける。

「三好さんこそ、抜け駆けして買いに走ったりしないだろうね。川合に続いて西沢って人の話まで聞くと、もう誰を信じていいのかわからなくなるよ」

「いまはそういうくだらない算段をしている場合じゃない。梅本さんの大芝居に集中すべきときだろう」

強い口調で鷺沼は言った。梅本が宥めるように言う。

「心配しなくていいよ。シナリオは頭のなかでしっかりできあがっているから。おれもこうなると、金の問題だけじゃない。そういうたちの悪い連中を叩きのめすために、及ばずながら力を尽くすよ」

# 7

『パラッツォ』のシェフが用意してくれた賄い料理で早めの昼食を済ませ、鷺沼たちは正午過ぎに瀬谷に向かった。

福富ははったりを利かせるためにベンツのマイバッハをレンタルした。料金は自分が持つというから太っ腹だ。梅本と福富と三好がそちらに乗った。

鷺沼たちは目立たないようにごくありきたりの小型SUVをレンタルし、鷺沼と井上と宮野がそれに乗り込んだ。

三好は懐に無線発信機付きのマイクロフォンを仕込んで、井上は受信機兼録音機を携行する。こちらはリアルタイムでのモニターも可能だ。

瀬谷の片岡邸に着いたのは約束の午後一時少し前だった。カーポートには片岡自慢のBMWのカブリオレが駐まっている。広々したカーポートにはさらにもう一台駐められるスペースがあり、福富はシルバーグレイのマイバッハをそこに進入させた。訪問の際にはそのスペースを使うようにと、片岡康雄から言われていたらしい。

鷺沼たちはこれまでもしばしば使わせてもらった近所の空き地に車を乗り入れた。井上が録音機のスイッチを入れると、三好たちの声が流れてきた。電波状態はまずまず良好のようだ。

「じゃあ、行こうかね」

梅本の声が聞こえる。いかにも慣れた調子で、緊張している様子は微塵もない。

インターフォンのチャイムを鳴らす音が聞こえる。ビデオカメラの映像で、装束をつけた梅本の姿を確認したのだろう。なかから応答することもなく、すぐにドアのロックを外す音がした。

「片岡さんだね。極光心霊一心会教祖の梅本です」

妙に威厳のある声音で梅本が声をかける。片岡が応じる。

「わざわざご足労、ありがとうございます。どうぞお上がりください」

いつもの慇懃無礼な調子とは違い、妙にへりくだった口振りだ。騙されたふりをしてなにか引っかけようとしているのではという疑念も湧くが、彩香が変装して玄関前に立ったときの片岡の恐怖に引きつった悲鳴を思えば、そんな小細工を弄《ろう》する余裕があるとは考えにくい。

スリッパを履いて廊下を移動する足音がする。

「なるほど、この家には、たしかに妖気が漂っておりますな」

梅本の声が流れてくる。怖気づいたような片岡の声が続く。

「退散させて頂けますか」

「もちろんですよ。仏教には因果応報という言葉がありましてな。悪い行いには悪い結果が、いい行いにはいい結果がついてくる。すべてはこれからのあなたの行い次第で、悪い結果が現れるのを、いい行いで帳消しにすることもできる」

「いい行いとは？」

「心を入れ替え、犯した罪を悔い、それに見合った喜捨を行うことですよ」

梅本はのっけから金の話だ。ここまでストレートだと小学生でも怪しむと思うが、片岡は深刻な調子で訊いてくる。

「喜捨とは、例えばどのくらい？」

「そこはあなたのお気持ち次第ですよ。私のような宗教家は、成仏しきれない霊とのあいだを取り持たせていただくだけで、金額がいくらなどという下世話な話は与り知らぬことでしてね」

「つまり私が決めればいいんですね」

「ただし霊のほうがそれに納得するかどうか。仏法の言葉では、地獄の沙汰も金次第と言いますから」

そんなのが仏法の言葉だとは聞いたことがないが、片岡は疑問にも思わないらしい。世間では投資のカリスマと言われているが、所詮は父親から提供されたインサイダー情報をもとに株を売り買いしていた偽のカリスマだ。一般的な教養のレベルは必ずしも高くはないようだ。

「しかしなにごとにも相場というものがありますから、なんとかそのあたりを交渉してもらわないと」

世の中のあらゆる動きを金に換算するような商売だから、あの世のことにもそれが通用すると思っているらしい。梅本はさりげなく含みを残す。

「教祖としては、ご喜捨をいくらにしろなどとは言えません。それじゃ純粋な宗教行為が商売になってしまいますので。そのあたりについては、ここにいる事務長の中村にあとでご相談ください」

中村は福富の偽名だ。梅本に受け取った金をくすねられても困るという宮野の意見で、金を搾り取るのは福富の担当にしてある。三好は八木という偽名だ。

「ではおまえたち、準備を始めてくれ」

梅本は偉そうな調子で促した。「はい、教祖様」と福富と三好がへりくだって応じ、祭壇の準備をしているらしい物音がする。十分ほどで物音は止み、梅本は一つ咳払いをして厳かな調子で切り出した。

「それでは祭壇の前に御正座ください。もうすでに霊はこの部屋においでになっています。いまからご降臨いただきます」

そう言うと、突然張りのある声で呪文を唱えだす。なにやら怪しげな祈禱がしばらく続いて、梅本は急に女言葉で喋りだす。容子が乗り移った芝居を演じているらしいが、声のトーンもやや高めで、当人の風采を思い浮かべるとどうにも気色が悪い。

「久しぶりね。康雄さん。わたし、容子よ。あなたに殺されてからずっと迷っているのよ。成仏できないって本当に切ないことよ。程ヶ谷カントリー倶楽部の裏山の木に吊り下げられて、雨に打たれ、だんだん体が腐敗していって、発見されたときにどんなにおぞましい姿に変わっていたか、私は全部知っているのよ」

ただならぬ怨念のこもったその言葉には、想像していた以上の迫力がある。片岡の嗚《お》咽《えつ》とも呻きとも聞こえる声が流れる。梅本の声は続く。

「そのあと死因を突き止めるための解剖もされず荼毘に付されて、身元のわからない死体として片付けられて、誰ひとり私を弔ってくれない。だからあなたに取り憑くしかないの。あなたが私を殺したことを認めない限り、私はあなたから離れられない。あなたが破滅するまで――」

「容子。殺す気はなかったんだよ。あれは弾みだった」

悲鳴のような声で片岡が応じる。梅本の腕前なのか、言われたことがまさに図星だからなのか、いずれにせよ片岡はその声の主が容子だと本気で信じているらしい。有無を言わさず梅本は追い込んでいく。

「弾みで？　わざわざヨットで使うロープを用意して？　私を木の枝に吊って自殺を装うのにもそれを使ったわね。すべて計画的だったんじゃないの？」

「そんなことはない。君はおれにとっていちばん大事な人だった」

「だったらどうして自首しなかったの？　どうして神奈川県警の本部長に電話を入れて、隠蔽を依頼したの？」

「動転してたんだよ、あのときは。いまでは後悔している。しかしこうなると、もうあとには戻れない」

「嘘よ。あなたにとって私は邪魔な人間だったのよ。あなたがいちばん知られたくない秘密を私が知ってしまったから」

容子に成り代わった梅本が決めつけるように言う。もちろん鎌をかけているだけで、ここは鷺沼のアイデアで取り入れた作戦だ。片岡はまんまと引っかかった。

「研一は親父とおれを破滅に追いやろうとしていた。だから死んでもらうしかなかった。君にとっては憎むべき存在のはずだったから、むしろ喜んでくれると思っていたんだよ」

「遺産の件で私は兄を憎んでいたわ。でもたった一人の肉親でもあったのよ。それは血の繋がっていないあなたにはわからない感情よ」

「殺したのはおれじゃない。親父が人を使ってやらせたことだ」

「それを私が知ってしまった。私はあなたを責めたわ。自分の欲得のために人を殺せるような人と一緒に暮らしていると思うと、身の毛がよだつ思いだった。あなたは私が警察に通報するのを惧れたのよ。それともお父さんからの命令？　どっちでもいいわ。私があなたに殺されたのは事実なんだから」

梅本のアドリブには天才的なものがある。ひょっとして本当に容子の霊が憑依しているのではとさえ思わせる。

「許して欲しい。いまは本当に悔いている」

「だめよ。私はあなたの人生を破滅させたいの」

「おれを殺す気なのか？」

「その前に、たっぷり苦しみを与えてやるわ。私が味わった惨めな思いは、一度や二度死んでもらうくらいじゃ、とても晴らせないもの」

「お願いだから、もう取り憑くのはやめてくれよ。そのためにならなんでもするから」

片岡の声は悲痛だ。福富の思いつきの作戦の効果は期待以上だった。殺人を犯した人間の内面は当人にしかわからない。幽霊や怨霊のような超常現象を信じる片岡にとって、その恐怖は想像を絶するものがあるらしい。

ここまでくると気の毒にも思えてくるが、それはあくまで自ら蒔いた種。刈り取れるのは片岡だけだ。

「容子の殺害に関しては自供したじゃないですか。これから警視庁も、梅本さんを顧問にして、霊媒捜査を導入すべきかもしれませんね」

井上は突拍子もないことを言い出すが、法的な問題は別として、取り調べの手法としては、たしかに有効かもしれない。

「しかし梅本もなかなかやるね。おれの事前のレクチャーのせいもあったかもしれないけど、片岡自らの容子殺しと片岡純也の滝井研一殺しの供述を引き出した。これまでの地上げや恐喝の下請け仕事でも、相手のバックグラウンドを周到に調べ上げて、いちばん痛いところを狙い撃ちしたんじゃないの」

宮野は成功を確信しているような口振りだ。鷺沼も同感だ。

「頭脳派なのは間違いないな。長年、偽霊媒師で飯を食ってきただけのことはあるよ」

「問題はここで録音した音声を、どうやって公判に堪えられる証拠に仕立て上げるかですね」

井上は考え込む。手応えを覚えて鷺沼は言った。

「これだけで上出来だよ。例の川合さんの置き土産も含め、とりあえず最高のネタが手に入ったわけで、料理の仕方はいくらでもある。結果はお楽しみということだな」

そんな話をしているあいだも、片岡は涙声で許しを請うている。梅本は阿佐谷北で二人が暮らした当時の思い出を語り出す。梅本が創作した出任せの愛情物語に、片岡は咽《むせ》び泣きながら聞き入っている。神田が拾ってきた近所の住民の証言は、どうやら間違いなかったようだが、片岡自身はそれについてとくに立ち入ったことを語らない。

そのとき獣の遠吠えのような叫び声が耳に飛び込んだ。梅本の声だ。それが降霊術終了の合図のようだった。

普段の声音に戻って、梅本がなにやら呪文を唱え、福富と三好が打ち合わせどおりそれに唱和する。梅本が言う。

「霊はお帰りになりました。きょうはここまでということにいたしましょう。降霊術というのは体力を消耗するものでして。私もここまでで限界です」

「容子の怨霊は祓ってくれたんですか。もう私の周りに出没しないんですか」

「いやいや、きょうの儀式は本格的に霊を祓うための準備に過ぎません。これから私は本部に戻り、そのための祈禱に入ります。三日三晩、食事も睡眠もとれないような過酷な祈禱です」

「それで怨霊は退散すると？」

片岡は切実な調子で問いかける。悠揚迫らぬ口振りで梅本は応じる。

「そこはあなた次第です。さきほど申し上げたように、心を入れ替え、犯した罪を悔い、それに見合った喜捨を行えば、霊はたちどころに退散するでしょう」

# 第十二章

## 1

「じゃあ、福富ちゃん。金を搾りとるほうは任せるね。梅ちゃんがせっかくいい仕事をしてくれたんだから、八億くらいは朝飯前でしょ」

ほくほくした顔で宮野が言う。片岡康雄の家を出て、関内の『パラッツォ』に戻ってきたところだった。厄払いの対価としての喜捨については、これから福富が片岡と交渉することになる。

もちろん宮野の目算どおり、素直に億の単位の金を出すとは思わない。福富はそこで硬軟を使い分け、最後には掌を返して、お祓いの際に康雄が喋った話を口外してもいいのかと脅し文句をちらつかせる。そこは昔取った杵柄で、真綿で首を絞めるようにじっくり追い込めば、総資産額数百億と豪語する片岡に、数億のお布施は安いと納得させるのは簡単だと自信を示す。

経済的制裁の名を借りた宮野の強請り作戦に、福富はこれまで気乗りのしない態度を見せていたが、宮野が疑っているように、本音は濡れ手で粟の悪銭稼ぎに目がないのか、あるいは権力を笠に着て悪事の限りを尽くしている連中への怒りがそうさせているのか、いずれにせよ、一段ギアアップした気配が感じられる。

「任せておけよ。おれも康雄があそこまでビビるとは思わなかった。梅本の実力はおれの見立て以上だったよ」

福富が持ち上げると、謙遜気味に梅本は応じる。

「あの片岡ってやつはこれ以上ないほど扱いやすいタイプでね。おれが言うのもなんだけど、怨霊が取り憑くなんていうトンデモ話をあそこまで信じ込む馬鹿は珍しいんだよ。それに加えてあんたたちの捜査の成果もあった。それが図星でおれの芝居にも信憑性が出たということだ。あとは福富さんの腕で八億ふんだくってくれれば、おれもしばらく息がつけるよ」

福富は自信ありげに頷いた。

「満額は無理にしても、懐が多少は痛むくらいの金はふんだくらないとな。そのあとはきっちり刑務所にぶち込んで、独房で滝井容子の怨霊とじっくり思い出話にふけってもらいたいもんだよ」

「考えただけで恐ろしいね。刑務所じゃ、大音量でヒップホップを鳴らしたり、窓のカーテンを閉め切ったりはできないからね」

宮野はいかにも楽しげだ。三好が身を乗り出す。

「問題は、きょう手に入れた材料をどう使うかだよ。あれを証拠に逮捕状を請求するのは、いくらなんでも無理だからな」

「使い方はいろいろありますよ。こうなると、叩くべき本命は片岡康雄じゃない。親父の純也と彼に群がる政官界の悪党どもです。康雄にはきょう録音した音声を聞かせて、取り引きを持ちかけたらどうですか――」

三好が言うように、この録音データで逮捕状を請求したり、あるいは公判で証拠採用されるのはまず考えられない。しかしそこはこの道のプロだからわかる話で、素人の康雄に対してなら、恫喝の材料として十分使えるはずだ。

まず鷺沼が康雄の家に直接出向き、あるルートから録音データを入手したと言って条件を提示する。

こういう証拠を入手してしまった以上、我々はあんたを逮捕せざるを得ない。ただし、片岡純也が自らの犯罪を隠蔽するために滝井研一を殺害したという事実を供述すれば、あんたのほうは殺人罪では立件せず、傷害致死と死体遺棄で済ませてやれる。それなら量刑は殺人罪よりはるかに軽くて、うまくいけば懲役八年くらいで済むだろう。

それを拒むならこの音声をＳＮＳで配信する。それで世間が騒ぎ出せば、こちらも手加減はできなくなる。当然、殺人罪で立件することになり、その場合の量刑は最低でも懲役十五年。加えて滝井研一の殺害にも関与していたことになれば極刑もあり得る。

それに加えて、父親の純也が県警上層部を動かしてあんたを排除しようと画策している事実をこちらは掴んでいる。県警本部長を筆頭に、捜査一課長、田中という汚れ仕事を得意とする捜査一課員が集まって怪しげな密談をしている証拠写真もある。あんたを亡き者にしようという相談だろうとこちらは読んでおり、田中が瀬谷の自宅周辺をうろついている事実も把握している。ここまで追い詰められた以上、どちらが得かは考えるまでもないだろう——。

虚実取り混ぜてそこまで突っ込んだ話を聞かせてやれば、康雄には思い当たることがいろいろあるはずだ。大森本町の実家に助けを求めて出向いたとき、すげなく門前払いされた場面をこちらは目撃している。梅本のお祓い作戦に引っかかったのも、そもそもほかに助けを求める相手がいなかったからで、それについては康雄も危機感を感じているのは間違いない。

そんな考えを聞かせると、とたんに宮野が慌てだす。

「だめだめ、そんなことしたら、康雄から金を巻き上げる肝心の計画が頓挫しちゃうじゃない」

「だから、まずはそれを先に片付けてもらって、おれたちはそのあと動き出す。福富も録音データの話を使ってちくちく脅しをかけるわけだから、そっちとの相乗効果で康雄はパニックになる。そこにちょっとだけ甘い餌をちらつかせてやれば、食いついてくるのは間違いない」

「なるほど。鷺沼さんも大したもんだよ。よくそこまでえげつない手を思いつくね」

宮野は呆れたように言う。宮野にそこまで言われるのは心外だが、どのみち滝井容子の件に関しては、現場の状況を明らかにする材料がない現状で、殺人での訴追は難しい。とりあえず殺人罪という言い値をふっかけておいて、それを傷害致死くらいに負けてやる。怨霊話をあそこまで信じるレベルの康雄なら、その方面についてもいかにも疎そうだから、案外食らいつくのではないか——。

そんな考えに三好も興味を隠さない。

「たしかにえげつないやり口だが、片岡純也一派の悪辣さを考えればそのくらいはやって当然で、むしろ警察上層部を意のままに操れる連中と闘うのに、手段を選んではいられないからな」

「ユーチューブやインスタグラムであの音声を配信するんだったら、僕にまかせてくださいよ」

井上が張り切る。闘いの場は法廷だけではない。SNSが普及しているいまの時代ならではの追及の手段はあるはずだ。いずれにしても、経済的制裁だけではない、より大きなターゲットに迫る上での強力な武器を手に入れたのは間違いない。

## 2

　そのとき鷺沼の携帯に連絡が入った。片岡康雄の自宅を見張っている私立探偵の木島からだった。

「鷺沼さん。いま神奈川県警の刑事数名がパトカーでやってきて、片岡氏を連行していきました」

「連行？　つまり逮捕ですか？」

　足元の床を踏み抜いたような驚きを覚えた。深刻な調子で木島は答える。

「手錠をかけられていましたから、任意同行ではなさそうです」

「素直に応じたんですか」

「家のなかでしばらくやりとりをしていたようですが、内容はわかりません。外へ出たときはとくに抵抗はしていませんでした。非常に消沈した様子ではありましたが」

「被疑事実は？」

「逮捕状の読み上げは屋内でやったようで、こちらの耳には聞こえてきませんでした」

「わかりました。このあとガサ入れなどの動きがあるかもしれないので、もうしばらく張り付いていてもらえますか」

「構いませんよ。料金は一日刻みですから、きょういっぱい張り付いても金額は変わりませんので」

木島は鷹揚に応じる。よろしく頼むと伝えて通話を終えて、話の内容を伝えると、全員が驚きを隠さない。

「そういう手を打ってきやがったか。どんな被疑事実を捻り出したのか知らないが、康雄の身柄を向こうに確保されてしまったのは最悪の事態だな」

三好がテーブルに拳を叩きつける。考えてみれば十分あり得ることでも、まさかそこまでやるとは想像が及ばなかった。宮野が金切り声を上げる。

「いったいどういう容疑なのよ。まさか殺人じゃないだろうね」

「こっちがやろうとしていたことを、先にやられてしまったのかもしれないな。殺人もしくは傷害致死容疑なら、県警はおれたち以上に事実関係や物証を握っているわけだから――」

不穏な思いで鷺沼は言った。滝井容子の死体発見現場の遺留物のなかに、じつは片岡康雄と結びつくものがあった可能性は高い。県警はきょうまでそれを隠していたが、その方針を変えたのかもしれない。そちらの容疑で康雄を送検すれば、父親の片岡に繋がる線を断ち切った上で、康雄を好きなように犯人に仕立て上げられる――。

「しかしそうなると、親父のほうにも別のかたちで影響が及ぶ。息子が人を殺したとなれば、政治家としての命脈も絶たれる。それじゃ片岡純也にとっては藪蛇だろう」

三好は首を傾げる。鷺沼は言った。

「そうだとしても、政治家というのは不死身ですからね。それで収まれば、インサイダー取引容疑どころか、滝井研一殺しまで闇に葬れる。一時的に政界から身を引いたとしても、次の選挙で必ず復活しますよ。むしろ同情票が集まって、トップ当選するくらいじゃないですか」

「その読みは当たりかもしれないな。傷害致死なら真面目にお勤めすれば五年くらいで仮釈放もある。そのあたりに関しては親父の威光も働くはずだ。時を同じくして親父のほうも政界に復帰する。政官界絡みのインサイダー取引の仕組みは温存されているから、康雄が自由の身になれば、システムはいつでも再稼働できる」

三好は大きく頷く。悲愴な表情で宮野が嘆く。

「康雄が逮捕されたんじゃ、お布施の交渉ができないじゃない。まだ一銭もふんだくっていないのに、もう絶望するしかないよ。おれの人生は終わりだよ」

「あんたの人生がどうなろうと興味はないが、おれの読みどおりなら、敵は起死回生の手を打ってきたことになる。おれたちは相手を甘く見ていたかもしれないな」

「なんだよ。おれの一世一代の大仕事も、これでただ働きになっちまうわけか？」

悲鳴を上げる梅本を、福富がどやしつける。

「基本料金の二百万はおれが持つと言ってるだろう。こっちは一銭も入らないんだから、それで我慢しろ」

「でもせっかくの大芝居が一銭の金にもならないんじゃ、なんのためのタスクフォースだったのよ。努力した人間が報われないんじゃこの国はもうお終いだよ。この世界には神も仏もいないんだね」

宮野は駄々っ子のように喚《わめ》きだす。殴り倒したい衝動を抑えて鷺沼は言った。

「康雄の逮捕が滝井容子殺しの容疑だというのはあくまでおれの想像で、ほかのケチな犯罪の可能性もある。そのときはお祓いの録音も切り札として十分使える」

「ああ、たしかにそうだね。どっかで女子高生のスカートのなかを盗撮して、迷惑行為防止条例違反に引っかかったのかもしれないしね」

「それはないだろうがな。あいつはここしばらく外を歩き回っていないし」

「でも人間なんてどこかでうしろ暗いことをやってるのが大半で、ケチな罪状だったら、あれだけ金があるんだから、すぐに保釈金を積んで釈放されるかもしれない。そこでお布施の交渉をすればいいんだね」

無理やり自分を納得させるように宮野は一人で頷いている。ここでこれ以上騒がれても困るから、勝手に納得してくれるなら、それを無理に否定する必要はない。

「そのとおりだ。しかし県警が思い切った手を打ってきたのは間違いない。康雄が留置場や拘置所にいるあいだはこちらも身動きがとれない。そのあいだに敵があちこちで尻尾切りに走ったり、大森の帳場を潰しに来る可能性も高まった」

「敵の狙いは、おそらくそのための時間稼ぎだろうからな」

三好が唸る。西沢の件がある。まだシロかクロかは判断できないが、今回の唐突な県警の動きを見ると、高村本部長を始めとする県警の黒幕や片岡純也の公設秘書の坂下を行確するというガセ情報が、西沢を通じて伝わって、敵側が過剰な反応を示した可能性も否定できない。

そのとき三好の携帯が鳴った。三好はディスプレイを覗き、鷺沼たちに軽く目配せしてから応当した。

「ああ、西沢さん。三好です。なにかありましたか？」

相手の話にしばらく耳を傾け、三好は大袈裟に驚いてみせた。

「片岡康雄が逮捕された？　本当なんですか？」

木島からすでに情報を得ていることは隠すしかない。とぼけて相槌を打ちながら話を聞くうちに、三好の表情が硬くなる。

「わかりました。これから急いで署に戻ります。鷺沼たちには私から連絡しておきます」

そう応じると、三好は苦い表情で顔を上げた。

「鷺沼の読みどおりだったよ。いまテレビのニュースでやっているそうだ。容疑はとりあえず死体遺棄で、今後、殺人もしくは傷害致死を視野に入れて捜査を進めるという。被害者は滝井容子だ」

「連行した先は瀬谷署ですか？」

「それがなんと、県警本部なんだそうだ」

三好はいかにも不審だと言いたげに首を捻る。鷺沼も驚きを隠せない。

「またどうして？　経済事犯や広域暴力団の事案ならそれもあり得ますが、殺人ではまず考えられない」

「要するに、県警本部長事案だということだよ――」

三好は舌打ちして続けた。

黒幕たちは、康雄がいちばん弱い部分だということを知っている。滝井容子は、康雄が言うとおり弾みで殺されただけで、康雄自身は滝井研一の殺害には関与していないのかもしれない。しかしその康雄をターゲットに警視庁が動いていることを、川合から得た情報で彼らは把握している。

そのいちばん弱い部分を警視庁の帳場に押さえられたら、片岡純也に対する嫌疑も浮上しかねない。その疑惑の糸を断ち切るために、純也の意を受けて、高村本部長一派は康雄の犯罪をきょうまで隠蔽してきた。しかしそれもそろそろ限界だと考えて、とりあえず自分たちの手で康雄を囲い込んでしまうことにしたのだろう。

県警本部の直轄事案にしてしまえば、あとは密室のなかでなんとでも料理できる。公判で軽微な量刑の判決が確定してしまえば、一事不再理の原則によって康雄の罪は二度と問えなくなる。

もちろん裁判が続いているあいだは、こちらは一切手出しができない。そのあいだに大森の帳場は潰されて、片岡純也に捜査の手を伸ばすこともできず、鷺沼たちはどこかに飛ばされる——。

三好のその考えが、先読みに走り過ぎだとは必ずしも思えない。そんな成り行きを康雄が望んだわけでもないだろう。しかし彩香の演技でパニックに陥り、梅本のインチキ降霊術を信じ込んだところを見れば、容子の殺害に良心の呵責を覚えていたのは間違いない。父親も含めた黒幕たちに言い含められれば、応じてしまう可能性は高い。

傷害致死で七、八年の刑期で済めば、親父の政治力で五年で仮釈放もあり得るし、下手をすると無罪を勝ちとることだってなくはない。警察にとって冤罪をつくることは容易だが、その逆はさらに簡単だ。

一緒に行動していたことがばれるのはまずいので、三好と鷺沼は十分ほど時間をずらして大森署に戻った。

## 3

井上は三好が予《あらかじ》め用意していた捜査関係事項照会書を携えて携帯キャリアの本社に走った。西沢のここまでの通話記録を取得するためで、それを確認するまでは西沢に立ち入った話はできない。

西沢はいつもの会議室で待ちかねていた。県警本部が発表したのは、被疑者が横浜市瀬谷区在住の自称投資家、片岡康雄というところまでのようだったが、マスコミはすぐにそれが与党総務会長、片岡純也の息子だという事実を突き止めたようで、午後のワイドショーはその話題で持ちきりだったらしい。

純也は国会内で記者団に囲まれて厳しい質問を受けたが、まだ罪が確定したわけではない。今後の捜査を見守りたいが、自分は息子の無実を信じている。結果的に世間を騒がせることになったのは遺憾だが、いまこの時点で政治家としての進退を問われるのは筋違いだと強気に応じた。

推定無罪の法理はむろん政治家の親族でも例外ではないから、片岡の言い分に間違いはないが、それとは別に国民感情や政界のパワーゲームという逃れがたいリスクを政治家は抱えている。マスコミの報道は逮捕された康雄のことよりも、純也の出処進退に集中し、すでに野党からも党内からも議員辞職要求の声が上がっているらしい。

これがもし純也が意図したものならずいぶんリスキーな作戦を選択したことになるが、それは自らの犯行が発覚した場合のリスクが、この事態によってこうむるリスクよりはるかに甚大だということだろう。

そうだとしたらこちらの読みはまさに当たっていたわけで、政治家が出処進退を問われるようなリスクを冒してでも隠したいこととなると、インサイダー取引や情報漏洩といった程度の犯罪事実ではないはずだ。それが滝井研一の殺害に関わるものなのはもはや疑いようはない。

父親の政治的延命の人柱にされる康雄のほうは堪らないだろうが、滝井容子を殺したことは事実だから抗いようがない。だからといって、県警や警視庁に裏から手を回して捜査の手を妨害してくれていた父親の意図が、息子である自分への愛情によるものではなく、自らの保身のためでしかなかったとしたら——。

自業自得とはいえ、康雄がいま感じている絶望がどれほどのものかは想像するに余りある。

「敵は死に物狂いだよ。これで我々は康雄に手を出せなくなった。これは究極の防衛策だ。ある意味、引導を渡されていたのは片岡純也なのかもしれないな」

西沢は危機感を募らせる。三好は問いかけた。

「というと？」

「片岡純也が護ろうとしているのは、我が身というより、彼を集金マシーンとして使ってきた現政権の中枢にいる連中じゃないのか」

「現政権——。つまり官邸の主も含まれるという意味ですか」

三好が問いかける。西沢は力なく頷いた。

「その可能性がある。そのために詰め腹を切らされた可能性だって否定できない。こうなると、もうおれたちには戦う術がない。敵は一枚も二枚も上手だったよ」

そうは言っても、こちらには川合の置き土産の例の書類がある。そこから片岡の牙城に直接攻め入る手があるが、西沢の立ち位置がまだわからない。川合が示唆したように、帳場のトップが敵と内通しているとしたら、最後の切り札の存在を伝えることは、こちらにとって自殺行為にもなりかねない。

純也の秘書から川合に呼び出しがかかったタイミングにしてもそうだが、今回の康雄の逮捕にしても、三好がガセネタを渡した翌日で、これもタイミングが合っている。

ここで突然、敗北宣言ともとれるようなことを言い出している点にも不審なものを感じるが、だからといって川合の書類の件はもちろん、梅本のインチキお祓いの成果も知らない西沢にすれば、打つ手なしと判断するのも無理からぬところがある。

そのとき鷺沼の携帯が鳴った。ディスプレイを覗くと、井上からだった。会議室の隅に移動して応答すると、声を落として井上が言う。

「きのうからきょうまでの西沢さんの通話記録を取得しましたが、不審な相手との通話はありませんでした。そうは言ってもチェックできるのは音声通話だけですから、それだけでシロだとは断定できませんが」

「そうか。わかった。これからこっちへ来られるんだな」

さりげない調子でそう応じると、井上は察しよく応じる。

「西沢さんがいるんですね。いますぐ向かいます。どう対応するか、ここは思案のしどころですね」

通話を終えて会議テーブルに戻ると、三好が目顔で問いかける。さり気ない調子で鷺沼は答えた。

「研一関係の聞き込みではとくにめぼしい成果はなかったそうで、これから帰ってくるとのことです」

三好はその言葉の意味を理解したように軽く頷いて、おもむろに口を開いた。

「じつは奥の手がありまして――」

きのう川合から受け取った機密文書の話を聞かせると、普段は温厚な西沢が気色ばんだ。

「どうしてそれを黙っていた？」

「申し訳ありません。西沢さんを疑わざるを得ない事情がありまして――」

川合が西沢を怪しんでいた話を聞かせると、西沢はいかにも落胆したというように、大きな溜息を吐いた。

「おれがスパイ扱いされているとは思ってもみなかったよ。それも正真正銘のスパイの川合の口車に乗せられて」

「申し訳ありません。じつはもう一つ、余計なことをしておりまして――」

三好は西沢の携帯の通話記録をチェックしたことも白状した。ここは疑心暗鬼の状態で捜査を停滞させてしまうよりも、ストレートに疑念をぶつけて西沢の反応を見るべきだと腹を括ったようだ。

「そこに、おれと怪しい連中の通話記録があったのかね」

西沢は不快感を露わにする。動じることなく三好は言った。

「ありませんでした。ただ連絡手段は電話だけではありませんので。康雄の逮捕が敵側の関係者を行確しようという話が出たすぐあとで、妙にタイミングが合っているものですから」

「その情報を、おれが流したと言いたいわけか」

「片岡純也の秘書から川合に呼び出しがかかったのも、我々が彼を追及した直後です」

「だったら、怪しいのはおれ一人じゃないだろう。あんたも含め、あの場にいた全員が怪しいことになる」

「理屈ではそうなりますね」

三好は相手の反応を見定めるように、ここはいったん引いてみせる。西沢はしばし沈黙し、唐突に笑みを覗かせた。

「おれはあんたたちを信じるよ。だからそっちもおれを信じろ。この局面で互いに猜疑心を抱いているようじゃ、本命の悪党を取り逃がす」

屈託のないその表情に、西沢はシロだと鷺沼は確信した。疑えばきりがない。そして西沢の言うとおり、解明しようのない猜疑にとらわれて本命の悪党を取り逃がすことになれば、それは敵前逃亡と同義となる。

「疑って申し訳ありませんでした。事件が解決したら辞表を書きます。おっしゃるとおり、いまは事件解決に全力を傾けるべきときです。それまではご容赦ください」

生真面目な表情で三好が応じる。西沢は大きく左右に手を振った。

「わかってるよ。おれだって立場が違えば同じことをしただろう。あんたたちもすっきりはしないだろうが、いまはお互い信じ合うことが得策だ」

「そう言ってもらえると私も救われます。いずれにしても、敵は腹を括って仕掛けて来たようです。こうなると、我々も刺し違えるくらいの覚悟で捜査を進めていくしかないでしょう」

「おれもそう思う。となると、こっちには川合の置き土産の機密書類がある。それをどう使うかだが――」

西沢は思いあぐねる。鷺沼は言った。

「我々にとっては営業外の分野ですが、ここはインサイダー取引の容疑で攻めていくしかないと思います。それなら一事不再理の原則には抵触しません。容疑を固められれば、新たに康雄の逮捕状を請求することもできます。県警が素直に身柄を引き渡すとは思えませんが、きっちり証拠を固めておいて、地検の特捜部に投げてやる手はあるんじゃないですか――」

インサイダー取引のような経済事案なら、警視庁の捜査二課と共同で捜査に乗り出すという手もあるが、神奈川県警同様、警視庁にも片岡純也の影響力が及んでいる可能性は高い。もちろん地検の特捜部も官邸との繋がりは強く、捜査対象が政治家の場合でも、その大半は政局絡みの国策捜査だと見做されている。

当然、そちらにも片岡純也の影響力は働くだろうし、もしインサイダー取引で片岡父子が稼ぎ出した金が官邸の主の懐にまで流れているとしたら、そう簡単に地検特捜が動いてくれるとは思えない。しかし与党内での片岡の立ち位置が官邸の主の意に沿わないものであれば、むしろ積極的に排除に乗り出す可能性もある。

井上がネット上で拾った政局絡みのニュースには、党内で隠然たる影響力をもち、次期総裁選出馬の意向をちらつかせている片岡を、首相周辺が煙たがっているという記事も散見される――。

そんな話を聞かせると、西沢は興味津々という様子で身を乗り出した。

「それが本当なら官邸と利害が一致する。しかし康雄の事案なら横浜地検の担当になるんじゃないのか」

「殺人や傷害事件と違い、インサイダー取引には事件現場という概念がないですから、東京地検の扱いで問題ないでしょう。横浜地検には特捜部はないですし」

「なるほどな。県警が殺しの容疑で康雄の身柄を押さえ込んでいても、インサイダー取引容疑で再逮捕は可能だ。まずは康雄から崩すというわけか」

「康雄の自供が得られれば、インサイダー取引疑惑のみならず、片岡純也が関与した滝井研一の殺害にまで捜査の矛先を向けられます。地検特捜が主に扱うのは政治や経済事案ですが、べつに殺人を扱ってはならないという規定があるわけではないし、経済事案の延長線上にある事件なら、避けて通るわけにはいかない。もちろん殺しの事案ならこちらが専門ですから、捜査協力というかたちで相乗りできます」

鷺沼は自信を覗かせた。三好が首を捻る。

「問題は、どうやって地検の特捜を動かすかだよ。特捜と警察はある意味商売敵だからな。電話を一本入れれば素直に動いてくれる相手だとは思えんぞ」

「それについては考えがあります——」

鷺沼は温めていた腹案を聞かせた。

4

翌日、鷺沼は、井上を伴って和光市にある城北大学のキャンパスに向かった。携えていったのは、川合から受け取った経済産業省の機密文書のコピーだ。きのうのうちにアポをとっていたので、徳永は研究室で待っていた。

機密文書を手渡すと、徳永は驚きを隠さない。

「これは凄い資料ですよ。こんなものが民間に漏れ出ているとなれば、この国の官僚も政治家も笊どころか底の抜けた桶です。それを利用したインサイダー取引で巨額の利鞘を稼いでいる人間を見逃しているとしたら、金融界も腐りきっている。まさに政官民がグルになった大疑獄です」

徳永は憤りを隠さない。鷺沼は頷いた。

「こういうものが手に入るんなら、私だって株でいくらでも儲けられますよ」

「こういう資料が定期的に片岡康雄に渡っていたとしたら、やはり私が睨んでいたとおりです。彼の投資行動の的中率は常識のレベルを超えていた。さらに――」

徳永は続ける。カリスマ投資家の評判が立ってからは、康雄はＳＮＳやブログで株価の予想を公表してきた。それを見て買いに走る追従者が増えることで、株価は一気に跳ね上がる。

煽りに煽ったうえでピークで売り抜く。売りどきを間違えて大損をする追従者も少なからずいたはずだが、康雄が自慢気に吹聴する投資収益に踊らされて、被害者予備軍はいまも増える一方だという。

重要なのはそれがガセネタではなかったことで、もしこうしたインサイダー情報なしでそれだけ的中させていたとしたらまさに天才だ。しかしなにも知らない追従者は、その天才ぶりを頭から信じた。

滝井研一もそんな手口に引っかかった被害者の一人なのだろう。売りどきを見極められなかったのは自己責任だとしても、何度も儲けさせてもらっているうちに、しだいに気が大きくなって罠にはまったのではないか。鷺沼は訊いた。

「ここ最近の彼の投資行動で、ここに載っている会社と結びつくものがあるか、チェックはできますか」

「やってみましょう。ここにあるのは主に二部上場企業や東証マザーズやジャスダックといった新興市場の銘柄で、一般の人にはあまり馴染みのないものです。片岡君の投資対象にはその種のものが多いのが以前から気になっていました」

応援テーブルに置いた機密文書をめくりながら徳永は言う。

「それらと片岡の投資行動の関連性を立証できますか」

期待を覚えて問いかけた。徳永は請け合った。

「SESC（証券取引等監視委員会）には共同研究で親しく付き合っている職員がいます。SESCは非常に強い調査権限を持っており、その結果、悪質な犯罪事実が立証されれば、地検の特捜部に告発します。とりあえずこのなかから、ここ最近株価の大きな変動があった銘柄を洗い出して、そこから片岡君が売買益を得ていたかどうかチェックすればいい。そもそもこのなかのいくつかは、彼がすでにブログやSNSを通じて推奨銘柄に挙げていて、いまもジリジリと値を上げています。もっとも彼は留置場にいて、パソコンもネット環境も使えないでしょうから、株の売り買いはできませんが」

インサイダー取引は現行犯で逮捕するわけではないから、その点はこちらは気にすることもないが、片岡純也にとっては、これからしばらくそちらからの実入りが減るわけで、政治家としての出処進退の問題に加え、金銭的にも大きな打撃になるだろう。

そこまでわかったうえで今回の作戦に出たのだとしたら、それを犠牲にしてでも隠したいほどの危ない事実を抱えているとしか考えられない。梅本のお祓いの際に康雄も認めたとおり、それが滝井研一の殺害に関わるものであることは間違いない。

「康雄の身柄は神奈川県警に押さえられてしまいましたから、滝井容子氏殺害の容疑では我々は彼に手が出せなくなりました。しかし滝井研一氏の殺害については一歩も引こうとは思いません」

「鷺沼さんにとっては、インサイダー取引疑惑は突破口で、ターゲットはあくまで滝井君を殺した犯人なんですね。だったら私もお手伝いのし甲斐がありますよ」

徳永は我が意を得たりというように膝を打つ。根っからのミステリー好きというのは本当のようだ。

「そちらが我々の本業ですから。しかし政治権力を笠に着て、インサイダー情報を使って悪銭を稼ぐような連中は国家の敵です。そういう連中に然るべき制裁を科すことができないなら、警察は悪徳政治家の犬に成り下がる。いや、すでに嬉々として成り下がった連中が警察社会にいることが、私には堪えがたいんです」

「わかりますよ。私にできることは限られますが、それでも多少はお役に立てます。私の人脈を使って、なんとかSESCを動かしてみます。この資料によってインサイダー取引の事実が立証されたら、地検の特捜部に告発するよう、SESCに強く要請します」

「特捜が動いたら、こちらも積極的に捜査協力をするつもりです。片岡純也クラスの大物政治家となると、我々の手には負えない部分があります。特捜は警察にとって商売敵でもありますが、殺人絡みの捜査は得意じゃない。この事案に関しては強力なチームが組めるでしょう」

期待を込めて鷺沼は言った。

5

「でも、せっかくここまで敵を追い詰めたのに、最後の仕上げを特捜に渡してしまうのは悔しいですね。彩香と梅本さんの名演技が、無駄骨に終わっちゃうわけだし」

徳永の研究室を出たところで井上が恨めしそうに言う。その思いはわからなくもないが、その結果、宮野が目論んでいた経済的制裁の恩恵に与るチャンスが霧消したことへの恨みも込められているのは間違いない。

「終わらせやしないさ。むしろ特捜に下拵《したごしら》えをしてもらって、研一殺しの件についてはおれたちが仕上げをする。国会ももうじき終わるから、議員の不逮捕特権も気にすることはない」

鷺沼は自信を滲ませた。どんなかたちであれ、片岡父子の身柄が拘束されるのはこちらにとっていい展開だ。特捜に投げると言っても、こちらはこちらで捜査は進める。むしろ片岡純也を頭目とする黒幕たちの手足が縛られることで、敵の妨害工作はやりにくくなるだろう。

あのお祓いの録音データも隠し球として温存する。出どころは秘匿した上で、声紋鑑定の結果とともに地検特捜に聞かせてやることもできる。康雄はカリスマ投資家としてユーチューブやインスタグラムにしばしば動画を投稿しているから、その音声と照合すれば本人だということは間違いなく立証できる。地検特捜の捜査を滝井研一殺害の方向に振り向けるうえでは意味があるだろう。

和光市駅に着いたところで、鷺沼の携帯が鳴った。鑑識の木下からだった。応答すると、どこか弾んだ木下の声が流れてきた。

「あったよ。消えた頭蓋骨の写真――」

「というと、大森西の白骨死体の？」

「あの事件に関連した鑑識のサーバーのゴミ箱に残っていた。削除はしたけど、ゴミ箱をクリアするのを忘れていたようだ」

「だれがそんなことを？」

「サーバーのログを調べればファイルを操作した人間のＩＤはわかると思うが、それを調べられるのは総務部情報管理課のシステム管理者だけだからね」

「誰がやったかわからないわけだ」

「やったとしたら、現場資料班かもしれないな」

「どうしてわかる？」

「タイムスタンプだよ。ファイルを操作したのはあんたたちの帳場が立つ四日前、つまり空き家で死体が発見された日の翌日だ。鑑識では、事件性なしという結論が出た場合でも、内規でそれから半年間は資料や画像データを保存することになっている。現場で採取された資料は保管庫にしまっておくが、画像データは事件番号ごとに作成したサーバーのフォルダーに保存する。削除されたデータもそこにあるはずのものだった」

「鑑識のサーバーを、ほかの部署の人間が覗けるのか？」

「現場資料班だけは例外なんだよ。帳場を立てるかどうかを遅滞なく判断する必要があるという理屈で、そういう慣行になっている」

「だとしたら、指示したのは梶木さんかもしれないな」

現場資料班は庶務担当管理官の指揮下にある部隊で、殺人などの重大事件が発生したときは現場に先乗りして、庶務担当管理官が帳場開設の判断をするための材料を収集する。それを考えれば梶木の指示と理解できないわけではないが、その時点で彼自身が事件性なしの結論を出していたのだから、サーバーのデータを操作する理由はないし、ましてや削除する理由もない。

「あの人に、怪しい動きがあるのか？」

木下は興味むき出しに訊いてくる。ベストセラー作家への夢がまたぞろ首をもたげているようだ。鷺沼は曖昧に頷いた。

「どういう意図があるんだか、こっちの捜査にブレーキをかけてくるようなことがときどきあってな」

「ということは、大森西の死体は、やはり片岡純也と繫がっているわけか。息子が逮捕された事件とも関連がありそうだな」

木下はメディアを通じて得た情報を繫ぎ合わせて、当たらずとも遠からずの絵を思い描いているようだ。扱った事件をネタに本を書くという夢も、ベストセラー作家になれるかどうかは保証の限りではないが、あながち荒唐無稽とも言えないようだ。鷺沼は問いかけた。

「じゃあ、被害者かもしれない人間の顔写真が手に入れば、スーパーインポーズ法で同定可能だな」

「ああ。頭蓋骨の写真そのものは完璧で、正面と左右からちゃんと撮り分けてある。しかしその人物の生前の写真はあるのか？」

「心当たりがある。これから確認してみるよ。あとで連絡する」

そう言っていったん通話を切り、別れたばかりの徳永に電話を入れた。頭蓋骨の写真がなければ意味がないと、前回会ったときは写真があるかどうか確認し忘れていたが、徳永ならサークルの行事や飲み会のときのスナップ写真のようなものが手元にあるかもしれない。叔母の晃子から預かった写真は少年時代のもので若すぎる。事情を説明すると、徳永は張り切って応じた。

「私の手元にはないんですが、大学の図書館には卒業アルバムが保管されています。それでよろしければ、これからスキャンしてメールでお送りします」

「それはありがたい。アドレスは——」

自分のアドレスを伝えていったん通話を切ると、すぐに確認の空メールが届いた。OKだと返信し、急いで電車に乗り込んだ。

大森駅に着いたところで画像を添付したメールが届いた。徳永は仕事が早い。画像を開いてみると、サイズは小さいが正面からのカラー写真で、目鼻立ちははっきり写っている。

感謝の電話を入れてから、その場で木下にデータを転送した。木下はすぐに電話を寄越した。この写真なら十分使えるので、これから科捜研に持ち込んで、適当な口実をでっち上げてスーパーインポーズ法で鑑定してもらうと言う。

「これで死体の身元が判明すれば、そこから片岡純也を追い込めるかもしれないな。死体があった空き家の持ち主は、片岡と縁戚関係のある人間なんだろう。たしかオーストラリアにいると言ってたな」

木下は興味津々だ。持ち前の想像力で話を膨らませて、あちこち喋って回られても困る。声を落として鷺沼は言った。

「けっこうやばい事案だ。くれぐれも内密に動いてくれよ。下手をするとあんたにも火の粉が飛びかねないから」

「そんなに凄いネタなのか。だったらますますやり甲斐があるな。あとで詳しい話を教えてくれよ。本を書くときの材料にするから」

下手な忠告が、かえって木下の好奇心を刺激してしまったようだった。

6

署に戻って三好と西沢に報告すると、西沢は不安げに言った。

「ＳＥＳＣが告発したとしても、特捜がまともに動くかどうかだな。ＳＥＳＣにはインサイダー取引を行ったものに課徴金を課す権限がある。よほど悪質だと認識されない限りはそれで済ませて、地検に告発するケースは滅多にない。もし告発したとしても、特捜が軽微なインサイダー取引事案だと見做して着手を見送ればそれで終わりだ。特捜を動かすにはもう一つ決め手が欲しいところだな」

自信を込めて鷺沼は応じた。

「死体の身元が判明すれば、それを糸口に片岡純也に捜査の手を伸ばせるかもしれませんよ。うちの帳場の本来の事案はそっちですから、インサイダー取引疑惑は研一の殺害を立証する固い状況証拠になるでしょう。自分を騙した片岡康雄のインサイダー取引の背後関係を調べて報復するつもりだと、研一は大学時代の友人に言っていました。だとしたら当然、父親の純也の関与も想定していたはずで、その後なにか証拠を握り、片岡父子に脅迫めいたことをしていたのかもしれない」

頭蓋骨の写真がないことが、大森西の死体に関わる捜査の最大のネックだった。そのいわば裏ルートとして目をつけた瀬谷の事件は、けっきょく県警に囲い込まれて康雄にはもう手が出せない。

しかし川合が残してくれたあの機密資料が、片岡純也が積極的に関わり、康雄がその実働部隊の役割を果たしていた大掛かりなインサイダー取引疑惑を立証する決め手なのは間違いない。

ジグソーパズルのピースは揃ってきた。あの死体が滝井研一だと確定すれば、欠けているのは純也が彼の殺害に関与、もしくは自ら殺害したという証拠、もしくは信頼性の高い証言だ。そしてその証言がないわけではない。あのお祓いの際の康雄の告白がまさしくそれだが、性格上、そのまま法廷に出せるものではない。

「いま捜査員の大半が研一の過去の足どりを追っているが、なかなか成果が出てこない。

そこはもうしばらく足を棒にしてもらう以外に手はないんだが」

西沢は苦渋を滲ませる。鷺沼は身を乗り出した。

「こうなったら、片岡事務所関係の電話の通話記録を取得したらどうでしょう。あの白骨死体の死亡推定日時以前の分を数ヵ月分。もし研一が片岡一派に命を狙われるようなことをしていたとしたら、なにか接触があったはずですから」

「たしかにな。相手が大物代議士ということで、これまではそこまで踏み込めなかったが、ここまで状況証拠が揃ってくると、もう遠慮はしていられない。だとしたら康雄に関しても同じことをやるべきだな。そういう状況証拠を積み上げてやれば、地検特捜も動かざるを得ないだろう」

腹を固めたように西沢が言う。警察組織にとって政治家は鬼門で、よほどの被疑事実が明らかにならない限り、片岡純也のような大物政治家の通話記録をとることは考えられない。その点から言えば、一度は疑惑の目で見た西沢も、信頼できる相手だと理解していいだろう。

## 7

西沢はさっそく捜査関係事項照会書を書いた。鷺沼と井上はそれを携えて、片岡事務所が加入している電話会社の本社に向かった。

片岡純也本人や秘書の坂下の携帯の番号はわからないから、そちらのほうはまずそれを調べることから始めることになる。そのため携帯キャリア大手三社に向けた捜査関係事項照会書も用意した。出向く先が多いので、今回は大森署の覆面パトカーを借り受けた。

電話会社に向かうパトカーのなかで、鷺沼の携帯が鳴った。宮野からだった。

「あれからどうなったの？　もう経済的制裁もできなくなったから、あんまり興味がなくなっちゃったんだけど」

「そういう話じゃないだろう。そもそも片岡康雄の事件はあんたが持ち込んだわけで、それは刑事としての正義感にかられてのことじゃなかったのか」

「まあ、建前としてはそうだけど、正義感だけじゃ飯は食えないからね。鷺沼さんだって多少の余禄は期待してたんでしょ。刑事の退職金なんて雀の涙なんだから、老後のための資産づくりはいまから考えておかないと」

なにやらまた悪巧みを考えている様子だ。鷺沼は訊いた。

「要するに、なにを期待してるんだよ」

「資産づくりには株式投資という手も悪くないんじゃないかと思ってね」

「競馬や競輪よりはましかもしれないな」

「そうなのよ。競馬や競輪で富豪になったって話は聞いたことないけど、世界には株で儲けている大富豪がいくらでもいるからね。それでお願いなんだけど、例の川合の置き土産、おれにちょっとだけ覗かせてくれる？」

言うと思っていたことを宮野はしゃあしゃあと口にする。鷺沼はきっぱりと言った。

「断る。インサイダー取引のお先棒は担げない」

「そんなの不公平だよ。鷺沼さんたちはお宝をしっかり手元に置いて、おれや福富に内緒で一儲けしようという算段なんでしょ」

「冗談じゃない。あれはおれたちにとって最後の切り札だ。そういう馬鹿なことをしたらこのヤマが空中分解してしまう。そうなれば片岡純也とその一派はこの先安泰で、へたをすればおれたちが刑務所に入ることになる――」

徳永を通じてこれからSESCに情報を提供し、証拠が固まればインサイダー取引容疑で東京地検特捜部に告発する段取りだと説明すると、宮野はいきり立つ。

「おれよりも地検の特捜を信じるわけ？　あいつらだって証拠を捏造したり、捜査報告書に虚偽記載したり、警察にも負けないような悪質な裏金づくりをしたり、正義とは名ばかりのペテン師集団だよ。SESCから資料だけ預かっておいて、告発は無視して自分たちはたんまり株で儲けようとするに決まってるよ」

「そんなことをしたらすぐにばれる。その程度の頭は連中にだってついている。少なくとも向こうは警察よりは政治家に強い。片岡純也のような大物の扱い方は心得ているだろう」

「案外、今回のことで、官邸はむしろ片岡純也を排除しようとするかもしれないよ。その気になれば地検なんて顎で使えるわけだから、自分たちには火の粉が飛ばないようにいい含めたうえで、インサイダー取引の件で片岡を摘発させる。ただし滝井研一殺害の件まで踏み込むかどうかはわからないよね」

「そこはおれたちの仕事だよ。これから網を絞っていく。じつは大森西の死体の頭蓋骨の写真が出てきてたんだよ――」

それを徳永から入手した研一の卒業アルバムの写真とスーパーインポーズ法で照合する。その結果、死体が滝井研一であることが確定すれば、すでに固めている状況証拠とセットにして、片岡純也を殺人容疑で逮捕できるかもしれない。

インサイダー取引や特定秘密保護法違反に、さらに殺人まで併合罪として加われば、地検にしても捜査に手加減は加えにくくなる。そうやって地検に発破をかけて、片岡純也の訴追で捜査を終了させるのではなく、片岡父子のインサイダー取引の儲けがどこまで渡っているかも突き止める。

川合の置き土産の資料を入手するには経済産業省との人脈が必要だ。片岡純也はかつて経済産業大臣を務めたから、そのあたりの人脈はあるかもしれないが、それでもここまであからさまに情報を入手できるということは、省庁のトップ、つまり現在の経済産業大臣との密接な関係が想定できる。

ほかの省庁にしてもインサイダー情報の宝庫だ。財務省は株価に直接影響するM&Aや増資、減資の情報も把握している。そういう情報も純也を経由して康雄に渡っていた可能性は高い。

そうだとすれば、政官界全体にその悪銭が還流していると考えたくなる。片岡派はわずか十五年で党内第三位の勢力にのし上がった新興派閥で、その急速な勢力の拡大の背後には黒い金脈があるという噂は政界でしばしば囁かれているらしい。

今回の件を放置するなら、そんな汚い金の授受がもらい得ということになる。それが首相を擁する派閥にも流れているとしたら、特捜の捜査の矛先も鈍る惧れは大いにあるから、その尻にどう火を点けるかもこれから大きな課題になりそうだ——。

そんな考えを聞かせても、宮野の反応はすこぶる鈍い。

「まあ、お手並み拝見と言ったところだね。金にもならない仕事じゃおれもモチベーションが湧かないから、あとで三好さんに相談してみるよ」

不安を覚えて鷺沼は訊いた。

「なにを相談するんだよ」

「例の機密書類、三好さんが抱え込んでるんでしょ。鷺沼さんみたいなわからず屋じゃないから、ちょい見くらいはさせてくれると思って」

「冗談じゃない。あの人はそこまで強欲じゃない。あんたとは違って、警察官としての立場は弁《わきま》えている」

強い口調で鷺沼は言ったが、わずかに不安が残らないではない。あとで三好に釘を刺しておく必要がありそうだ。

通話を終えてその内容を聞かせると、井上はどこか残念そうに言う。

「手持ちの資金でちょっと株を買うくらいなら許されるような気もするんですけど。だれが被害を受けるというわけでもないし」

「それじゃ片岡父子を訴追する名分が立たないだろう。ガサ入れに出かけて空き巣をするようなもんだ」

「たしかにそうですね。僕の小遣いで買える株なんてたかが知れてますから。それで逮捕されたら元がとれませんよね」

元がとれるだけの資金があればやってもいいというように聞こえるが、それを認めればタスクフォースの大義は瓦解する。

また鷺沼の携帯が鳴った。応答すると得々とした木下の声が流れてきた。

「答えが出たよ。おれの顔で超特急でやってもらった」

「それで、どうだったんだ」

「一致したよ。九九パーセントの確率で同一人物だそうだ。これで一気に解決だな」

「そうでもないんだが、大きな一歩になったのは間違いない。恩に着るよ」

手応えを覚えて応じると、声を落として木下は続ける。

「ところで、もう一つわかったことがあるんだよ」

「というと？」

「あの頭蓋骨、側頭部にかなり強い打撲痕があるんだよ」

「本当なのか？」

「ああ。鑑定をしてくれた技師は法医学の専門家じゃないが、仕事柄、頭蓋骨に関しては一種のプロでね。スーパーインポーズ法の場合、頭蓋骨が変形していると鑑定に誤差が出る。そういうのをしっかり確認して補正を入れるらしいんだ」

「だったら信用できるな」

「ああ。しかし死体が発見されたとき、検視官は事件性なしと判断したんだろう」

木下は不審げに訊いてくる。不穏なものを覚えて鷺沼は問い返した。

「それだけの打撲痕を、検視官が見逃すことがあると思うか」

「あり得ないな。指で触ればわかるくらい陥没しているそうだ」

「検視官は誰だったんだ」

「吉村《よしむら》警視だよ。敏腕検視官として評価が高い」

「知ってるよ。そういう有能な人が、どうしてそんな打撲痕を見逃したんだ」

「上からおかしな力が働いたんじゃないのか」

木下はただならぬ興味を覗かせた。

# 第十三章

## 1

　翌日の午前中、西沢と鷺沼は警視庁第一強行犯捜査・強行犯捜査第二係の応接室で、梶木庶務担当管理官と面談した。

　アポイントは西沢がとった。用件は、今回の事案の捜査過程で新たな事実が出てきたので、とりあえずご報告しておきたいと曖昧にしておいた。

　本来なら帳場が立ってしまえば捜査の指揮権は担当管理官の西沢に移管され、捜査の進捗に関して梶木にいちいち報告する義務はないし、これまでもこちらから連絡をとることはなかった。

　そういう関係だということはむろん梶木もわかっているから、先日の神奈川県警の抗議に屈してちょっかいを出してきたとき以外はとくに接触はしてこなかったが、そのときの対応だけで十分怪しい。警戒するかと思ったら、梶木は案に相違して乗ってきた。こちらの内情に耳をそばだてていたのは間違いない。

「なんだね。折り入って話というのは？」

梶木はいかにも気のない素振りだが、それとは裏腹にどこかそわそわと落ち着きがない。鷺沼は切り出した。

「大森西の死体の身元が判明しました」

「そうか。これで捜査も一歩前進だな」

梶木は満足気に頷いてみせる。この場面では当然それが誰だったのか真っ先に知りたいのが普通のはずだ。鷺沼は引っかけるように問いかけた。

「誰だかご存じなんですか」

梶木は慌てて首を横に振る。

「知っているわけがない。誰なんだね、それは？」

「滝井研一という人物です。先日、片岡純也代議士の息子の片岡康雄が神奈川県警に死体遺棄容疑で逮捕されましたが、その被害者の兄です」

「どうやって特定したんだね」

梶木は平静を装《よそお》って訊いてくる。皮肉な口調で鷺沼は言った。

「スーパーインポーズ法です。苦労しました。どういう理由かわかりませんが、頭蓋骨の写真が紛失していたものですから。死体が発見されてまもなく、何者かによって鑑識課のサーバーから削除されていたんです。その経緯をご存じですか」

「私が知るわけがないだろう。いったい誰が削除したんだ」

「警視庁内部の人間なのは間違いないと思います。我々が確認した限りでは、あの事案の担当班の人間ではないようです。それ以外で鑑識のサーバーにアクセスできるのは、強行犯捜査第二係の現場資料班だけだと聞きましたが」

「なにが言いたい？」

梶木は身構える。いなすように鷺沼は続けた。

「他意はありません。事実を申し上げただけです。それにその時点では事件性がないという結論でしたから、単なるミスかもしれません。それよりも気になるのは、どうして検視官が現場でその死体を見て事件性なしと判断したかです」

「どういう意味かね」

「これをご覧いただけますか？」

鷺沼は滝井研一の頭蓋骨の写真と一枚の書面を差し出した。書面のほうは城北大学の法医学教室の准教授に作成してもらった鑑定書だ。それに関しては徳永に動いてもらった。城北大学には医学部があり、伝手がないかと問い合わせると、快く応じて、監察医の資格を持つ法医学教室の准教授と連絡をとってくれた。お互いミステリー好きで飲み仲間なのだという。

頭蓋骨の写真をメールで送ると、徳永がすぐに転送してくれ、一時間後にその准教授から直接返事があった。三方向から撮影された頭蓋骨をコンピュータで3D化して検討したが、側頭部の陥没以外にも頭蓋骨全体に微妙な歪みが生じており、単なる転倒では説明しにくい局所的で強い衝撃、たとえば金属製のハンマーによる殴打のような力が加わったもので、法医学の観点からは明らかに事件性があると判断できるという内容だった。

写真を一瞥し、鑑定書を読み流して、梶木は天を仰いだ。

「由々しき事態だな。検視の際に吉村警視が見落としたということか。信頼できる検視官だと思っていたんだが」

鷺沼は追い打ちをかけた。

「しかしその写真を見れば、私だって何者かに殴打された痕跡だということくらいはわかります。吉村さんからの報告では、それについてまったく触れられていなかったんですか」

「もちろんだ。私としてはそれを信じるしかないだろう」

「ではその五日後に、どうして特捜本部が開設されたんですか」

「近隣の人の証言があったからだよ。現場の空家で人の声や物音が聞こえたという。そんなこと、君たちは百も承知じゃないか——」

「しかし我々現場の刑事の感覚からすると、いったん事件性なしとした事案をもう一度蒸し返し、帳場まで立てる。その根拠としては、近隣住民の証言だけでは薄弱だという気がしますが」

「なにが言いたい？」

「改めて帳場を立てたのには、別の理由があったんじゃないんですか」

「どういう理由が？」

梶木は渋い表情で身を乗り出す。その瞳が不安げに揺れ動く。鷺沼は言った。

「検視に立ち会った区内のクリニックの先生から話を伺ったんです。その先生は頭蓋骨に明らかに人為的な陥没があるのを認めて、吉村さんにその場で指摘したそうです。吉村さんもそのときは同意見だったらしいんですが、その後、警察が殺人もしくは傷害致死事件として捜査に着手したという報道がない。それで捜査一課にどうなっているんだと問い合わせたと言うんですよ。そのとき応対したのは梶木さんだったとか――」

立ち会った医師が誰だったかは木下が調べてくれた。大森駅近くにある整形外科のクリニックの医師で、法医学は専門ではないが、大森署管内の検視の立ち会いには協力的で、普通の医師なら敬遠するような状態の変死体でも嫌がらず引き受けてくれる貴重な存在なのだという。

そんな人物だから自分が立ち会った検視の結果にも関心は強く、どう見ても他殺が疑われる死体が、事件性のない変死体として扱われたのは納得できないと抗議したとその医師は言う。

そのときは法医学の専門知識を有する検視官が判断したことだから間違いはないと、梶木は判断を覆すことを拒否したが、医師はその返答に納得できず、だったら都の公安委員会に報告するからと言って電話を終えた。

するとその翌日の新聞に、大森西の空家で他殺と見られる白骨死体が見つかり、大森署の特捜本部が捜査に乗り出したという小さな記事が載ったという。鷺沼は大胆に踏み込んだ。

「その先生の話から察すると、最初はどなたかに対する忖度があって、明らかな他殺死体を事件性なしで済まそうとした。ところがその先生からそういう疑問を指摘され、慌てて殺人容疑に切り替えて、特捜本部を設置した——。ついそう考えたくなるんですが、穿ち過ぎでしょうか」

「私が殺人事件を隠蔽しようとしたと言いたいわけか。とんでもない濡れ衣だ」

梶木はテーブルに拳を叩きつける。さきほどから始まっていた貧乏揺すりが激しくなった。臆することなく鷺沼は続けた。

「死体が発見された空家の所有者は、片岡純也衆議院議員の遠縁の方でした。先日、神奈川県警に逮捕された代議士の息子さんの所有車と見られるスポーツカーがその空家のカーポートに駐められていた。さらに事件が起きたと考えられる日時に現場から近い環七通りのオービスにその車が記録されており、息子さんは罰金を支払っています」

「つまり、なにが言いたいんだね」

「当初、事件性なしとの判断がなされたのは、片岡代議士へのなんらかの忖度があってのことでは？」

「まさしく下衆の勘ぐりというものだ。なんで私がそんなことをしなくちゃいかん？」

　梶木は頰を紅潮させる。

「もちろん私どもの杞憂であれば幸いです」

　鷺沼は逆らわず一歩引いてみせた。きょうの目的は、とりあえずこれ以上帳場に介入してこないよう釘を刺すことで、その目的は十分果たせたはずだ。ここまで黙って話を聞いていた西沢が口を開く。

「今後、我々の捜査の障害になるような介入が行われた場合、誰であれ、証拠隠滅の容疑で捜査に着手する腹づもりです。警視庁や警察庁の上層部には政治家の皆さんと昵懇《じっこん》な方もいらっしゃる。そちらから影響力が働く可能性もありますので」

　ほとんど宣戦布告ととれるような物言いだ。階級では同格とは言え、捜査一課の筆頭管理官に対して、昨年警視に昇任したばかりの西沢としては刺し違えるくらいの覚悟があってのことだろう。梶木はうろたえた。

「ふざけたことを言うんじゃない。そういうありもしない疑惑を捏造して私を恫喝するつもりか。君たちこそ、誰かの差し金で私を貶めようと動いているんじゃないのか」

「ありもしない疑惑とも言えないんですよ。梶木さんを介して我々の捜査に横槍を入れてきた神奈川県警が怪しいんです。我々はその背後で片岡純也議員が動いているという確証を得ています」

西沢は挑むように応じた。

## 2

大森署に戻ると、帳場が騒然としていた。居残っていた捜査員たちが備え付けのテレビを囲んでいる。なにかと思って歩み寄り、画面下部のテロップを見て目を疑った。片岡康雄が留置場内で自殺したという。きょうの朝、独房内で首を吊って心肺停止状態に陥っているのを留置担当官が発見し、横浜市内の病院に搬送されたが、その後死亡が確認されたらしい。

言葉にし難い衝撃を覚えた。今回の捜査を通じて、鷺沼が唯一接触のあった被疑者が康雄だった。彩香と梅本の芝居で心理的にもとことん追い詰めた。その結果の死だと思えば自責の念も湧き起こる。

「本当に自殺なんですかね」

井上が傍らから耳打ちする。その疑問は鷺沼の頭にもよぎる。康雄が死亡したことで、大きな利益を得る連中がいる。康雄の犯行を隠蔽してきたのも、突然掌を返して逮捕させたのもその連中だ。

県警本部の留置場の独房なら、そこはある種の密室だ。危険行為や自殺の惧れのある者なら監視カメラを付ける場合もあるが、すべての独房にカメラがあるわけではない。ニュースではどういう方法で首を吊ったかには触れられていない。

いずれにしても、康雄の件はこちらの帳場が関与できる事案ではすでにないから、それ以上の情報を入手することは難しい。川合の置き土産の機密書類を突破口にしたインサイダー取引の捜査も、一方の当事者の康雄がいなくなれば摘発することは難しくなる。

「してやられたかもしれないな」

暗澹たる気分で鷺沼は言った。追い詰めたと思った途端に、敵は想像もしない手を打ってくる。井上は嘆く。

「これで終わりじゃないですか。康雄は被疑者死亡で送検されて、滝井研一の殺害の件もインサイダー取引の件も、このまま闇に葬られて一件落着。敵がここまで悪辣な手段を使ってくるとは、まさか想像もしていませんでしたよ」

鷺沼も重い溜息を吐いた。

「ああ。意図して殺したわけじゃないとしても、取り調べでたっぷり因果を含められれば、悲観して自殺に走ることもあり得る。それが十分想像できる状況でろくに監視もしていなかったのなら、未必の故意とも言えるだろう」

そのとき鷺沼の携帯が鳴った。神田からだった。神田たちは十名ほどの人員で特別チームを組み、別室できのう鷺沼と井上が取得してきた通話履歴の分析に当たっている。片岡事務所と片岡純也本人、秘書の坂下、さらに片岡康雄のここ三ヵ月の通話記録からは、滝井研一とのあいだで交わされたとおぼしい番号との通話はいまのところ洗い出せていない。電子メールやLINEのような電話以外の手段で連絡をとった可能性もあるが、それについては調べようがない。彼らと滝井が接触していたのは間違いないが、片岡父子と滝井の繫がりを示す証拠はいまも得られない。

しかし神田は今回の捜査ではラッキーボーイだ。滝井容子の写真を入手したのも、阿佐谷北で容子と康雄が同棲していた事実を摑んだのも、怪我の功名とはいえ県警捜査一課の田中に公務執行妨害で現行犯逮捕され、その暗躍の実態を浮かび上がらせたのも神田だった。その神田からの連絡に鷺沼は期待を寄せた。

「なにか新しい材料が出てきたか?」

「びっくりするような事実が出てきました。なんと滝井研一の死体発見現場からの通話記録があったんです」

「滝井研一がそこから誰かに電話を?」

「違います。そこから電話をかけたのは坂下和人《かずと》。片岡純也の公設秘書です」

一瞬その意味が飲み込めない。慌てて問い返す。

「どういうことなんだ？」

「こちらも迂闊でした。これまで片岡代議士や坂下との通話相手の位置情報だけチェックしていたんですが、なかなか埒が明かないんで、ひょっとしたらと考えて、不審な携帯と通話があったときの、坂下の携帯の位置情報をチェックしてみたんです」

「あの空家から誰かに電話を？」

「相手は比較的頻繁に通話のあった携帯の番号で、もちろん飛ばしです。坂下の携帯はＧＰＳ機能がオンになっていたようで、正確な位置が取得できました。あの空家の場所と一致しました」

「通話のあった日時は？」

「五月二十五日の午前一時五分です」

「近隣の住民が空家のなかから人の声や物音を聞いた日時とほぼ一致しているな」

強い手応えを覚えて鷺沼は言った。これは決定的な証拠になるだろう。神田が続ける。

「もう一つ気になるのは、川合さんの行方がわからなくなってから、そのときの通話相手との連絡の頻度が増えていることなんです」

「その相手の位置情報は？」

「GPSは切られていて、基地局情報しかわかりません。それも通話するたびに変わっているので、居場所を突き止めるのは困難です。坂下にしてもたまたまそのときうっかりGPSをオンにしていたのか、いまは正確な位置情報は把握できません。ただここ最近はほとんど事務所のある永田町周辺にいるようで、自ら積極的に行動している様子はありません」

「わかった。また大手柄になりそうだな。じつはいま大変な情報が入って――」

片岡康雄が死亡したことを伝えると、深刻な調子で神田は応じた。

「本当ですか。だったら急いで坂下を追及しないと。康雄の死にも坂下が関与しているかもしれないし、川合さんだって――」

切迫した思いで鷺沼は応じた。

「ああ。これから西沢さんや三好さんと相談する。のんびりしているともう一つ死体ができかねない」

3

「まず伺いたいのは、五月二十五日の午前一時五分に、あなたがどこにいらっしゃったかなんです」

大森署の取調室で、鷺沼は坂下に問いかけた。手を伸ばせば相手に届きそうな小さなテーブルに向き合って座り、少し離れた文机では、井上がノートパソコンを用意して供述の記録のために待機している。

坂下は五十代後半くらいで、国会議員秘書としては年配の部類に入るだろう。ゴルフ焼けとおぼしい浅黒い顔に鋭い眼光。右の頰に古い刃物傷のような傷跡がある。ヤクザと見紛《みまが》うような面相だが、おそらく政界の裏表を知り尽くした辣腕で、片岡純也にとっては懐刀というべき存在だと思われる。

ゆうべ坂下は、午後十一時過ぎに大田区内の議員事務所を出てタクシーで自宅に帰った。身辺を張り込んでいた捜査員はそのまま居残って監視を続けたが、坂下は朝まで外出しなかった。満を持して待機していた鷺沼たちは、翌朝の午前七時に大田区池上三丁目の坂下の自宅に向かった。メンバーは鷺沼を筆頭に井上、神田、池谷、蓑田ほか五名。総勢十名の大部隊だった。

もちろん、突然任意同行を求められて坂下が応じるわけがない。玄関前でしばらく押し問答したが、そのうち近所の住民が出てきて周囲に人だかりができた。そんな野次馬たちにも殺人絡みの重要参考人として任意同行を求めていることがわかるように、やりとりのなかでそれらしいキーワードを繰り返した。

ヤクザの借金取り立てまがいのやり口だが、ここで取り逃がしたら、態勢を整える時間的な余裕を与えて、アリバイ工作やら証拠の隠滅に走られる惧れがある。腕のいい弁護士を雇って防御を固めてくるかもしれない。まさに逮捕・訴追に向けての正念場だった。

もちろん坂下は身に覚えがない、応じる義務はないの一点張りだったが、けっきょく音《ね》を上げたのは妻だった。野次馬のなかにはスマホで現場の様子を撮影する者も出てきた。それをSNSにアップされるかもしれない。夫が殺人事件の容疑者だという噂が広まれば肩身が狭くなると、戸口の奥から叱責したり哀願したりする声が聞こえてきた。

坂下自身も騒ぎがこれ以上大きくなってはまずいと観念したようで、一時間ほどの押し問答の末、渋々任意同行に応じた。

「そんなことは覚えていないよ。国会議員の秘書というのは多忙でね。とくにいまは国会の会期中で、分刻みで仕事が詰まっているんだよ。そもそもあんた自身だって、その時間になにをしていたか証明できるのかね」

坂下は居丈高に応じるが、額にかすかに汗が滲んでいる。鷺沼は踏み込んだ。

「その日のその時刻、大森西六丁目の片岡恒彦氏が所有する空家にいらっしゃったんじゃないですか」

「それはどういう意味だ。そんな空家に用はないし、片岡恒彦という人物も私は知らない」

「片岡先生と遠縁の方です。現在はオーストラリアにお住まいです。本当にご存じないんですね」

「私はあくまで議員秘書で、先生の私的な部分に関してはノータッチだ。オーストラリアに住んでいる親戚との付き合いは職務の範囲に入っていない」

「そうですか。ではその空家で見つかった白骨死体について、なにかご存じのことは？」

「ニュースで報道されたことくらいしか知らないよ。まだ身元もわからないんじゃないのかね」

「それが判明したんです」

反応を探るように鷺沼はそこで言葉を切った。坂下はさして関心もなさそうに問い返す。

「だれなんだね、それは？」

「ご存じなんじゃないですか」

空とぼけて応じると、坂下は不快げに鼻を鳴らした。

「どうして私がそれを知っている？　なにやら思惑があっての捜査のような気がするんだが」

「そんなことはありません。我々は重要な事実を把握しています。例えばあの空家で事件が起きたと考えられる日時に、あなたの携帯電話からの発信があり、それがその空家からのものであることがGPSの位置情報から判明しました。そのときあなたがそこにいたのは間違いないですね」

坂下は激しく首を左右に振った。

「嘘だ。そんなはずはない。私はそんなところに行ったことはない」

「しかし携帯キャリアの通信ログにはちゃんと記録されていたんですよ。時刻も近隣の住民が不審な物音や人の声を聞いたという時刻とほぼ一致しています」

「GPSというのはかなりの誤差があるはずだ。たまたまその付近に私がいただけかもしれん。大森本町の地元事務所との往来で、環七通りが渋滞しているとき、大森西の住宅地の通りをバイパスとして使うことがたまにあるんだよ。その家の前の道路をそのとき走っていて、ちょうどその時刻に車のなかから電話をかけたのかもしれん」

坂下はうまい言い逃れを見つけたようだ。鷺沼はさらに追い詰めた。

「証明するものがありますか。例えばカーナビの走行履歴とか」

「残念ながらそういう移動の場合、私はほとんどタクシーを使っているんでね」

坂下の首筋を汗が流れる。たしかにGPSには最大四、五メートルの誤差があるとされる。それだと家の前の道路を通過したときに発信すれば、誤差の範囲で家のなかの位置情報が記録されることもあるだろう。つまり坂下の言い分も理屈としては成り立つ。一方で近隣の住民が物音や人の声を聞いたという時間は、午前一時を少し過ぎたあたりというだけで分単位までは特定できない。鷺沼はもう一枚の切り札を取り出した。

「では、大森署刑事組織犯罪対策課の川合課長が、いまどこにいるかご存じですか」

「知らないよ。会ったこともない」

「しかしあなたとは何度か電話で話していますよ」

「あ、ああ。思い出した。地元の防犯協会の運営の件で、何度か相談の電話を入れたことがある」

「そうなんですか。ご連絡には電子メールを使うこともあるわけですね」

「いまの時代、当然それはあるよ」

坂下は素っ気なく応じるが、その質問の意味に当惑している気配も窺える。鷺沼は続けた。

「その川合課長が現在失踪しています。我々もいま捜査員の一部を割いて足どりを追っているんですが、お心当たりはありませんか」

「あるわけがない。なんで私にそんなことを訊くんだ」

「失踪する前の晩、彼はあなたからメールを受けとっています。どういうご用件だったんですか」

「なんでそんなことを教えなきゃいけない？」

「片岡事務所に出向いて、ある事実関係について説明して欲しいとあなたから要請されたそうですね。彼はそのとき身の危険を感じて行方をくらました。失踪直後、川合氏本人からそう聞いています」

「ありもしないストーリーをでっち上げて、そっちの内輪のいざこざまで私のせいにするつもりかね。そもそも連絡がとれたんなら失踪とは言わないだろう」

坂下は鼻で笑う。意に介さずに鷺沼は応じた。

「向こうから連絡があったんです。我々にある重要な情報を提供するために。しかしその後は一切連絡がとれていません」

「どういう情報を？」

「捜査上の機密で、申し上げることはできません」

「つまりそういうメールを私が送ったという証拠はないわけだ。川合さんが言った出任せを、あんたたちは裏もとらずに捜査の俎上に乗せるわけか」

坂下は見下したように応じるが、いかにも居心地が悪そうにテーブルの端を指で叩いている。その情報がなんであるかは知らない様子だが、かといってしつこく訊けば馬脚を露しかねない。痛し痒しというところだろう。鷺沼は躊躇なく踏み込んだ。

「そのときの電話では、怪しい連中につけ狙われているようなことを言っていました。

心当たりがあれば教えていただきたい。もし彼が殺されるようなことになれば、片岡代議士となんらかの繋がりがある人間が四人死ぬことになります。そうなると、少々異常な事態だと考えざるを得ないんです」

「四人？　誰のことを言ってるんだよ」

「先日自殺した片岡康雄さん、彼に殺害されたとされている滝井容子さん、滝井容子さんの兄で康雄さんの大学の同窓生だった滝井研一さん。そこに川合課長が加われば四人になります」

「康雄さんが代議士の息子で、滝井容子殺害の容疑で逮捕されていたのはたしかだが、まるで代議士がその黒幕のような言いぐさじゃないか。そもそも滝井研一というのは何者なんだ」

「大森西の空家で見つかった死体ですよ」

　坂下は血相を変えた。

「そんな男を私は知らない。私が殺したと言いたいのか」

「その現場にあなたが居合わせた可能性が高いと我々は見ています。現場からは指紋がいくつか出ています。できれば坂下さんの指紋を採取させていただきたいんですが」

「冗談じゃない。それじゃ最初から犯罪者扱いじゃないか。思惑捜査もいいところだ」

「もし身に覚えがないのなら、それで疑惑は晴らせます。拒否する理由はないと思いますが」

「そういう話じゃない。こうやって任意同行に応じているのも、ヤクザまがいの威圧を加えられ嫌々応じただけの話だ。そのうえ令状もなしに指紋採取を強要する。そういう警察権力の過剰行使が私は許せないんだよ」

「べつに強要はしていません。必要と判断すれば身体検査令状を取得しますから」

「だったらやってみたらいい」

坂下は強気で応じる。指紋に関しては自信があるようだ。最初から滝井研一を殺害しようと計画していたのなら、手袋をするなど指紋を残さない準備をしていた可能性があるし、坂下はそこに立ち会っただけで、殺害の実行犯は別にいるのかもしれない。あるいは殺害現場は別の場所で、そこから空家に死体を運び込んだ可能性も否定できない。しかしどう言い逃れようと、携帯の位置情報から判断すれば、坂下がその日のその時刻、空家にいた事実は動かしがたい。鷺沼は鎌をかけた。

「ところで、五月二十五日以前に、滝井研一氏と何度か電話でやりとりされていますね」

「そんな男のことは知らないと言っただろう」

坂下はしらばっくれるが、貧乏揺すりでもしているのかテーブルがかたかた揺れる。

「相手が使っているのはいわゆる飛ばし携帯ですが、我々は使用者を特定しましてね。

滝井研一氏でした。ご存じなかったんですか」

　坂下は一瞬言葉に詰まった。鷺沼が弾いた三味線に乗せられたようだ。最近の飛ばし携帯の場合、プリペイドSIMの書き換えというような高度なテクニックが使われるため、使用者の特定はほぼ不可能だと携帯キャリアからも言われているが、そんな知識は坂下にはなさそうだ。軽く咳払いをして坂下は言った。

「いたかもしれない。政治家の事務所には陳情やら苦情やら誹謗中傷やら、いろいろ怪しい電話がかかってくるんだよ。そんなのを一つ一つ覚えちゃいられない」

「しかしそういう電話は事務所の代表番号で受けるもので、坂下さん個人の携帯電話にかかってくるとは思えないんですが」

「そういうこともあるんだよ。あんたの携帯にだって、間違い電話や迷惑電話がかかることはあるだろう。私の名刺には携帯番号も書いてあるから、それがどこかから漏れて、おかしな人間に知られてしまうこともある」

「滝井研一という名前は記憶にないんですか」

「そもそも、その手のクレーマーが名を名乗るはずがない」

　坂下はまたしてもうまい言い訳を見つけたが、もし迷惑電話なら着信拒否を設定すればいいものを、滝井と思われる身元不明の相手からの電話を、過去三ヵ月で十数回受けており、通話時間も比較的長い。とくに事件が起きたと思われる五月二十五日までの一週間では、ほぼ毎日、一日複数回と頻繁な通話が行われていた。

そのことを指摘しても、悪質なクレーマーで話を聞かなければなにをされるかわからない、政治家にとってはそれが致命的な打撃にもなりかねないとひたすら煙に巻く。研一からの電話ならたしかに致命的な打撃になるような話だったはずだが、通話があったという事実だけではその言い逃れは突き崩せない。

そのとき鷺沼の携帯が鳴った。ディスプレイを覗くと、三好からの着信だった。いったん席を立ち、廊下に出て応答すると、歯ぎしりするような三好の声が流れてきた。

「いま、西沢さんに理事官から電話があった。事情聴取をすぐ中止して、坂下を解放しろという仰《おお》せだよ」

理事官は捜査一課長に次ぐ課のナンバー2で、管理官の西沢に対して指揮命令権をもつ。もちろんそれが一課長の指示を受けての捜査指揮なのは間違いない。

「理由は?」

「坂下の代理人だという弁護士から捜査一課にクレームが来たそうだ。おまえたちが任意同行を求めた際、不必要な多人数で押しかけ、依頼人の名誉を毀損するような暴言を繰り返し、近隣の人間を煽って威圧を加えた。その行為は公務員職権濫用罪に当たる。即刻身柄を解放しなければ、都公安委員会に通報し、必要なら訴訟の手続きをとると息巻いているらしい」

「話に尾鰭をつけているのはその弁護士のほうですよ。近隣住民を煽ったなどというのは事実誤認も甚だしい。そもそも任意同行の呼び出しに、あの程度の威圧を加えるのはごく普通じゃないですか」

「たぶん片岡事務所の顧問弁護士だろう。捜査一課長まで片岡の言いなりだとは呆れるよ」

「どうしますか。ここで逃がすと、証拠隠滅に走られますよ」

「ああ。事情聴取の様子はモニターしていたよ。あの成り行きなら、きょう一日ぎちぎち締め上げれば落とせたはずなんだが」

「問題は取り調べの成り行き上、こっちの手の内を晒してしまったことです。こうなると川合さんの身の上も心配になります」

「こっちが手札を見せないのに、はいやりましたと向こうが供述するはずがないからな。あのやり方で間違いはない。しかし捜査一課長までグルだとは思ってても見なかった」

三好は重い溜息を吐く。捜査一課は警視庁の表看板で、それを背負って立つ一課長にはそれ相応の矜持があるはずだ。そんな弁護士の恫喝程度で捜査に水を差すようなことはしないと思いたいが、片岡一派はその上の刑事部長あたりにまで手蔓があるらしい。このクラスからの天の声には逆らえなかったのかもしれない。警察が政治家の飼い犬だという話は、やはり都市伝説ではなかったようだ。

一課長の命令となれば拒否はできない。西沢は理事官に談判したが、一課長まで捜査妨害の一端を担っているとなると、こちらもおいそれと手の内は明かせない。とくに片岡父子によるインサイダー取引疑惑、その重要な証拠となる川合がもたらした機密書類に関しては、口が裂けてもいまは言えない。

やむなく坂下を解放したが、それからすぐ取調室のテーブルに残っていた坂下の指紋を採取し、現場の空家に残っていた指紋と照合した。しかし坂下のものと一致した指紋はなかった。もしあったとしても本人の承諾を得て採取したわけではないからどのみち証拠能力はないが、捜査を進める上での大きな糸口にはなっただろう。もし一致すれば改めて身体検査令状を請求し、正式な手続きを踏んで指紋を採取するつもりだったが、それも意味がないことになる。

ＧＰＳの位置情報だけでは逮捕状が発付されるかどうか難しいところで、もし逮捕できたとしても、それだけを証拠に訴追にまで持ち込むのは困難だというのが西沢や三好の考えで、その点は鷺沼も異論がなかった。

しかし焦燥はいよいよ強まった。先手を取ったと思えばすぐに後手に回る。おそらく帳場にはこれからさらに圧力が強まる。このまま手足を縛られて捜査での結果が出せなければ、迷宮入りと判断されて帳場をたたまれることもあり得る。

夕刻、署内の食堂で井上と鬱々とした気分で晩飯を食べていると、三好から電話があった。

「あの坂下という秘書なんだが、なんだかやばい話が出てきたぞ」

「なんですか、やばい話って？」

「いや、あの剣呑《けんのん》なご面相を思い出して、ふとひらめいたんだよ。なにか前科があるんじゃないかと。それで坂下和人の名前で警察庁の犯歴データベースを検索すると、二十年前に傷害罪で五年の懲役を食らっていた。ただし若い時分だから、いまの顔つきと写真の印象はずいぶん違う。同姓同名ということもあるから、取調室で採取したあいつの指紋を犯歴データベースに登録されているものと照合してみたら、ぴたり一致した」

「傷害罪というと？」

「坂下は当時、暴走族系の半グレ集団の幹部で、敵対するグループのリーダーを半殺しにしたらしい」

「そういう人間が、いま代議士秘書に？」

「国家資格が必要な政策担当秘書以外は、とくに欠格事項というのはないからな。公設第一、第二秘書なら、雇い主が気に入れば誰でもなれる」

「だとしたら容疑はますます濃厚じゃないですか。秘書というより用心棒といった存在なのかもしれない」

不快な慄きを覚えた。いま坂下は野放しの状態だ。川合のことがますます心配になる。いまも半グレのような連中と繋がりがあるなら、自ら手を下さなくても人は殺せる。腹を括って鷺沼は言った。

「こうなったら、こちらから仕掛けるしかないでしょう。ここからはタスクフォースの出番です」

4

二日後の夕刻、宮野から電話があった。

「さっそく引っかかったよ。例の機密書類とあのお祓いのときの音声のダブルパンチだから、坂下は完全にビビっているようでね。ぜひ適正な値段で買い取らせて欲しいと言うんだよ――」

だったら八億でと宮野は吹っかけたが、いくらなんでも坂下がそこまで気前がいいはずがない。坂下は会って相談だと言う。それならとりあえず手付金として、現ナマで一億用意するように要求したが、坂下はそれも渋り、けっきょく三千万で手を打ったという。

宮野は先日、例のお祓いの音声ファイルを収めたSDカードと、川合の置き土産の機密書類の数ページと、坂下の署名の入った手書きの送り状のそれぞれのコピーを坂下に送りつけた。さらにこれを世間に公表されたくなければ、会っていろいろ相談したい旨の短い手紙も添えておいた。

もちろん鷺沼と示し合わせての話で、三好の了解もとってある。ここまでの坂下の行動を考えれば、大人しく金を払うなどということはありえない話で、申し訳ないが宮野に体を張っておとりになってもらい、別件逮捕の理由になるような荒ごとに誘導しようという作戦だ。そんな危険な作戦だということはわかっているはずだが、それでも宮野は意気軒昂だ。

「それで終わりじゃないからね。とりあえず三千万円の現ナマをふんだくっておいて、そのあと鷺沼さんたちが坂下を逮捕してくれたら、今度は片岡純也を直接脅してやるよ。ただし、おれの命は保障してよね。おれが殺されるのを待って現場に踏み込むなんてこと、絶対にしないでね」

「まあ、タイミングにもよるがな。場合によってはその三千万円が香典の先払いになるかもしれない」

「悪い冗談は言いっこなしだよ。それならおれは降りるから」

「それじゃ一銭も入らないぞ。それでもいいのか」

「いいわけないじゃない。しようがない。おれもこの際だから命を懸けるよ。でももし殺されるようなことがあったら、毎日化けて出てやるからよろしくね」

「ああ、そのときも美味い料理を期待しているよ」

「死んだ後もこき使おうという腹なんだね。いいよ。首尾よく行ったら、鷺沼さんの取り分は大幅に減額するから」

「べつに欲しくないよ。それで、坂下とはいつどこで会うんだ」

「現ナマを用意するのには時間がかかるから、場所と時間は追って知らせると言ってやがる」

「現ナマ以外にもいろいろ準備があるんだろう。あんたを生かして帰さないために、そういう仕事に慣れた連中を雇う必要があるだろうし」

「なんだかおれが殺されるのを楽しみにしていない？」

「そんなことはないよ。それよりあんたの正体は見破られていないだろうな」

「心配ないよ。連絡に使ったのは福富が用意してくれた飛ばし携帯だから」

命が懸かっていると強調するわりには、宮野はお気楽な調子だ。そのぶん鷺沼の肩には責任がのしかかる。しかし宮野に殺されかかってもらわないと坂下を罪には問えない。罪状は逮捕監禁罪から傷害罪、暴行罪、さらに殺人未遂まで状況によっていろいろ考えられるが、殺人未遂となると一つ間違えれば既遂になりかねない。

三好と井上に人のいない会議室でこっそり報告すると、三好も複雑な表情だ。

「それを別件にして坂下を逮捕できれば一気に見通しが開けるが、宮野君の身の安全には万全を期さないとな。彼だってたった三千万のために命を失ってはいられないだろうから」

宮野の身を案じているのか三千万円の先のことを案じているのかわからないが、失敗が許されない局面なのは間違いない。

## 5

それから二日後、宮野から連絡があった。坂下は予想もしない場所を指定してきたらしい。なんと衆議院議員会館の片岡純也の事務所だという。時間はあすの午後七時。宮野には無線発信機付きのマイクを持たせ、危険な状況ならすぐに踏み込める態勢で待機するつもりだった。しかし議員会館はだれでも入れる公共施設や商業施設ではない。

「まさか議員会館内でおれに危害を加えるとは思えないよ。案外素直に手付けの三千万円を払って、その先の交渉にも応じようという気でいるんじゃない？　おれも一応言っといたから。もし殺されるようなことがあったら、音声ファイルや機密文書の内容が、即座にSNSやマスメディアに流れるようにしてあるからって」

宮野の頭のなかではすでに札束が乱舞して、警戒レベルは最低水準にまで落ちているようだ。坂下の身辺を行確する捜査員のシフトを三好に少しいじってもらい、当日は鷺沼と井上がその任に当たることにした。

翌日の夕刻、鷺沼と井上は永田町の衆議院議員会館に向かった。なにが起きるかわからないので、三好に許可を出してもらい、鷺沼も井上も拳銃を携行している。

鷺沼と井上は面が割れているので、宮野とは別行動をとった。二時間前に議員会館の外来者用駐車場に車を駐め、事前に危険な連中が出入りしていないかチェックしたが、とくに怪しい人間の出入りは確認できなかった。車はもし尾行するようなことになった場合にばれるとまずいので、覆面パトカーは使わず鷺沼のGT‐Rを使うことにした。

宮野は地下鉄で永田町に向かい、徒歩で議員会館にやってきた。ブリーチしてあった髪はゆうべのうちに黒く染め、鷺沼が貸してやったサマージャケットを着て、慣れないネクタイまで締めている。

中庭に入ったところで、宮野はこちらに軽く手を振った。井上が受信機の電源を入れると、宮野の声が流れてきた。

「じゃあ行ってくるね。ちゃんと聴こえてる?」

電波状態は悪くない。ウィンドウ越しに指でOKマークをつくってみせると、宮野は頷いてエントランスに向かい、守衛のいるブースに歩み寄る。

「秋山と申します。片岡純也議員の秘書の坂下さんと面談の約束があるんですが」

いつものおちゃらけた口ぶりではない。秋山は坂下とのやりとりで使っている偽名のようだ。守衛の声が聞こえてくる。

「お待ち下さい。いま確認します――」

少し離れた場所で誰かと電話でやりとりする声が聞こえる。守衛はすぐに戻ってきたようで、慇懃な調子で言う。

「ではこのプレートを胸につけて入館してください。事務所は八階の八五一号室です。エレベーターはその先のホールの右側です」

ありがとうございますと宮野も応じ、ホールに向かう足音がモニタースピーカーから流れてくる。エレベーターのドアのチャイムが鳴って、すぐに楽天的な宮野の声が流れてきた。

「周りに怪しげな連中はいないよ。国会が会期中のせいかホールにはけっこう人がいるし、議員の事務所だって人が大勢いると思うから悪さはできないんじゃないの。案外素直にこっちの要求に応じるような気がするけどね」

宮野を殺さない程度の悪さを坂下にしてもらわないと、今回の作戦は意味をなさない。それでは宮野一人が三千万円をせしめて終わってしまう。体を張ると約束したから、宮野の強請り作戦も容認したわけだった。

そのときまたエレベーターのチャイムが鳴った。宮野の慌てた声が聞こえる。

「なんだよ、おまえたち、おれはここで降りるんだよ。どいてくれよ。あっ、ちょっと待て。痛いな。乱暴するなよ――」

宮野は一頻り金切り声を上げ、それが口を押さえられているようなもごもごした調子に変わり、すぐに静かになった。

やられた。まさかエレベーターのなかで襲われるとは想像もしなかった。坂下は宮野の顔を知らないはずだが。議員会館の守衛のブースにはカメラがあり、各部屋ではそれで訪問者の顔を確認できると聞いている。それを見て坂下もしくはその関係者が八階のエレベーター前で待ち伏せていた――。そんな状況が想像できる。

慌てて宮野の携帯を呼び出しても、電源が切られているようで繋がらない。またエレベーターのチャイムが鳴ってドアが開く音がする。複数の乱れた足音が聞こえる。その音にがらんとした倉庫のなかのようなエコーがかかる。遠くでかすかに車の走行音が聞こえる。

「まずいぞ。地下の駐車場に連れ出されたらしい」

しばらく乱れた足音が続き、さらにトランクを開けるような音がして、すぐにバタンと閉めたような音が続く。ほどなくエンジンが始動し、車が動き出したようなくぐもった音が聞こえてくる。

慌てて地下駐車場の出口に目をやった。そこは議員や秘書の専用駐車場で、外部の者は使えない。

鷺沼もGT－Rのエンジンを始動し、その出口付近に移動する。ほどなく飛び出してきた車に目を見張った。真っ赤なBMWのカブリオレ。８シリーズで片岡康雄の愛車と同タイプだ。しかし運転席にいるのは坂下だった。助手席にいるのは見知らぬ顔で、歳は坂下より若そうだ。頭がこんがらかってくる。なぜこんなところに康雄の車が――。考えている暇はない。すぐに追尾に入る。井上が声を上げる。

「あの車、品川ナンバーですよ。康雄の車なら横浜ナンバーです」

「たしかにな。だとしたらグーグルマップのストリートビューに写っていたBMWは坂下の車だった。そう考えれば辻褄が合う」

坂下はかつて暴走族系の半グレの幹部だったという。それを考えれば、その手の派手な車を乗り回していても不思議ではない。議員秘書なら専用駐車場にスペースを割り当てられている可能性もある。池上三丁目の自宅に呼び出しに行ったとき、そこのカーポートには車がなかった。坂下も普段の移動にはタクシーを使うようなことを言っていた。

池上三丁目は片岡純也の選挙区に入り、そこで秘書が高価なスポーツカーを乗り回していることが知られればあらぬ噂が立ちかねない。それを惧れて議員会館の駐車スペースを私物化して利用していたとしたらそれも犯罪的だが、そもそも犯罪を屁とも思わない男だからそのくらいは平気でやるだろう。

康雄の捜査のときにリストアップした首都圏の同じ車種のオーナーのなかに坂下は含まれていなかったが、あのときの情報はディーラーから得たもので、中古で買った車ならそのリストからは漏れる。陸運局に問い合わせればすべて網羅できたはずだが、あのときのターゲットは康雄一人だったから、そこまで徹底する必要を感じなかった。

「答えがまた一つ見えてきましたね。康雄の車が環七通りのオービスに写っていたのは、本人が言うとおり大森本町の実家に向かっていたと素直に解釈すればいいわけでしょう」

「それも滝井研一の殺害と無関係とは言い切れないが、少なくとも康雄が研一を殺害したという線はほぼ消えたな」

鷺沼は頷いた。坂下のＢＭＷは霞が関から首都高に入り、新宿方面に向かう。気になるのは宮野の安否だ。車内に宮野の姿は見えない。もしトランクに閉じ込められているとしたら逮捕監禁罪が成立する。そのとき受信機のモニタースピーカーから宮野の声が流れてきた。

「鷺沼さん、聞こえてる？　やられちゃった。一人は坂下で、もう一人は図体のでかい知らない野郎だよ。どうせ半グレとかヤクザとか反社勢力の類だろうけど。手錠をかけられて、口をガムテープで塞がれて、車のトランクに押し込まれて。いまなんとかガムテープを剝がしてね。なかから開けられるレバーがどこかにあるはずなんだけど、真っ暗なうえに手が不自由だから見つからないんだよ。そのうえ携帯は取り上げられちゃったし——」

とりあえず生きているようで安心したが、携帯を奪われたのなら、こちらから宮野と連絡をとる手段はない。覆面パトカーなら赤色灯を灯しサイレンを鳴らして緊急停止させ、職質をかけてトランクを開けさせる手もあるが、自家用のGT－Rではそうもいかない。三好に連絡を入れて緊急配備をしてもらうこともできるが、それではもっと大きな魚をバラしかねない。

宮野を生かしてどこかに連れて行こうとしているのは、なんらかの交渉をしようという用意があるからだ。宮野が坂下に釘を刺したように、音声ファイルも機密資料もコピーはいくらでもつくれる。宮野一人を殺したところで情報の拡散が防げないくらい、あれだけ悪知恵の働く連中ならわかるだろう。

宮野の繰り言は果てもなく続く。もし命に関わるような事態が起きた場合は飛び道具を使ってでも阻止するが、いまはこのチャンスをぎりぎりまで活かすべきだ。あるいはこれから向かう先に、巨大なナマズが潜んでいるかもしれない——。

そんな考えを井上に語り、三好に携帯で現状を報告してもらう。井上はスピーカーフォンモードに切り替えた。一通りの説明を終えると、三好もそこは腹を固めているようで、すべて鷺沼に任すと言ってくれた。

坂下のＢＭＷは、三宅坂で都心環状線から首都高新宿線に入り、新宿方向に進む。電波に乗って伝わってくる宮野の独り言が途切れない程度に車間を開けて追尾する。夕刻の割に道路は空いていて、流れはスムーズだ。

車は西新宿を過ぎ、高井戸からそのまま中央高速に進み、大月ＪＣＴから富士吉田線に入る。河口湖ＩＣで高速を降りたのが午後八時半。一般道に降りて向かった先は、河口湖を望む高台にある広壮な別荘風の邸宅だった。富士吉田市街からはだいぶ離れ、周囲に人家はほとんどない。

坂下のＢＭＷは蔦の絡まるアーチ状の門をくぐり、中庭に進入した。鷺沼はスピードを緩め、その門の前をいったん通過した。門柱に掲げられた表札には「片岡純也」の名が刻まれている。そこはまさに大ナマズの隠れ家のようだった。

6

状況を三好に手短に伝え、少し先でＵターンして門柱の脇に車を駐めた。車から降りて門柱の陰から邸内を覗くと、坂下のＢＭＷは母屋のすぐ横のカーポートに駐まっていた。隣りにはリムジンクラスの大型セダンもあった。

受信機のモニターからは、泣き言と罵詈雑言が入り混じった宮野の独り言がいまも休むことなく聞こえてくる。

そのとき、マナーモードにしていた鷺沼の携帯が唸りだした。ディスプレイを覗くと三好からだ。応答するとどこか不安げな声が流れてきた。

「坂下が乗っているBMWなんだが、ナンバー照会システムで確認すると、たしかにオーナーは坂下だった。ただしその車は、きのう目黒署に盗難届が出ている」

「なんですって？」

「気をつけたほうがいいな。たぶんやばい仕事に使うための事前工作だろう。その車で悪さをしても、犯人は車両窃盗犯だと言い逃れができる」

「だとしたら宮野を殺そうと？」

「もう一つ怪しいのは、片岡純也が体調不良を理由に、きのうもきょうも与党の総務会を欠席しているという情報だ。次期総裁選に意欲を燃やす片岡の体調の異変は、永田町界隈で大きな話題になっているらしい。さっきニュースでやってたよ」

「邸宅には片岡の専用車と思われる大型高級車も駐まっています。ボス自ら陣頭指揮して、宮野を締め上げようとしているのかもしれない」

「だとしたらますます危険だ。宮野君に顔を晒す以上、やはり生かして帰す気はないのかもしれない」

「宮野に危険が迫るようなら、遠慮なく踏み込みます。きょうは拳銃を携行していますから」

「ああ。急迫不正の侵害が認められたら遠慮なくぶっ放していい。責任はおれがとる。それから神田と池谷をそっちに向かわせる」

急迫不正の侵害とは法律用語で正当防衛が認められる状況を指す。場合によってはタスクフォースによる闇営業が発覚する惧れもあるが、それを指摘しても三好は意に介さない。

「そんなのなんとでも言いくるめられる。そもそも捜査一課長から上がすべて片岡純也に顎で使われているんだから、その実態を暴いてやれば、タスクフォースのことなんてだれも気にしなくなる。そのへんはおれがうまいことやるよ」

「わかりました。宮野はまだトランクのなかで喋り続けていますから、いまのところ命の危険はなさそうです」

そう応じてカーナビに表示されている現在地を伝えて通話を終えた。

坂下ともう一人の男はいったん邸宅のなかに入り、十分ほどしてまた庭に出てきた。大柄な男が両手に提げているものを見て恐怖が走った。一〇リットル入りくらいのポリタンク。形状から見ると、灯油用ではなくガソリン用だ。

二人はカーポートに向かい、手分けしてポリタンクの中身をぶちまけた。坂下のBMWはもちろん、もともと駐まっていた高級セダンにも満遍なく振り撒いた。大柄な男は邸宅の玄関に戻り、手にしていたタバコに火を点けて、玄関口に投げ込んだ。

坂下も同様に火の点いたタバコをカーポートに投げ込んだ。二人はそのまま駆け出して、邸宅の裏手に走り込む。

二台の車はまたたく間に炎に包まれる。邸宅のほうも玄関から火の手が上がり、二階の出窓からも炎と黒煙が噴き出している。

鷺沼と井上は邸内に駆け込んだ。邸宅の裏手で車が走り去る音がする。しかしいまはそれを追っている状況ではない。井上の胸ポケットの受信機のモニタースピーカーから、宮野の悲鳴が聞こえてくる。

「なんだか熱いよ、鷺沼さん。なにが起きてるの？　いま近くにいるの？　あ、あ、火傷しそうだよ。やだよ、こんなところで北京ダックになるのは」

ボンネットはすでに炎に包まれて、それがさらに車室部分まで燃え広がる。まだ後部までは炎は達していないようだが、車体そのものが熱せられて、鋼板一枚で蓋をされているだけのトランクはすでにオーブン状態だろう。

燃料タンクに引火すれば爆発を起こす。カーポートから吹き出す炎と煙を避けながら車の後部に回る。露出している肌が焼けるように熱い。なんとかトランクにたどり着く。

トランクは最近多いキーレスタイプだ。ホルスターから拳銃を抜いて、ロック機構がありそうな箇所を狙って引き金を引く。なかにいる宮野に当たったら目も当てられないが、いまはほかに方法がない。鋼板に穴が空いたが、トランクは開かない。

「なにやってるのよ、鷺沼さん。おれに当たったらどうするの？」

「北京ダックになって死ぬよりましだろう。なるべく奥の方に移動していろ」

外から怒鳴ってやると、宮野は悲鳴を上げる。

「わかったよ。だったら早くやってよ。あ、熱い、熱いよ。まだ死にたくないよ」

少し場所をずらしてもう一発。今度も鋼板に穴を開けただけでトランクは開かない。前方から伸びてくる炎の舌が顔を舐める。さらに位置をずらして引き金を引くと、今度は命中したようで、トランクのカバーがわずかに開いた。

取っ手に手をかけると火傷しそうに熱い。ハンカチを手に当てて上に押し上げると、さすがの宮野もすでにぐったりしていて、毒舌を撒き散らす元気もない。井上と二人でトランクから引きずり出した。

手錠はかけられているが、なんとか歩くことはできた。GT-Rの後部シートに横たえたところで、カーポートのBMWが爆発した。慌てて車を発進させる。井上が一一九番に通報する。生け垣越しに邸宅から炎と黒煙が噴き上がるのが見える。

続いてまた腹に響くような轟音が轟く。カーポートに駐まっていた高級セダンが爆発したのか、あるいは邸宅内でプロパンガスに引火でもしたのか。鷺沼も井上も宮野も、いま生きているのはまさにタッチの差のようだった。

## 7

火災現場からは一体の焼死体が見つかった。

焼け残った所持品から、それは別荘の主、与党総務会長の片岡純也衆議院議員だと判明した。鷺沼たちにとってはまさに想定外の結末だった。現場検証の結果、山梨県警は悪質な放火だと断定した。

事件後数日して、鷺沼と井上は山梨県警から事情聴取を受けた。もちろん被疑者としてではなく善意の通報者としてで、こちらが警視庁の刑事だということで、現時点での捜査状況の報告という意味合いもあったようだ。

現場にあったBMWの所有者として、山梨県警は坂下からも事情聴取したが、案の定、車は何者かに盗まれたもので、犯人はそれを盗んだ人間に違いないと坂下は主張したようだ。さらに坂下は、事件当時のアリバイも提示した。

その根拠は羽田発福岡行の搭乗券で、坂下の氏名が印字されている。もちろんそれを使って別人が搭乗した可能性もある。車が盗まれたという供述にしても、車両の盗難届は提出すれば基本的に受理されるもので、警察がその都度実況見分を行うわけではない。県警は裏をとるために事件当時の坂下の携帯の通話履歴を確認した。事件が起きた時間帯には複数の通話の記録があり、携帯キャリアのログではどれも福岡空港内で受発信したことになっていた。

坂下は鉄壁のアリバイを用意していたようだ。自分の携帯を誰かに持たせ、福岡空港に向かわせて、到着時に別の携帯で自分もしくは依頼を受けた第三者が電話をかければアリバイは成立する。かけてきたのは東京都内の公衆電話を含む複数の相手で、それについても鷺沼をはぐらかしたときのように、間違い電話か怪しげなクレーマーからの電話だと言い逃れることだろう。

鷺沼と井上は現場を目撃していたし、拉致監禁から救出に至るまでの宮野の独白の録音もある。しかしいずれも通常の刑事捜査では認められないイレギュラー捜査の結果だから、逮捕状請求のための証拠としては使えない。下手に事情を明らかにすれば、鷺沼も宮野も逆に恐喝未遂で逮捕されかねない。

三好とも相談した結果、とりあえずそのことについては口を噤んでおくことにした。県警からの事情聴取では、ある殺人事件の内偵中で、犯人が河口湖周辺に潜伏しているという情報が得られたため、その捜査でこちらに来ており、火災に遭遇したのはたまたま近くを通りかかったときだったということにしておいた。神田と池谷は、現場に到着されると厄介な話になるので、宮野を救出した直後に電話を入れて引き返させた。

しかし西沢への報告はそうはいかない。そこは三好がうまく塩梅し、鷺沼たちが坂下の行確をしていたら、坂下が例のＢＭＷで議員会館の駐車場を出た。それを尾行して、着いた先が富士吉田の片岡の別荘だったというところまでは事実を語り、そこに宮野が関わった件は伏せておいた。

西沢としてはこの際意地でも坂下を追い詰めることで、警察内部にはびこる政治との癒着を暴きたいという思いがあるようだ。もちろんその手柄を山梨県警にくれてやる気はないし、おそらく山梨県警も神奈川県警や警視庁と似た者同士だ。もし坂下を逮捕しても、そこから広がる政官界の腐敗にまでは捜査の手を伸ばさないし、そもそも坂下を逮捕する気があるかどうかすら怪しいというのが彼の見解だった。

その考えはおそらく正しい。片岡純也を殺害したのはなにかの弾みや遺恨によるものではなく、さらにその上にいる何者かの差し金だったのではないか。山梨県警が坂下をとことん追い込もうとしないことにも、そうした裏があると勘ぐりたくなる。

鷺沼にしても西沢と同様、このヤマは自分の手で納得行くまで追及したい。そのために必要なのはまずは坂下の逮捕なのだが、富士吉田の事案は山梨県警の管轄で、鷺沼たちはいまのところ手が出せない。地検特捜によるインサイダー取引の捜査も、片岡康雄に加え父親の純也まで死んでしまった以上、もはや着手の望みはないだろう。

帳場ではいまも坂下の行確を続けているが、仕えていた議員が死亡し、自身は公設秘書を解任されたいまも、坂下は片岡の葬儀を自ら取り仕切り、地元の事務所にも熱心に出入りして、後援会の役員たちと毎日面談を重ねているという。

地元では、片岡純也の死による補選では、坂下が地盤を引き継いで、後継として選挙に打って出るべきだという声も出ているらしい。

宮野は医者にかかるほどでもない軽い火傷で済んだ。山梨県警は鷺沼の同僚の警視庁刑事だと勝手に解釈して、現場ではとくに身元を訊かれることもなかったが、本人は最大の金蔓になると皮算用していた片岡純也が死んで、いまは意気消沈している。久しぶりに帰宅した柿の木坂のマンションで、切ない調子で宮野は言った。

「鷺沼さんたちは現場写真を撮ったわけじゃないし、例の録音にしてもおれの声しか入っていないからね。虚偽でも盗難届には違いないし、搭乗券についても携帯の位置情報についても、山梨県警が突っ込んで調べなきゃそれで通っちゃうわけだから、悔しいけどお手上げだね」

「しかし背後には、おれたちが想定していた以上の大きな闇がありそうだ。片岡純也でさえトカゲの尻尾として切り落とすほどの」

痛恨の思いで鷺沼は言った。宮野はまたも未練を覗かせた。

「だったらなんとかそいつらの尻尾を摑まえてよ。ここまでの苦労が水の泡じゃ切なすぎるよ。そこまでいけば、十億、二十億も夢じゃないから」

「気持ちはわからなくもない。しかしいまのところ打つ手がないよ。タスクフォースにだって限界がある。おれやあんたや井上が証言すれば、こっちに恐喝未遂の容疑がかかってくる。それで逮捕されたら、片岡の背後の税金泥棒から経済的制裁をせびり取ることはもうできなくなる」

「金のことなんて、どうでもいいんだよ。それより坂下みたいなクズにいいようにあしらわれたのが、おれは悔しいんだよ」

宮野は哀切な調子で訴える。話半分に受けとるしかないが、その半分については鷺沼も同感だ。そのとき胸ポケットで携帯が鳴った。ディスプレイに表示されているのは川合の携帯番号だ。慌てて応答した。

「川合さん、無事だったんですか。いまどこにいるんです?」

「まだ都内某所としか答えられない。ただね、片岡純也が死んで、身の危険もそろそろ和らいだ。逃亡生活も潮時じゃないかと思ってね」

「出てきてくれるんですか」

「ああ。ただし坂下はまだ野放しだ。そっちのほうがいまどうなっているのかと思ってね」

「鉄壁のアリバイを用意していて、山梨県警もいま手を拱《こまね》いているようです——」

県警の捜査状況を説明すると、確信ありげに川合は言った。

「そのアリバイならおれが崩せるよ――」

川合が続けて語った話に、鷺沼は強い手応えを覚えた。

「ありがとう、川合さん。坂下を逮捕したら、ぜひ帳場に帰ってきてください。いまは無断欠勤扱いになっているだけで、身分は保障されたままだ。そのときは帳場の連中にも事情を説明しますから」

「いや。そこまでおれは厚かましくない。そのときは依願退職するよ。ほかにも話したいことがあるが、いまは坂下の逮捕を急いでくれ。アリバイの件以外にも、知っていることがいくつもある。必要なら公判で証言に立ってもいい」

大きな荷を下ろしたようなさばさばした口調で川合は言った。

## 8

福岡にいることになっていたはずの坂下の携帯に電話をかけたうちの一人は川合だった。

携帯はほとんどの時間電源を切っていたが、妻とは三日に一度ほど連絡をとっていた。その都度警察には知らせないようにと釘を刺していたが、どこに身を隠していても、携帯を使うたびに不審な連中が身辺に現れる。誰かがリアルタイムに近いかたちで自分を追尾している。それができるのは警察だけだ。

このままでは殺される。川合は一か八か、坂下に脅しをかけることにした。追跡を止めなければ知っていることをすべてマスコミにばらす――。それをすれば自分にも内通の嫌疑がかかってくるが、それ以上に大事なのは命だった。

しかしそのとき電話に応じたのは若い男の声だった。その声には聞き覚えがあった。片岡事務所の事務員だ。なぜ坂下が出ないのかと訊くと、相手はしどろもどろに、いま坂下は別の場所にいて、電話には出られないという。固定電話でもないのにそんな理屈は通らない。問い詰めると、相手は黙って通話を切った。間を置かずかけ直すと、今度は電源を切ったようでもう通じない。

不審に思っていると、そのうち投宿先のカプセルホテルのテレビで、山梨県内の別荘で火災が起きて、所有者の片岡与党総務会長と見られる焼死体が見つかったというニュースが流れた。そこに坂下が関与しているかもしれないと川合は直感した。あの携帯電話を身代わりの人間が受けたのは、なにかのアリバイ工作ではないか――。

西沢はその証言を山梨県警に伝えた。県警は重い腰を上げた。これまでは片岡純也が死んでいた邸宅内の鑑識で手いっぱいで、丸焼けになった車までは手が回らなかった。しかし不審なアリバイ工作が発覚したことから、坂下のＢＭＷの再検証に乗り出した。

トランクを開けるために鷺沼が撃ち込んだ三発の銃弾は火災の熱で融けてしまい、トランクの外板も燃料タンクの爆発で粉々になっていたらしく、県警はそれには気づかなかったようだ。

しかし残骸のなかに、プラスチックの筐体《きようたい》がほとんど融けていたものの、内部の金属パーツが焼け残っていたドライブレコーダーが見つかった。そのスロットに差し込まれたSDカードを科捜研で解析すると、データは一部破損していたものの、なんとか六割方は修復できた。

迂闊にも坂下はドライブレコーダーをオンにしたままだったようで、動体検知機能が作動して、坂下ともう一人の男が車にガソリンをぶちまける様子や、火の点いたタバコを投げ込む様子がはっきりと映っていた。

県警は遅滞なく逮捕状を請求し、放火と殺人の容疑で坂下を逮捕した。西沢は山梨県警に、そのSDカードから修復したデータの提供を求めた。坂下は万事に抜け目がないようだが、エンジンを止めているあいだも、スイッチを切らなければ動体検知機能が作動することを忘れていたようだ。そこには大森西の空家のカーポートで、車の前後を歩き回る坂下の姿が写っていた。

西沢は滝井研一殺害の容疑で逮捕状を請求し、山梨県警に勾留されていた坂下を再逮捕した。

ドライブレコーダーの記録という動かぬ証拠が出てしまえば、坂下も抗弁のしようがない。放火と二件の殺人となれば極刑は確定だ。片岡純也亡きあと、その地盤を簒奪《さんだつ》し、政治家としてのし上がろうという野望は露と消えた。しかしその犯行にしても、坂下一人の思惑によるものだとは考えにくい。片岡純也という目障りな存在を排除したいという意思が政権内部にあって、なんらかの論功行賞を対価とする教唆があったと考えるのがむしろ妥当だろう。

坂下の相棒は半グレ時代から付き合いのある男で、二件の前科があり、同業の政治家や後援会の関係者に対する脅迫めいた汚れ仕事を請け負っていた。もちろんそちらも放火と殺人の共犯容疑で逮捕された。

自業自得としか言いようのない結末に対する逆恨みなのか、坂下は片岡康雄を通じたインサイダー取引の実態と、その利益の政界への還流ルートを供述した。その資金はもっぱら片岡純也の権力基盤拡大のための裏金工作に使われ、政権与党の多数の議員の懐を潤わせていたが、それを取り仕切っていたのが坂下だった。

坂下の身柄が送検されると、検察の特捜も動き出した。SESCから聞いた話だと、ターゲットは与党内部に張り巡らされた闇資金の流れのようだと徳永は言う。片岡父子が死んだいま、インサイダー取引の容疑に関しては被疑者死亡で不起訴にせざるを得ない。しかしそこから延びる裏金脈については、政治資金規正法と脱税の両面から追及できる。

　そんな政界の闇を示唆する犯罪が暴き出されたことで、地検特捜としても政治家に付度するわけにはいかなくなり、むしろ近年低落している法の番人としての権威を取り戻すチャンスだと意気込んでいるとのことだった。

　その流れからすれば、警視庁と神奈川県警のキャリアたちの政界との癒着も捜査の対象になるはずだ。彼らに対する金銭ないし便宜の供与は、坂下のいわば専門分野だった。自分一人が罪を負うのは割に合わない。だれであれ自分と付き合いのあった連中は一人残らず道連れにしたいというのが、坂下の残り少ない人生最後の願望のようだった。坂下が挙げたそんな道連れリストには、神奈川県警の高村本部長を始め、警視庁の刑事部長、警務部長といったきら星のようなキャリア官僚が名を連ねている。

　坂下の逮捕で身の危険は去ったと判断し、川合は大森署に姿を見せて、署長に辞表を提出した。西沢も三好も、川合が内通に走った理由は詮索しなかった。

　所轄の課長という立場は地元の政治家と癒着しやすい。一方で所轄は政治家にとって選挙違反捜査に関する情報の宝庫だ。川合が預かる刑事組織犯罪対策課は選挙違反も取り締まる。金品を餌に一本釣りされ、その種の情報を流すような関係がもともとあったと考えられる。坂下という男の性格を思えば、そこで握った相手の弱みをとことんしゃぶり尽くそうとしたことだろう。

川合が渡してくれた機密資料は、片岡事務所の事務員が宅配便の伝票を間違えて打ち出して、川合の自宅に届いてしまったものらしい。問い合わせると、住所録のリストがあいうえお順で、川合と片岡が並んでいたため、うっかり川合のほうをクリックしてしまったとのことだった。中身を見て間違えて送られて来たことにすぐに気づいたが、川合はいざというときの保険になると考えて、コピーをとって原本を返却したという。

いずれにしても川合がいてくれなかったら事件は迷宮入りになっていたはずで、今回の捜査への貢献度を思えば、内通の件は水に流していいと、西沢も三好も、もちろん鷺沼も納得している。

# 9

坂下を送検してから一週間経った。タスクフォースの打ち上げという口実で宮野が勝手に全員を招集し、いつもの晩餐が始まった。

よほど機嫌がいいらしく、天敵の彩香にも自分から声をかけ、福富には梅本も連れてくるように注文した。なにより不思議なのは、食材費のレシートをこちらに回してこないことだった。

この日の献立は、フカヒレの姿煮にツバメの巣のスープ、アワビのオイスターソース煮と、中華の三大高級食材を使った料理をメインに、エビのチリソース煮、八宝菜、青椒肉絲、春巻、小籠包、デザートには杏仁豆腐と、宮野得意の中華メニューが並ぶ。

彩香と井上は差し入れのチーズケーキを、三好はいま人気だという新潟産の大吟醸を、福富はピエモンテの高級ワインを持参して、素寒貧の梅本は手ぶらで恐縮しながらやってきた。まずはビールで乾杯し、打ち上げのディナーが始まった。

「いやいや、今回はおれも大活躍しちゃったね。やはり宮野さんあってのタスクフォースだって、みんなも再認識したんじゃない？」

宮野は有頂天で一人盛り上がる。八億円の夢は雲散霧消したというのに、妙に浮かれているのが気味悪い。冷や水をかけるように鷺沼は言った。

「北京ダックにならずに済んだのはおれのお陰だろう。あんたはただトランクのなかに閉じ込められて、一人で喚き続けていただけじゃないか」

「そんなことないでしょ。おれが犠牲的精神を発揮して、おとり役を買って出たから坂下のポカを引き出せたわけだから」

「たしかにそこは金に目がくらんだ人間の強みだな。残念ながら今回はあぶく銭は稼げなかったけど」

皮肉を込めて言ってやっても、宮野はどこ吹く風で受け流す。

「いいのよ、そういうけち臭いことは。坂下は死刑台送り間違いなしだし、高村本部長をはじめ、県警や警視庁の悪徳キャリアたちを全員島流しにできれば、日本の警察もずいぶんクリーンになるよ。そういう社会貢献こそ、タスクフォースの真骨頂じゃない」

「宮野さん、どうしたの？　また誰かに頭を叩かれたの？」

本気で心配そうに彩香が問いかける。福富も慌てた様子で声をかける。

「大丈夫か。具合が悪いんだったら救急車を呼ぶぞ」

「なによ。それじゃおれがよっぽど業突く張りの我利《がり》我利《がり》亡者《もうじゃ》みたいじゃない。片岡康雄みたいにいくら悪銭を稼いだって、死んじまったらお終いだからね。努力して稼いだ金こそ尊いわけだから」

殊勝な顔で宮野が言うと、傍らで梅本が大きく頷く。

「そのとおりだよ、宮野さん。おれも信者にはいつもそう言ってるんだよ。そういう尊いお金を喜捨してこそ、神仏も慈悲をかけてくれるんだって。いくら言ってもそこがわからないのが多いんだけどね」

「そうなのよ。生まれつき金に縁のない鷺沼さんなんかは、いくら努力しても無駄だしね」

宮野は得々とした表情だ。胡散臭げに彩香が言う。

「なにか企みがあるんじゃない、宮野さん」

「なんのことだよ。裏も表もないおれを掴まえて」

宮野は口を尖らせる。ふと見ると、テーブルの隅に見慣れない本が積んである。背表紙を見ると、「株式投資入門」やら「損をしない株式投資」といったタイトルが並ぶ。宮野はふと思いついたように立ち上がり、ソファーテーブルにおいてある鷺沼のノートパソコンを勝手に開く。

「なにをするんだ？」

いやな予感を覚えて問いかけた。然もない調子で宮野が答える。

「きょうの終値をチェックするのよ。午前中はぐんぐん上がっててね。午後は食材の仕入れと調理でチェックする時間がなくて、ストップ高になってなきゃいいんだけど」

「まさか、例の機密書類の銘柄に手を付けてるんじゃないだろうな」

鋭い口調で確認すると、けろりとした顔で宮野は応じる。

「ちょっとだけ参考にさせてもらってね。このあいだ競馬で一穴当てたもんだから、それを元手に一勝負かけてみたら、五日前からぐいぐい上がりだしたのよ。信用取引でレバレッジを利かせてるから、もう六百万は利益が出てるよ。これなら競馬よりずっと効率がいいね。これからさらに買い増すよ。とりあえず一億が目標だね」

「あれだけやるなと言ったのに。インサイダー取引は犯罪だぞ」

「ちょっとくらいはいいじゃない。誰に被害が及ぶわけでもないんだし——」

鼻歌交じりにタッチパッドを操作するうちに、宮野の顔が青ざめる。

「なにこれ。午後に入って急落してストップ安だよ。きのうまでに儲けた分が、きょう一日でぜんぶ消えちゃった」

悲鳴のようなその声に、三好が鋭く反応する。

「なんて銘柄だ、宮野くん？」

「バイオメトリックス技研ですよ。生体認証の新技術を開発したという――」

その社名を聞いて三好の顔も青ざめた。鷺沼は問いかけた。

「まさか、係長もやってたんじゃないでしょうね」

三好は慌てて株価チャートが表示されたパソコンの画面を覗き込む。その表情が凍りつく。

「八百万円吹き飛んだ。女房にばれたら殺される」

# 解説

細谷正充（書評家）

好きな作家の好きなシリーズ作品の解説を書く。これほど楽しいことはない。いつもならば本書の解説を、ニコニコしながら執筆したことだろう。しかし残念なことに今は、楽しい気持ちと同時に、悲しい気持ちも抱かざるを得ない。なぜなら作者の笹本稜平が、二〇二一年十一月に死去したからだ。私は仕事の関係で、早い段階で編集者から連絡を貰ったが、あまりにも突然のことで絶句するしかなかった。この当時のことは『転生越境捜査』の解説に記したので、よろしかったらお読みいただきたい。

本書『相剋 越境捜査』は、その『転生 越境捜査』に続く、「越境捜査」シリーズの第八弾だ。「小説推理」二〇一九年七月号から翌二〇年七月号にかけて連載。二〇二〇年十月に双葉社より、単行本が刊行された。警視庁捜査一課特命捜査対策室特命捜査第二係の鷺沼友哉警部補と、神奈川県警瀬谷署刑事課の不良刑事・宮野裕之を中心としたタスクフォースが、今回も巨悪に立ち向かう。

物語は鷺沼と、同僚でタスクフォースの一員である井上拓海巡査部長が、府中競馬場で宮野が襲われたことを知る場面から始まる。摑みはOK。これだけでシリーズの読者ならば、グッと作品に引き込まれるはずだ。

宮野の話によれば、二人組の襲撃者は、神奈川県警の人間とのこと。管内で緊急警報があって駆けつけたものの、事件性なしになった一件が原因らしい。金の匂いを感じて調べ始めた宮野は、片岡康雄という投資家の家で、犯罪があったのではないかと睨む。康雄の父親は、与党の大物衆議院議員だ。さらに片岡家の近くの裏山で、身元不明の女性の首吊り死体が発見される。片岡の家で暮らしていたが、姿が見えなくなった女性ではないのか。宮野は殺人と確信するが、神奈川県警は自殺で処理した。

一方、鷺沼の所属する部署は、大森の空き家で起きた殺人事件の帳場（捜査本部）に駆り出される。四週間ほどたった男性の腐乱死体は、最初、病死扱いだったが、急に殺人と断定されたらしい。やがて女性の死体の身元が分かると、男性の死体との関係も判明。ふたつの事件が繋がった。だが、神奈川県警と警視庁の上層部の動きが怪しい。この事態に鷺沼と宮野は、いつものメンバーを集めてタスクフォースを結成。表の捜査とは別に、裏の捜査も進めていくのだった。

公明正大な方法では捕まえることのできない巨悪に立ち向かうため、鷺沼たちのタスクフォースは刑事の一線を越境する。これがシリーズの基本パターンだ。本書が面白いのは、刑事としての表の捜査と、タスクフォースの非合法な捜査が同時進行する点だろう。

そもそも鷺沼は、事件に介入して〝経済的制裁〟と嘯《うそぶ》き、金儲けをしようという宮野を嫌っている。それでも彼と縁を切らないのは、ギリギリのところで宮野にも正義感があることが分かっているからだ。もちろん彼の作る絶品料理に、胃袋を摑まれていることもある。だからしぶしぶ宮野を受け入れ、上司でタスクフォースの一員である三好章にちょっとした頼み事をする程度で、女性の死体の件は積極的にかかわろうとはしない。たしかに神奈川県警の動きが怪しいと思いながらも、宮野にまかせっきりにするのだ。

ということで鷺沼と井上は、捜査本部の一員として大森の事件に専念。この捜査の過程に、警察小説の面白さが凝縮されている。こちらの死体も身元不明であり、地道な調査が続く。やがて片岡康雄の存在が浮かび上がり、ふたつの事件の繋がりが見えてくるのだ。足を使い、関係者に当たる鷺沼たちの行動は、これぞ警察小説といいたくなる面白さだ。

だが、大森の事件では警視庁の動きが怪しい。そう、一連の事件の裏にいるのは、神奈川県警だけでなく、警視庁にも影響力を発揮できる巨悪なのだ。ここに至り鷺沼は、宮野・井上・三好に、鷺沼を尊敬する碑文谷署刑事組織犯罪対策課の山中彩香と、元やくざで今はイタリアンレストランのオーナーをしている福富を加え、本格的にタスクフォースとしても動き出すのだ。

井上や三好が宮野に影響されて、非合法な金儲けを当たり前のように考えていることを警戒し、どこかで諫めようと思っている鷺沼。しかし彼もシリーズで、何度も法の一線を越境しており、いろいろな敷居が低くなっているようだ。たとえばタスクフォースの捜査方法。正規の捜査が行き詰まると、井上の発案した策を実行する。有名なインターネットの掲示板の神奈川県警のスレッドに、井上が事件の未確認情報を書き込む。それを帳場の上司に見せて、捜査の突破口にしようとするのだ。自作自演というべきか。きわめてグレーな手法である。

だが、これはまだマシな方。片岡康雄に揺さぶりをかけようとする鷺沼たちは、とんでもない手段に出るのだ。刑事としては完全にアウトだが、実に愉快痛快。片岡が追い詰められる様子を、ニヤニヤしながら読んでしまった。

しかし事件の広がりは、笑うどころではない。片岡を追ううちに、政界を揺るがしかねない犯罪が浮かび上がってくる。巨悪に取り込まれた、神奈川県警と警視庁の人々も見えてくる。圧力・裏切り・職務怠慢・セクト主義……。どこにでもある話だ。しかし警察が、それでいいのか。権力との癒着など問題外だ。

たとえば本書の中で、〝警察庁のキャリア官僚は、入れ替わり立ち替わり内閣官房に出向するのが習わしで、その比率は他省庁からの出向者と比べ群を抜いているらしい。

そこで培った官邸とのパイプが、警視庁内部での出世競争の武器になる〟と書かれている。そのちょっと後で鷺沼は、

「すべての省庁のなかで、内閣府の直轄機関は警察庁だけですからね。あいだに国家公安委員会があるといっても、それは内閣府の外局ですから」

といっている。なるほど内閣府と警察庁が、このような関係にあるのなら、出向が多いのも納得できる。また出向そのものは、必ずしも悪いことではない。それでも何らかの癒着があるのではないかと、モヤモヤした気持ちを抱いてしまう。人間はそれほど上等な存在ではなく、権力とはいつか腐るものだからだ。もちろん本シリーズはフィクションだが、タスクフォースの活躍が、そのモヤモヤを晴らしてくれる。刑事としての矜持ゆえに〝越境〟してしまう鷺沼たちを通じて、警察組織も含めた巨悪の構図を暴いてくれるからだ。ここがシリーズの尽きせぬ魅力になっているのである。

しかも事件の全体像が明らかになった終盤に入っても、物語のサスペンスは途切れない。ある人物が危機に陥る展開で、最後まで読者をもてなしてくれるのだ。作者は、どれだけ高出力のエンジンを積んでいたのだ。冒頭からラストまで、パワー全開のストーリーに、夢中にならずにいられないのである。

おっと、言い忘れるところだった。今まで、なんだかんだと最終的に大金を手に入れていた宮野だが、本書では皮肉なオチがつく。かなり宮野寄りになったタスクフォースの一部のメンバーの意識も、これでリセットされたかもしれない。

そしてシリーズ最終巻となってしまった第九弾『流転　越境捜査』で、作者はシリーズの新たな方向性を示してみせた。円熟の域に達した警察小説を、さらなる領域に押し上げようとしたのだ。だから断言する。笹本稜平は凄い作家であり、「越境捜査」は凄いシリーズであった。

本作品は二〇二〇年十月、小社より刊行されました。
作中に登場する人物・団体名は全て架空のものです。

双葉文庫

さ-32-10

越境捜査《えっきょうそうさ》
相剋《そうこく》

2023年1月15日　第1刷発行

【著者】
笹本稜平《ささもとりょうへい》

【発行者】
箕浦克史
【発行所】
株式会社双葉社
〒162-8540 東京都新宿区東五軒町3番28号
［電話］03-5261-4818(営業部)　03-5261-4831(編集部)
www.futabasha.co.jp（双葉社の書籍・コミックが買えます）
【印刷所】
大日本印刷株式会社
【製本所】
大日本印刷株式会社
【カバー印刷】
株式会社久栄社
【DTP】
株式会社ビーワークス

【フォーマット・デザイン】
日下潤一



ISBN978-4-575-52632-5 C0193
Printed in Japan